Le Journal de Carrie

Candace Bushnell

Le Journal de Carrie

Traduit de l'anglais (américain)
par Valérie Le Plouhinec

wiz
Albin Michel

Candace Bushnell est une romancière et journaliste américaine. Elle est l'auteur du best-seller mondial *Sex and the City* (Albin Michel), qui a inspiré la série télévisée et le film du même nom au cinéma. Son dernier roman pour adultes, *Cinquième Avenue*, est paru chez Albin Michel en juin 2009.

Pour Calvin Bushnell

Titre original :
THE CARRIE DIARIES
(Première publication : HarperCollins Children's Books, Londres, 2010)
© Candace Bushnell, 2010
L'auteur certifie son droit moral en tant qu'auteur de cette œuvre.
Tous droits réservés, y compris droits de reproduction totale ou partielle, sous toutes ses formes.

Pour la traduction française :
© Éditions Albin Michel, 2010

1

Une princesse sur une autre planète

Il paraît qu'il peut se passer beaucoup de choses en un été.

Ou rien du tout.

Aujourd'hui c'est la rentrée en terminale, et à moins d'avoir loupé quelque chose, je suis exactement la même que l'an dernier.

Tout comme Lali, ma meilleure amie.

– N'oublie pas, Bradley, il nous faut absolument des petits copains cette année, dit-elle en démarrant le pick-up rouge qu'elle a hérité d'un de ses grands frères.

J'ouvre la portière et monte en voiture. Nous devions déjà nous trouver des chéris l'an dernier.

– Zut, Lali. On ne peut pas laisser tomber ? (En posant mes affaires sur le siège, je planque la lettre dans mon livre de biologie. Au moins, là, elle sera hors d'état de nuire.) On les connaît déjà tous, les garçons du lycée. Et aucun ne nous plaît, tu te rappelles ?

– Non, on ne les connaît pas tous, me répond Lali en

passant la marche arrière, la tête tournée par-dessus son épaule.

Parmi mes amies, Lali est celle qui conduit le mieux. Son père, policier, l'a obligée à apprendre dès ses douze ans. Au cas où.

– Il paraît qu'il y a un nouveau, poursuit-elle.

– Et alors ?

Le dernier nouveau que nous ayons eu au lycée était un fumeur de pétards en bleu de travail inamovible.

– D'après Jen P., il est mignon. Très mignon.

– Mmm. Alors c'est Donna LaDonna qui l'aura.

– Il a un drôle de nom, continue Lali. Quelque chose comme Billy the Kid...

Je m'étrangle.

– Sebastian Kydd ?

– C'est ça ! dit-elle en se garant sur le parking du lycée.

Elle me jette un regard soupçonneux.

– Tu le connais ?

J'hésite, les doigts crispés sur la poignée de la portière.

Mon cœur bat à tout rompre ; si j'ouvre la bouche, il va s'échapper. Je secoue la tête.

Nous venons de franchir le portail lorsque Lali remarque mes bottes : des *gogo boots* authentiques du début des seventies, en cuir verni blanc, un peu éraflées à un bout. À mon avis, elles ont vécu des tas de choses bien plus passionnantes que moi.

– Brad, fait-elle d'un air consterné. Je suis ta meilleure amie, je ne peux pas te laisser porter ça le jour de la rentrée.

– Trop tard ! dis-je gaiement. Il faut bien que quelqu'un se dévoue pour mettre un peu d'ambiance ici.

Lali forme un pistolet avec ses doigts, en embrasse le bout et les pointe vers moi avant de se diriger vers son casier.

– Surtout, ne change rien, conclut-elle.

– Bonne chance, mon ange !

Changer. Ha ! Ça ne risque pas. Surtout depuis que j'ai reçu cette lettre.

Chère Miss Bradshaw,

La New School vous remercie d'avoir présenté votre candidature pour entrer au Séminaire estival d'écriture. Bien que vos récits soient prometteurs et pleins d'imagination, nous sommes au regret de vous informer que nous n'avons pas de place à vous proposer cette année.

Elle est arrivée mardi dernier. Je l'ai relue à quinze reprises, pour être sûre d'avoir bien compris. Ensuite, il a fallu que je m'allonge. Je ne me prends pas pour un génie, mais pour une fois dans ma vie je me croyais bonne à quelque chose.

Je n'en ai parlé à personne. D'ailleurs, personne n'était au courant de ma candidature, pas même mon père. Il a fait ses études à Brown[1]. Pour lui, c'est là que j'irai, moi aussi. Il pense que je ferai une bonne

---

1. Université très prestigieuse située à environ 250 kilomètres de New York. (Toutes les notes sont de la traductrice.)

scientifique. Et que si jamais je suis larguée en maths et en physique, je pourrai toujours me rabattre sur la biologie. Et étudier les insectes.

À peine arrivée dans le couloir, je tombe sur Cynthia Viande et Tommy Brewster. C'est LE couple star du lycée. À eux deux, ils règnent sur la bande des androïdes. Tommy a le crâne aussi vide qu'un ballon de basket, mais il est capitaine de notre équipe. Cynthia, elle, est présidente de la promo, directrice du comité du bal de fin d'année, couverte de récompenses et d'honneurs. Ses tiroirs sont remplis de tous les badges scouts qu'elle a raflés depuis l'âge de dix ans. Tommy et elle sont ensemble depuis trois ans. J'essaie, en général, d'oublier leur existence. C'est compter sans l'ordre alphabétique. Mon nom vient juste avant celui de Tommy. Résultat : je récupère toujours le casier qui jouxte le sien et je me retrouve à côté de lui lors des assemblées matinales[1]. Ainsi, tous les matins, pour bien commencer ma journée, je vois Cynthia et Tommy, le couple star.

À mon arrivée, elle est en train de le houspiller.

– Et ne fais pas de grimaces pendant mon discours de rentrée. C'est une journée capitale pour moi. Et n'oublie pas le dîner chez papa samedi.

– Et ma fête, alors ? proteste Tommy.

– Tu n'as qu'à la faire vendredi, tranche-t-elle.

---

1. Dans certains lycées américains, la journée commence par une réunion d'information sur la vie scolaire.

Si un être humain se cache à l'intérieur de Cynthia, personne ne l'a encore jamais vu.

J'ouvre mon casier. Je suis repérée. Tommy m'accorde un regard inexpressif, comme s'il ignorait complètement qui je suis. Pas Cynthia, elle est trop bien élevée.

– Bonjour, Carrie, me dit-elle, très grande dame.

Elle a avalé un parapluie pendant l'été, ou quoi ?

Changer... C'est pas gagné dans une petite ville comme la nôtre.

– Bienvenue en enfer, fait une voix derrière moi.

C'est Walt, un de mes meilleurs amis. Il sort avec une autre de mes meilleures amies, Maggie. Walt et Maggie sont ensemble depuis deux ans. On forme un trio inséparable. Cela peut paraître un peu bizarre, mais Walt, pour moi, c'est comme une bonne copine.

– Walt ! le hèle Cynthia. C'est justement toi que je voulais voir.

– Si c'est pour m'enrôler dans le comité du bal de fin d'année, c'est non.

Cynthia ne relève pas.

– Je voulais te demander, pour Sebastian Kydd. C'est vrai qu'il revient à Castlebury ?

Oh non, pitié ! Mes terminaisons nerveuses s'allument comme un sapin de Noël.

– D'après Doreen, oui.

Walt hausse les épaules : cela ne lui fait ni chaud ni froid. Doreen, sa mère, est conseillère d'orientation dans notre lycée. Elle se vante de tout savoir et lui transmet toutes les nouvelles : les bonnes, les mauvaises et les complètement fausses.

– Il paraît qu'il s'est fait virer de son école privée pour trafic de drogue, confie Cynthia. Walt, je dois savoir : allons-nous avoir un problème avec lui ?

– Aucune idée, répond-il avec un grand sourire hypocrite.

Cynthia et Tommy l'exaspèrent presque autant que moi.

– Quel genre de drogue ? dis-je d'un ton détaché en m'éloignant avec Walt.

– Des analgésiques, peut-être ?

– Comme dans *La Vallée des poupées* ? (C'est mon livre secret préféré, avec *DSM III*, un minuscule manuel sur les troubles mentaux.) Où peut-on bien trouver des analgésiques de nos jours ?

– Franchement, Carrie, j'en sais rien, me répond Walt qui se désintéresse de la question. Par sa mère ?

– Ça m'étonnerait.

J'essaie de ne pas penser à ma seule et unique rencontre avec Sebastian Kydd, mais ce souvenir revient sournoisement toquer à mon crâne.

J'avais douze ans, les jambes maigres, pas de poitrine, deux boutons et les cheveux frisottés. Je portais aussi des lunettes papillon et je me baladais avec mon exemplaire corné de *Et moi ?* par Mary Gordon Howard sous le bras. Le féminisme m'obsédait. Les Kydd avaient fait appel à ma mère pour la rénovation de leur cuisine, et j'étais passée chez eux voir où en étaient les travaux. Soudain,

Sebastian est apparu à la porte. Et sans raison particulière, de manière totalement incongrue, j'ai bafouillé :

– D'après Mary Gordon Howard, la plupart des relations sexuelles peuvent être assimilées à un viol.

Pendant un instant, cela a jeté un froid. Ensuite, Mrs Kydd a souri. C'était la fin de l'été, et son short à volutes roses et vertes soulignait son bronzage. Elle portait de l'ombre à paupières blanche et du rouge à lèvres rose. Tout le monde disait que c'était « une beauté ».

– Je te souhaite de changer d'avis après ton mariage, a-t-elle commenté.

– Oh, je n'ai pas l'intention de me marier. Le mariage est une prostitution légale.

– Ben voyons, s'est esclaffée Mrs Kydd.

Sebastian, qui s'était arrêté juste en passant, a dit :

– Je sors.

– Encore ? s'est exclamée sa mère avec une pointe de contrariété. Mais les Bradshaw viennent tout juste d'arriver !

Il a haussé les épaules.

– Je vais chez Bobby faire de la batterie.

Je l'ai contemplé bouche bée. Clairement, Mary Gordon Howard n'avait jamais vu un garçon comme Sebastian Kydd. Elle n'avait jamais connu cela.

Le coup de foudre intégral.

Pour l'assemblée matinale, je prends donc place à côté de Tommy Brewster. Qui s'amuse à taper avec un cahier sur un élève assis devant lui. Dans l'allée centrale, une fille demande si quelqu'un a un tampon. Derrière moi, deux autres chuchotent avec animation sur Sebastian Kydd. Apparemment, sa notoriété augmente chaque fois que son nom est prononcé.

– Il paraît qu'il a fait de la prison...

– Sa famille est ruinée...

– Aucune fille n'a réussi à le garder plus de trois semaines...

Pour ne plus penser à lui, je m'imagine que Cynthia Viande n'est pas une camarade de classe mais une espèce d'oiseau inconnue. Habitat : toute estrade sur laquelle elle peut grimper. Plumage : jupe en tweed, chemisier blanc, cardigan en cachemire, chaussures plates et un rang de perles – sans doute des vraies, en plus. Elle n'arrête pas de faire passer ses papiers d'un bras à l'autre et de tirer sur sa jupe, preuve qu'elle est quand même un peu nerveuse. Je sais que moi, à sa place, je le serais. Cela m'ennuierait de l'être, mais ce serait plus fort que moi. J'aurais les mains tremblantes, une petite voix haut perchée. Et ensuite, je m'en voudrais de ne pas avoir contrôlé la situation.

Le proviseur, Mr Jordan, prend le micro pour débiter des banalités barbantes sur l'importance de la ponctualité et nous mettre au courant d'un nouveau système d'avertissements. Miss Smidgens, elle, nous informe que le journal du lycée, *La Muscade*, cherche des rédacteurs. Nous trouverons un article extraordinaire sur les menus de la cantine dans le numéro de cette semaine. Ensuite, Cynthia s'avance. C'est son grand moment.

– L'année qui s'ouvre sera la plus importante de notre existence. Nous voici au bord d'un vertigineux précipice. D'ici neuf mois, nos vies seront irrémédiablement transformées, dit-elle comme si elle se prenait pour Roosevelt.

Je m'attends presque à l'entendre ajouter, comme ce président héroïque, que la seule chose à craindre est la peur elle-même, mais elle poursuit :

– Cette année, nous allons vivre de Grands Moments de terminale. Des moments que nous n'oublierons jamais.

Son expression extasiée fait place à une vive contrariété. En effet, toutes les têtes se sont tournées vers le centre de l'auditorium.

Donna LaDonna remonte l'allée centrale. Elle ressemble à une mariée dans sa robe blanche à profond décolleté en V. Son ample poitrine est soulignée par une minuscule croix de diamants suspendue à une délicate chaîne de platine. Elle a un teint d'albâtre. Une constellation de bracelets en argent carillonne comme autant de clochettes chaque fois qu'elle bouge le poignet. Silence total dans la salle.

Cynthia Viande se penche vers le micro.

– Bonjour, Donna. Quelle joie que tu aies pu venir.

– Merci, répond Donna en s'asseyant.

Tout le monde éclate de rire.

Donna fait un signe de tête à Cynthia et agite légèrement la main, comme pour l'encourager à continuer. Toutes deux partagent cette amitié étrange des filles qui

15

sont dans la même bande mais ne s'apprécient pas vraiment.

– Comme je le disais, reprend Cynthia qui rame un peu pour regagner l'attention du public, nous allons vivre de Grands Moments de terminale. Des moments inoubliables.

Elle fait un signe au responsable de la sono, et la chanson « The Way We Were » résonne dans les haut-parleurs.

Je pousse un gémissement et me cache derrière mon cahier pour pouffer tranquillement, mais la déprime me tombe dessus : je repense à la lettre.

Heureusement, chaque fois que je me sens mal, je me remémore ce qu'une petite fille m'a dit un jour. Elle avait énormément de personnalité : elle était tellement moche que cela la rendait mignonne. Et on voyait qu'elle le savait bien. « Carrie ? m'a-t-elle demandé. Et si j'étais une princesse sur une autre planète ? Et que personne, ici, ne le savait ? »

Cette question me fascine toujours. N'est-ce pas la vérité ? Qui que nous soyons ici, nous sommes peut-être des princesses ailleurs. Ou des écrivains. Ou des savants. Ou des présidents. Ou tout ce que nous voudrions être alors que personne ne nous en croit capables.

2

La bosse des maths

– Qui peut me dire la différence entre calcul intégral et calcul différentiel ?

Andrew Zion lève la main.

– C'est en rapport avec le traitement des différentielles ?

– En effet, on se rapproche, dit Mr Dammer, le professeur. Quelqu'un d'autre a une idée ?

La Souris lève le doigt.

– Le calcul différentiel consiste à prendre un point infiniment petit et à calculer les taux de changement en fonction des variables. Avec le calcul intégral, on prend un petit élément différentiel que l'on intègre dans un intervalle. L'addition de tous ces points infinitésimaux forme une quantité cohérente.

C'est pas vrai. Comment La Souris peut-elle être si savante ?

Je n'arriverai jamais à être au niveau dans ce cours. Ce sera une première. Pourtant, j'ai toujours eu beaucoup de facilités en maths. Rien qu'en faisant mes

devoirs, je réussissais mes contrôles tranquille, pratiquement sans réviser. Mais cette année, il va falloir que je
me mette au travail si je veux surnager.

J'en suis là de mes réflexions, à paniquer légèrement,
lorsqu'on frappe à la porte. Sebastian Kydd entre dans la
classe. Vieux polo bleu marine. Yeux noisette ourlés de
longs cils. L'eau de mer et le sel ont décoloré ses cheveux
en blond foncé. Son nez, légèrement tordu comme s'il
avait pris un coup dans une bagarre, est le seul détail qui
l'empêche d'être trop beau.

– Tiens, Mr Kydd. Je me demandais quand vous comp-
tiez faire votre apparition, lui dit Mr Dammer.

Sebastian le fixe droit dans les yeux. Impassible.

– J'avais deux ou trois choses à régler avant.

Je l'observe en douce. Voilà quelqu'un qui vient réel-
lement d'une autre planète. Une planète où on a des
traits parfaits et une chevelure fabuleuse.

– Asseyez-vous, je vous en prie.

Sebastian parcourt la classe des yeux. Son regard
s'arrête sur moi. Il observe mes bottes blanches, puis
remonte le long de ma jupe écossaise bleue et de mon
col roulé sans manches jusqu'à mon visage, lequel est
bien sûr en feu. Un coin de sa bouche remonte, amusé,
puis redescend, troublé, avant de s'immobiliser, indifférent. Il prend place au fond de la salle.

– Carrie, m'interpelle Mr Dammer. Pourriez-vous me
donner l'équation de base du mouvement ?

Ouf ! Celle-là, je l'ai apprise par cœur l'an dernier. Je
la débite comme un robot :

18

– *x* puissance 5 fois *y* puissance 10 moins un entier quelconque que l'on appelle habituellement N.

– Très bien.

Mr Dammer trace une autre équation au tableau, recule d'un pas et regarde Sebastian.

Je pose une main sur mon cœur pour l'empêcher de faire des bonds.

– Mr Kydd ? Pouvez-vous me dire ce que représente cette équation ?

Ça y est, je craque. Je me retourne pour le dévorer des yeux.

Sebastian se renverse en arrière sur sa chaise et tapote son livre de maths du bout de son stylo. Son sourire est tendu, comme s'il ignorait la réponse. Ou comme s'il la connaissait et s'étonnait qu'on puisse être assez bête pour la lui demander.

– Elle représente l'infini, monsieur. Mais pas n'importe quel infini. Le genre d'infini que l'on trouve dans un trou noir.

Il croise mon regard et me fait un clin d'œil.

Houlà. Le trou noir, en effet.

– Sebastian Kydd est avec moi en maths, dis-je à Walt entre mes dents, en resquillant pour me placer derrière lui dans la file d'attente de la cantine.

– Oh non, Carrie, pas toi ! soupire-t-il en levant les yeux au ciel. Les filles du lycée ne parlent que de lui. Y compris Maggie.

Le plat chaud est de la pizza, l'éternelle pizza qui a un goût de vomi : sans doute une recette secrète réservée aux cantines scolaires. Je prends un plateau, une pomme et une part de tarte au citron meringuée.

– Mais Maggie sort avec toi.

– Va le lui rappeler.

Nous emportons nos plateaux jusqu'à notre table habituelle. La bande des androïdes mange à l'autre bout du réfectoire, à côté des distributeurs. Étant en terminale, nous aurions dû revendiquer une table proche de la leur. Mais Walt et moi avons constaté depuis longtemps que le lycée présentait une ressemblance troublante avec l'Inde – un parfait exemple de système de castes. Nous avons donc décidé de protester en gardant toujours la même table. Malheureusement, comme la plupart des tentatives de résistance au conformisme généralisé, notre geste passe totalement inaperçu.

La Souris vient nous rejoindre. Walt et elle se mettent à parler de leur cours de latin, une matière dans laquelle ils font bien plus d'étincelles que moi. Puis c'est Maggie qui arrive. La Souris et elle sont assez copines, mais La Souris dit qu'elle ne veut pas trop se rapprocher de Maggie à cause de son hypersensibilité. Moi j'aime bien, je trouve cela intéressant, et puis cela m'évite de penser à mes propres problèmes. Comme souvent, donc, Maggie est au bord des larmes.

– Je viens encore de me faire convoquer par la surveillante générale. Il paraît que mon pull montre trop mes formes !

– N'importe quoi, dis-je.

– Ne m'en parle pas, continue Maggie en se glissant entre Walt et La Souris. Elle veut ma peau, celle-là. J'ai répliqué que ce n'était pas dans le règlement et qu'elle n'avait pas le droit de m'expliquer comment m'habiller.

La Souris croise mon regard et étouffe un petit rire. Elle pense sans doute à la même chose que moi : la fois où Maggie s'est fait renvoyer de chez les scouts parce qu'elle portait un uniforme trop court. Bon, d'accord, c'était il y a sept ans, mais quand on vit depuis toujours dans la même petite ville, on n'oublie pas ce genre de détails.

– Et qu'est-ce qu'elle t'a répondu ?

– Qu'elle ne me renvoyait pas chez moi pour cette fois, mais que si elle me revoit avec ce pull, ce sera l'exclusion temporaire.

Walt hausse les épaules.

– C'est une garce.

– Comment peut-elle faire de la discrimination contre un pull ?

– On devrait peut-être aller se plaindre à la direction, suggère La Souris. Essayer de la faire virer.

Je suis sûre qu'elle ne le fait pas exprès, mais son ton est un peu moqueur. C'en est trop pour Maggie : elle fond en larmes et se précipite aux toilettes.

Walt nous regarde tour à tour.

– Merci, les filles. Qui va la chercher ?

– J'ai dit quelque chose ? demande La Souris d'un air innocent.

– Non, soupire Walt. Elle pète les plombs un jour sur deux.

– J'y vais.

Je croque ma pomme et me lance à sa poursuite en poussant brutalement les portes de la cantine.

Je heurte Sebastian Kydd de plein fouet.

– Holà ! s'écrie-t-il. Il y a le feu ?

– Pardon, bredouillé-je.

Je suis soudain renvoyée à toute allure dans le passé, j'ai de nouveau douze ans.

– C'est ici, la cantine ? me demande-t-il en désignant les portes battantes. (Il regarde à travers le guichet.) Ça m'a l'air immonde. Il y a un endroit où manger à l'extérieur du campus ?

Du campus ? Depuis quand le lycée de Castlebury est-il un campus ? Et Sebastian est-il en train de m'inviter à déjeuner ? Non, pas possible. Pas moi. À moins qu'il ait oublié notre première rencontre.

– On peut acheter des hamburgers tout au bout de la rue. Mais il faut une voiture pour y aller.

– J'en ai une.

Et nous restons plantés là, à nous fixer dans le blanc des yeux. Je sens que d'autres élèves passent autour de nous, mais je ne les vois pas.

– Bon, eh bien merci, reprend-il.

– De rien, dis-je avec un hochement de tête en me rappelant l'existence de Maggie.

– À plus, conclut-il en s'éloignant.

Règle numéro un : on a toujours une amie en pleine crise quand, pour une fois, un mec mignon nous adresse la parole.

J'entre en courant dans les toilettes des filles.

– Maggie ? Tu ne vas pas me croire, devine ce qui vient de m'arriver.

Je regarde sous les portes et repère ses chaussures près du mur.

– Mag ?

– C'est la honte *totale*, braille-t-elle.

Et règle numéro deux : une meilleure amie en pleine humiliation a toujours la priorité sur un mec mignon.

– Magou, essaie de ne pas prendre tout ce qu'on te dit au pied de la lettre.

Je sais que cela n'aide pas beaucoup, mais c'est ce que mon père dit sans arrêt et la seule réponse que je trouve pour le moment.

– Comment veux-tu que je fasse ?

– Dis-toi qu'ils sont ridicules. Allez, Mag. Tu sais bien que le lycée, c'est rien. Dans quelques mois, on ne sera plus là et on ne sera obligées de revoir personne.

– J'ai besoin d'une cigarette, gémit-elle.

La porte s'ouvre et les deux Jennifer font leur entrée.

Jen S. et Jen P. sont pom-pom girls et font partie de la bande des androïdes. Jen S. a les cheveux noirs et raides, elle est jolie comme un cœur. Jen P. était ma meilleure amie en CE2. Elle était plutôt sympa, jusqu'au jour où elle est arrivée au lycée et s'est mise en quête de prestige social. Elle a fait deux ans de gymnastique pour pouvoir devenir pom-pom girl, et elle est allée jusqu'à sortir avec le meilleur pote de Tommy Brewster, qui a des dents de cheval. J'oscille entre la pitié pour elle et l'admiration pour sa détermination sans faille. L'an dernier, ses efforts ont payé : elle a enfin été admise dans la bande des androïdes. Ce qui l'autorise, en gros, à ne m'adresser la parole que quand elle a quelque chose à me demander.

Ce doit être le cas aujourd'hui, car elle s'écrie « Salut ! » en me voyant, comme si nous étions de grandes amies.

Je lui réponds avec le même enthousiasme forcé.

Jen S. me salue du menton pendant que toutes les deux dégainent leurs rouges à lèvres et leurs ombres à paupières. Un jour, j'ai entendu Jen S. dire à une fille que pour attirer les garçons, il fallait avoir une « caractéristique » : une chose que l'on porte en permanence, pour marquer les esprits. Pour Jen S., apparemment, c'est un épais trait d'eye-liner bleu marine sur la paupière supérieure. Bon, je ne vais pas discuter. Elle se penche vers le miroir pour vérifier son maquillage pendant que Jen P. se tourne vers moi.

– Devine qui est de retour au lycée ! me dit-elle.

– Qui ?

– Sebastian Kydd !

– Ah boooon ?

Je me regarde dans la glace et tire sur ma paupière comme si j'avais quelque chose dans l'œil.

Elle rentre le ventre et s'observe de profil.

– Tu le connais, non ?

24

– Pourquoi ?

– Je veux sortir avec lui, m'annonce-t-elle avec un aplomb stupéfiant. D'après ce qu'on m'a dit, ce serait le petit ami idéal pour moi. Si c'est vrai que tu le connais, tu pourrais nous présenter.

– Pourquoi veux-tu sortir avec quelqu'un que tu n'as jamais rencontré ?

– Je le veux, c'est tout. Pas besoin de raison.

Je souris. Bien sûr que si, elle a une raison, mais qui n'a rien à voir avec Sebastian Kydd en tant que personne.

– Maggie ?

Pas un bruit. Elle déteste les deux Jen et ne sortira pas tant qu'elles ne seront pas parties.

– Les mecs les plus mignons de l'histoire du lycée de Castelbury ! scande Jen S. comme si elle menait la parade des pom-pom girls.

– Jimmy Watkins.

– Randy Sandler.

– Bobby Martin.

Jimmy Watkins, Randy Sandler et Bobby Martin jouaient dans l'équipe de football américain quand nous étions en seconde. Ils sont tous partis depuis au moins deux ans. J'ai envie de crier : « On s'en fout ! »

– Sebastian Kydd ! s'exclame Jen S.

– Oh, lui, c'est le champion.

Je ne me remets pas de l'idiotie de ces deux filles.

– Dis donc, Carrie ? continue Jen P.

– Ouais ?

25

– Si par hasard tu parles avec lui, tu lui diras que je suis intéressée ? Tu peux lui donner mon numéro.

– À qui ? dis-je, juste pour l'énerver.

– À Sebastian Kydd, souffle-t-elle avant de disparaître en coup de vent avec l'autre Jen.

Maggie pousse un soupir de soulagement.

– Elles sont parties ?

– Oui.

– Dieu existe.

Elle sort de sa cachette et se dirige vers le miroir. Elle se passe un peigne dans les cheveux.

– Je n'en reviens pas que Jen P. croie pouvoir sortir avec Sebastian Kydd. Cette fille est dans l'hyperespace. Au fait, qu'est-ce que tu voulais me raconter ?

– Rien.

Soudain, j'en ai par-dessus la tête de Sebastian. J'entends encore une personne prononcer son nom, et je me tire une balle.

– C'était quoi, cette histoire avec Sebastian Kydd ? m'interroge La Souris quelques minutes plus tard.

Nous sommes à la bibliothèque, en train d'essayer de réviser.

– Quelle histoire ?

Je surligne une équation en jaune, même si c'est totalement inutile. Cela donne l'impression d'apprendre, alors qu'en réalité, la seule chose qu'on apprenne, c'est à utiliser un surligneur.

– Il t'a fait un clin d'œil. En maths.

– Ah bon ?

– Brad, dit La Souris, incrédule. N'essaie pas de me faire croire que tu n'as pas vu.

– Comment savoir si c'était pour moi, ce clin d'œil ? Peut-être qu'il faisait un clin d'œil au mur.

– Et comment savoir si l'infini existe ? Ce n'est qu'une théorie. Ma théorie, c'est qu'il te plaît.

Soudain, j'ai quelque chose de coincé en travers de la gorge. Je pique une quinte de toux spectaculaire. Mais c'est peine perdue : La Souris lit en moi comme dans un livre.

– Je trouve que tu devrais sortir avec lui, poursuit-elle, imperturbable. Il serait très bien pour toi. Il est mignon et intelligent.

– C'est ce que toutes les filles du lycée pensent. Jen P, par exemple.

– Et alors ? Toi aussi, tu es mignonne et intelligente. Pourquoi tu ne sortirais pas avec lui ?

Règle numéro trois : les meilleures amies croient toujours que vous méritez le meilleur des mecs, même quand il sait à peine que vous existez.

– Parce qu'il ne s'intéresse qu'aux pom-pom girls ?

– Mauvais raisonnement, Brad. Rien ne te prouve que c'est vrai.

Et là, elle devient toute rêveuse et pose le menton dans sa main. Elle ajoute :

– Les garçons peuvent réserver bien des surprises.

Cet air rêveur ne lui ressemble pas du tout. Elle a beaucoup d'amis garçons, mais elle a toujours été trop terre à terre pour avoir une histoire d'amour.

– Qu'est-ce que ça veut dire, ça ? je lui demande, intriguée par cette nouvelle Souris. Tu as rencontré des garçons surprenants ces derniers temps ?

– Juste un.

Et règle numéro quatre : les meilleures amies peuvent réserver bien des surprises.

– Brad. (Elle se tait un instant.) J'ai un amoureux.

Quoi ? Ce scoop me cloue le bec. Elle qui n'a jamais eu ne serait-ce qu'un rencard digne de ce nom !

– Il est très chouette, poursuit-elle.

Retrouvant la parole, je parviens à croasser :

– Chouette ? *Chouette ?* Qui est-ce ? Je veux tout savoir sur ce chouette gars.

La Souris glousse, ce qui ne lui ressemble pas du tout non plus.

– Je l'ai rencontré cet été. En camp de vacances.

– Aha !

J'allais me vexer qu'elle ne m'ait jamais parlé de ce fiancé mystère, mais tout s'explique : l'été, je ne la vois jamais car elle passe les grandes vacances dans un camp où l'envoient ses parents, à Washington.

Et soudain, je suis très heureuse pour elle. Je bondis pour la serrer dans mes bras, je sautille sur place comme un petit enfant le matin de Noël. Je ne sais pas pourquoi j'en fais tout un plat. Ce n'est qu'une amourette d'été. Mais quand même.

– Il s'appelle comment ?

– Danny.

Elle détourne lentement les yeux et sourit bêtement, comme si elle regardait un film secret dans sa tête.

– Il est de Washington. On a fumé de l'herbe ensemble et...

– Minute, dis-je en levant les mains. De l'herbe ?

– C'est ma sœur Carmen qui m'en a parlé. D'après elle, ça détend avant de faire l'amour.

Carmen a trois ans de plus que La Souris, et c'est la fille la plus sage de la galaxie. Elle porte même des collants l'été, c'est dire.

– Quel rapport entre Carmen et toi et Danny ? Carmen fume de l'herbe ? Carmen couche avec des garçons ?

– Écoute, Brad. Même les gens intelligents ont le droit de coucher.

– Si c'est ça, *nous*, on devrait coucher.

– Parle pour toi.

Hein ? Je lui arrache son livre de maths, que je referme bruyamment.

– Mais enfin, La Souris, qu'est-ce que tu me chantes ? Tu as *couché* ?

– Eh oui, lâche-t-elle avec un hochement de tête, comme s'il n'y avait pas de quoi tomber de sa chaise.

– Comment peux-tu coucher et moi pas ? Tu es censée être un rat de bibliothèque. Tu es censée trouver un traitement contre le cancer, pas t'envoyer en l'air sur la banquette arrière d'une voiture en fumant des joints.

– On l'a fait chez ses parents, dans la pièce du sous-sol, me répond-elle en reprenant son livre.

– C'est vrai ?

Je m'efforce d'imaginer La Souris nue sur le grabat d'un type dans un sous-sol humide. Impossible.

– C'était comment ?

– Le camp ?

– Le sexe ! dis-je presque en criant, histoire de la faire redescendre de son nuage.

– Ah, ça ! C'était bien. Très sympa. Mais c'est le genre de choses qui se travaille. On ne s'y met pas comme ça. Il faut acquérir de l'expérience.

– Ah oui ?

Je plisse les yeux, soupçonneuse. Je ne sais pas quoi penser. J'ai passé tout l'été à écrire une histoire débile pour être admise à ce séminaire débile, et pendant ce temps, La Souris était en train de perdre sa virginité.

– Et d'abord, comment tu t'es débrouillée pour savoir comment t'y prendre ?

– J'ai lu un livre. Ma sœur dit que tout le monde devrait lire un manuel éducatif avant de le faire, pour savoir à quoi s'attendre. Sinon, on s'expose à de grandes déceptions.

J'ajoute un ouvrage sur le sexe à mon tableau mental de La Souris en pleine action avec ce type dans un sous-sol chez ses parents.

– Et tu crois que tu vas... continuer ?

– Oh oui, s'exclame-t-elle. Il va aller à Yale, comme moi.

Elle sourit et se replonge dans son livre de maths, comme si la question était réglée.

– Humpf.

Je croise les bras. Logique imparable, cela dit. La Souris est tellement organisée... Que sa vie amoureuse soit entièrement planifiée dès ses dix-huit ans est parfaitement normal.

Alors que moi, je n'ai absolument rien de prévu.

3

Double jeu

– Comment je vais pouvoir survivre à cette année ? se lamente Maggie.

Elle sort un paquet de cigarettes piqué à sa mère et en allume une.

– Mmm, fais-je, distraite.

Je suis encore sous le choc. La Souris a une vie sexuelle. *Est-ce que* tout le monde *a une vie sexuelle ?*

Dingue. Je ramasse distraitement un exemplaire de *La Muscade*. En gros titre : « ENFIN DES YAOURTS À LA CANTINE ». Découragée, je le repose. À part les trois pelés qui travaillent à la rédaction, personne ne le lit. Mais quelqu'un l'a laissé traîner sur cette vieille table à pique-nique, dans l'ancienne étable, juste à côté du lycée. La table est là depuis toujours. Gravées dans le bois, on peut lire des initiales d'amoureux, des dates, et des remarques profondes, du style « Castlebury mon cul ». Comme les profs ne viennent jamais ici, c'est également la zone fumeurs.

– Au moins, on aura des yaourts cette année, je lance comme ça, pour rien.

Peut-être que je ne coucherai jamais ? Si je me tue en voiture avant que l'occasion ne se présente ?

– Ça voulait dire quoi, ça ?

Oh non. Je sais ce qui se prépare : la fameuse discussion sur le corps. Maggie va se plaindre de se trouver grosse, et moi d'avoir l'air d'un garçon. Elle va dire qu'elle aimerait me ressembler, je vais dire que j'aimerais lui ressembler. Et rien ne changera, on aura toujours le même corps, sauf qu'en plus on aura réussi à se plomber le moral. Alors qu'on n'y peut rien.

Comme cette fichue lettre de refus.

Et si un garçon veut coucher avec moi et que j'ai trop la trouille pour aller jusqu'au bout ?

Ça y est, c'est parti :

– Tu me trouves grosse ? Je suis grosse, non ? Je me *sens* grosse.

– Maggie. Tu n'es pas grosse.

Les garçons rampent à ses pieds depuis ses treize ans, mais elle ne veut surtout pas s'en rendre compte.

Je tourne la tête. Derrière elle, dans un coin sombre à l'autre bout de l'étable, on voit bouger le bout luisant d'une cigarette.

– Il y a quelqu'un, dis-je entre mes dents.

– C'est qui ?

Peter Arnold sort de l'ombre.

Peter est un des garçons les plus brillants de terminale. Pour être franche, je le trouve un peu rasoir. Je l'ai toujours connu petit avec les joues rondes et le teint

33

blafard, mais il s'est passé quelque chose pendant l'été. Il a grandi.

Et visiblement, il s'est mis à fumer.

Peter est un bon copain de La Souris. Moi, je ne le connais pas très bien. Les amis, c'est un peu comme les planètes. Nous avons tous notre petit système solaire personnel. D'habitude, les systèmes solaires se croisent rarement... mais là, il y a du changement dans l'air.

– Je peux me joindre à vous ?

– Eh non, dis-je. On parle entre filles, là.

Je ne sais pas ce qui me pousse à traiter les garçons ainsi. Surtout les garçons comme Peter. Une mauvaise habitude, sans doute. Pire que de fumer. Mais je n'ai pas envie qu'il vienne se mêler de notre conversation.

– Bien sûr, viens, l'invite Maggie en me donnant un coup de pied sous la table.

– Au fait, je ne te trouve pas grosse, précise-t-il.

J'essaie de communiquer mon petit sourire satisfait à Maggie, mais elle ne me regarde pas. C'est Peter qu'elle regarde. Alors je l'imite. Ses cheveux ont poussé et la plupart de ses boutons ont disparu. Mais il y a autre chose de nouveau en lui.

De la confiance en soi.

Je rêve ! D'abord La Souris, et maintenant Peter. Est-ce que tout le monde va se transformer cette année ?

Comme Maggie et lui ne s'intéressent toujours pas à moi, je reprends le journal. Je fais semblant de lire. Ce qui n'échappe pas à Peter.

– Que penses-tu de *La Muscade* ?

– Nul.

– Merci. Je suis le rédacteur en chef.

Super. Bravo, Carrie.

– Puisque tu es si maligne, tu ne voudrais pas essayer d'écrire pour nous ? Tu racontes à tout le monde que tu veux devenir écrivain, non ? Qu'est-ce que tu as écrit, jusqu'ici ?

Il ne veut sans doute pas être agressif, mais ses questions me contrarient. Peter serait-il au courant de mon rejet de la New School ? Non, impossible. Peu importe, il m'énerve.

– Qu'est-ce que ça peut te faire, ce que j'ai écrit ou pas écrit ?

Il prend un petit air de tête à claques.

– Si tu te prétends écrivain, c'est que tu écris. Sinon, autant aller faire la pom-pom girl.

– Va te faire cuire un œuf.

– J'y penserai.

Et il rit de bon cœur, en plus. Le pauvre, il doit avoir tellement l'habitude de se faire insulter que ça ne le vexe même plus.

Quand même, je suis un peu ébranlée. Je ramasse mon sac de natation.

– J'ai entraînement.

– Qu'est-ce qu'elle a ? demande Peter pendant que je sors comme une furie.

Je descends la colline pour rejoindre le gymnase, en esquintant mes talons dans l'herbe. C'est toujours la même chose. Je dis aux gens que je veux écrire, ils ricanent. Pourquoi, pourquoi ? Ça me rend folle. J'écris depuis l'âge de six ans, quand même ! J'ai pas mal d'imagination : à une époque, je racontais les histoires d'une famille de crayons. Ils s'appelaient « les HB ». Ils étaient poursuivis par un méchant nommé « le Taille-crayon ». Ensuite, j'ai inventé l'histoire d'une petite fille qui souffrait d'une maladie mystérieuse : elle avait l'air d'avoir quatre-vingt-dix ans. Et cet été, pour être admise à ce foutu séminaire, j'ai écrit un livre entier sur un garçon qui se transformait en télé. Personne dans sa famille ne s'en apercevait, jusqu'au jour où il grillait toute l'électricité de la maison.

Si j'avais dit à Peter la vérité sur mes écrits, il m'aurait ri au nez. Comme les gens de la New School.

– Carrie ! me crie Maggie en coupant à travers les terrains de sport pour me rattraper. Il faut excuser Peter. Il dit que c'était juste pour rire, cette histoire d'écriture. Il a un humour un peu spécial.

– Tu m'étonnes.

– Tu veux qu'on aille faire les boutiques après ton entraînement de natation ?

Je contemple le terrain qui entoure le lycée et l'énorme parking derrière. Tout est exactement comme avant.

– Si tu veux.

Je sors la lettre de mon livre, la froisse et la fourre dans ma poche.

On se fiche de Peter Arnold. On se fiche de la New School. Un jour, je serai écrivain. C'est pas demain la veille, mais cela arrivera un jour.

– J'en peux plus de venir ici, soupire Lali en laissant tomber ses affaires sur le banc du vestiaire.

– Moi pareil, dis-je en descendant la fermeture Éclair de mes bottes.

Je sors mon vieux maillot de mon sac et le suspends dans le casier. J'ai su nager avant de savoir marcher. Sur ma photo préférée, j'ai cinq mois et je suis assise dans une petite bouée jaune à Long Island. Je porte un bob blanc trop mignon et un maillot à pois, et je souris d'une oreille à l'autre.

– Toi encore, ça va, me répond-elle. Ce n'est rien à côté de mes problèmes.

– Quels problèmes ?

– Ed, précise-t-elle avec une grimace.

Ed, c'est son père.

Je vois. Parfois, il se comporte plus comme un gamin que comme un père, tout policier qu'il est. D'ailleurs, ce n'est pas un simple flic : c'est un enquêteur, le seul que nous ayons en ville. Ça nous fait toujours rire, Lali et moi, parce qu'on ne voit pas sur quoi il peut bien enquêter : il n'arrive jamais rien de grave à Castlebury.

– Il est venu au lycée, me raconte-t-elle en se déshabillant. On s'est engueulés.

– Qu'est-ce qu'il y a encore ?

Les Kandisee se disputent comme des chiffonniers. Ils passent leur temps à se rabibocher, à se raconter des blagues et à faire des choses extravagantes. Du ski nautique sans les skis, par exemple. À une époque, ils m'emmenaient partout. Je rêvais d'être née dans leur famille au lieu de la mienne. Comme ça, j'aurais ri tout le temps, écouté du rock et joué au base-ball en famille les soirs d'été. Cela tuerait mon père s'il le savait, mais c'est la vérité.

Lali est face à moi, nue, les mains sur les hanches.

– Ed ne veut pas me payer la fac.

– *Quoi ?*

– Il refuse de payer. C'est ce qu'il m'a dit aujourd'hui. Il n'a jamais fait d'études et il s'en porte très bien, dit-elle en l'imitant. J'ai deux possibilités. Soit j'entre à l'école militaire, soit je me trouve du boulot. Il se fout complètement de ce que je veux, *moi*.

– Oh, Lali...

Je suis horrifiée. Ce n'est pas possible. Lali a quatre frères et sœurs et c'est vrai qu'ils ont des fins de mois difficiles. Mais nous avons toujours pensé qu'elle irait en fac avec moi. Et qu'ensuite, nous ferions de grandes choses dans la vie. Couchées dans le noir, moi dans un duvet et elle sur son petit lit, nous avons passé des nuits entières à partager nos secrets à voix basse. Je serais écrivain et Lali serait médaille d'or de plongeon. Total, on a l'air fin : je ne suis pas prise à la New School, et Lali ne pourra même pas faire d'études.

– Je vais rester coincée à vie dans ce trou paumé, râle-t-elle. Je peux me faire embaucher dans une boutique de fringues de mémé pour cinq dollars de l'heure. Ou prendre un job de caissière au supermarché. Ou alors... (Elle se frappe le front de la main.) Mais oui, je pourrais travailler à la banque ! Ah non, raté, il faut un diplôme pour bosser au guichet.

– Ça ne va pas se passer comme ça. Il va t'arriver quelque chose...

– Quoi ?

– Tu auras une bourse pour la natation...

– Ce n'est pas un métier.

– Tu peux toujours aller à l'école militaire. Tes frères...

– ... y sont tous les deux et ils détestent ça, me coupe-t-elle.

– Tu ne peux pas laisser ton père gâcher ta vie, dis-je farouchement. Trouve ce que tu veux faire, et fais-le. Si tu désires vraiment quelque chose, ce n'est pas Ed qui t'arrêtera.

– C'est ça, ironise-t-elle. Je n'ai plus qu'à trouver ce « quelque chose ». (Elle tient son maillot devant elle et passe les jambes dans les trous.) Je ne suis pas comme toi, tu comprends ? Je ne sais pas encore ce que je veux faire de ma vie. Et pourquoi je devrais ? Je n'ai que dix-sept ans. Tout ce que je sais, c'est que je refuse qu'on vienne me dire ce que je ne *peux pas* faire.

En se tournant pour attraper son bonnet de bain, elle fait tomber mes vêtements. Je me baisse pour les ramasser : la lettre de la New School a glissé de ma poche. Elle est juste à côté de son pied.

– Laisse, dis-je.

Je tends le bras pour l'attraper, mais Lali me prend de vitesse.

39

– Qu'est-ce que c'est ? demande-t-elle, le papier froissé à la main.

– Rien, rien.

Ses yeux s'arrondissent comme des soucoupes en voyant l'adresse de l'expéditeur.

– Non mais tu plaisantes ?

Elle lisse le papier.

– Lali, *s'il te plaît*.

Trop tard : je vois ses pupilles zoomer sur le texte. Elle est en train de lire.

Eh merde. Je savais que j'aurais dû la laisser à la maison, cette lettre. Ce que j'aurais vraiment dû faire, en fait, c'est la déchirer en mille morceaux et la jeter. Ou alors, la brûler (très romanesque, mais ce n'est pas si facile, d'ailleurs). Bref, au lieu de m'en débarrasser, je la trimballe partout en espérant qu'elle me poussera à m'accrocher. Par une sorte d'effet pervers, je suppose.

Paralysée par ma propre idiotie, je murmure faiblement :

– Lali, non.

– Juste une minute, dit-elle en relisant.

Elle relève les yeux. Secoue la tête. Prend un air tragique.

– Carrie. Je suis désolée pour toi.

– Pas tant que moi.

Je hausse les épaules comme si ce n'était rien. J'ai du verre pilé plein les boyaux.

– Je suis sincère. (Elle replie la lettre et me la tend, puis se met à tripoter ses lunettes de natation.) J'étais là, à me plaindre d'Ed, alors que toi tu te fais refouler par la New School. C'est nul.

– Si on veut.

– Eh ben, ma vieille, on n'est pas près de se tirer d'ici, conclut-elle en passant un bras autour de mes épaules. Même si tu vas à Brown, ce n'est qu'à trois quarts d'heure de route. On se verra encore tout le temps.

Elle tire sur la porte qui mène à la piscine. Une vapeur chimique saturée de chlore et de détergent vient nous envelopper. Je pense un instant lui demander de garder le silence sur mon échec, mais cela ne ferait qu'aggraver les choses. Si j'agis comme si je m'en fichais un peu, elle oubliera.

D'ailleurs, elle jette sa serviette dans les gradins et part en courant sur le carrelage.

– La dernière dans l'eau est une poule mouillée ! s'écrie-t-elle en faisant la bombe.

4

Le grand amour

Quand j'arrive chez moi, c'est l'hystérie collective.

Un gamin maigrichon aux cheveux en pétard court dans tout le jardin, poursuivi par mon père, suivi de ma sœur Dorrit, suivie de mon autre sœur, Missy.

– Et que je ne te reprenne jamais à venir ici ! crie mon père au moment où le garçon, Paulie Martin, saute sur son vélo pour filer.

Je vais aux renseignements auprès de Missy :

– C'est quoi, ce bazar ?

– Pauvre papa.

– Pauvre Dorrit.

Je fais passer mes affaires d'un bras sur l'autre. Comme pour se moquer de moi, la lettre de la New School tombe encore. *C'est pas bientôt fini ?* Je la ramasse, entre à grands pas dans le garage et la jette.

Immédiatement, je me sens perdue sans elle. Je la repêche au milieu des ordures.

– Vous avez vu ça ? claironne mon père. Je viens de chasser ce petit salopiaud de chez nous. Et toi (il pointe

42

le doigt sur Dorrit), à la maison. Ne pense même pas à l'appeler.

– Paulie n'est pas méchant, papa. Ce n'est qu'un môme.

– C'est un petit c-o-n, dit mon père, qui met un point d'honneur à ne pas jurer. Un voyou. Vous savez qu'il s'est fait prendre à acheter de la bière ?

– Paulie Martin achète de la bière ?

– C'était dans le journal ! *Le Citoyen de Castlebury*. Et il veut dévergonder Dorrit, maintenant.

J'échange un regard avec Missy. Connaissant notre sœur, ce serait plutôt le contraire.

Petite, Dorrit était un amour. Missy et moi, on pouvait lui faire faire n'importe quoi. Même ronronner et se passer la patte derrière l'oreille comme notre chat. Elle fabriquait toutes sortes de choses pour les gens : des cartes de vœux, des petits carnets, des cache-pot au crochet. L'an dernier, elle a décidé qu'elle voulait devenir vétérinaire. Eh bien, elle a passé son temps libre à tenir des animaux malades pendant qu'ils se faisaient piquer.

Maintenant, elle a presque treize ans et c'est la crise permanente. Tous les jours ou presque, elle pleure, elle se met en rage, elle nous hurle aux oreilles. Papa dit que ça lui passera, mais je n'en suis pas si sûre. Mon père est un très grand mathématicien. Il y a longtemps, il a trouvé la formule d'un nouveau métal qui a été utilisé dans les fusées Apollo. Missy et moi, on dit toujours en plaisantant que si les gens étaient des théorèmes, papa serait maître du monde.

Mais Dorrit n'est pas un théorème. Et depuis un moment, j'ai constaté avec Missy que des bricoles disparaissaient de nos chambres : une boucle d'oreille, un tube de gloss, le genre d'objets que l'on peut perdre sans s'en rendre compte. Missy était sur le point de lui en parler quand nous avons presque tout retrouvé entre les coussins du canapé. N'empêche, Missy est persuadée que Dorrit est au bord de la délinquance. Moi, c'est plutôt sa colère qui m'inquiète. Missy et moi étions insolentes aussi à treize ans, mais pas comme ça, pas furax en permanence.

Bien sûr, au bout de deux minutes, Dorrit se pointe dans ma chambre. Elle cherche la bagarre.

– Qu'est-ce qu'il faisait là, Paulie Martin ? dis-je. Tu sais que papa te trouve trop jeune pour sortir avec des garçons.

– Je suis en cinquième, répond-elle, butée.

– Tu n'es même pas encore au lycée. Tu as bien le temps d'avoir des amoureux.

– Tout le monde en a. (Elle gratte son vernis à ongles écaillé.) Pourquoi pas moi ?

Voilà pourquoi j'espère ne jamais avoir d'enfants.

– Ce n'est pas parce que tout le monde fait une chose que tu dois faire pareil. N'oublie pas, dis-je en citant mon père, que nous sommes des Bradshaw. Pas besoin d'être des moutons.

– Eh ben, moi, j'en ai *marre* d'être une pauvre gourde de Bradshaw. Qu'est-ce que ça a de tellement génial ? Si je veux un copain, j'en aurai un. Missy et toi, vous êtes jalouses parce que vous n'en avez pas, c'est tout.

Elle me jette un regard de haine et court s'enfermer dans sa chambre en claquant la porte.

Je retrouve mon père dans la pièce du fond. Il regarde vaguement la télé en sirotant un gin-tonic.

– Qu'est-ce que je dois faire ? s'interroge-t-il, désespéré. La punir ? Quand j'étais jeune, les filles ne se comportaient pas comme ça.

– C'était il y a trente ans, papa.

– Ce n'est rien, conclut-il en se pressant les tempes. L'amour est une cause sacrée. (Une fois qu'il est lancé là-dessus, on ne peut plus l'arrêter.) L'amour est spirituel. C'est une question de sacrifice de soi et d'engagement. Et de discipline. Il n'y a pas de véritable amour sans discipline. Et sans respect. Quand on perd le respect de son conjoint, on a tout perdu. (Il se tait un instant.) Tu comprends ?

– Bien sûr, papa, dis-je pour ne pas le vexer.

Il y a deux ou trois ans, après la mort de ma mère, mes sœurs et moi l'avons encouragé à retrouver quelqu'un. Il n'a pas voulu en entendre parler. Il disait qu'il avait déjà eu le grand amour de sa vie, et qu'une autre histoire lui ferait l'effet d'une imposture. Il se sentait privilégié d'avoir vécu un tel amour, même si cela n'avait pas duré éternellement. Le véritable amour, selon lui, est une chose que la plupart des gens n'ont pas la joie de connaître durant leur existence, même en vivant centenaires.

On n'imagine pas qu'un scientifique pur et dur comme lui puisse être un si grand romantique. Et pourtant.

Parfois, cela m'inquiète. Pas pour lui. Pour moi.

Je retourne dans ma chambre et m'assois devant la vieille machine à écrire Royale de ma mère. J'y glisse une feuille de papier.

J'écris « Le grand amour », puis ajoute un point d'interrogation.

Et après ?

Je sors de mon tiroir une histoire que j'ai écrite il y a quelques années, quand j'avais treize ans. C'est l'histoire un peu bébête d'une fille qui sauve un garçon en lui donnant un rein. Avant de tomber malade, il ne l'a jamais remarquée alors qu'elle était raide dingue de lui, mais une fois qu'elle lui a donné son rein, il tombe fou amoureux d'elle.

Cette histoire, je ne la montrerai jamais à personne – trop mélo –, mais je n'ai jamais pu me résoudre à la jeter. Cela me fait peur. Je crains d'être secrètement une grande romantique, comme mon père.

Et les romantiques se brûlent les ailes.

Holà ! Il y a le feu ?

Jen P. avait raison. On peut tomber amoureuse d'un garçon qu'on ne connaît pas.

L'été de mes treize ans, j'allais souvent traîner avec Maggie à la cascade de Castlebury. Il y avait une falaise d'où les garçons plongeaient dans un bassin profond. Sebastian venait de temps en temps. Maggie et moi restions sagement assises de l'autre côté de la rivière.

– Vas-y, me pressait-elle. Tu plonges mieux que tous ces frimeurs.

Je secouais la tête, les bras serrés autour de mes genoux. J'étais trop timide. Terrifiée à l'idée de me montrer.

Mais j'aimais bien regarder. Je ne quittais pas Sebastian des yeux quand il grimpait sur les rochers, svelte et agile. Au sommet, les garçons chahutaient, se poussaient, imitaient Tarzan. C'était à qui se ferait le plus remarquer. Sebastian était toujours le plus courageux. Il sautait de plus haut que les autres et se jetait dans le vide avec la bravoure de celui qui n'a jamais pensé à la mort.

Il était libre.

C'est lui. Mon grand amour.

Ensuite, je l'ai oublié.

Jusqu'à aujourd'hui.

Je reprends ma lettre toute salie et la range dans le tiroir avec l'histoire de la fille qui donne son rein. Je pose le menton dans mes mains et contemple fixement la machine à écrire.

Il faut absolument qu'il m'arrive quelque chose de bien cette année. Il le faut.

5

Baleine sous gravillon

– Maggie, allez, sors.

– Peux pas.

– Maggie, s'il te plaît...

– Mais qu'est-ce que tu as, encore ? demande Walt.

– Besoin d'une clope.

Tous les trois, nous sommes assis dans la voiture de Maggie, garée au bout de la rue de Tommy. Si nous sommes là depuis un bon quart d'heure, c'est parce que Maggie est agoraphobe. Donc, elle refuse de descendre de voiture quand nous allons à une fête. Normal. D'un autre côté, il faut reconnaître que sa voiture est géniale. C'est une énorme Cadillac qui doit consommer un max. On y tient au moins à neuf, et la chaîne hi-fi est démente. En plus, sa mère laisse toujours des tonnes de cigarettes dans la boîte à gants.

– Tu viens d'en fumer trois.

– Je me sens mal, geint Maggie.

– Remarque, tu irais peut-être un peu mieux si tu n'avais pas fumé tout ça d'un coup.

Je me demande si sa mère remarque qu'il manque une centaine de cigarettes chaque fois que Maggie lui rend la voiture. Je lui ai posé la question une fois, mais elle m'a juste répondu que sa mère est complètement dans le gaz. Une bombe H pourrait exploser dans la maison, elle ne s'en rendrait pas compte.

J'essaie de l'amadouer.

– Allez, quoi. Tu sais bien que c'est juste un peu d'angoisse.

Regard noir.

– On n'y est même pas invités, à cette fête.

– Personne ne nous a interdit d'y aller. Donc, on est invités.

– Je ne peux pas encadrer Tommy Brewster, ronchonne-t-elle en croisant les bras.

– Depuis quand est-ce qu'il faut aimer quelqu'un pour aller à ses fêtes ? fait remarquer Walt. Bon, ça suffit. Moi, j'y vais.

– Moi aussi.

Nous sortons de la voiture. Maggie nous regarde partir à travers le pare-brise et rallume une cigarette. Elle verrouille ostensiblement les quatre portes.

Je suis embêtée, quand même.

– Tu veux que je reste avec elle ?

– Tu veux passer toute la soirée dans la voiture ?

– Non, en fait.

– Moi non plus, dit Walt. Et tu peux me croire, je ne vais pas céder toute l'année à ces caprices ridicules.

Sa mauvaise humeur me surprend. Il a l'habitude de supporter les névroses de Maggie sans se plaindre.

– Qu'est-ce qu'il peut lui arriver, de toute manière ? Reculer dans un arbre ?

Nous marchons vers la maison de Tommy. Castlebury a UN avantage : même si on s'y ennuie à mourir, l'endroit est beau, à sa manière. Même ici, dans ce lotissement tout neuf où les arbres n'ont pas encore poussé, les pelouses sont vert tendre, la rue est un ruban d'un noir d'encre, l'air est tiède, la lune est pleine. Ses rayons éclairent la maison et les champs derrière ; en octobre, ils seront pleins de citrouilles.

– Vous avez des problèmes, Maggie et toi ?

– Je ne sais pas, dit Walt. Elle est hyper-pénible. Je ne comprends pas ce qu'elle a. On se marrait bien, avant.

– Elle doit traverser une phase.

– Elle a déjà duré tout l'été, sa phase. Comme si je n'avais pas assez de soucis.

– Lesquels ?

– Tout, ça te va ?

Brusquement, je demande :

– Vous couchez ensemble, vous aussi ?

Quand on veut un renseignement, il faut le demander sans prévenir. Les gens sont tellement surpris qu'ils répondent la vérité.

– Pelotage très poussé, admet Walt.

– Et c'est tout ?

– Je ne suis pas sûr de vouloir aller plus loin.

J'explose de rire, je ne le crois pas une seconde.

– Allez, tu es un mec ! Vous ne pensez qu'à ça, non ?

– Ça dépend du mec.

Une musique assourdissante – Jethro Tull – secoue les murs de la maison. Nous sommes sur le point d'entrer lorsqu'une voiture de sport remonte la rue en rugissant, fait un demi-tour en dérapage contrôlé et revient se garer derrière nous le long du trottoir.

– C'est qui, celui-là ? grommelle Walt.

– Aucune idée. En tout cas, le jaune, c'est bien plus classe que le rouge.

– On connaît quelqu'un qui conduit une Corvette jaune ?

– Ben non, dis-je, intriguée.

J'adore les Corvette. En partie parce que mon père les trouve vulgaires, mais surtout parce que dans ma petite ville conservatrice, je trouve ça très glamour. Au moins, on sait que le conducteur se fiche éperdument de ce qu'on peut penser de lui. Il y a un concessionnaire Corvette pas loin de chez moi. Chaque fois que je passe devant, je sélectionne celle que je conduirais si j'avais le choix. Bon, un jour mon père a un peu tout gâché en m'apprenant que la carrosserie était en matière plastique et non en métal, et qu'en cas d'accident la voiture était pulvérisée. Maintenant, dès que je croise une Corvette, je vois du plastique se briser en mille morceaux.

Le conducteur prend son temps pour sortir. Il fait des appels de phares, remonte sa vitre, la redescend, la remonte. Comme s'il n'était pas bien décidé à y aller, à cette fête. Enfin, la portière s'ouvre... et Sebastian Kydd

51

apparaît, tel le Messie. Du moins un Messie de dix-huit ans, un mètre quatre-vingt trois, fumeur de Marlboro. Il jette un œil sur la maison, a un petit sourire narquois, et entre dans l'allée.

– Bonsoir, nous dit-il en nous saluant du menton. Excellent soir, même, j'espère. On entre ?

– Après toi, réplique Walt sans cacher son agacement.

On entre ! Au secours, j'ai les jambes molles.

Sebastian disparaît instantanément dans la foule. Walt et moi, on se fraie un chemin jusqu'au bar. On se prend deux bières, puis je retourne à la porte voir si la voiture de Maggie est toujours au bout de la rue. Elle y est. Là, je tombe sur La Souris et Peter Arnold, adossés à une enceinte.

– J'espère que tu n'as pas envie de faire pipi, me crie La Souris en guise de salut. Quand Jen P. a vu Sebastian Kydd, elle a eu une attaque, elle le trouve tellement canon qu'elle ne s'en remet pas. Elle s'est mise à hyperventiler, alors elle s'est enfermée aux toilettes avec Jen S.

– Ah.

J'observe attentivement La Souris. J'essaie de voir si elle a quelque chose de changé depuis qu'elle a une vie sexuelle. Mais je ne remarque rien.

– Si tu veux mon avis, elle est en surcharge hormonale, continue-t-elle à brailler. Ça devrait être interdit.

– Quoi ? crie Peter.

– Rien. (Elle regarde autour d'elle.) Où est Maggie ?

– Planquée dans sa voiture.

– Évidemment.

Elle hoche la tête et boit une gorgée de bière.

– Maggie est là ? s'enquiert Peter, tout guilleret.

– Elle est restée dans la voiture. Peut-être que toi, tu pourrais la faire sortir. Moi, je laisse tomber.

– Pas de problème !

Il file comme s'il était investi d'une mission divine.

L'incident des toilettes m'a l'air trop croustillant : je monte voir. La salle de bains est tout au bout d'un long couloir et il y a une longue file d'attente. Donna LaDonna cogne à la porte.

– Jen, c'est moi. Ouvre !

La porte s'entrouvre et elle se faufile à l'intérieur. Révolte dans la queue.

– Hé, ho ! crie quelqu'un. Et nous ?

– Paraît qu'il y en a d'autres en bas.

Plusieurs personnes redescendent en râlant. Au même moment, Lali monte en courant.

– Mais qu'est-ce qui se passe ?

– Je te résume : Jen P. a eu des vapeurs en voyant Sebastian Kydd, elle s'est enfermée aux W.-C. avec Jen S., Donna LaDonna est entrée pour essayer de la faire sortir.

– N'importe quoi, commente Lali.

Elle va à la porte, tape dessus à grands coups et crie :

– Sortez de là, bande de dindes. Il y a des gens qui ont envie de pisser !

Plusieurs minutes passent. Lali continue de tambouriner et tempêter, sans résultat. Finalement, elle hausse exagérément les épaules et me déclare d'une voix forte :

– On se casse à l'*Emerald*.

– Ouais ! dis-je avec assurance, comme si nous étions tout le temps fourrées là-bas.

L'*Emerald* est un des rares bars de la ville. D'après mon père, il est réputé pour sa clientèle louche : alcooliques, drogués, divorcés. Je n'y suis allée que trois fois. J'ai eu beau chercher, je n'ai jamais vu un client correspondant à la description. En fait, c'était plutôt moi qui avais l'air louche : je tremblais comme une feuille, terrifiée à l'idée de me faire contrôler et de me retrouver au poste.

Mais ça, c'était l'an dernier. Cette année, j'ai dix-sept ans. Maggie et La Souris sont presque majeures, et Walt, ça y est. Il ne peut plus se faire virer : il a l'âge de boire.

Lali et moi retrouvons les autres, ils sont d'accord pour y aller. Nous sortons tous ensemble. Dans la voiture, Maggie et Peter sont en pleine conversation. Je suis légèrement agacée, sans savoir pourquoi. Nous faisons les plans : Maggie y va avec Walt, La Souris conduira Peter et Lali m'emmène.

Grâce à sa conduite rallye, nous arrivons les premières. Nous garons le pick-up le plus loin possible du bar, pour éviter de se faire repérer.

– Bon, il se passe quelque chose de bizarre, dis-je en attendant les autres. Tu as vu comment Maggie et Peter discutaient ? Très étrange. Surtout que Walt m'a dit que ça n'allait pas fort entre eux.

– Ça t'étonne ? rigole Lali. Mon père pense que Walt est gay.

– Ton père pense que tout le monde est gay. Même Jimmy Carter. Ça ne peut pas être le problème de Walt, il est avec Maggie depuis deux ans. Et ils ne font pas que s'embrasser, à ce qu'il m'a dit.

– Un type peut coucher avec une fille et être gay quand même, insiste Lali. Tu te rappelles Miss Crutchins ?

Elle a raison.

– Pauvre Miss Crutchins.

C'était notre prof d'anglais l'an dernier. La quarantaine, jamais mariée, et voilà qu'elle rencontre un « homme merveilleux ». Elle n'arrêtait pas de parler de lui. Au bout de trois mois, ils étaient mariés. Mais un mois plus tard, elle a annoncé à la classe qu'elle faisait annuler son mariage. D'après la rumeur, son mari était gay. Miss Crutchins ne l'a jamais dit ouvertement, mais elle faisait des allusions, du genre : « Il y a des choses qu'une femme ne peut pas accepter. » Elle qui était si pleine de vie, si passionnée par la littérature, elle s'est ratatinée comme un ballon dégonflé.

La Souris vient se garer à côté de nous dans sa Gremlin verte, suivie de près par la Cadillac. Je sais que c'est mal de se plaindre des femmes au volant, mais franchement, Maggie conduit comme une patate. En faisant sa manœuvre, elle monte à moitié sur le trottoir. Elle descend de voiture, regarde ses pneus et hausse les épaules.

Nous prenons un air hyper-blasé pour entrer. Le bar n'a rien de louche – du moins à première vue. Il y a des banquettes en cuir rouge, une petite piste de danse avec une boule disco et une serveuse décolorée qui a, comme on dit, du monde au balcon.

– Une table pour six ? demande-t-elle comme si nous étions tous majeurs et vaccinés.

Nous nous entassons sur les banquettes. Je commande un Singapore Sling. Quand je suis dans un bar, je demande toujours le cocktail le plus exotique. Le Singapore Sling se compose de plusieurs alcools dont un s'appelle du « Galliano », d'une cerise au marasquin et d'un petit parasol. Peter, qui a pris un whisky *on the rocks*, regarde mon verre d'un air goguenard.

– Heureusement que ça ne se voit pas.

– Quoi ? fais-je d'un air innocent en buvant à la paille.

– Que tu es mineure. Il n'y a qu'une mineure pour commander une boisson avec un parasol et un fruit. Et une paille.

– Mais moi, au moins, j'aurai un souvenir à rapporter. Et toi, qu'est-ce que tu auras comme souvenir, à part une gueule de bois ?

Cela fait rire La Souris et Walt, qui décident de ne commander que des cocktails avec parasol.

Puis Maggie, qui a l'habitude de boire des White Russians, change d'avis. Elle opte pour un whisky *on the rocks*. Ce qui me confirme qu'il se passe quelque chose entre Peter et elle. Quand un garçon lui plaît, elle fait tout comme lui. Elle boit ce qu'il boit, s'habille comme lui, s'intéresse subitement aux mêmes sports que lui. Même si c'est un sport complètement loufoque, comme le canoë-kayak. En seconde, avant qu'elle sorte avec Walt, elle a craqué pour un type un peu bizarre qui en faisait tous les week-ends, pendant tout l'automne. Je ne peux pas vous dire combien d'heures j'ai dû passer à me peler sur un rocher en attendant qu'il passe dans son canoë. Oui, je sais, on dit un kayak, mais je faisais exprès de dire « canoë », juste pour embêter Maggie. Elle n'avait qu'à pas m'obliger à me geler les miches sur un caillou.

À ce moment, la porte s'ouvre. Et instantanément, tout le monde oublie qui boit quoi. Donna LaDonna et Sebastian Kydd viennent d'entrer dans le bar.

Donna a une main posée sur sa nuque. Il lève deux doigts pour faire signe à la serveuse. Donna pose l'autre main sur sa joue, lui tourne la tête et se met à l'embrasser.

Au bout de dix secondes de roulage de pelles en cinémascope, Maggie n'en peut plus.

– Berk, mais berk ! s'écrie-t-elle. Quelle morue, cette Donna !

– Elle est sympa, proteste Peter.

– Qu'est-ce que tu en sais, toi ?

– J'ai fait du soutien avec elle il y a quelques années. En fait, elle est plutôt drôle. Et intelligente.

– Ça ne lui donne pas le droit de se taper un mec en plein milieu du bar.

– Il ne se défend pas beaucoup, j'objecte d'une voix faible en touillant mon cocktail.

– Mais c'est *qui*, lui ? s'enquiert Lali.

– Sebastian Kydd, l'informe La Souris.

– Je sais comment il s'appelle, riposte Lali. Mais qui est-il ? En vrai ?

– Personne n'en sait rien, dis-je. Il vient du privé.

Lali le mange des yeux. D'ailleurs, tout le monde est hypnotisé par le spectacle. D'un coup, j'en ai ras le bol de tout ce cinéma autour de Sebastian Kydd.

Je claque les doigts devant Lali pour la faire redescendre sur terre.

– Allons danser.

Nous allons choisir la musique au juke-box. N'étant pas de grandes buveuses, nous sommes déjà un peu pompettes, voire légèrement euphoriques. Je sélectionne ma chanson préférée, « We Are Family » par Sister Sledge, et Lali choisit « She's Got Legs » de ZZ Top. C'est parti. Je suis très forte pour faire l'andouille sur une piste de danse. Je peux vous faire le twist, le jerk, les Égyptiens, la danse des canards, tout. Plus quelques pas tout à fait personnels. La musique change. Lali et moi reprenons une chorégraphie que nous avons inventée il y a deux ans, pendant une compète de natation : on lève les bras, on plie les genoux et on remue le derrière. Quand nous relevons la tête, Sebastian Kydd nous a rejointes sur la piste.

Il bouge bien, mais ça, je m'y attendais. Il danse un peu avec Lali, puis se tourne vers moi. Il me prend les mains et entame une sorte de salsa. Pas de problème, j'assure. À un moment, je sens une de ses jambes entre les miennes. Je continue à onduler des hanches. Après tout, ça se danse comme ça. Et il me dit :

– On se connaît, non ?

Alors je réponds :

– Mais oui, tout à fait.

– C'est ça ! Nos mères sont amies.

– *Étaient*. Elles se sont connues à la fac.

L'arrêt de la musique met fin à cet échange éblouissant. Nous regagnons nos tables.

– C'était à hurler de rire, me dit La Souris, hilare. Tu aurais dû voir la tête de Donna LaDonna pendant qu'il dansait avec toi.

– Il a dansé avec nous deux, la corrige Lali.

– Mais surtout avec Carrie.

– C'est parce qu'elle est plus petite que moi.

– Si tu veux.

– Exactement, dis-je en me levant pour aller aux toilettes.

Elles se trouvent dans un couloir étroit, de l'autre côté de la salle. Quand j'en sors, Sebastian Kydd est debout près de la porte, comme s'il attendait son tour.

– Bonsoir, vous.

Sa réplique sonne un peu faux. On dirait qu'il joue (mal) dans un film. Mais il est tellement beau que je ne vais pas m'arrêter à ce détail.

– Salut, fais-je prudemment.

Il sourit. Et là, il me sort une phrase d'un ridicule cosmique :

– Où étais-tu pendant toute ma vie ?

Je manque éclater de rire, mais il a l'air sérieux. Plusieurs réactions me passent par la tête. Finalement, j'opte pour quelque chose de classique :

– Excuse-moi, mais tu n'es pas avec quelqu'un ?

– Qui te dit qu'on est ensemble ? C'est juste une fille que j'ai rencontrée dans une fête.

– Vous m'avez tout l'air d'être ensemble.

– On s'amuse un peu. Provisoirement. Tu habites toujours au même endroit ?

– Euh, oui...

– Tant mieux. Je passerai te voir un de ces jours.

Et il s'en va.

Bizarre. Étrange. Sacrément intrigant. Le pire, c'est que malgré le petit côté « mauvais téléfilm » de la scène, je me prends à espérer qu'il était sincère.

Je rejoins donc les autres totalement surexcitée. Mais autour de la table, l'ambiance est retombée. La Souris parle vaguement avec Lali, l'air de s'ennuyer comme un rat mort. Walt est morose. Peter fait tourner ses glaçons dans son verre. Maggie décide tout à coup de partir.

– Je suppose que moi aussi, alors, soupire Walt.

– Je te dépose en premier, annonce-t-elle. Je ramène aussi Peter, il habite près de chez moi.

Nous remontons en voiture. J'ai trop hâte de raconter à Lali ma rencontre avec le célèbre Sebastian Kydd. Mais avant que j'aie pu ouvrir la bouche, elle m'annonce qu'elle « en veut un peu à La Souris ».

– Pourquoi ?

– À cause de ce qu'elle a dit. Sur Sebastian Kydd. Qu'il a dansé avec toi et pas moi. Elle n'a pas vu qu'il dansait avec nous deux ? Qu'est-ce qu'elle a dans les yeux ?

Règle numéro cinq : toujours approuver ses amies, pour leur faire plaisir. Même quand c'est à nos dépens.

– Je sais. (Quelle hypocrite !) Bien sûr qu'il a dansé avec nous deux.

– Je ne vois pas pourquoi il aurait dansé spécialement avec toi. Alors qu'il est avec Donna LaDonna, en plus.

– Ça ne tient pas debout.

Mais je me rappelle ce que m'a dit La Souris. Pourquoi ne danserait-il pas avec moi ? Je suis si nulle que ça ? Je ne crois pas, merci. Peut-être qu'il me trouve intelligente, intéressante et pétillante. Comme Elizabeth Bennett dans *Orgueil et Préjugés*.

En fouillant dans mon sac, je retrouve une des cigarettes de Maggie. Je l'allume, avale une bouffée et souffle la fumée par la fenêtre.

– Ha ! dis-je tout haut.

Comme ça, sans raison.

6

Question d'alchimie

Je suis déjà sortie avec des garçons. Mais franchement, il n'y a pas de quoi pavoiser.

Notez qu'ils n'avaient rien de monstrueux. C'est ma faute, aussi. En matière de garçons, je suis un peu snob.

Jusqu'ici, le plus gros problème que j'ai eu avec eux, c'est qu'ils n'avaient rien dans le crâne. Du coup, je finissais par m'en vouloir de sortir avec. C'était trop flippant de faire semblant. J'ai vu comme c'était facile, et j'en ai déduit que toutes les autres faisaient pareil. Pour une fille, c'est simple de commencer au lycée. Ensuite le pli est pris, on peut continuer ainsi sa vie entière... jusqu'au jour où on implose. Dépression. C'est arrivé à pas mal de mères dans mon entourage. Un beau matin, elles restent au lit. Trois ans plus tard, elles y sont toujours.

Mais revenons à nos moutons. Les petits copains, donc. J'en ai eu deux importants. Sam, fumeur de pétards, et Doug, joueur de basket. Des deux, c'est Sam que j'ai préféré. Peut-être même que je l'ai aimé, mais cela ne pouvait pas durer. Sam était magnifique. Par contre, il n'avait pas inventé l'eau tiède. Il suivait une formation en ébénisterie. Je ne savais même pas que cela existait, jusqu'au jour où il m'a offert un coffret en bois pour la Saint-Valentin. Malgré son petit pois dans la cervelle – ou peut-être à cause de cela, hum –, dès que je le voyais j'étais en extase. J'avais la tête comme une Cocotte minute. Je passais chez lui après les cours et on traînait dans son sous-sol avec ses grands frères. On écoutait *The Dark Side of the Moon* en faisant tourner le bong. Après, on montait dans sa chambre et on s'embrassait pendant des heures. Je culpabilisais de rester là à perdre mon temps (mon père aurait ajouté : « sans rien faire de tes dix doigts », quoique cela reste à discuter). Mais c'était tellement bon que je restais scotchée sur place. Ma tête me disait de me lever, rentrer à la maison, travailler, écrire, avancer dans la vie. Mon corps était une sorte de méduse échouée à qui il ne fallait rien demander. Je ne me rappelle pas une seule conversation avec Sam. Tout ce qu'on faisait, c'était s'embrasser et se caresser, dans une bulle de temps isolée de la réalité.

Et puis un jour, mon père nous a emmenées, mes sœurs et moi, deux semaines en croisière en Alaska. Sur le bateau, j'ai fait la connaissance de Ryan. Il était grand, il était beau, il sentait bon le sable chaud, il était étudiant et je suis tombée amoureuse. À mon retour à Castlebury, je ne pouvais plus regarder Sam dans les yeux. Il n'arrêtait pas de me demander si j'avais rencontré quelqu'un. Je me dégonflais, je disais que non. De toute manière, Ryan habitait dans le Colorado : j'étais sûre de ne jamais le revoir. Mais il avait éclaté la bulle : il ne restait plus de Sam qu'une goutte de savon mouillé. Les bulles, ce n'est que ça : un peu d'eau et de savon. La magie, elle, s'était envolée.

Dans certains cas, il n'y a même pas une jolie bulle de savon. Doug et moi ? Mauvais mélange.

Doug avait un an de plus que moi, il était en terminale quand j'étais en première. Star des terrains de sport, une bête en basket, pote avec Tommy Brewster, Donna LaDonna et le reste des androïdes. Pas grand-chose dans la cervelle non plus. Physiquement, pas mal, mais pas assez canon pour que toutes les filles lui courent après. La seule chose vraiment atroce, c'étaient ses boutons. Ils n'étaient pas très nombreux, mais il y en avait toujours un ou deux de bien mûrs, prêts à éclater. En même temps, je savais que je n'étais pas Miss Monde. Si je voulais un mec, il fallait bien que je ferme les yeux sur quelques défauts.

C'est Jen P. qui nous a présentés. Et ça n'a pas raté : dès la fin de la semaine, il se pointait du côté de mon casier pour m'inviter au prochain bal du lycée.

Jusque-là, ça allait encore. Doug est venu me chercher dans une petite voiture blanche empruntée à sa mère. Rien qu'à voir la bagnole, j'imaginais la mère : une petite dame nerveuse, pâle et permanentée, qui faisait un peu honte à son fils. Cela m'a légèrement déprimée, mais je me suis convaincue qu'il fallait aller au bout de l'expérience. J'ai passé la soirée avec les Jen, Donna LaDonna et d'autres filles plus âgées. Elles prenaient des poses en

64

pointant un pied sur le côté, je trouvais ça très classe, je les ai imitées comme si j'avais fait ça toute ma vie.

– La vue est super du haut de Mott Street, m'a dit Doug en sortant du bal.

– À côté de la maison hantée ?

– Tu crois aux fantômes ?

– Pas toi ?

– Ça va pas ? Je ne crois même pas en Dieu. C'est des histoires de filles, tout ça.

Bonne résolution : être moins fille à l'avenir.

En effet, la vue était belle depuis le haut de Mott Street. On voyait loin au-delà des vergers, jusqu'aux lumières de Hartford. Doug a laissé la radio allumée. Il m'a prise par le menton, m'a tourné la tête et m'a embrassée.

Ce n'était pas horrible, mais cela manquait de passion. Il m'a un peu étonnée en me disant : « Tu embrasses bien. »

– Tu dois le faire beaucoup, a-t-il ajouté.

– Non. Presque pas, en fait.

– C'est vrai ?

– C'est vrai.

– Parce que, attention, je ne veux pas sortir avec une fille que tout le monde se tape.

– Mais non, je te jure.

Je me suis dit : « Il est dingue. » Il ne me connaissait pas, ou quoi ?

D'autres voitures sont venues se garer, et nous avons continué à nous embrasser. J'ai commencé à déprimer sérieusement. C'était tout, donc. C'était ça, sortir avec un garçon, façon androïde. Passer des heures dans une voiture, entourée d'autres voitures, où tout le monde faisait la même chose : se peloter, voir jusqu'où on pouvait aller. Comme si c'était un passage obligé. Je me suis demandé si j'étais la seule à m'ennuyer ferme.

Malgré tout, j'ai pris l'habitude d'accompagner Doug à ses matches de basket, de passer chez lui après les cours. Alors que j'aurais préféré faire des tas d'autres choses. Lire des romans d'amour, par exemple. Chez lui, c'était sinistre, comme je l'imaginais : une toute petite maison dans une toute petite rue (l'allée des Érables) comme il y en a dans toutes les petites villes. Ce qui n'aurait eu aucune importance si j'avais été amoureuse. Non, si j'avais été amoureuse, ç'aurait été pire : j'aurais regardé autour de moi, j'aurais pensé : « Voilà, c'est ça ma vie », et j'aurais fait une croix sur mes rêves.

Mais au lieu de lui dire simplement : « Doug, je n'ai plus envie de te voir », je me suis rebellée.

C'est arrivé après un autre bal. Je n'avais jamais laissé Doug aller très loin : il devait se dire qu'il était temps de m'expliquer la vie. L'idée était d'aller se garer quelque part avec un autre couple : Donna LaDonna et un type appelé Roy (à l'époque, c'était lui le capitaine de l'équipe de basket). Ils étaient assis à l'avant. Nous, sur la banquette arrière. On a trouvé un coin où l'on ne pouvait pas se faire prendre, où personne ne viendrait nous chercher : un cimetière.

– Alors, tu crois toujours aux fantômes ? m'a demandé Doug en me pressant le genou. Hou, hou, ils vont nous regarder !

Je n'ai rien répondu. J'observais le profil de Donna LaDonna. Ses cheveux étaient un nuage de barbe à papa. Je trouvais qu'elle ressemblait à Marilyn Monroe. Moi aussi, j'aurais bien aimé ressembler à Marilyn. À ma place elle aurait su quoi faire.

Quand Doug a ouvert sa braguette et tenté de m'appuyer sur la tête, j'ai dit stop. Je suis descendue de voiture. « Comédie » : c'était le mot qui me revenait en boucle dans la tête. Une vaste comédie. Qui résumait tout ce qui n'allait pas entre les sexes.

J'étais trop furieuse pour avoir peur. Je suis partie dans l'allée qui s'enfonçait entre les tombes. Je croyais aux fantômes, mais je ne les craignais pas. Je ne voyais pas ce qu'ils auraient pu me faire. C'étaient plutôt les vivants qui étaient déroutants. Pourquoi ne pouvais-je pas faire comme tout le monde, donner à Doug ce qu'il voulait ? Je me suis vue comme un personnage en pâte à modeler. Une main s'abattait sur moi et serrait, serrait, jusqu'à ce que la pâte ressorte entre les doigts.

Pour me changer les idées, j'ai regardé les pierres tombales. Les sépultures étaient anciennes, certaines avaient plus de cent ans. J'ai commencé à en chercher une d'un genre particulier. C'était morbide, mais cela correspondait à mon humeur. Je n'ai pas tardé à trouver : « Jebediah Wilton. 4 mois. 1888 ». J'ai pensé à la mère de Jebediah, à sa douleur en mettant en terre ce petit bébé.

Je parie que c'est pire que l'accouchement. Tombant à genoux, je me suis mise à hurler dans mes mains.

Doug devait croire que j'allais revenir tout de suite : au début, il ne m'a même pas cherchée. Finalement, la voiture s'est approchée de moi et la porte s'est ouverte.

– Monte.

– Non.

– Garce, a dit Roy.

– Monte dans la voiture, m'a ordonné Donna LaDonna. Arrête un peu ton cinéma. Tu veux qu'on se retrouve chez les flics ?

Je suis montée.

– Tu vois ? a-t-elle lancé à Doug. Je te l'avais dit.

– Je ne vais pas coucher avec un type pour te faire plaisir, lui ai-je répliqué.

– Ouah, a commenté Roy. La garce.

– Garce ? Non. Juste une femme qui sait ce qu'elle veut.

– Ah bon ? Tu es une femme, maintenant ? a persiflé Doug. Je suis mort de rire.

Je me rendais compte que j'aurais dû me sentir mal, mais j'étais tellement soulagée que tout soit terminé ! Après ça, Doug ne risquait plus de me courir après.

Eh bien, si. Le lundi matin, il m'attendait à côté de mon casier.

– Il faut que je te parle.

– Vas-y.

– Pas maintenant. Tout à l'heure.

– Pas le temps.

– T'es complètement coincée, a-t-il sifflé. Frigide.

Comme je ne répondais pas, il a ajouté d'un air mauvais :

– T'en fais pas. *Moi*, je sais ce que c'est, ton problème. Je sais *ce qu'il te faut.*

– *Tant mieux*, ai-je répondu sur le même ton.

– Je passe chez toi après les cours.

– Non.

– Tu ne me dis pas ce que je dois faire, a-t-il scandé en faisant tourner sur son doigt un ballon invisible. Tu n'es pas ma mère.

Il a marqué un panier imaginaire et m'a plantée là.

Et en effet, il est passé chez moi en fin de journée. Levant les yeux de ma machine à écrire, j'ai vu la minable voiture blanche se garer avec hésitation, comme une petite souris s'approchant prudemment d'un morceau de gruyère.

Au piano, Missy a plaqué un accord discordant en plein Stravinsky et je l'ai entendue descendre en courant.

– Carrie ! a-t-elle crié d'en bas. Il y a quelqu'un pour toi.

– Je ne suis pas là.

– C'est *Doug*.

– Allons faire un tour, m'a-t-il dit.

– Impossible, pas le temps.

– Attends, tu ne peux pas me faire ça.

Il me faisait pitié avec son air suppliant.

– Tu ne peux pas me le refuser, a-t-il murmuré. Juste un tour en voiture.

– Bon, d'accord.

J'ai cédé. Quand même, je l'avais envoyé bouler devant ses amis, ce n'était pas très sympa de ma part.

– Pardon pour l'autre soir, me suis-je excusée dans la voiture. C'est juste que...

– Oh, je sais. Tu n'es pas prête. Je comprends. Avec tout ce que tu as traversé...

– Non, ce n'est pas ça.

Ma mère n'avait strictement rien à voir là-dedans. Mais je n'arrivais pas à lui dire la vérité : que si je lui résistais, c'était simplement parce qu'il ne m'attirait pas une seconde.

– Ça ne fait rien, m'a-t-il assuré. Je te pardonne. Je te laisse une chance de te rattraper.

– Ha !

J'espérais que c'était une blague.

Doug se dirigeait vers chez lui, mais il a continué sur le chemin de terre qui descend vers la rivière. Entre sa petite rue triste et le cours d'eau, il y a des kilomètres de champs plats et boueux, déserts en plein mois de novembre. J'ai commencé à m'inquiéter.

– Doug, stop.

– Pourquoi ? Il faut qu'on parle.

C'est là que j'ai compris pourquoi les garçons détestent cette phrase. « Il faut qu'on parle. » L'idée me fatiguait, m'écœurait à l'avance.

– Où on va ? Il n'y a rien par là-bas.

– Il y a l'arbre pistolet.

L'arbre pistolet est tout au bord de la rivière. On l'appelle ainsi depuis que la foudre est tombée dessus. Et l'a tordu, donc, en forme de pistolet. J'ai commencé à évaluer mes chances de m'enfuir. Si nous allions jusqu'à la rivière, je pourrais sauter de voiture et partir en courant sur le petit chemin qui serpente entre les arbres. Doug ne pourrait pas me suivre au volant, mais il courait plus vite que moi. Qu'est-ce qu'il pourrait me faire ? Me violer ? Il pouvait même me violer d'abord et me tuer ensuite. Mais bon Dieu, je ne voulais pas perdre ma virginité avec Doug Haskell, surtout pas comme ça ! Il faudrait qu'il me tue d'abord.

Enfin, peut-être qu'il voulait seulement discuter.

– Doug, écoute-moi. Je suis désolée pour l'autre soir.

– Ah oui ?

– Mais bien sûr. Tu comprends, je ne voulais pas coucher avec toi devant les autres. C'est gênant.

Nous étions à un bon kilomètre de toute civilisation.

– Mouais. Bon, ça, je peux comprendre. Mais regarde Roy, il est capitaine de l'équipe de basket et...

– Roy est un porc. Non mais, vraiment, Doug ! Tu vaux bien mieux que lui. C'est un enfoiré.

– C'est un de mes meilleurs potes.

– C'est toi qui devrais être capitaine. D'abord, tu es plus grand, et plus beau. Et plus intelligent. Tu veux que je te dise ? Il profite de toi.

– Tu crois ?

Il a tourné la tête pour me regarder. Il y avait de plus en plus de trous dans la route. Il a dû ralentir.

71

– Évidemment, ai-je insisté de ma voix la plus suave. Tout le monde sait ça. Tout le monde dit que tu joues mieux que Roy...

– C'est vrai.

– Et...

J'ai jeté un coup d'œil au compteur de vitesse. Trente kilomètres à l'heure. On était secoués comme au rodéo, là-dedans. Si je voulais me faire la malle, c'était maintenant ou jamais.

– Et Doug, il faut absolument que je rentre chez moi.

J'ai ouvert la vitre. L'air froid m'a fait l'effet d'une gifle.

– Ta caisse est couverte de boue. Ta mère va te tuer.

– Mais non, elle ne verra rien.

– Allez, Doug. Arrête-toi là.

– On va à l'arbre pistolet. Ensuite, je te ramène.

Mais il n'avait plus l'air si sûr de lui.

– Je descends.

J'ai attrapé la poignée.

Doug a essayé de retirer ma main, la voiture est partie dans le décor et s'est immobilisée dans un tas de maïs séché.

– Ça va pas, Carrie ? Qu'est-ce qui t'a pris ?

Nous sommes descendus pour inspecter les dégâts. Rien de grave. Surtout de la paille coincée dans le pare-chocs.

– C'est ta faute, ai-je crié, la colère et le soulagement me brûlant la gorge. Tout ça parce que tu as voulu prouver à tes... tes crétins de copains... que tu n'es pas un *loser*...

Il m'a regardée fixement. Son souffle formait une brume glacée autour de lui.

Puis il a frappé du plat de la main sur le capot.

– Même si tu me payais pour, je ne coucherais pas avec toi, m'a-t-il lancé à la figure. Tu as déjà de la chance... que j'aie pensé le faire. Tu as de la chance que je sois sorti avec toi. C'était parce que tu me faisais *pitié*.

Évidemment, qu'est-ce qu'il pouvait dire d'autre ?

– Tant mieux, tu devrais être content, alors.

– Tu parles que je suis content. (Il a donné un coup de pied dans le pneu avant.) Je suis *fou de joie*.

J'ai fait demi-tour et suis partie sur le chemin. J'avais les nerfs en pelote. Au bout d'une quinzaine de mètres, je me suis mise à siffloter. Au bout d'une trentaine de mètres, j'ai entendu le moteur démarrer mais je ne me suis pas retournée. Il a fini par me doubler, en regardant droit devant lui comme si je n'existais pas. J'ai arraché une herbe sèche et l'ai déchiquetée. J'ai regardé les morceaux s'envoler dans la brise.

J'ai raconté cette histoire à La Souris et à Maggie. Et même à Walt. Je l'ai racontée et re-racontée, chaque fois de manière un peu plus drôle. Je l'ai rendue tellement comique qu'elle faisait pleurer de rire La Souris. Le rire efface les mauvais souvenirs.

7

La vie en rouge

– Carrie, vous ne vous en sortirez pas par une pirouette.

Mrs Givens pointe son index sur le pot de peinture.

– Pas du tout, bien sûr, dis-je de mon air le plus angélique.

J'ai un problème avec l'autorité. Vraiment. Cela me rend toute flasque. Je tourne au mollusque dès que je dois affronter des adultes.

– Alors, que comptiez-vous faire de cette peinture ?

Mrs Givens est une de ces femmes sans âge qui vous donnent envie de dire : « Si je deviens comme elle, achevez-moi. » Elle a un chignon tout sec, au point qu'on peut craindre la combustion spontanée. Je l'imagine la tête en flammes, courant partout dans les couloirs du lycée. Je suis au bord du fou rire nerveux.

– Carrie ?

Elle ne rigole pas.

– C'est pour mon père. Il en a besoin.

– Je ne vous reconnais pas, Carrie. Vous ne vous attirez jamais d'ennuis, d'habitude.

74

– Je vous jure, Mrs Givens. Ce n'est rien.

– Très bien. Je garde le pot, vous viendrez le chercher après les cours.

– Givens m'a confisqué la peinture, dis-je à l'oreille de La Souris en entrant en maths.

– Comment elle l'a trouvée ?

– Elle m'a vue la planquer dans mon casier.

– Pas de bol.

– Je sais. Il va falloir passer au plan B.

– C'est-à-dire ?

– Trouver une solution. Je m'en occupe.

Je m'assois et je regarde par la fenêtre. On est en octobre. C'est le moment de trouver une feuille rouge parfaite pour la repasser entre deux feuilles de papier sulfurisé. Ou planter des clous de girofle dans une belle pomme, en se mettant du jus plein les doigts. Ou vider une citrouille de ses entrailles baveuses et faire griller les graines jusqu'à ce qu'elles éclatent. Mais surtout, c'est le moment de peindre notre année de promo sur le toit de l'étable.

C'est la tradition chez nous. Chaque automne, quelques terminale tracent le chiffre de leur dernière année de lycée sur le toit de l'étable. Ce sont toujours des garçons qui s'en chargent. Mais pour cette fois, La Souris et moi avons décidé que ce serait nous. C'est vrai, pourquoi en faire un privilège masculin ? Nous en avons parlé à Lali. Elle devait fournir l'échelle, et La Souris et moi, la peinture. Du coup, Maggie a voulu se joindre à nous. Elle n'est bonne à rien dans ce genre de

75

situations, mais j'ai pensé qu'elle pourrait se charger de l'alcool et des cigarettes. Ensuite, elle a craché le morceau à Peter. Je lui ai dit d'effacer ses paroles, mais bien sûr c'est impossible. Résultat, Peter est surexcité par l'affaire, même s'il ne compte pas participer directement. Son idée à lui, c'est de superviser les opérations d'en bas.

Après les maths, je me rends en repérage à l'étable. La structure est au moins centenaire, elle a l'air solide. Par contre, le toit est plus haut et plus pentu que je ne l'aurais cru. Mais si on se dégonfle, les garçons nous piqueront notre tour, et ça, c'est non. Pas question de laisser passer notre chance. Je veux laisser une trace au lycée de Castlebury. Je veux pouvoir dire sur mes vieux jours : « Eh oui, je l'ai fait. J'ai peint notre année de promo sur le toit de l'étable. » Les cours me rebutent moins que d'habitude ces temps-ci, et je suis plutôt de bonne humeur. Aujourd'hui, je suis en salopette, Converse, chemise à carreaux rouges et blancs achetée à la friperie pour l'occasion. Je porte aussi des tresses et un bandeau en cuir autour du crâne.

Je suis là, à contempler le toit, quand une incroyable bouffée de joie me submerge. C'est plus fort que moi, je fais le tour de l'étable en courant et en bondissant. À mon retour au point de départ, Sebastian Kydd est là. Il me regarde avec curiosité tout en sortant une Marlboro.

– Tu t'amuses bien ?

– Ouais !

76

Je devrais être gênée, mais non. Ça m'énerve que les filles soient tout le temps censées être gênées. J'ai décidé, il y a déjà longtemps, que ce n'était pas pour moi, point.

– Et toi ? Tu t'amuses ?

– Plus ou moins.

Tu parles. Bien sûr qu'il s'amuse, mais pas avec moi. Depuis l'autre soir à l'*Emerald*, silence radio. Pas un coup de fil, pas une visite, rien. Juste des regards ambigus en cours de maths, dans les couloirs, et de temps en temps quand on se croise ici, à l'étable. Je me répète que c'est aussi bien, que de toute manière je n'ai aucun besoin d'un homme... Néanmoins, mes pensées partent en vrille chaque fois qu'il est dans les parages. C'est presque aussi dur que d'avoir treize ans. Pire, même, parce que je devrais avoir dépassé ce genre de choses.

Je lui jette un regard en coin, bien contente qu'il ne puisse pas lire dans mes pensées, mais il est déjà ailleurs. Il observe les deux Jen qui arrivent derrière moi. Elles montent la côte en équilibre instable sur leurs talons, comme si elles n'avaient jamais marché dans l'herbe. Je ne suis pas étonnée qu'elles se pointent. Elles le suivent partout, comme deux petits caniches.

– Tiens, voilà ton fan-club.

Il me lance un regard interrogateur mais ne répond rien. Dans mes fantasmes, Sebastian est un être supérieurement perspicace et pénétrant. Dans la réalité, je ne sais rien de lui.

Lali vient me chercher en pick-up à neuf heures ce soir-là. Col roulé noir, jean noir et baskets. La pleine lune est énorme. Lali me tend une bière, je monte le son et nous chantons à tue-tête. Je suis sûre que ce sera notre coup le plus génial. Nous allons vivre un Grand Moment de terminale. Un Moment Inoubliable. Sans raison particulière, je braille :

– Aux chiottes Cynthia Viande !

– Aux chiottes Castlebury !

– Aux chiottes les androïdes !

Nous traversons le parking du lycée à fond la caisse et continuons directement sur la pelouse. Nous essayons de gravir la colline sur notre lancée, mais le pick-up refuse d'aller plus loin et nous le garons dans un coin sombre. Pendant que nous sortons l'échelle du coffre, j'entends le ronflement caractéristique d'un moteur V-8. Gagné : Sebastian Kydd vient se ranger à côté de nous.

Qu'est-ce qu'il fait là, celui-là ?

Il descend sa vitre.

– Besoin d'aide, les filles ?

– Non.

– Oui, dit Lali.

Elle me jette un regard qui signifie : « Toi, tu la boucles. » Je lui rends cordialement la pareille.

Sebastian s'extirpe de son siège baquet. Telle une panthère se réveillant de sa sieste. Il bâille, même.

– Alors, on traîne ?

– Tu peux dire ça comme ça, lui répond Lali.

– Ou tu peux te bouger les fesses pour nous aider. Vu que tu n'as pas l'air décidé à partir.

– On peut te faire confiance ? lui demande Lali.

– Ça dépend pour quoi.

Bref, nous installons l'échelle contre l'étable. La Souris arrive avec deux pots de peinture rouge et un gros pinceau. Deux énormes phares balaient le parking : c'est signe que Maggie arrive dans sa Cadillac. Elle ne sait jamais si elle est en codes ou en pleins phares. Résultat, elle aveugle tous ceux qui la croisent, les pauvres. Elle se gare et gravit la colline sans se presser, suivie de près par Walt et Peter. Ce dernier se donne une contenance en s'intéressant à la peinture.

– Rouge ? dit-il.

Puis, comme si on n'avait pas entendu :

– *Rouge ?*

– Qu'est-ce que tu as contre le rouge ?

– Ce n'est pas la couleur traditionnelle. Il faudrait du bleu.

Je proteste énergiquement.

– Nous, on voulait du *rouge*. C'est celui qui peint qui choisit la couleur.

– Mais ça ne va pas du tout, insiste-t-il. Chaque fois que je vais regarder par la fenêtre, je vais voir notre année de promo en rouge et pas en bleu.

– Qu'est-ce que ça peut faire ? demande Sebastian.

– Moi, je trouve que le rouge, ça veut dire quelque chose, intervient Walt. Ça veut dire : « On vous emm... » C'est bien l'idée, non ?

– Exact, approuve Sebastian.

Maggie serre les bras contre ses flancs.

– J'ai peur.

– Fume, lui conseille Walt. Ça te calmera les nerfs.

– Il y a à boire ? s'enquiert Lali.

Quelqu'un lui tend une bouteille de whisky. Elle en prend une rasade et s'essuie la bouche sur sa manche.

– Allez, Brad, c'est l'heure de monter, me rappelle La Souris.

À l'unisson, nous renversons la tête en arrière pour regarder le ciel. La lune rousse est apparue derrière le toit. Elle projette une ombre géométrique. Sous cet éclairage lugubre, le sommet paraît aussi haut que l'Everest.

– C'est toi qui montes ? s'étonne Sebastian.

– Brad a toujours été bonne en gymnastique, lui explique La Souris. *Très* bonne. Enfin plus ou moins. Jusqu'à ses douze ans. Tu te rappelles la fois où tu as fait ce saut à la poutre et où tu es retombée en plein sur le...

– Je ne préfère pas, merci.

Je lorgne discrètement Sebastian.

– Moi j'aimerais bien, mais j'ai le vertige, explique Lali.

Je peux confirmer : l'altitude est bien la seule chose dont elle avoue avoir peur, sans doute pour faire l'intéressante.

– Chaque fois que je traverse le pont de Hartford, je suis obligée de m'allonger dans la voiture.

– Et si c'est toi qui conduis ? rigole La Souris.

– Elle s'arrête en plein milieu de la route et elle reste à trembloter sur place jusqu'à ce que les flics viennent la remorquer.

Je ne sais pas pourquoi, je trouve cette idée hilarante.

Regard furieux de Lali.

– N'importe quoi. Quand je conduis, c'est différent.

– Mmm, fait Walt.

Maggie boit du whisky au goulot.

– Vous ne voulez pas qu'on aille à l'*Emerald* ? J'ai froid.

Ah, non ! Pas après tous ces efforts.

– Vas-y, toi, Magou. Moi, j'ai un truc à faire d'abord.

J'espère avoir une voix pleine de courage et de détermination.

Peter lui frotte les épaules, ce qui n'échappe pas à Walt.

– Restons. On ira à l'*Emerald* après.

– BON ! éclate La Souris. Moi je dis : ceux qui ne veulent pas rester partent tout de suite. Ceux qui veulent rester s'écrasent.

– Je reste, dit Walt en allumant une cigarette. Et je ne vais pas m'écraser pour autant.

Le plan est simple. Lali et Peter doivent tenir l'échelle pendant que je grimpe. Une fois que je serai en haut, Sebastian montera me rejoindre avec le pot de peinture.

Je pose une main sur un barreau. Le métal est froid et rugueux. *Regarde vers le haut*, me dis-je. *L'avenir est devant toi. Ne regarde pas en bas. Ne regarde jamais en arrière. Ne montre jamais ta peur.*

– Allez, Carrie !

– Tu vas y arriver !

– Elle est en haut. Oh là là, oh là là, elle est sur le toit !

Ça, c'était Maggie.

– Carrie ? dit Sebastian. Je suis juste derrière toi.

La lune rousse s'est muée en astre étincelant cerné d'un million d'étoiles. Je crie :

– C'est magnifique, ici ! Vous devriez venir voir !

Je me lève lentement, teste mon équilibre, avance de quelques pas. Ce n'est pas si difficile. J'ai une pensée pour tous les élèves qui l'ont fait avant moi. Sebastian est en haut de l'échelle avec la peinture. Le pot dans une main et le pinceau dans l'autre, je m'avance le long du toit.

Je commence à peindre tandis qu'en bas, le groupe m'accompagne de la voix :

– Uuuuun... Neuuuuuf... Huiiiiiit...

– MILLE NEUF CENT QUATRE-VINGT...

Juste au moment où je m'apprête à former le dernier chiffre, mon pied glisse.

Le pot m'échappe des mains, rebondit une fois et roule sur le toit en laissant une énorme tache de peinture. Maggie pousse un grand cri. Je tombe à genoux et me débats pour me raccrocher aux tuiles de bois. J'entends un choc sourd : c'est le pot qui atterrit sur l'herbe. Ensuite... plus rien.

– Carrie ? fait La Souris d'une voix tremblante. Ça va ?

– Tout va bien.

– Ne bouge pas, me crie Peter.

– Je ne bouge pas.

C'est la vérité. Je ne bouge pas d'un poil. Sauf que là, avec une lenteur insoutenable, je commence à glisser. J'essaie de coincer mes orteils entre les tuiles, mais ma chaussure dérape dans la flaque de peinture. Je me rassure comme je peux : je ne vais pas mourir. Bien sûr que non. Ce n'est pas mon heure. Si je devais mourir, je le saurais, pas vrai ? Une zone de mon cerveau est consciente que je me suis arraché la peau, mais je ne sens pas encore la douleur. J'en suis à m'imaginer plâtrée de la tête aux pieds quand, soudain, une main ferme m'agrippe le poignet et me hisse jusqu'au sommet. Derrière moi, je vois les pointes de l'échelle retomber en arrière, puis j'entends un grand craquement lorsqu'elle va s'écraser dans les buissons.

En bas, ça hurle de partout.

– Tout va bien ! crie Sebastian. Pas de blessés.

Au même moment, une sirène de police se met à ululer.

– Adieu, Harvard, se lamente Peter.

– Planquez l'échelle dans l'étable, ordonne Lali. S'ils nous posent des questions, on est venus fumer, c'est tout.

– Maggie, passe la gnôle, dit Walt.

Il balance la bouteille à l'intérieur. On l'entend se fracasser par terre.

Sebastian me tire par le bras.

– Faut qu'on passe de l'autre côté.

– Pourquoi ?

– Pose pas de questions. Fais ce que je te dis.

Nous crapahutons jusqu'à l'autre pente du toit.

– Allonge-toi sur le dos, jambes pliées.

– Mais je ne peux plus voir ce qui se passe...

– J'ai un casier judiciaire. Pas un geste, pas un mot, et prie pour que les flics ne nous voient pas.

Mon souffle est bruyant comme une forge.

– Bonsoir, messieurs, dit Walt.

– Alors les jeunes, qu'est-ce qu'on mijote ?

– Rien. Nous venons ici pour fumer, explique Peter.

– Vous avez bu ?

– Non ! (Réponse groupée.)

Silence. Puis des pieds qui piétinent dans l'herbe trempée.

– Qu'est-ce que c'est que ça ? s'exclame l'un des flics.

Le faisceau de sa lampe torche remonte le long du toit et va se perdre dans le ciel.

– Vous peignez l'étable ? C'est un délit, ça. Violation de propriété privée.

– You-hou, Marone, dit Lali à l'un des policiers. C'est moi !

– Ça alors, répond le dénommé Marone. Lali Kandisee. Eh, Jack ! C'est Lali. La gamine d'Ed.

– Tu veux qu'on fasse une inspection ? demande le collègue d'une voix prudente, maintenant qu'il est face à la fille du boss.

– Bah non, tout m'a l'air en règle, répond le gars Marone.

Jack a un petit rire.

– Bon, les jeunes. La fête est finie. On va juste s'assurer que vous remontez en voiture et que vous rentrez bien sagement chez vous.

Et sur ce, ils s'en vont.

Sebastian et moi restons statufiés sur le toit. Je contemple les étoiles, intensément consciente de sa présence à quelques centimètres de moi. Si ça ce n'est pas romantique, je ne sais pas ce qu'il vous faut.

Il coule un regard sur le côté.

– Je crois qu'ils sont partis.

Tout d'un coup, on se regarde et on explose de rire. Le rire de Sebastian – je ne l'avais jamais entendu – est grave, rauque, subtilement doux, comme un fruit bien mûr. J'imagine que ses lèvres sont pareillement fruitées, mais âpres aussi, comme la nicotine. Les bouches des garçons ne sont jamais comme on les a imaginées. Parfois dures et pleines de dents, parfois douces comme de petites grottes remplies d'oreillers en plumes.

– Alors, Carrie Bradshaw. Qu'est-ce qu'on fait, maintenant ?

Je serre les genoux contre ma poitrine.

– Aucune idée.

– Toi ? À court d'idées ? Ce serait bien la première fois.

Ah bon ? C'est comme ça qu'il me voit ? Le genre planificatrice efficace psychorigide, incapable d'improviser ? Moi qui me suis toujours flattée d'être plutôt spontanée...

– Je ne prévois pas tout en permanence.

– Pourtant, tu as toujours l'air de savoir où tu vas.

– Tu trouves ?

– Totalement. J'arrive à peine à te suivre.

Qu'est-ce qu'il raconte ? C'est un rêve ? Je suis vraiment en train d'avoir cette conversation avec Sebastian Kydd ?

– Il faut dire que si tu m'appelais...

– C'est ce que j'ai fait, mais c'est tout le temps occupé. Ce soir j'avais prévu de passer te voir, et puis je t'ai vue monter en voiture avec Lali. Je vous ai suivies, tu penses. J'étais sûr que vous alliez faire quelque chose d'intéressant.

Il est en train de me dire qu'il m'aime bien, c'est ça ?

– Tu es vraiment un personnage, ajoute-t-il.

Un personnage ? C'est bien ou c'est mal ? Est-ce qu'un garçon peut tomber amoureux d'un *personnage* ?

– Je pense que je peux être... marrante, quelquefois.

– Tu es très marrante. On ne s'ennuie jamais avec toi. C'est super. La plupart des filles sont mortelles d'ennui.

– Ah bon ?

– Allez, Carrie, tu es une fille. Tu vois bien de quoi je parle.

– Moi, je trouve la plupart des filles très intéressantes. Bien plus que les garçons, en tout cas. Ce sont *eux* qui sont soûlants.

– Je suis soûlant, moi ?

– Toi ? Absolument pas. Je voulais dire...

– Je sais. (Il se rapproche un peu.) Tu as froid ?

– Non, ça va.

Il retire sa veste. Quand je l'enfile, il remarque mes mains.

– Aïe, dit-il. Ça doit faire mal.

86

– C'est vrai. Un peu.

Mes paumes me brûlent à mort là où je me suis écorchée.

– Mais ce n'est pas le pire qui me soit arrivé. Une fois, je me suis cassé le bras en tombant du plongeoir. Je n'ai pas su qu'il y avait fracture avant le lendemain. C'est Lali qui m'a forcée à aller voir un médecin.

– Lali, c'est ta meilleure amie, c'est ça ?

– On peut le dire. C'est ma meilleure amie depuis qu'on a dix ans. Et toi ? Qui est-ce, ton meilleur pote ?

– J'en ai pas, me répond-il, le regard perdu dans les frondaisons.

– C'est comme ça, les garçons, dis-je, toute songeuse. (J'inspecte mes mains.) Tu crois qu'on va redescendre de ce toit un jour ?

– Tu as envie de descendre ?

– Non.

– Alors n'y pense pas. Quelqu'un viendra bien nous chercher. Peut-être Lali. Ou ta copine La Souris. Elle est sympa.

– Ouais. Elle a déjà organisé toute sa vie. Elle a posé sa candidature en avance à Yale. Et tu peux être sûr qu'elle sera prise.

– Ça doit être bien, dit-il avec un soupçon d'amertume.

– Tu t'inquiètes pour ton avenir ?

– Comme tout le monde, non ?

– Sans doute... Mais je me disais... Je ne sais pas. Je pensais que tu irais à Harvard ou un endroit dans le même genre. Tu ne viens pas d'un lycée privé ?

87

– Si. Mais je me suis rendu compte que je ne voulais pas forcément aller à Harvard.

– Comment peut-on ne pas vouloir aller à Harvard ?

– Parce que c'est le piège. Une fois que tu y es, c'est plié. Tu fais ton droit. Ou des études de commerce. Bientôt, tu es un type en costard dans une grosse société. Tu prends ton train de banlieue pour New York tous les matins. Une fille te met le grappin dessus, tu te maries, et du jour au lendemain tu te retrouves avec trois mômes et une maison à payer. *Game over*.

– Hum.

Ce n'est pas précisément ce qu'une fille a envie d'entendre. D'un autre côté, ça a le mérite d'être honnête.

– Je vois ce que tu veux dire. J'ai toujours juré de ne pas me marier. Trop prévisible.

– Tu changeras d'avis. Comme toutes les femmes.

– Non. Je serai écrivain.

– Ça te va bien.

– Ah bon ?

– Mais oui. On voit que tu as toujours des idées plein la tête.

– Je suis transparente à ce point ?

– Un peu.

Il se penche pour m'embrasser. Et d'un coup, ma vie est coupée en deux. Il y a un avant et un après.

8

Les mystères de l'attraction

– Répète-moi *exactement* ce qu'il a dit.

– Que j'étais intéressante. Un personnage.

– Il t'a dit que tu lui plaisais ?

– C'est plutôt qu'il aimait *l'idée* de moi, je crois.

– Aimer *l'idée* d'une fille, ce n'est pas tout à fait aimer *la* fille, pointe Maggie.

– Pour moi, quand un type te dit que tu es intéressante et te traite de personnage, ça signifie que tu es *spéciale* pour lui, nuance La Souris.

– Mais ça ne prouve pas qu'il veuille sortir avec toi. Il peut te trouver spéciale – et chtarbée.

– Bon alors, qu'est-ce qui s'est passé quand on est partis ? m'interroge La Souris sans s'arrêter à ces subtilités.

– Lali est revenue nous chercher. Il est rentré chez lui. Il a dit qu'il avait eu assez d'émotions pour la soirée.

– Et depuis, rien ? s'enquiert Maggie.

Je gratte une démangeaison imaginaire.

– Rien. Mais c'est pas grave.

– Il va t'appeler, prédit La Souris, catégorique.

– Bien sûr qu'il va t'appeler, renchérit Maggie avec un enthousiasme surjoué. C'est *obligé*.

Quatre jours ont passé depuis l'incident de l'étable, et ce doit être la vingtième fois que nous disséquons les événements. D'après ce que j'ai compris, La Souris et Walt sont revenus après notre sauvetage. Comme nous avions disparu avec l'échelle, ils ont pensé que tout était réglé. Le lundi, à la reprise des cours, ça a été le fou rire intégral. Chaque fois que l'un d'entre nous regardait par la fenêtre et voyait « 198SPLOTCH », ça nous reprenait. Ce matin-là, en assemblée, Cynthia Viande a évoqué l'incident. Elle a déclaré que cet acte de vandalisme à l'encontre d'une propriété privée n'était pas passé inaperçu. Et que les coupables, s'ils étaient identifiés, seraient poursuivis.

On ricanait tous comme des malades.

Tous, sauf Peter.

– Vous croyez vraiment que les flics sont débiles *à ce point* ? demandait-il sans arrêt. Ils étaient là ! Ils nous ont vus !

– Et qu'est-ce qu'ils ont vu ? Une poignée de jeunes autour d'une vieille étable.

– Non mais tu as entendu Peter ? m'a demandé Lali plus tard. Complètement parano, celui-là. Qu'est-ce qu'il faisait à l'étable, d'ailleurs ?

– Je crois qu'il craque pour Maggie.

– Elle n'est pas avec Walt ?

– Si.

– Elle a deux mecs, maintenant ? Comment peut-on avoir deux mecs ?

– Dis donc, me lance Peter en me rattrapant dans le couloir. Je ne suis pas sûr qu'on puisse faire confiance à l'autre, là, Sebastian. Il ne risque pas de nous balancer ?

– T'inquiète. Pas le genre de la maison.

Quand j'entends le nom de Sebastian, cela me transperce l'estomac.

Depuis le baiser, sa présence est une ombre invisible cousue à ma peau. Je ne vais nulle part sans lui. Sous la douche, il me tend le shampooing. Son visage flotte devant les pages de mes livres. Dimanche, je suis allée aux puces avec Maggie et Walt. En fouillant dans les piles de tee-shirts des sixties, je n'ai pas arrêté de me demander ce qui lui plairait.

Il appellera sûrement.

Il n'a pas appelé.

Une semaine se passe. Le samedi matin, je boucle ma petite valise sans enthousiasme. Je contemple, perplexe, les vêtements que j'ai étalés sur le lit. On dirait les pensées de mille inconnus prises au hasard et dans le désordre. Qu'est-ce que j'avais en tête quand j'ai acheté ce sweater années cinquante ? Et ce bandana rose ? Et les leggings vert et jaune à rayures ? Je n'ai rien à me mettre pour cet entretien. Comment être celle que je veux être avec des fringues pareilles ?

Je suis censée être qui, déjà ?

Sois toi-même, et c'est tout.

Mais qui ?

Et s'il appelle pendant mon absence ? Pourquoi est-ce qu'il n'a pas appelé ?

Il lui est peut-être arrivé quelque chose.

Quoi ? Tu l'as vu tous les jours au lycée, il allait très bien.

– Carrie ? m'appelle mon père. Tu es prête ?

– Presque.

Je plie une jupe écossaise et le sweater perlé dans la valise, j'ajoute un ceinturon et allez, un vieux carré Hermès qui appartenait à ma mère. Elle l'a acheté en voyage à Paris avec mon père, il y a quelques années.

– Carrie ?

– J'arrive.

Je descends en traînant les pieds.

Mon père est toujours sur les nerfs avant de partir en voyage. Il collectionne les cartes routières, évalue les temps de trajet et les distances. L'inattendu ne lui convient que sous forme d'inconnues dans une équation. Je lui rappelle toutes les deux minutes que ce n'est pas la mer à boire. C'est juste son ancienne université, et ce n'est qu'à trois quarts d'heure d'ici.

Mais il s'agite, il se tracasse. Il amène la voiture au lavage. Va tirer des sous. Vérifie qu'il a bien son peigne. Dorrit n'en peut plus.

– Vous ne partez même pas vingt-quatre heures !

Il pleut pendant le trajet. En roulant vers l'est, je remarque que le vent commence à arracher les feuilles des arbres, comme des vols d'oiseaux partant vers le sud.

– Carrie, me dit mon père. Ne t'arrête pas à des détails. Ne te martyrise pas pour rien.

Il sait souvent sentir quand quelque chose ne va pas, même s'il est rarement capable de mettre le doigt sur le problème.

– C'est ce que je fais, papa.

– Parce que sinon, poursuit-il, lancé sur un de ses sujets fétiches, on perd deux fois. On perd ce qu'on a perdu, et on perd aussi ses objectifs. Car la vie se passe, quoi qu'il arrive. La vie est plus grande que nous. C'est la nature, tout ça. Le cycle de la vie... personne ne le contrôle.

Et c'est un tort, si je puis me permettre. Je verrais bien une loi universelle : « Quand un garçon embrasse une fille, il la rappelle dans les trois jours. »

– Pour faire court, mon vieux père : la vie est une maladie mortelle. Et sexuellement transmissible.

La manière dont je dis ça le fait rire. Dommage, j'entends aussi Sebastian se marrer sur la banquette arrière.

– Carrie Bradshaw, c'est bien cela ?

Le dénommé George glisse mon dossier sous son bras pour me serrer la main.

– Et vous, monsieur, vous devez être Mr Bradshaw.

– C'est exact, dit mon père. Promotion 1958.

George m'observe.

– Nerveuse ?

– Un peu.

Il a un sourire rassurant.

– Ne le soyez pas. Le professeur Hawkins est formidable. Il est docteur en littérature anglaise et en physique. Je vois dans votre dossier que vous vous intéressez aux sciences et à l'écriture. Ici, à Brown, vous pourrez faire les deux.

Il rougit un peu, comme s'il réalisait qu'il en fait trop. Brusquement, sans crier gare, il ajoute :

– D'ailleurs, vous êtes ravissante.

– Merci, dis-je faiblement.

Je suis comme l'agneau qu'on mène à l'abattoir.

Je comprends vite que j'ai paniqué pour rien. George a raison : tout, ici, est parfait. Les charmants bâtiments en brique de Pembroke Campus, le parc semé d'ormes somptueux qui ont gardé toutes leurs feuilles, la splendide bibliothèque John Carter avec ses colonnes. Je n'ai plus qu'à ajouter ma petite figurine dans cette carte postale.

Mais à mesure que la journée avance, je me sens de plus en plus fragile, comme une poupée en papier de soie. Entretien dans le bureau artistement désordonné du professeur (« Quels sont vos objectifs, Miss Bradshaw ? – J'aimerais apporter quelque chose à la société, quelque chose qui ait du sens »). Visite du campus (labos de chimie, salle informatique, dortoir des première année). Enfin, dîner avec George dans un restaurant chic. À la moitié du repas, quand George propose de m'emmener voir un concert rock à l'Avon Theatre, je sens bien que je ne peux pas refuser. Alors que je préférerais nettement aller m'allonger pour penser à Sebastian.

– Vas-y, me presse mon père.

George est tout à fait le genre de jeune homme – intelligent, bien élevé, prévenant – avec qui il m'a toujours imaginée.

– Tu vas adorer Brown, me dit mon chevalier servant dans la voiture.

Il conduit une Saab. Bonne mécanique, un peu chère, design européen. Comme George, je trouve. Si je ne faisais pas une fixette sur Sebastian, je pourrais être séduite.

– Qu'est-ce qui te plaît tant ici ? dis-je.

– Je suis de New York. Brown, c'est idéal pour changer d'air. Bien sûr, je passerai l'été en ville. C'est le grand avantage de cette fac : les stages. Je vais travailler au *New York Times*.

Soudain, George est nettement plus intéressant.

– J'ai toujours voulu vivre à New York.

– C'est ce qu'il y a de mieux au monde. Mais Brown, c'est parfait pour moi en attendant. (Il a un sourire hésitant.) J'avais besoin d'explorer un autre aspect de moi-même.

– Tu étais comment, avant ?

– Torturé, admet-il avec un grand sourire. Et toi ?

– Oh, moi aussi je suis un peu torturée.

Je pense à Sebastian.

Mais en sortant du concert, je fais le vœu de me sortir ce type de la tête. Des étudiants sont attablés par grappes à de petits guéridons de bistro. Ça boit de la bière, ça plaisante, ça flirte. En fendant la foule, George me presse l'épaule. Levant les yeux, je lui souris.

– Vous êtes à croquer, Carrie Bradshaw, me dit-il à l'oreille.

Nous restons dehors jusqu'à la fermeture. De retour dans la voiture, George m'embrasse. Et une fois encore en me déposant devant l'hôtel. C'est un baiser timide et respectueux, le baiser d'un homme droit. Il prend un stylo dans la boîte à gants.

– Je peux te demander ton numéro ?

– Pourquoi ? fais-je avec un petit rire.

– Pour t'appeler, banane.

Il essaie encore de m'embrasser, mais je détourne la tête.

Je suis légèrement éméchée. Les effets de la bière me tombent dessus au moment où je me couche. Je me demande : lui aurais-je donné mon numéro si je n'avais pas été ivre ? Hum, je ne l'aurais sans doute pas laissé m'embrasser non plus. En tout cas, maintenant c'est sûr, Sebastian va m'appeler. Les garçons rappliquent dès qu'un concurrent s'intéresse à nous. C'est comme les chiens. Ils ne remarquent rien quand on se coupe les cheveux, par contre dès qu'un congénère se pointe sur leur territoire, ils le flairent illico.

Nous sommes de retour à Castlebury dans l'après-midi du dimanche. Il doit y avoir une faille dans ma théorie : Sebastian n'a pas appelé. En revanche, Maggie, oui. Plusieurs fois. Je suis sur le point de la rappeler quand le téléphone sonne.

– Tu fais quoi ? Tu peux venir ?

Raté, ce n'est pas lui.

– Je viens de rentrer, dis-je, toute déçue.

– Il s'est passé quelque chose. Énorme. Peux pas t'expliquer au téléphone. Faut que je te raconte ça en personne.

Maggie a l'air complètement déboussolée. Je me demande si ses parents divorcent.

C'est sa mère, Anita, qui vient m'ouvrir. Elle est en robe de chambre, comme toujours, mais on voit qu'elle a dû être très jolie. Il y a très longtemps. Anita est très, très gentille. Trop, en fait. J'ai toujours l'impression que sa gentillesse a englouti la véritable Anita. Et qu'un de ces jours elle va faire un coup d'éclat spectaculaire, comme mettre le feu à la maison.

– Ah, Carrie, s'exclame-t-elle. Heureusement que tu es là. Maggie ne veut pas sortir de sa chambre, elle refuse de me dire ce qu'elle a. Tu arriveras peut-être à la faire descendre, toi. Ça me ferait tellement plaisir.

– Je m'en occupe, Mrs Stevenson, dis-je d'un ton rassurant.

S'enfermer dans sa chambre, c'est une grande spécialité de Maggie depuis que je la connais. Combien de fois j'ai dû aller lui parler pour la faire sortir...

Sa chambre est gigantesque, avec des baies vitrées sur trois côtés et une penderie qui prend tout un mur. La maison des Stevenson est bien connue en ville, car c'est l'œuvre d'un architecte célèbre. Elle est principalement en verre. L'intérieur est globalement nu, car le père de Maggie ne supporte pas le bazar. J'entrouvre la porte de la chambre pendant qu'Anita angoisse à côté de moi.

– Magou ?

Elle est allongée sur son lit, en chemise de nuit de coton blanc. Elle se redresse tel un fantôme. Un fantôme assez mal luné, notez.

– Anita ! râle-t-elle. La paix, je t'ai dit !

Anita prend un air effarouché, coupable et impuissant, comme souvent avec Maggie. Elle s'éloigne à petits pas. Moi, j'entre.

– Mag ? Ça va ?

Elle s'assoit en tailleur sur son lit et se cache la tête dans les mains.

– Non, ça va pas. J'ai fait quelque chose d'horrible.

– Quoi ?

– Je ne sais pas comment te l'annoncer.

Bon, je sens que cette terrible révélation va se faire attendre. Je m'installe donc sur l'espèce de bizarre tabouret compliqué qui lui sert de chaise. À en croire son père, c'est un appareil ergonomique issu du design suédois, conçu pour garantir une posture parfaite et prévenir le mal de dos. Ça rebondit, aussi : je me balance un peu dessus. Mais là, soudain, j'en ai ma claque des problèmes des autres.

– OK, Maggie, dis-je fermement. Je n'ai pas beaucoup de temps. Il faut que j'aille chercher Dorrit chez *Burger Délice*.

C'est vrai, enfin plus ou moins. Il faudra bien que j'aille la chercher à un moment ou à un autre.

– Mais il y a Walt, là-bas !

– Et alors... ?

Les parents de Walt tiennent à ce qu'il travaille après les cours pour payer ses études. Le seul job qu'il ait jamais eu, c'est cuistot chez *Burger Délice* pour quatre dollars de l'heure. À temps partiel. À ce rythme, je vois mal comment il pourrait économiser de quoi mettre un orteil à la fac.

– Et alors tu vas le voir, souffle-t-elle.

– Et... ?

– Tu vas lui dire que tu m'as vue ?

Ça devient lourd, là.

– J'en sais rien, moi. Tu veux que je le lui dise ?

– Non ! Je l'ai évité tout le week-end. Je lui ai raconté que j'allais voir ma sœur à Philadelphie.

– Pourquoi ?

– Tu ne piges pas ? (Soupir à fendre l'âme.) Peter.

– Peter ?

Je me sens prise d'une légère appréhension.

– J'ai couché avec lui.

– *Quoi ?*

Je fais un bond. Mais comme j'ai les jambes emmêlées dans le machin suédois, tout tombe à la renverse et moi avec.

– Chhhhht.

– Je ne comprends pas, dis-je en essayant de me dépatouiller. Tu as *couché* avec lui ?

– On a eu un *rapport complet*, si tu préfères.

D'accord.

– Quand ?

J'ai réussi à me lever.

– Hier soir. Dans les bois derrière chez moi. Tu te rappelles, quand on a peint l'étable ? Il était aux petits soins avec moi. Hier matin, il m'a appelée. Il voulait absolument me voir. Il dit qu'il est amoureux de moi depuis genre trois ans, mais qu'il avait peur de me parler : il pensait que je le prendrais de haut, tellement il me trouvait sublime. On est allés se balader, et on est tombés dans les bras l'un de l'autre.

– Et après ? Vous avez fait ça comme ça ? Dans les bois ?

– Ne joue pas l'étonnée. (Elle prend un air à la fois supérieur et légèrement vexé.) Ce n'est pas parce que tu ne l'as jamais fait...

– Qu'est-ce que tu en sais ?

– Alors ?

– Pas encore.

– Tu vois.

– Vous avez fait ça comme ça, par terre, dans les feuilles mortes ? Il n'y avait pas des brindilles ? Tu aurais pu te prendre un bout de bois dans le...

– Crois-moi, sur le moment on ne remarque pas les brindilles.

– Ah bon ?

Je dois l'admettre, tout cela me rend extrêmement curieuse.

– C'était comment ?

– Fabuleux, soupire-t-elle. Je ne sais pas exactement comment te le décrire, mais je n'avais jamais rien connu d'aussi bon. C'est le genre de chose, une fois que tu l'as faite tu n'as qu'une envie : recommencer. Et... (Elle se tait pour ménager son effet.) Je crois que j'ai atteint l'orgasme.

J'ai la mâchoire qui pend.

– Dingue.

– Je sais. Peter dit que c'est très rare la première fois. Il pense que je dois avoir une grande puissance sexuelle.

– Et lui, il l'avait déjà fait ?

Si c'est oui, je me pends.

– Apparemment, confirme-t-elle d'un air comblé.

Pendant une bonne minute, nous restons muettes. Maggie tripote rêveusement une frange de son dessus-de-lit. J'affecte de regarder par la fenêtre, en me demandant comment j'ai fait pour me retrouver autant à la traîne. Le monde est scindé en deux. Ceux qui l'ont fait, et les autres.

– Bon, dis-je finalement. Ça signifie que vous êtes ensemble, Peter et toi ?

– Je ne sais pas, murmure-t-elle.

– Et Walt, dans tout ça ?

– Je crois que j'aime Peter.

– Mais Walt ? Je croyais que tu aimais Walt.

– Non. Je me suis crue amoureuse de lui il y a deux ans. Depuis un moment, c'est plus un ami qu'autre chose.

– Je vois.

– On allait presque jusqu'au bout, avant. Mais Walt n'a pas voulu franchir le pas. Ça m'a fait réfléchir. J'ai pensé qu'il ne m'aimait pas vraiment. Deux ans qu'on était ensemble ! Normalement, au bout de deux ans, un garçon a envie de conclure, non ?

Je pourrais émettre l'idée qu'il se préserve pour le mariage. Mais il faut reconnaître que c'est louche.

Je veux que tout soit bien clair :

– Toi tu voulais, et pas lui ? C'est bien ça ?

– Je voulais le faire pour mon anniversaire. C'est lui qui a refusé.

– Bizarre. Vraiment bizarre.

– Ça en dit long sur lui.

Pas forcément. Mais je n'ai pas l'énergie de la contredire.

D'un coup, même si je sais qu'il ne s'agit pas de moi, je suis écrasée par une sensation de perte. Maggie, Walt et moi, on formait un bloc. Depuis deux ans, on a tout fait ensemble. Entrer au Country-club la nuit pour piquer les voiturettes de golf. Rafraîchir nos bières dans le torrent. Parler et parler et parler de tout, depuis les quarks jusqu'aux amours de Jen P. Qu'allons-nous devenir ? J'imagine mal Peter à la place de Walt dans le rôle de la bonne copine.

– Il va falloir que je quitte Walt, m'annonce Maggie. Mais je ne sais pas comment m'y prendre. Qu'est-ce que je pourrais lui dire ?

– La vérité, par exemple.

– Carrie ? me susurre-t-elle d'une voix enjôleuse. Je me demandais si tu ne pourrais pas...

– Quoi ? Le larguer pour toi ? Tu veux que je quitte Walt à ta place ?

– Juste que tu le prépares un peu.

Maggie et Peter ? Jamais vu deux personnes aussi mal assorties. Maggie est cyclothymique et ultra-émotive. Peter est ultra-sérieux. Peut-être que leurs caractères s'équilibrent, au fond.

Je me gare devant chez *Burger Délice*, coupe le contact et pense : *pauvre Walt*.

Nous avons peu de restaurants en ville. *Burger Délice* est célèbre pour ses hamburgers oignons-poivrons grillés. C'est un peu l'Himalaya de la haute cuisine, par chez nous. Les Castelburiens sont des fondus d'oignons et de poivrons. Moi aussi, j'aime bien. Mais Walt, qui supervise justement la cuisson des oignons et des poivrons, ne supporte plus l'odeur. Elle lui entre dans la peau. Même la nuit, il rêve d'oignons et de poivrons.

Je l'aperçois derrière le comptoir, à côté du grill. À part nous, il n'y a que trois adolescentes, aux cheveux multicolores : rose, bleu, vert. Je passe devant sans faire attention. Sauf que soudain, je réalise que l'une de ces punkettes est ma sœur.

Dorrit grignote un beignet d'oignon comme si de rien n'était.

– Salut, Carrie.

Même pas « Comment tu trouves mes cheveux ? », ni rien. Elle aspire bruyamment son milk-shake à la paille.

– Papa va te tuer.

Elle hausse les épaules. Je regarde ses copines, tout aussi apathiques.

– Va à la voiture. J'arrive tout de suite.

– J'ai pas fini mes oignons, réplique-t-elle d'un ton égal.

Je déteste quand elle se dérobe à l'autorité. Surtout la mienne. J'insiste.

– Dans la voiture.

Et je la laisse.

– Où tu vas ?

– Il faut que je parle à Walt.

Qui porte un tablier taché et transpire du front.

– Je déteste ce job, me dit-il en allumant une cigarette dans le parking.

– Mais les hamburgers sont bons.

– Quand j'aurai fini, je ne veux plus en voir un. Jamais.

– Walt. Maggie...

– ... n'était pas chez sa sœur à Philadelphie.

– Tu le savais ?

– Primo, elle va tous les combien chez sa sœur ? Une fois par an ? Et deuzio, je la connais assez bien pour savoir quand elle ment.

Je me demande s'il est aussi au courant pour Peter.

– Qu'est-ce que tu comptes faire ?

– Rien. Attendre qu'elle me largue, c'est tout.

104

– Tu ferais peut-être mieux de la quitter avant.

Il jette son mégot dans les buissons.

– Trop d'efforts. Pourquoi me fatiguer alors que le résultat sera le même ?

Parfois, je trouve Walt un peu passif.

– Mais peut-être que si tu prenais les devants...

– Pour lui éviter de culpabiliser ? Et puis quoi, encore ?

Ma sœur passe devant nous avec sa nouvelle chevelure fluo.

– Si papa te prend à fumer, ça va gueuler, me dit-elle.

– Écoute, ma petite. D'abord, je ne fumais pas. Ensuite, à ta place, je m'occuperais de mes problèmes. Tes cheveux, au hasard.

Dorrit monte en voiture. Walt secoue la tête.

– Mon petit frère est exactement comme elle. Ces jeunes, ça ne respecte rien.

9

De l'art de tromper son monde

Mon pauvre père. En voyant les cheveux de Dorrit, il manque tomber dans les pommes. Il l'accompagne dans sa chambre pour avoir une petite discussion avec elle. Redoutable, quand il fait ça. Il essaie d'être gentil, mais il tombe complètement à côté de la plaque. En général, il se lance dans le récit interminable d'une anecdote de sa jeunesse, ou alors il évoque la nature. Ça ne rate pas : c'est ce qu'il fait avec Dorrit.

Ils se sont enfermés, mais notre maison a cent cinquante ans. Il suffit de rester de l'autre côté de la porte pour entendre toute la conversation. C'est exactement ce que nous faisons, Missy et moi.

– Bien, Dorrit. Je pense que la manière dont tu traites tes, euh... tes cheveux est indirectement liée à la surpopulation. C'est un problème croissant sur notre planète. Qui n'est pas faite pour abriter tant de monde dans un espace limité... ce qui aboutit à ces mutilations du corps humain... piercing, teinture des cheveux, tatouages... L'instinct humain nous pousse à nous distinguer, ce qui

se manifeste par des réactions de plus en plus extrêmes...
Tu comprends ?

– Non.

– Ce que je veux dire, c'est que tu dois faire ton possible pour résister à ces pulsions malsaines. L'être humain épanoui est celui qui triomphe de ses désirs involontaires et destructeurs. Est-ce que je suis clair ?

– Mais oui, papa, soupire Dorrit.

– Et quoi qu'il arrive, je t'aimerai toujours.

C'est sur ces mots qu'il met fin à toutes ses « discussions ». Ensuite, il pleure. Conséquence : on se sent tellement mal qu'on ne veut plus jamais lui faire de peine.

Cette fois, sa larmichette est interrompue par la sonnerie du téléphone. Pitié, faites que ce soit Sebastian. Missy décroche. Elle couvre le combiné de la main et prend un air moqueur.

– Carrie ? C'est pour toi. C'est un *garçon*.

– Merci, dis-je d'un air dégagé.

J'emporte le téléphone dans ma chambre et ferme la porte.

C'est forcément lui. Qui d'autre ?

Je prends une voix très relax.

– Allô ?

– Carrie ?

– Oui ?

– C'est George.

– Ah, George !

Je tâche de masquer ma déception.

– Tu es bien rentrée ?

– Tu vois.

– J'ai passé une excellente soirée samedi. Je me disais qu'on pourrait peut-être se revoir.

Je n'en sais trop rien. Mais quand c'est demandé si poliment, on ne peut pas refuser. Et puis je ne veux pas lui faire de peine.

– D'accord.

– Il y a une auberge très chouette entre ici et Hartford. Ça te dirait d'y aller samedi ?

– Super.

– Je passe te prendre vers sept heures. On dînera à huit, et je te ramène à onze.

Nous raccrochons et je vais m'observer dans la glace de la salle de bains. J'ai une envie soudaine de changer radicalement de look. Je pourrais me teindre les cheveux en rose et bleu comme Dorrit. Ou me faire une petite coupe ébouriffée. Ou passer au blond platine. Je prends un crayon pour me souligner le contour des lèvres. Je remplis avec un bâton de rouge et me dessine des commissures tombantes. Je trace deux larmes noires sur mes joues et recule d'un pas pour juger de l'effet.

Pas mal.

Je passe ma tête de clown triste dans la chambre de Dorrit. C'est elle qui est au téléphone, maintenant. Je comprends qu'elle parle garçons avec une copine. Elle raccroche brusquement en me voyant.

– Alors ?

– Quoi, alors ?

108

– Qu'est-ce que tu dis de mon maquillage ? Je pensais aller en cours comme ça.

– C'est à cause de mes cheveux ?

– Quel effet ça te ferait, si je me pointais au lycée comme ça demain ?

– M'en fous.

– Je parie que non.

– Pourquoi tu es tellement méchante ? me crie-t-elle.

– Je ne suis pas méchante.

Mais elle a raison. Je le fais exprès. Je suis d'une humeur massacrante.

Tout cela à cause de Sebastian. Parfois, je me dis que tous les malheurs du monde viennent des hommes. Sans eux, les femmes seraient perpétuellement heureuses.

– Oh, allez, Dorrit. Je *plaisante*.

Elle se couvre la tête de ses mains.

– C'est si moche que ça ? murmure-t-elle.

Ma tête de clown triste n'a plus rien d'une blague.

Quand ma mère est tombée malade, Dorrit me demandait souvent ce qui allait arriver. Je faisais bonne figure parce que j'avais lu que quand on sourit, même si tout va mal, la simple action des muscles fait croire au cerveau que l'on est heureux.

– Quoi qu'il arrive, tout va s'arranger, lui disais-je.

– Promis ?

– Bien sûr, Dorrit. Tu verras.

– Il y a quelqu'un, crie Missy d'en bas.

Nous nous regardons. Notre petite prise de bec est oubliée.

Nous dévalons l'escalier. Sebastian. Il est là, dans la cuisine. Il regarde ma tête de clown, puis les cheveux bleus et roses de Dorrit. Et lentement, il secoue la tête.

– Quand on veut fréquenter les Bradshaw, il faut s'attendre à tout. Il y a de la folie dans l'air. On ne sait jamais ce qui peut arriver.

– Non, tu crois ?

Sebastian est en veste de cuir noir, celle qu'il portait déjà à la fête chez Tommy Brewster et le soir de l'étable. Le soir de notre premier baiser.

– Tu ne mets jamais autre chose que cette veste ?

Il prend la bretelle d'autoroute.

– Tu n'aimes pas ? Je l'ai achetée quand j'habitais à Rome.

Rome ! Une vague immense m'emporte. Je suis déjà allée en Floride, au Texas et dans toute la Nouvelle-Angleterre, mais en Europe, jamais. Je n'ai même pas de passeport, alors... Remarquez, en ce moment, j'aimerais bien en avoir un. Pour savoir comment me comporter avec Sebastian. On devrait inventer des passeports pour les histoires d'amour.

Un type qui a vécu à Rome ! C'est trop romantique.

– À quoi tu penses ? me demande-t-il.

Je pense que tu ne vas pas tomber amoureux de moi parce que je n'ai jamais mis les pieds en Europe et que je ne suis pas assez sophistiquée pour toi.

– Et Paris, tu y es déjà allé ?

– Bien sûr. Pas toi ?

– Pas vraiment.

– Ça, c'est comme être « un petit peu enceinte ». Soit tu y es allée, soit non.

– Jamais en personne. Ça ne veut pas dire que je n'y sois pas allée en pensée.

Il se marre.

– Tu es vraiment étrange, comme fille.

– Merci.

Je regarde par la vitre pour cacher mon infime sourire. Je me fiche qu'il me trouve étrange. Je suis trop contente de le voir.

Il va falloir jouer fin.

Je ne lui demande pas pourquoi il n'a pas appelé. Je ne lui demande pas ce qu'il a fabriqué. En le trouvant dans la cuisine, accoudé au comptoir genre « je suis chez moi ici », j'ai fait la fille pas étonnée du tout.

– Je ne dérange pas ? a-t-il demandé, comme si c'était parfaitement normal qu'il débarque sans prévenir.

– Ça dépend de ce que tu appelles déranger.

Mes entrailles étaient pleines de diamants, brusquement illuminés par le soleil.

– Tu veux aller faire un tour ?

– D'ac.

Je suis montée en courant me démaquiller vite fait, tout en sachant que j'aurais dû dire non, ou au moins me faire prier. Quel genre de fille accepte de sortir comme ça, à l'improviste ? Cela crée un mauvais précédent. Le type se dit qu'il peut vous voir quand ça lui chante, vous traiter n'importe comment. Mais c'était

111

au-dessus de mes forces de refuser. En enfilant mes bottes, je me suis demandé si j'en viendrais à regretter d'être aussi conciliante.

En tout cas, en ce moment, je ne regrette rien. Et d'abord, qui a fixé les règles des rendez-vous ? Et pourquoi je ne pourrais pas être exemptée ?

Il pose la main sur ma cuisse. Tranquille. Comme si on sortait ensemble depuis des lustres. Si c'était le cas, je me demande si sa main me ferait toujours cet effet : une sorte de vertige divin. Je décide que oui. Je n'imagine pas de ne pas éprouver cela avec lui.

Je suis en train de craquer.

– Ce n'est pas si génial, dit-il.

Je me tourne brusquement vers lui. Mon bonheur vient de virer à la panique.

– Quoi ?

– L'Europe.

– Ah, oui ! (Ouf.) L'Europe.

– Il y a deux étés, quand je vivais à Rome, j'ai tout visité : la France, l'Allemagne, la Suisse, l'Espagne... En rentrant ici, je me suis rendu compte que c'était aussi beau.

– *Castlebury ?*

– C'est aussi joli que la Suisse.

Sebastian Kydd aime Castlebury ? Pas possible.

– Mais je t'ai toujours imaginé vivant à New York. (Ma voix déraille.) Ou à Londres. Un endroit excitant.

Il fronce le sourcil.

– C'est mal me connaître.

112

Je vais défaillir de peur. L'aurais-je vexé ?

Heureusement, il ajoute :

– Mais ça viendra.

Et il continue :

– D'ailleurs, j'ai très envie qu'on fasse mieux connaissance. C'est pour ça que je t'emmène voir une expo. Un de mes artistes préférés.

– Ah.

Je hoche la tête, embarrassée. Je suis nulle en art. Dire qu'à une époque j'aurais pu prendre histoire de l'art en option. Quelle nouille.

Je suis irrécupérable.

Sebastian va s'en apercevoir et me larguer avant même qu'on sorte ensemble.

– Max Ernst, annonce-t-il. Le plus grand pour moi. Et toi, qui est ton artiste favori ?

– Groucho Marx ?

C'est le seul nom qui me soit venu en tête.

– T'es vraiment marrante, dit-il en rigolant.

Il m'emmène au musée Wadsworth, à Hartford. J'y suis allée un million de fois en sorties de classe. Celles où on tient la main poisseuse d'un petit camarade pour ne pas se perdre. Je détestais cette manière qu'on avait de nous trimballer. On se faisait toujours gronder par une mère d'élève accompagnatrice. Où était Sebastian à l'époque, pour me prendre la main ?

Je baisse les yeux sur nos doigts entrelacés et vois une chose qui me surprend.

Sebastian Kydd se ronge les ongles ?

– Viens, me dit-il.

Nous nous arrêtons devant un tableau qui représente un garçon et une fille sur un banc de marbre, devant un lac de montagne, dans un paysage merveilleux. Sebastian, debout derrière moi, pose sa tête sur la mienne et m'entoure de ses bras.

– Parfois, j'aimerais entrer dans ce tableau. Fermer les yeux et me réveiller là-bas. Y rester à jamais.

Et moi, alors ? hurle une voix dans ma tête. Je me sens exclue de son fantasme.

– Tu ne t'ennuierais pas, au bout d'un moment ?

– Pas si tu y étais avec moi.

Je tombe à la renverse, presque. Les garçons ne sont pas censés dire ce genre de choses. Enfin si, mais ils ne le font jamais. Personne n'oserait parler ainsi.

Sauf un garçon raide fou dingue amoureux. Un qui comprend à quel point vous êtes fabuleuse, merveilleuse, même si vous n'êtes pas la chef des pom-pom girls ni la plus jolie fille du lycée. Un garçon qui vous trouve belle telle que vous êtes.

– Mes parents sont à Boston, me dit-il. Tu veux venir chez moi ?

– D'accord.

J'irais bien n'importe où avec lui.

J'ai une théorie comme quoi on peut tout savoir sur quelqu'un rien qu'en regardant sa chambre. Dans le cas de Sebastian, ça ne marche pas. La sienne ressemble davantage à la chambre d'honneur d'une ancienne pension de famille qu'à une tanière de lycéen. Au mur, un patchwork noir et rouge cousu main et une roue de gouvernail. Pas de posters, pas de photos, pas de fanions, pas de batte de base-ball... pas même une chaussette sale. Par la fenêtre, je contemple la vue sur un champ brun terne et, au-delà, sur le mur de brique jaune vif d'une maison de convalescence. Je ferme les yeux et tente de m'imaginer avec lui dans le tableau de Max Ernst, sous un ciel d'azur.

Maintenant que je suis dans sa chambre – avec lui, en vrai –, je me sens un peu nerveuse.

Sebastian me prend par la main et m'entraîne jusqu'au lit. Il pose une main de chaque côté de mon visage et m'embrasse.

Je suis au bord de la syncope. Moi et Sebastian Kydd. C'est vraiment en train d'arriver.

Au bout d'un moment, il relève la tête pour me regarder. Il est tellement près que je vois les petites taches vert foncé qui décorent ses iris. Je pourrais les compter si je voulais.

– Dis-moi. Tu ne m'as jamais demandé pourquoi je ne t'avais pas appelée.

– J'aurais dû ?

– La plupart des filles l'auraient fait.

– Je ne suis pas la plupart des filles.

Au risque de paraître arrogante, je ne vais quand même pas lui avouer que je viens de passer deux semaines dans la panique totale, à sauter au plafond chaque fois que le téléphone sonnait, à lui jeter des regards en coin pendant les cours, à me promettre de ne plus jamais rien faire de mal si seulement il me reparlait comme l'autre soir, sur le toit... puis à m'en vouloir à mort d'être aussi bête et puérile.

– Tu as pensé à moi ? me demande-t-il d'un air narquois.

Attention. Question piège. Si je dis non, je vais le vexer. Si je dis oui, je passe pour une pauvre fille.

– Peut-être un peu.

– Moi, j'ai pensé à toi.

– Tu aurais dû m'appeler, fais-je, mutine.

– J'avais peur.

– De moi ?

Je ris, mais il a l'air étrangement sérieux.

– J'avais peur de tomber amoureux. Et je ne veux pas être amoureux en ce moment.

Catastrophe. Mon cœur dégringole en chute libre.

– Alors ? reprend-il en passant un doigt sur ma joue.

Aha ! Je souris. Encore une question piège.

– Tu n'avais peut-être pas rencontré la bonne personne, dis-je d'une toute petite voix.

Il approche ses lèvres de mon oreille.

– J'espérais que tu dirais ça.

10

Sauvez-moi

Mes parents se sont rencontrés dans une bibliothèque.

Après ses études, ma mère est devenue bibliothécaire. Mon père est entré pour emprunter des livres, il l'a vue, il est tombé amoureux.

Six mois plus tard, ils étaient mariés.

Tout le monde disait qu'elle ressemblait à Elizabeth Taylor. Il est vrai qu'à l'époque, c'est ce qu'on disait de toutes les jolies filles. N'empêche, j'imagine toujours Liz Taylor sagement assise à un bureau en chêne, et mon père, binoclard et dégingandé, blond, les cheveux coupés en brosse, s'approchant du bureau tandis que ma mère/ Liz Taylor se lève pour le renseigner. Elle porte une jupe ample au genou, rehaussée de pompons roses.

La jupe est encore quelque part au grenier, enfermée dans une housse avec ce qu'il reste de ses vêtements : sa robe de mariée, ses chaussures bicolores, ses ballerines, et le mégaphone marqué à son nom, « Mimi », souvenir de ses exploits de pom-pom girl.

Je ne l'ai presque jamais vue sans qu'elle soit

parfaitement habillée, coiffée et maquillée. À une époque, elle cousait ses vêtements elle-même, et les nôtres aussi. Elle suivait les recettes d'un gros livre de cuisine pour nous préparer de bons petits plats. Elle décorait la maison d'antiquités locales, avait le plus joli jardin, faisait le plus bel arbre de Noël, et nous surprenait encore avec des paniers d'œufs ravissants bien après que nous avons cessé de croire aux cloches de Pâques.

Ma mère était comme toutes les autres mères, en un peu mieux. Car elle pensait que présenter sa maison et sa famille sous le meilleur jour était une noble cause. Elle semblait faire tout cela sans effort.

Et même si elle portait un parfum coûteux et considérait les jeans comme bons pour les fermiers, elle soutenait aussi que les femmes devaient adopter cette superbe attitude que l'on appelle le féminisme.

L'été d'avant mon entrée en CE1, ma mère et ses amies se sont mises à lire *Le Consensus*, de Mary Gordon Howard. C'était un pavé, qu'elles emmenaient au Country-club dans leurs grands sacs en toile parmi les serviettes, la crème solaire et la pommade antimoustiques. Tous les matins, elles s'installaient sur leurs transats au bord de la piscine et, l'une après l'autre, sortaient *Le Consensus* de leur sac. Je revois encore la couverture : un voilier perdu sur une mer bleue, entouré des portraits en noir et blanc de huit jeunes femmes brillantes. Au dos, une photo de l'auteur de profil. Une femme aristocratique qui, dans ma petite tête, ressemblait à George Washington avec un tailleur en tweed et un rang de perles.

– Vous avez passé le chapitre sur le pessaire ? chuchotait l'une d'elles aux autres.

– Chut. Pas encore. Ne nous dis rien.

– Maman ? C'est quoi, un pessaire ?

– Ça ne regarde pas les enfants.

– Est-ce que ça me regardera quand je serai grande ?

– Peut-être. Peut-être pas. Il y aura peut-être de nouvelles méthodes d'ici là.

J'ai passé mon été à essayer de comprendre ce qu'il y avait de si intéressant dans ce livre. Tellement intéressant que Mrs Dewittle ne s'est aperçue de rien quand son fils David s'est ouvert la tête en tombant du plongeoir. Il a eu dix points de suture.

– Maman ! Pourquoi Mary Gordon Howard a deux noms de famille ?

Ma mère a posé le livre sur ses genoux, en laissant le doigt dedans pour garder sa page.

– Gordon est le nom de jeune fille de sa mère et Howard est le nom de son père.

J'ai réfléchi.

– Et si elle se marie ?

Apparemment, ma question lui a plu.

– Mais elle est mariée. Elle s'est mariée trois fois.

J'ai pensé qu'avoir trois maris devait constituer le sommet du glamour. À l'époque, je ne connaissais même pas un adulte qui soit divorcé.

– Mais elle ne prend jamais le nom de ses maris, m'a-t-elle expliqué. Mary Gordon Howard est une très grande féministe. Elle pense qu'une femme se suffit à elle-même et ne doit pas laisser un homme lui prendre son identité.

J'ai pensé qu'être une féministe devait constituer l'apothéose du glamour.

Jusqu'à l'apparition du *Consensus*, je n'avais jamais trop pensé au pouvoir de la littérature. J'avais lu tous mes livres d'images, puis les Roald Dahl et *Les Chroniques de Narnia*. Mais cet été-là, l'idée qu'un livre puisse changer les gens a commencé à papillonner à l'orée de ma conscience. Je me suis dit que moi aussi, je voudrais peut-être devenir écrivain et féministe.

À Noël cette année-là, nous étions attablés autour de la bûche qui lui avait demandé deux jours de préparation quand ma mère a fait une annonce. Elle reprenait ses études pour passer son diplôme d'architecte. Rien ne changerait, sauf que ce serait papa qui nous ferait à manger certains soirs.

Quatre ans plus tard, elle était embauchée au cabinet Beakon & Beakon. J'adorais passer à son bureau après l'école. C'était une vieille maison en centre-ville. Il y avait d'épais tapis dans toutes les pièces, qui fleuraient bon l'encre et le papier. Ma mère travaillait à une drôle de table inclinée. Elle traçait des plans d'une main ferme et délicate. Elle avait deux personnes sous ses ordres, des hommes jeunes qui semblaient en adoration devant elle. Je n'ai jamais cru qu'on ne puisse pas être féministe si l'on portait des bas et des talons hauts, et qu'on relevait ses cheveux dans une jolie barrette.

Je pensais qu'être féministe, c'était une certaine manière de prendre sa vie en main.

J'avais treize ans quand j'ai lu dans le journal local que Mary Gordon Howard venait en ville donner une conférence et signer ses livres dans notre bibliothèque. Ma mère n'était déjà plus en état de quitter la maison. J'ai décidé d'y aller seule et de lui faire la surprise d'un livre dédicacé. Je me suis fait des couettes que j'ai nouées avec des rubans jaunes. Je portais une robe jaune à fleurs et des sandales compensées. Avant de partir, je suis allée voir ma mère.

Elle reposait dans son lit. Le store était baissé. Comme toujours, on entendait le tic tac régulier de l'horloge ancienne, et j'imaginais les petites dents du mécanisme grignotant à chaque fois une minuscule portion de temps, inexorablement.

– Où vas-tu ? m'a demandé ma mère.

Sa voix, autrefois onctueuse, était réduite à un grattement d'épingle.

– À la bibliothèque, ai-je dit avec un grand sourire.

Je mourais d'envie de lui révéler mon secret.

– C'est bien. Tu es toute jolie. (Elle a respiré lourdement avant de continuer.) J'aime bien tes rubans. Où les as-tu trouvés ?

– Dans ta vieille boîte à couture.

Elle a hoché la tête.

– C'est mon père qui les avait rapportés de Belgique.

J'ai touché les rubans. J'avais peut-être eu tort de les prendre.

– Non, non. Garde-les. Ils sont faits pour cela, n'est-ce pas ? Et puis, c'est joli.

Elle s'est mise à tousser. Je redoutais ce bruit. Faible et haut perché, il ressemblait plus au halètement dérisoire d'un animal en détresse qu'à une toux véritable. Elle avait toussé pendant un an avant d'apprendre qu'elle était malade. L'infirmière est entrée, a arraché le bouchon d'une seringue avec ses dents et a tapoté le bras de ma mère avec deux doigts.

– Allons, ma belle, allons, a-t-elle dit d'une voix rassurante en enfonçant souplement l'aiguille. Vous allez dormir. Vous allez dormir un peu, et quand vous vous réveillerez, vous vous sentirez mieux.

Ma mère m'a regardée et m'a fait un clin d'œil.

– J'en doute, a-t-elle dit en sombrant dans le sommeil.

Je suis montée sur mon vélo. J'avais huit kilomètres à parcourir jusqu'à la bibliothèque. J'étais en retard, et tout en pédalant j'ai commencé à m'imaginer que Mary Gordon Howard volerait à mon secours.

Mary Gordon Howard me *reconnaîtrait*.

En me voyant, elle saurait d'instinct que moi aussi, j'étais écrivain et féministe, et qu'un jour j'écrirais un livre qui changerait le monde.

Debout en danseuse pour pédaler plus fort, j'ai formé de grandes espérances. Une transformation spectaculaire allait s'opérer.

En arrivant à la bibliothèque, j'ai jeté mon vélo dans les buissons et couru dans l'escalier jusqu'à la salle de lecture.

Douze rangées de femmes étaient alignées sur des chaises pliantes. La grande Mary Gordon Howard, derrière un pupitre, se tenait face à elles. Elle semblait parée pour le combat, en tailleur rigide couleur d'armure rehaussé d'énormes épaulettes. Percevant comme un courant d'hostilité dans l'air, je me suis cachée derrière un rayonnage.

– Oui ? a-t-elle aboyé à la femme du premier rang qui levait la main.

C'était notre voisine, Mrs Agnosta.

– C'est bien beau, tout ce que vous dites, a commencé celle-ci prudemment. Mais si l'on n'est pas mécontente de sa vie ? Et si je ne suis pas sûre de vouloir que ma fille ait une autre vie que la mienne ? En fait, j'aimerais beaucoup qu'elle devienne exactement comme moi.

Mary Gordon Howard s'est renfrognée. Elle portait aux oreilles d'énormes pierreries bleues. Comme elle levait la main pour rajuster sa boucle d'oreille, j'ai remarqué à son poignet une montre rectangulaire en diamants. Je ne sais pas pourquoi, je n'imaginais pas Mary Gordon Howard en femme à bijoux. Elle a baissé la tête comme un taureau furieux et regardé Mrs Agnosta droit dans les yeux, comme si elle s'apprêtait à charger. L'espace d'une seconde, j'ai carrément eu peur pour Mrs Agnosta, qui ne savait pas dans quoi elle avait mis les pieds. Elle était juste venue chercher un peu de culture pour enrichir son après-midi.

– Ma chère, c'est parce que vous êtes l'exemple même du narcissisme, a déclaré Mary Gordon Howard. Vous êtes

123

tellement imbue de vous-même que vous ne concevez pas qu'une femme puisse être heureuse si elle n'est pas « exactement comme vous ». Vous êtes précisément ce dont je parle en évoquant les femmes qui ralentissent les progrès des autres.

Bon, ai-je pensé. C'était sans doute vrai. Si Mrs Agnosta avait eu le choix, toutes les femmes auraient passé leurs journées à faire des gâteaux et à récurer les toilettes.

Mary Gordon Howard a balayé la salle du regard, la bouche serrée, triomphante.

– S'il n'y a plus de questions, je vais maintenant avoir le plaisir de dédicacer vos livres.

Il n'y avait plus de questions. L'assistance était bien trop intimidée.

J'ai pris place dans la file d'attente, en serrant mon exemplaire du *Consensus* contre mon cœur. La bibliothécaire, Miss Detooten, que je connaissais depuis toute petite, restait debout à côté de Mary Gordon Howard pour lui passer les livres à signer. L'écrivain a poussé plusieurs soupirs exaspérés. N'y tenant plus, elle s'est tournée vers Miss Detooten et lui a dit tout bas : « Des ménagères rétrogrades, j'en ai peur. » À ce moment-là, il n'y avait plus que deux personnes devant moi dans la queue. J'ai eu envie de protester : « Oh non, c'est totalement faux. » Et j'aurais voulu lui parler de ma mère, lui raconter comment *Le Consensus* avait changé sa vie.

Miss Detooten s'est faite toute petite et, rouge de confusion, s'est détournée. C'est alors qu'elle m'a vue.

– Tiens, mais c'est Carrie Bradshaw ! s'est-elle écriée avec un enthousiasme forcé, en cherchant mon regard, comme si j'étais une personne susceptible de plaire à Mary Gordon Howard.

Mes doigts se sont serrés sur le livre. J'avais tout le visage paralysé. J'imaginais bien de quoi j'avais l'air, les lèvres figées dans un timide sourire idiot.

La Gorgone, comme je commençais à l'appeler, m'a toisée de bas en haut et s'est remise à ses dédicaces.

– Carrie sera écrivain plus tard, a lâché Miss Detooten. N'est-ce pas, Carrie ?

J'ai fait oui de la tête.

D'un coup, j'intéressais la Gorgone. Elle a posé son stylo.

– Et pourquoi donc ? m'a-t-elle demandé.

– Pardon ? ai-je balbutié.

J'avais les joues en feu.

– Pourquoi voulez-vous devenir écrivain, *vous* ?

Du regard, j'ai cherché le soutien de Miss Detooten. Mais elle était aussi pétrifiée que moi.

– Je... je ne sais pas.

– Si vous n'avez pas une très bonne raison d'écrire, abstenez-vous, a tranché la Gorgone. Pour être écrivain, il faut avoir quelque chose à dire. Et mieux vaut que ce soit intéressant. Si vous n'avez rien d'intéressant à dire, ne devenez pas écrivain. Faites plutôt un métier utile. Médecin, par exemple.

– Merci, ai-je soufflé.

125

La Gorgone a tendu la main pour saisir le livre de ma mère. Un instant, j'ai pensé le reprendre et partir en courant, mais j'étais trop impressionnée. Elle a griffonné son nom d'une petite écriture anguleuse.

– Merci d'être venue, Carrie, m'a dit Miss Detooten en me rendant l'ouvrage.

J'avais la bouche sèche. Je suis sortie d'un pas mal assuré en hochant la tête comme une gourde.

J'étais trop faible pour reprendre mon vélo. Je me suis assise sur le trottoir, le temps de retrouver mes esprits. J'ai attendu que les vagues empoisonnées passent sur moi, et quand elles sont parties, je me suis remise debout. Je me sentais aplatie, laminée. J'ai enfourché mon vélo et je suis rentrée chez moi.

– Comment ça s'est passé ? m'a chuchoté ma mère plus tard, en se réveillant.

Je me suis assise à son chevet en lui tenant la main. Ma mère prenait grand soin de ses mains. Si on n'avait vu qu'elles, on n'aurait jamais cru qu'elle était malade.

J'ai haussé les épaules.

– Il n'y avait pas le livre que je voulais.

Elle a opiné de la tête.

– Peut-être une autre fois.

Je ne lui ai jamais dit que j'étais allée voir son héroïne, Mary Gordon Howard. Je ne lui ai jamais dit que Mary Gordon Howard avait dédicacé son livre. Et je me suis bien gardée de lui dire que Mary Gordon Howard n'était pas une féministe. Comment peut-on l'être quand on traite les autres femmes comme des chiens ? Non, on est juste une Cruella comme Donna LaDonna. Je n'ai jamais raconté l'incident à personne. Mais il est resté gravé en moi, comme une punition terrible que l'on peut chasser de ses pensées mais pas oublier complètement.

J'éprouve encore un frémissement de honte en y repensant. J'avais voulu que Mary Gordon Howard vole à mon secours.

Mais c'était il y a longtemps. Je ne suis plus cette petite fille. Je n'ai plus à avoir honte.

Je me retourne et enfonce la joue dans mon oreiller en pensant à ma sortie avec Sebastian.

Et je n'ai plus besoin non plus qu'on vole à mon secours.

11

De la concurrence dans l'air

– Il paraît que Donna LaDonna est avec Sebastian Kydd, m'annonce Lali en ajustant ses lunettes de natation.

Quoi ? Je plonge un orteil dans l'eau et tire sur les bretelles de mon maillot. Histoire de me donner une contenance.

– Ah oui ? dis-je l'air de rien. D'où tu tiens ça ?

– C'est ce qu'elle raconte aux deux Jen, qui le répètent à tout le monde.

J'étire mes jambes.

– Peut-être qu'elle invente.

– Pourquoi elle inventerait ?

Je monte sur le plot à côté du sien et hausse les épaules.

– À vos marques. Prêts. Partez ! nous crie Mr Nipsie, l'entraîneur.

Pile en plein vol, je crie :

– Je suis sortie avec lui !

Effet réussi : Lali, sous le choc, fait un plat.

L'eau est frisquette, à peine vingt-quatre degrés. Je termine une longueur, me retourne, et quand je vois Lali me rejoindre, je me mets à l'éclabousser.

Lali est meilleure nageuse, mais c'est moi qui plonge le mieux. Depuis presque huit ans, nous sommes complices et rivales. Depuis tout ce temps, on se lève à quatre heures du matin, on gobe des œufs crus pour prendre des forces, on fait des stages de perfectionnement, on se tire sur le maillot, on invente des danses de victoire rigolotes et on se peint le visage aux couleurs de notre club. Les entraîneurs nous crient dessus, les mères nous maudissent, on fait pleurer des petits. Pour les autres, notre association est un cauchemar. Mais personne n'a encore réussi à nous séparer.

Allez, une série de huit longueurs, nages combinées. Lali me double dans la sixième longueur. À mon arrivée, elle est déjà perchée au-dessus de moi. Elle dégoutte dans ma ligne.

– Bien essayé, ta combine pour déconcentrer l'adversaire, me lance-t-elle en me tapant dans la main.

– Sauf que c'est vrai, dis-je en attrapant ma serviette pour m'essuyer les cheveux.

– *Quoi ?*

– Hier soir. Il est passé chez moi. On est allés voir une expo. Ensuite il m'a emmenée chez lui et... bon, tu vois, quoi.

– Mmm.

Elle attrape son pied et le tire contre sa cuisse.

– ... Et il a vécu tout un été à Rome. Et... (Je regarde

autour de moi pour vérifier qu'aucune oreille ne traîne.)
Il se ronge les ongles.

– C'est ça, Brad. J'en parlerai à mon cheval.

– Lali. Je te *jure*.

Elle interrompt ses étirements pour me regarder. Pendant une milliseconde, elle a l'air en colère. Puis elle sourit. Et là, elle me sort :

– Arrête un peu, Carrie. Pourquoi veux-tu que Sebastian Kydd sorte avec *toi* ?

L'espace d'un instant, nous restons sonnées. C'est l'un de ces moments terriblement gênants : quand une amie est allée trop loin et qu'on se demande si on va se jeter des horreurs à la tête. On va dire une vacherie pour se défendre, elle va répondre quelque chose de blessant et cruel. On se demande si on pourra se reparler après ça.

Mais c'est peut-être un malentendu. Donnons-lui une deuxième chance.

– Et pourquoi pas ? dis-je d'un ton aussi léger que possible.

Elle s'écrase immédiatement.

– Non mais, je disais ça à cause de Donna LaDonna. Tu vois, s'il est avec elle... il ne va pas se mettre à voir quelqu'un d'autre.

– Peut-être qu'il n'est pas avec elle.

Mais j'ai la gorge serrée. Moi qui me délectais à l'avance de tout lui raconter, de détailler tous ses faits et gestes... Là, ce n'est plus possible.

Et si c'est vrai qu'il est avec Donna LaDonna ? La honte.

– Bradshaw ! braille Nipsie. Bon Dieu, qu'est-ce que tu as aujourd'hui ? C'est ton tour !

– Pardon, dis-je à Lali comme si tout était de ma faute.

Je prends ma serviette et me dirige vers les plongeoirs.

– Et tu as intérêt à me réussir ton coup de pied à la lune vrillé pour la compète de jeudi !

Je grimpe les échelons. Je suis sur le tremplin. Je ferme les yeux pour visualiser mon plongeon. Mais tout ce que je vois, c'est Donna LaDonna et Sebastian ensemble l'autre soir à l'*Emerald*. Lali a peut-être raison. Mais s'il est encore avec elle, pourquoi me courir après ? Donc c'est faux, et Lali m'embrouille avec une fausse rumeur. Peut-être. Mais pourquoi est-ce qu'elle ferait ça ? C'est ma meilleure amie.

– Bradshaw ! Je n'ai pas toute la journée.

La voix de l'entraîneur se fait menaçante.

Zut. Je fais quatre pas, prends mon appel du pied droit et me détends en l'air. Dès que mes orteils ont quitté la planche, je sais que je vais me planter. Et en effet : j'agite les pattes comme un crapaud malade et me ramasse sur le côté du crâne.

Nipsie est furax.

– Non mais, c'est quoi, ça, Bradshaw ? Tu n'essaies même pas.

J'ai beau avoir la peau dure, cette fois les larmes me montent aux yeux. Je ne saurais dire si c'est ma tête ou mon ego : j'ai mal aux deux. Je jette un coup d'œil vers Lali pour trouver un peu de solidarité, mais elle ne me regarde pas. Elle est assise dans les gradins. Et à côté d'elle, à trente centimètres, qui est là ? Sebastian.

Mais c'est quoi, cette manie de se pointer sans crier gare ? Je ne suis pas prête, moi.

Je remonte sur le plongeoir. Je n'ose pas le regarder, mais je sens ses yeux sur moi. Mon deuxième essai est en léger progrès. Quand je sors de l'eau, ils se sont mis à discuter. Lali me voit et lève le poing.

– Allez, Brad !

– Merci.

J'agite la main. Sebastian croise mon regard et me fait un clin d'œil.

Mon troisième plongeon est très réussi, mais Lali et lui sont trop absorbés par leur conversation pour s'en apercevoir.

Je vais les rejoindre.

– Salut ! dis-je en m'essorant les cheveux.

– Tiens, salut, fait Lali comme si elle ne m'avait pas vue de la journée.

Maintenant que Seb est là, elle doit quand même se sentir un peu péteuse.

– Ça fait mal ? me demande-t-il pendant que je m'assois à côté de lui.

Il me tapote le crâne et ajoute gentiment :

– Pas trop cabossée, ta petite cafetière ?

Un coup d'œil discret vers Lali, qui ouvre des yeux ronds. Je hausse les épaules.

– Meu non. Ça arrive tout le temps. C'est rien.

– On parlait du soir où on a repeint l'étable, m'indique Lali.

– À mourir de rire.

Je fais celle qui n'est même pas surprise que Sebastian vienne la chercher. Normal, quoi.

– Je te ramène ? me propose-t-il.

– OK.

Il m'accompagne jusqu'à la porte du vestiaire. Je ne sais pas pourquoi, cela me soulage. Je comprends soudain que je n'ai aucune envie de le laisser seul avec Lali.

Je le veux pour moi toute seule. Il est trop neuf pour que je le prête.

Et là, je me fais l'effet d'être une sale teigne. Lali est ma meilleure amie, quand même.

Je rejoins le parking en passant par le gymnase et non par la piscine. J'ai encore les cheveux mouillés, mon jean me colle désagréablement aux cuisses. Je suis à mi-chemin quand une Toyota beige vient s'arrêter à côté de moi. La vitre descend et Jen S. sort la tête.

– Eh, Carrie, me hèle-t-elle, tout aimable. Où tu vas comme ça ?

– Nulle part.

Jen P. se penche par-dessus son acolyte.

– Tu viens avec nous chez *Burger Délice* ?

Je leur lance un regard sceptique, exprès. Elles ne m'ont jamais proposé de m'emmener chez *Burger Délice*. Elles ne m'ont jamais proposé de m'emmener nulle part ! Elles me prennent vraiment pour une débile ?

– Peux pas, dis-je vaguement.

– Pourquoi ?

– Faut que je rentre.

– Allez, t'as le temps de prendre un hamburger.

Je rêve ou j'ai entendu une pointe de menace dans sa voix ?

Sebastian klaxonne.

Je sursaute. Les deux Jen se regardent encore.

– Monte, insiste Jen P.

– Non, vraiment. Merci. Une autre fois.

Jen S. me regarde haineusement. Cette fois, l'hostilité dans sa voix ne fait plus aucun doute.

– Comme tu veux, me lance-t-elle en remontant sa vitre.

Et elles restent là, à me regarder monter dans la voiture de Sebastian.

– Coucou, dit-il en se penchant pour m'embrasser.

Je me recule.

– Mauvaise idée. On est observés. (Je montre du doigt la Toyota beige.) Les deux Jen.

– Rien à foutre, murmure-t-il en m'embrassant de nouveau.

Je me laisse faire, mais me dégage au bout de quelques secondes.

– Les Jen, dis-je d'un air de conspirateur. Elles sont amies avec Donna LaDonna.

– Et ?

– Et évidemment elles vont lui répéter. Pour toi et moi.

134

Je parle avec prudence : je ne voudrais pas être présomptueuse.

Il se rembrunit, tourne la clé dans le contact et passe brutalement la seconde. La voiture fait un bond, les pneus crissent. Je jette un coup d'œil par le pare-brise arrière. La Toyota est juste derrière nous. Je m'aplatis dans mon siège et grince entre mes dents :

– Je le crois pas ! Elles nous suivent.

– C'est pas vrai ! renchérit Sebastian en regardant dans le rétroviseur. Elles vont voir ce qu'elles vont voir.

Il passe la quatrième et le moteur rugit comme un fauve. Un virage serré, on prend la voie rapide et zou, on monte à cent vingt. Je me retourne encore.

– Pourquoi elles font ça ? s'énerve Seb. Qu'est-ce qu'elles ont ?

– Elles s'ennuient. Elles n'ont rien de mieux à faire.

– Eh ben, elles ont intérêt à trouver autre chose.

– Sinon, quoi ? Tu leur casses la figure ? dis-je en riant.

– Quelque chose comme ça.

Il me caresse la cuisse et me sourit. Nous sortons de la voie rapide. En approchant de ma maison, il ralentit.

– Pas ici, dis-je tout bas. Elles vont voir ta voiture garée.

– Où, alors ?

Je réfléchis un instant.

– À la bibliothèque.

Personne ne nous trouvera là-bas. Personne ne penserait à nous y chercher. Sauf peut-être La Souris, qui sait que la bibliothèque municipale de Castlebury est ma cachette préférée. C'est une belle demeure en brique blanche, qui date du début du xxᵉ siècle. À l'époque, Castlebury était une petite ville prospère ; quelques millionnaires ont fait construire de grandes villas le long de la rivière pour épater la galerie. Et comme plus personne n'a les moyens de les entretenir, elles ont toutes été converties en services publics ou en maisons de retraite.

Sebastian va se garer à l'arrière du bâtiment. Je descends de voiture et passe la tête derrière le coin. La Toyota beige descend lentement la grand-rue. Elle dépasse la bibliothèque. À l'intérieur, les deux Jen nous cherchent des yeux. Elles tournent la tête dans tous les sens. C'est trop marrant, on dirait des touillettes à cocktails.

Je m'écroule de rire, pliée en deux. Chaque fois que j'essaie de me redresser, je regarde Seb et c'est reparti pour un tour. Je titube dans tout le parking et finis par me laisser tomber en me tenant les côtes.

– Carrie ? C'est si drôle que ça ?

– Ouiii !

Je me roule encore par terre de rire. Sebastian me regarde, renonce à comprendre, allume une cigarette.

– Tiens, dit-il en m'en tendant une.

Je me lève en m'accrochant à lui.

– C'est à pleurer de rire, non ?

– Hilarant.

– Pourquoi tu ris pas ?

– Si si, je ris. Mais j'aime encore mieux te regarder.

136

– C'est vrai ?

– Ben ouais. Ça me rend tout joyeux.

Il me prend par les épaules et nous entrons.

Je le guide jusqu'au troisième. Il n'y a jamais personne là-haut : c'est l'étage des livres de mécanique, de botanique et de recherches scientifiques obscures. Les gens trouvent que ça ne vaut pas la peine de grimper trois étages pour les lire. Un gros canapé bien rembourré trône au milieu de la pièce.

Au bout d'une bonne demi-heure de câlins intenses, une voix féroce nous interrompt en sursaut :

– Bonjour, Sebastian. Je me demandais où tu avais filé.

Seb est sur moi. Par-dessus son épaule, je vois Donna LaDonna qui nous domine, telle une Walkyrie déchaînée. Ses bras croisés font ressortir son ample poitrine. Si ses seins étaient des pistolets, on serait déjà morts.

– Tu n'es qu'un salaud, lâche-t-elle à Sebastian. Et *toi*, Carrie Bradshaw, tu es pire.

– Je ne comprends pas, dis-je d'une petite voix.

Sebastian prend un air coupable.

– Carrie, je suis désolé. Je ne me doutais pas...

Comment peut-il « ne pas se douter » ? Ma colère monte. Tout le lycée sera au courant dès demain. Et c'est moi qui vais passer soit pour une idiote, soit pour une traînée. Au choix.

Sebastian a une main sur le volant, qu'il tapote d'un ongle rongé, comme s'il était aussi perplexe que moi. Je suppose que je devrais lui hurler dessus, mais il est trop mignon avec son air innocent. Je n'arrive pas à trouver l'énergie.

Je le regarde durement, les bras croisés.

– C'est vrai que tu es avec elle ?

– C'est compliqué.

– Qu'est-ce qu'il y a de compliqué ?

– Ce n'est pas si simple.

– Ça, c'est comme être « un petit peu enceinte ». Soit vous êtes ensemble, soit non.

– On ne l'est pas, mais elle *croit* qu'on l'est.

La faute à qui ?

– Tu ne peux pas lui expliquer ?

– Ce n'est pas si facile. Elle a *besoin* de moi.

Là, j'en ai vraiment ma claque. Comment supporter une chose pareille si je me respecte un tout petit peu ? Suis-je censée lui dire : « Je t'en prie, moi aussi j'ai besoin de toi » ? Et d'ailleurs, qu'est-ce que c'est que cette histoire d'avoir « besoin » d'un homme ? On n'est plus au Moyen Âge !

Il gare sa voiture devant chez moi.

– Carrie...

– Je rentre.

Ma voix est un peu tendue. Mais qu'est-ce que je peux faire d'autre ? Vous imaginez, s'il est vraiment amoureux de Donna LaDonna et qu'il se sert simplement de moi pour la rendre jalouse ?

Je descends de voiture en claquant la portière.

Je remonte l'allée à toute vitesse. Je suis presque à la porte quand je l'entends me courir après. Un bruit très satisfaisant.

138

Il m'attrape par le bras.

– Ne me quitte pas.

Je le laisse me retourner et passer les mains dans mes cheveux.

– Ne me quitte pas, redit-il tout bas.

Il attire mon visage tout près du sien.

– C'est peut-être moi qui ai besoin de toi.

12

La vie n'est pas un long fleuve tranquille

– Maggie, qu'est-ce qu'il y a ?

– Rien, dit-elle froidement.

– Tu es fâchée ? Contre moi ?

Elle s'arrête. Regard furibond. La tête universelle de la fille qui vous en veut mais qui ne va pas se fatiguer à vous dire pourquoi vu que vous le savez très bien. Selon elle.

– Mais qu'est-ce que j'ai fait ?

– Qu'est-ce que tu n'as *pas* fait, plutôt.

– D'accord, qu'est-ce que je n'ai pas fait ?

– À toi de me le dire.

Et elle se remet à marcher.

J'imagine quantités de scénarios, mais je ne vois pas.

– Mag, attends ! Désolée de ne pas t'avoir dit « quelque chose ». Mais franchement, il faut que tu m'aides, là.

– Sebastian.

– Hein ?

– Sebastian et toi. J'arrive en cours ce matin, tout le monde est au courant. Tout le monde sauf *moi*. Moi, une de tes meilleures amies. Du moins, je croyais.

Nous arrivons à l'auditorium. Je sais que je vais devoir affronter l'hostilité des copines de Donna LaDonna. Et d'une petite armée d'élèves qui ne sont pas ses potes, mais qui voudraient bien.

Je deviens suppliante.

– Maggie. C'est tout frais. Je n'ai pas eu le temps de t'appeler. J'allais te raconter ce matin.

– Lali était au courant, elle.

– Évidemment, elle était là. À la piscine. Quand il est venu me chercher.

– Et ?

– Attends, Magou. Ce n'est pas le moment que tu me fasses la tronche, toi aussi.

– On verra. (Elle ouvre la porte de la salle.) On en reparlera plus tard.

Je soupire.

– OK.

Et elle me plante là. Je me dépêche d'aller retrouver ma place le plus discrètement possible. Arrivée à ma rangée, je m'arrête net : il y a un énorme problème. Je vérifie le numéro, au cas où je me serais trompée.

Mais non. Mon siège est occupé. Par Donna LaDonna.

Je cherche Sebastian des yeux, mais il n'est pas là. Le lâche. Je n'ai pas le choix. Il va falloir assurer.

– Pardon.

Je me faufile devant Susie Beck, qui s'habille en noir tous les jours depuis deux ans, Ralph Bomenski, un garçon pâle et rachitique qui bosse à la station-service de son père et doit respirer un peu trop d'émanations toxiques,

141

et Ellen Brack, un mètre quatre-vingts, qui donne toujours l'impression de vouloir rentrer sous terre. Un sentiment que je comprends parfaitement.

Donna LaDonna ignore royalement mon approche. Sa chevelure, qui me rappelle un pissenlit géant, bouche la vue. Elle est en grande conversation avec Tommy Brewster. Je ne les jamais vus se parler autant. Néanmoins, cela n'a rien d'absurde puisqu'il fait partie de sa bande. Elle parle tellement fort qu'on l'entend à trois rangées de là.

– Il y a des gens qui ne savent pas se tenir à leur place, dit-elle. Question de préséances. Tu sais ce qui arrive aux poulets qui sortent du rang dans les poulaillers ?

– Non, dit bêtement Tommy.

Il m'a vue arriver, mais il n'est pas fou : il garde les yeux fixés sur Donna LaDonna.

– Ils se font picorer à mort. Par les autres, conclut-elle d'un ton lourd de menaces.

C'est bon. J'en ai marre. Je ne vais pas rester debout toute ma vie. La pauvre Ellen Brack a les genoux remontés jusqu'aux oreilles. Il n'y a pas de place pour nous deux ici, c'est tout.

– Pardon, redis-je poliment.

Aucune réaction. Donna LaDonna continue sa tirade.

– Et essayer de voler les mecs des autres, en plus, comme si ça ne lui suffisait pas...

Ah oui ? Donna LaDonna a volé tous les mecs de ses copines un jour ou l'autre, juste pour leur rappeler qu'elle en était capable.

142

– Tu notes que j'ai dit *essayer*. Parce que le plus pitoyable, c'est qu'elle n'y est même pas arrivée. Il m'a appelée hier soir. Il m'a dit que c'était une vraie... (Elle se met à chuchoter à l'oreille de Tommy, ce qui m'empêche d'entendre la suite.)

Tommy hurle de rire.

Sebastian l'a appelée ?

Impossible. Il ne faut pas que je laisse ses mensonges m'atteindre.

– Pardon, dis-je encore.

Mais cette fois bien plus fort, et avec beaucoup plus d'autorité. Si elle ne se retourne pas, c'est elle qui va passer pour une demeurée.

Elle se retourne. Son regard glisse lentement sur moi comme de l'acide.

– Carrie. (Elle sourit.) Puisque tu as l'air d'aimer changer les règles, j'ai eu envie de changer de place avec toi aujourd'hui.

Pas mal trouvé. Sauf que c'est interdit.

– Une autre fois, si tu veux.

– Oooooh, fait-elle d'un ton railleur. On a peur d'avoir des ennuis ? Une sainte-nitouche comme toi ? On a peur de se prendre une vilaine heure de colle ?

Tommy pouffe comme si ça aussi, c'était hilarant. Le bon chien-chien. Il se bidonnerait devant un bâton si on lui disait de le faire.

– Je vois. Bon, eh bien, si tu ne veux pas bouger, je vais devoir m'asseoir sur tes genoux.

Puéril, je sais. Mais efficace.

143

– Tu n'oserais pas.

– Ah non ?

Je fais mine de poser mon sac sur sa tête.

– Désolée, Tommy, dit-elle en se levant. Quand les gens sont trop gamins, il n'y a pas moyen de discuter.

En partant, elle m'écrase volontairement le pied. Je fais semblant de ne rien sentir. Mais même une fois débarrassée d'elle, je n'éprouve aucun soulagement. Mon cœur tambourine comme une fanfare au grand complet. J'ai les mains qui tremblent.

Seb l'a appelée ?

Et où est-il, d'ailleurs ?

Je survis tant bien que mal à l'assemblée. Je pourrais me gifler. Qu'est-ce qui m'a pris ? Je me suis mis à dos la fille la plus puissante du lycée à cause d'un garçon. Pourquoi ? Parce que je le pouvais, c'est tout. L'occasion s'est présentée, j'ai sauté dessus. Je n'ai pas pu m'en empêcher. Ce qui fait de moi quelqu'un de pas très logique. Et peut-être même de pas très gentil. Je me suis mise toute seule dans le pétrin. Et c'est probablement mérité.

Comment je vais survivre si *tout le monde* m'en veut durant l'année entière ?

Dans ce cas, j'en ferai un roman. Je l'enverrai au séminaire de la New School, et cette fois je serai prise. Je déménagerai à New York et me ferai de nouveaux amis là-bas. Non mais ! J'en connais qui feront moins les malins.

Heureusement, au moment où je quitte l'assemblée, Lali vient me rejoindre.

– Je suis fière de toi, me dit-elle. Je n'en reviens pas que tu aies tenu tête à Donna LaDonna.

Je hausse les épaules.

– Bah, c'était rien.

– J'ai tout vu. J'avais la trouille que tu te mettes à pleurer. Mais non.

Je ne suis pas une pleurnicheuse. Pas mon genre. Mais quand même.

La Souris arrive.

– Je pense à un truc. On pourrait sortir en couples, toi, moi, Danny et Sebastian. Quand Danny viendra me voir.

Bonne idée, mais j'aurais préféré qu'elle n'en parle pas devant Lali. Déjà que Maggie me fait la tête... Je n'ai pas envie qu'elle aussi se sente exclue.

– On devrait sortir tous ensemble, en bande, dis-je en regardant La Souris avec insistance.

Et pour faire plaisir à Lali, j'ajoute :

– Pas besoin d'être en couple pour s'éclater.

La Souris saisit l'allusion.

– C'est vrai, ça. Vous connaissez le proverbe : « Une femme a besoin d'un homme comme un poisson d'une bicyclette. »

Nous acquiesçons chaudement. Les poissons n'ont pas besoin de bicyclettes, mais une chose est sûre : ils ont besoin d'amis, comme tout le monde.

– Ouille !

Quelqu'un vient de me piquer dans le dos. Je fais volte-face, m'attendant à trouver un des lieutenants de

145

Donna. Mais c'est Sebastian. Il se marre, un crayon à la main.

– Comment ça va ? me demande-t-il.

– Très bien, je rétorque, hyper-sarcastique. Donna LaDonna était assise à ma place quand je suis arrivée à l'assemblée.

– Hum hum, fait-il sans se mouiller.

– Je ne t'ai pas vu, *toi*.

– C'est parce que je n'étais pas là.

– Et tu étais où ?

Je viens vraiment de dire ça ? À quel moment suis-je devenue sa mère ?

– Ça te regarde, peut-être ?

– Il y a eu une scène. Avec Donna LaDonna.

– Super.

– C'était horrible. Maintenant, elle me hait pour de bon.

– Tu connais ma devise, dit-il en me tapotant le nez avec son crayon. Éviter à tout prix les crêpages de chignons. Qu'est-ce que tu fais cet après-midi ? Sèche la natation, on ira quelque part.

– Et Donna LaDonna ?

Je ne vais quand même pas lui demander s'il l'a appelée.

– Quoi, Donna LaDonna ? Tu veux qu'elle vienne avec nous ?

La question n'appelle pas de réponse.

– Oublie-la un peu, tu veux ? Elle ne compte pas.

Nous prenons nos places pour le cours de maths.

Il a raison, me dis-je en ouvrant mon livre au chapitre des nombres irrationnels. Donna LaDonna ne compte pas. Ce qui compte, c'est les maths. Et les irrationnels. On ne sait jamais quand un irrationnel va venir vous ruiner toute une équation. C'est peut-être ce que Donna LaDonna pense de moi. Je suis un irrationnel. À neutraliser d'urgence.

– Carrie ?

– Oui, Mr Dammer ?

– Pourriez-vous venir terminer cette équation ?

– Bien sûr.

Je prends une craie et contemple les chiffres tracés au tableau. Qui l'eût cru ? Les maths, c'est bien plus simple que l'amour.

– Alors, c'est la guerre ?

Walt évoque l'incident du matin avec une certaine satisfaction. Il allume une cigarette et renverse la tête en arrière pour souffler sa fumée vers les poutres de la charpente.

– Je le savais, que tu lui plaisais ! triomphe La Souris.

– Mag ?

Cette dernière hausse les épaules et regarde ailleurs. Elle ne veut toujours pas me parler. Elle écrase son mégot sous sa semelle, ramasse ses affaires et s'en va.

– Qu'est-ce qu'elle a ? demande La Souris.

– Elle m'en veut parce que je ne lui ai pas parlé de Sebastian.

– C'est débile.

147

Elle regarde Walt.

– Tu es sûr que ce n'est pas à toi qu'elle en veut ?

– Je n'ai absolument rien fait. Je suis blanc comme neige, déclare-t-il.

Walt a très bien, trop bien pris la rupture. Maggie et lui ont eu leur « discussion » il y a deux jours, et leur relation paraît presque inchangée. Sauf que Maggie est officiellement avec Peter, maintenant.

– Peut-être qu'elle t'en veut de ne pas être plus malheureux, dis-je.

– Elle m'a expliqué qu'elle nous trouvait meilleurs amis qu'amants. J'étais d'accord. On ne peut pas prendre une décision, et ensuite se mettre en colère parce que l'autre n'a rien contre.

– Sauf que pour ça, remarque La Souris, il faut avoir une certaine logique. Ce n'est pas une critique, ajoute-t-elle vivement en voyant ma tête. Mais c'est vrai. Il faut reconnaître que Maggie n'est pas la personne la plus logique au monde.

– Mais c'est la plus gentille, dis-je.

Je suis en train de penser que je devrais la rattraper quand Sebastian surgit dans l'étable.

Il est un peu échevelé, comme s'il avait couru.

– Tirons-nous d'ici. Je viens de me faire accoster par Tommy Brewster. Il veut me mettre son poing dans la figure.

– Vous êtes mignons, tous les deux, commente Walt en secouant la tête. On dirait Bonnie and Clyde.

– Qu'est-ce qu'on fait ? me demande Sebastian.

– Je sais pas. Qu'est-ce que tu veux faire ?

Maintenant que nous sommes dans sa voiture, je me sens inquiète. Nous nous sommes vus trois jours de suite. Qu'est-ce que ça veut dire ? Qu'on est ensemble ?

– On va chez moi ? propose-t-il.

– On pourrait plutôt faire quelque chose.

Si on va chez lui, on ne va faire que s'embrasser et se peloter. Je ne veux pas être la fille qui ne lui sert qu'à ça. Je veux être plus que cela. Je veux être sa *petite amie*.

Mais comment fait-on ?

– D'accord, dit-il en posant la main sur mon genou et en remontant le long de ma cuisse. Où veux-tu aller ?

– Sais pas, dis-je d'un air abattu.

– Au cinéma ?

– Oui !

Me voilà toute ragaillardie.

– Il y a une super-rétrospective Clint Eastwood au *Chesterfield*.

– Parfait.

Je ne situe pas trop Clint Eastwood, mais maintenant que j'ai dit oui, je ne me vois pas l'avouer.

– De quoi ça parle, ce film ?

Il me regarde avec un grand sourire.

– Allez, viens, enchaîne-t-il comme s'il préférait n'avoir rien entendu. Et ce n'est pas *un* film. Ce sont *des* films. *Le Bon, la Brute et le Truand* et *Josey Wales hors-la-loi*.

– Fantastique !

J'espère y avoir mis assez d'enthousiasme pour cacher mon ignorance. Ce n'est pas ma faute, à moi ! Je n'ai pas de frères, comment voulez-vous que je m'y connaisse en culture masculine ? Je me détends et souris, bien décidée à considérer cette sortie comme une expérience anthropologique.

– C'est super, dit Sebastian, de plus en plus enchanté de son idée. Vraiment super. Et tu sais quoi ?

– Quoi ?

– Toi, tu es super. Ça fait une éternité que j'ai envie d'aller à cette rétrospective, et je ne vois pas quelle autre fille y serait allée avec moi.

– Ah oui ?

Je suis flattée.

– En principe, les filles n'aiment pas Clint Eastwood. Mais tu n'es pas comme les autres, tu vois ?

Il quitte la route des yeux une seconde pour me regarder. Il a l'air tellement sincère que je sens mon cœur fondre. Une petite flaque de sirop sucré-poisseux.

– C'est vrai, tu es encore plus qu'une fille. (Il hésite, cherche la description parfaite.) Tu es... un mec dans un corps de fille.

– *Quoi* ?

– Du calme. Je n'ai pas dit que tu étais masculine. Je dis que tu penses comme un garçon. Tu sais. Les pieds sur terre, mais dure à cuire. Et l'aventure ne te fait pas peur.

– Écoute, mec. Ce n'est pas parce qu'on est une fille qu'on ne peut pas être dure à cuire et partante pour l'aventure. La plupart des filles *sont* comme ça... Jusqu'au jour où elles tombent sur un garçon. Ce sont eux qui les rendent idiotes.

– Tu sais ce qu'on dit... Tous les hommes sont des porcs et toutes les femmes sont folles.

Je retire ma chaussure pour lui taper sur la tête.

Quatre heures plus tard, nous sortons du cinéma, un peu hagards. J'ai les lèvres à vif, la tête qui tourne, les cheveux emmêlés et sûrement du mascara plein la figure. Dans la rue, Sebastian m'attrape, m'embrasse une fois de plus et repousse mes cheveux en arrière.

– Alors, ça t'a plu ?

– Pas mal. J'adore quand Clint Eastwood décroche Elli Wallach de sa corde.

– Ah oui, dit-il. Moi aussi, c'est le moment que je préfère.

Je me lisse les cheveux. J'essaie d'avoir l'air respectable, pas l'air d'une fille qui vient d'embrasser un garçon dans le noir pendant des heures.

– Je suis présentable ?

Il recule d'un pas et me lance un sourire approbateur.

– Tu ressembles à Tuco.

Je lui donne une tape sur les fesses. Tuco, c'est le personnage joué par Eli Wallach, *alias* « la Brute ».

– Je crois que je vais t'appeler comme ça, me dit-il en riant. Tuco. Ma petite Tuco. Qu'est-ce que tu en penses ?

– Je vais te tuer !

Je le poursuis dans tout le parking, jusqu'à la voiture.

13

Enfants de l'amour

Pendant deux jours, je garde un profil bas. Pour ne pas croiser Donna LaDonna, je sèche l'assemblée et j'évite la cantine. Le troisième jour, Walt finit par me trouver à la bibliothèque. Je me suis cachée dans la section développement personnel pour consulter un livre d'astrologie. Histoire de savoir s'il y a de l'avenir pour Seb et moi. Seul petit problème : je ne connais pas sa date de naissance. Il ne me reste plus qu'à espérer qu'il est balance et pas scorpion.

– L'astrologie ? Oh non, pas toi, Carrie.

Je ferme le livre et le repose sur l'étagère.

– Tu as quelque chose contre ?

– Débile, grommelle Walt. Penser qu'on peut prédire sa vie d'après son signe ! Tu sais combien de personnes naissent tous les jours ? Deux millions cinq cent quatre-vingt-dix. Comment veux-tu que deux millions cinq cent quatre-vingt-dix personnes aient quoi que ce soit en commun ?

– On t'a déjà dit que tu étais grognon en ce moment ?

– Quoi ? Je suis toujours comme ça.

– C'est la rupture, c'est ça ?

– Non, pas du tout.

– C'est quoi, alors ?

– Maggie est en larmes, déclare-t-il brusquement.

Je soupire.

– À cause de moi ?

– Tout ne tourne pas autour de toi, Brad. Apparemment, elle s'est disputée avec Peter. Elle m'a envoyé te chercher. Elle est dans les toilettes des filles, à côté des labos.

– Tu n'as pas à faire ses commissions.

– Ça m'est égal, répond-il comme s'il se moquait de tout. C'était plus simple que de refuser.

Il ne tourne vraiment pas rond en ce moment, me dis-je en me dépêchant d'aller retrouver Maggie. Walt a toujours été légèrement cynique et ironique, c'est justement ce que j'adore chez lui. Mais je ne l'ai jamais vu aussi las. Comme si le quotidien l'avait vidé de ses forces.

J'entre dans les petits cabinets de la partie ancienne du lycée. Plus personne n'y va parce que le miroir est tout piqué et que les sanitaires doivent avoir soixante ans. Les graffitis aussi ont l'air d'avoir soixante ans. Mon préféré : « Pour prendre du bon temps, appelez Ginette. » Très sexy, le prénom !

– Qui est là ? s'écrie Maggie.

– C'est moi.

– Tu es avec quelqu'un ?

– Non.

– OK.

Elle sort de la cabine, les traits rouges et gonflés d'avoir pleuré.

– Oh là là, Maggie !

Je lui tends une serviette en papier.

Elle se mouche et me regarde par-dessus la serviette.

– Je sais que tu n'en as que pour Sebastian en ce moment, mais j'ai besoin de ton aide.

– Ouiii ? fais-je prudemment.

– Il faut que j'aille voir un médecin. Et je ne peux pas y aller seule.

Je souris, contente que nous soyons apparemment réconciliées.

– Bien sûr. Quand ?

– Tout de suite.

– *Tout de suite ?*

– Sauf si tu as mieux à faire.

– Non, non. Mais pourquoi tout de suite, Maggie ?

Soudain, j'ai des soupçons.

– Quel genre de médecin ?

– Tu sais bien, dit-elle en baissant la voix. Un médecin pour... les trucs de femmes.

– Un avortement ?

Je n'ai pas pu me retenir. C'est sorti tout seul.

Maggie a l'air paniquée.

– Ne prononce même pas ce mot.

– Tu es...

154

– *Non !* chuchote-t-elle avec force. Mais j'ai cru que je l'étais peut-être. Ça aurait pu, mais mes règles sont arrivées lundi.

– Alors tu l'as fait... sans protection ?

– Ça ne se prévoit pas forcément à l'avance, ces choses-là, se défend-elle. Et il s'est toujours retiré.

– Oh, Maggie.

Même si je n'ai jamais eu un rapport sexuel, je connais un peu la théorie. Et l'info numéro un, c'est que la méthode du retrait, ça ne marche pas. Tout le monde sait ça. Maggie aussi devrait le savoir.

– Tu ne prends pas la pilule ?

– Justement, j'aimerais bien, figure-toi. C'est pour ça qu'il faut que j'aille voir ce médecin. À East Milton.

East Milton, c'est la ville juste à côté. Il paraît que c'est glauque et dangereux, au point que personne n'y va. On n'y passe même pas, quoi qu'il arrive. Honnêtement, je n'aurais même pas cru qu'il y avait des cabinets médicaux, là-bas.

– Comment tu l'as trouvé, ce médecin ?

– Dans les pages jaunes.

À la manière dont elle le dit, je vois tout de suite qu'elle ment.

– J'ai rendez-vous à midi et demi. Il faut que tu viennes avec moi. Tu es la seule personne à qui je puisse faire confiance. Je ne peux quand même pas y aller avec Walt !

– Et Peter, pourquoi tu n'y vas pas avec lui ? C'est lui le responsable, non ?

155

– Il m'en veut. Quand il a su que j'étais peut-être enceinte, il l'a hyper mal pris. Il ne m'a pas parlé pendant vingt-quatre heures.

Il y a quelque chose qui ne colle pas dans cette histoire.

– Mais, Maggie. Quand je t'ai vue dimanche après-midi, tu m'as dit que tu venais de coucher avec Peter pour la première fois...

– Pas du tout.

– Mais si !

– Je ne me souviens pas.

Elle arrache une poignée de serviettes et se cache le visage derrière.

– Je vois. Donc en fait, ce n'était pas la première fois.

Elle secoue la tête.

– Tu couchais déjà avec lui.

– Depuis le soir où on est allés à l'*Emerald*, admet-elle.

Je vais regarder par la fenêtre, le temps d'accuser le coup.

– Pourquoi tu ne m'as rien dit ?

– Oh, Carrie, je n'ai pas pu. Pardon, pardon. Je voulais te le dire, mais j'avais la trouille. Si ça s'était su ? Si Walt l'avait appris ? Tout le monde m'aurait prise pour une traînée.

– Jamais je ne te prendrais pour une traînée. Même si tu couchais avec une centaine d'hommes.

Ça la fait rire.

– Tu crois qu'on peut coucher avec une centaine d'hommes ?

156

– Je pense que c'est possible, en s'y mettant à fond. Un par semaine pendant deux ans. Ça ne laisse pas beaucoup de temps pour faire autre chose.

Maggie jette le papier toilette, se regarde dans le miroir, se passe le visage à l'eau froide.

– Comme Peter ! Il ne pense qu'à ça.

Sans blague. Ça, alors ! Qui aurait dit que ce ringard de Peter était un tel étalon ?

Le cabinet médical devait être à un quart d'heure de route, mais une demi-heure s'est écoulée et nous ne l'avons toujours pas trouvé. Jusqu'à présent, nous avons reculé dans deux voitures et grimpé sur quatre trottoirs. Et écrasé un sachet de frites : Maggie a insisté pour que nous passions au McDo, mais en sortant du parking elle a fait une embardée tellement brutale que mes frites sont passées par la fenêtre.

J'ai envie de crier : « Ça suffit ! » Mais cela ne se fait pas... du moins pas quand on accompagne sa meilleure amie chez un médecin louche pour demander la pilule. Voyant que l'heure du rendez-vous est dépassée, je lui suggère de s'arrêter à une station-service.

– Pourquoi ?

– Pour trouver un plan.

– Je n'ai pas besoin de plan.

– Tu es un garçon, maintenant ?

J'ouvre la boîte à gants. C'est le bouquet : elle est vide.

– D'ailleurs, il nous faut des clopes.

– Ma mère, je te jure, soupire Maggie. Elle essaie d'arrêter. Je déteste quand elle fait ça.

Par chance, la question des cigarettes nous fait un peu oublier que nous sommes perdues au milieu de la ville la plus dangereuse du Connecticut. Et que nous sommes nulles. Nous trouvons une station-service, où je suis obligée de badiner avec un pompiste boutonneux pendant que Maggie s'en va nerveusement faire pipi dans des toilettes immondes.

Je montre au pompiste le papier sur lequel est notée l'adresse.

– C'est tout près, me dit-il. Juste au coin de la rue.

Puis il se met à former des ombres chinoises sur le mur.

– Tu fais très bien le lapin.

– Je sais. Je vais bientôt arrêter ce boulot. Pour faire des ombres chinoises dans les goûters d'enfants.

– Je suis sûre que tu vas attirer une énorme clientèle.

Je suis prise d'une bouffée d'affection sentimentale pour ce gentil garçon couvert d'acné qui veut amuser les petits. Personne n'est comme cela au lycée de Castlebury. Puis Maggie revient et je lui dis de se dépêcher. Pendant que nous partons, je fais le chien qui aboie.

– Qu'est-ce qui te prend ? me demande-t-elle. Depuis quand tu fais des ombres chinoises ?

Depuis que tu as décidé de coucher sans me le dire, ai-je envie de répondre. Mais je m'abstiens.

– Depuis toujours. Tu n'as jamais remarqué, c'est tout.

Le cabinet se trouve dans une rue résidentielle pleine de petites maisons serrées les unes contre les autres. En arrivant au n° 46, nous nous regardons comme si ça ne pouvait pas être là. C'est une maison comme les autres : un petit pavillon bleu avec une porte rouge. Sur le côté, une autre porte garnie d'une plaque : « Cabinet médical ». Mais à présent que nous avons enfin trouvé ce médecin, Maggie est terrorisée.

– Je ne peux pas, gémit-elle en s'effondrant sur le volant. Je ne pourrai jamais entrer.

Je devrais être en rogne qu'elle m'ait fait faire tout ce chemin pour rien. Mais je comprends entièrement ce qu'elle ressent. Une envie de s'accrocher au passé, que tout soit comme avant, parce que c'est trop effrayant d'avancer. C'est vrai, qui sait ce que nous réserve l'avenir ? D'un autre côté, il est trop tard pour reculer.

– J'ai une idée, dis-je. Je vais entrer voir comment c'est. Si tout va bien, je reviens te chercher. Si je ne suis pas de retour dans cinq minutes, appelle les flics.

Un papier scotché à la porte indique : « FRAPPEZ FORT ». Je frappe fort. Je frappe tellement fort que je me fais mal aux phalanges.

La porte s'entrouvre et une femme d'âge moyen en tenue d'infirmière sort la tête.

– Oui ?

– Mon amie a rendez-vous.

– C'est pour quoi ?

– La pilule, dis-je à voix basse.

– C'est vous, l'amie ?

159

– Non, je réponds, décontenancée. Elle est dans la voiture.

– Qu'elle entre vite. Le docteur est débordé aujourd'hui.

– D'accord... dis-je en hochant la tête.

Je la hoche même tellement que je ressemble à ces petits chiens qu'on voit sur les plages arrière de voiture.

– Soit vous allez chercher votre « amie », soit vous entrez, insiste l'infirmière.

Je me retourne, fais signe à Maggie. Et pour une fois dans sa vie, elle descend de voiture.

Nous entrons donc. Nous voilà dans une minuscule salle d'attente, qui devait être la salle du petit déjeuner à l'origine : le papier peint est décoré de théières. Il y a six chaises métalliques et une table basse en faux bois sur laquelle traînent des magazines pour enfants. Une fille de notre âge est assise sur l'un des sièges.

– Le docteur va vous voir tout de suite, dit l'infirmière à Maggie avant de disparaître.

Nous nous asseyons.

Je jette un coup d'œil à la fille, qui nous fixe d'un regard hostile. Elle a une coupe de footballeur allemand, court devant long derrière. Son eye-liner noir remonte sur les côtés pour former de petites ailes, comme si ses yeux menaçaient de s'envoler. Elle paraît dure, malheureuse et un peu méchante. Pour tout dire, elle a l'air de vouloir nous casser la figure. J'essaie de lui sourire, mais elle me fusille du regard et prend ostensiblement un magazine. Puis elle le repose. Puis elle dit :

160

– Tu veux ma photo ?

Je n'ai pas besoin de me mettre encore une fille à dos, merci bien. Je réponds donc le plus aimablement possible :

– Non, non.

– Ah non ? Alors regarde ailleurs.

– Je ne regardais rien du tout. Je te jure.

Heureusement, avant que la situation ne s'envenime, la porte s'ouvre et l'infirmière sort en tenant une autre adolescente par les épaules. Celle-ci ressemble à sa copine, sauf qu'elle pleure en silence et essuie ses larmes avec le dos de ses mains.

– Tout ira bien, ma chérie, lui assure l'infirmière avec une gentillesse étonnante. Le docteur dit que ça s'est bien passé. Pas d'aspirine pendant trois jours. Et pas de rapports pendant au moins deux semaines.

La fille hoche la tête. Son amie se lève d'un bond et pose une main sur sa joue mouillée de larmes.

– Allez, Sal. Ça va aller. Ça va aller, maintenant.

Après un dernier regard assassin dans notre direction, elle emmène sa copine.

L'infirmière secoue la tête, puis regarde Maggie.

– Vous pouvez y aller.

– Maggie, dis-je à voix basse. Tu n'es pas obligée. On peut aller ailleurs...

Mais elle se lève, l'air résolu.

– Il *faut* que je le fasse.

– C'est très bien, chérie, l'encourage l'infirmière. Il vaut bien mieux prendre des précautions. J'aimerais que chaque fille fasse comme toi.

161

Et elle me regarde droit dans les yeux. Je me sens visée.

Dites donc, madame. On se calme. Je suis encore vierge, moi.

Mais peut-être pas pour longtemps. Je devrais peut-être demander la pilule, moi aussi. Au cas où.

Dix minutes se passent et Maggie ressort, souriante. On croirait qu'un poids vient d'être enlevé de ses épaules. Elle remercie l'infirmière avec effusion. À tel point que je dois lui rappeler qu'il faut retourner en cours. Dehors, elle me raconte :

– C'était trop facile. Je n'ai même pas eu à me déshabiller. Il m'a juste demandé la date de mes dernières règles...

– Super, dis-je en montant en voiture.

Je n'arrive pas à me sortir de la tête l'image de la fille qui pleurait. Était-ce de tristesse ou de soulagement ? Ou de peur ? De toute manière, c'était horrible. J'entrouvre la fenêtre et allume une cigarette.

– Mag, qui t'a parlé de cet endroit ? En vrai ?

– Peter.

– Comment il connaissait ?

– C'est Donna LaDonna qui lui a donné l'adresse, murmure-t-elle.

Je hoche la tête en soufflant ma fumée dans l'air froid. Je ne suis vraiment pas prête pour tout cela.

14

Accroche-toi aux branches !

– Missy !

Je frappe à la porte de la salle de bains.

– Missy ! Laisse-moi entrer.

Silence.

– Je suis occupée, me répond-elle enfin.

– À quoi ?

– Pas tes oignons.

– Missy, s'te plaît. Sebastian arrive dans une demi-heure.

– Et alors ? Il peut attendre, non ?

Non, il ne peut pas. Ou plutôt, moi je ne peux pas. J'ai trop hâte de sortir. De me tirer d'ici.

C'est ce que je me suis répété toute la semaine. Même si le « ici » est assez vague. C'est peut-être de ma vie que je veux me tirer.

Depuis deux semaines, c'est-à-dire depuis l'incident de la bibliothèque, les deux Jen me harcèlent. Elles passent la tête à la piscine et font « meuuh » au moment où je plonge. Elles me suivent au centre commercial, au supermarché et même à la pharmacie, où elles ont eu le privilège de me voir acheter des tampons. Hier, j'ai trouvé une carte dans mon casier. Dessus, on voyait un basset avec un thermomètre dans la gueule et une bouillotte sur la tête. Au dos, quelqu'un avait rajouté « ne » et « pas » à la phrase « Guéris vite ». Et ajouté : « Crève, charogne ».

– Donna ne ferait jamais une chose pareille, a protesté Peter.

Maggie, La Souris et moi l'avons assassiné du regard.

Il a levé les mains pour se défendre.

– Vous vouliez mon avis, je vous le donne !

– Qui d'autre ? a demandé Maggie. Elle est la seule à avoir une raison.

– Pas forcément, a-t-il insisté. Écoute, Carrie, sans vouloir te vexer, Donna LaDonna ne sait même pas qui tu es.

– Oh que si, l'a contré La Souris.

– Pourquoi elle ne connaîtrait pas Carrie ? s'est énervée Maggie.

– Elle voit qui est Carrie Bradshaw, évidemment. Mais je vous garantis qu'elle s'en tape comme de l'an quarante.

– Merci beaucoup.

Je commençais vraiment à le détester.

Du coup, j'étais furieuse que Maggie sorte avec lui. Et j'étais furieuse que La Souris soit copine avec lui. Et maintenant je suis furieuse que ma sœur Missy monopolise la salle de bains.

– J'entre, dis-je d'un air carrément menaçant.

164

Je baisse la poignée. C'est ouvert. Missy est debout dans la baignoire, les jambes couvertes de crème dépilatoire.

– Tu permets ? râle-t-elle en tirant rageusement sur le rideau de douche.

– Toi, tu permets ? Ça fait vingt minutes que tu es là-dedans. Faut que je me prépare.

Je m'approche du miroir.

– Mais qu'est-ce que tu as ?

– Rien.

– Je serais toi, je changerais d'humeur. Sinon, Sebastian non plus ne te supportera pas.

Je sors comme une furie. De retour dans ma chambre, je prends *Le Consensus*, l'ouvre à la page de titre et contemple la petite signature serrée de Mary Gordon Howard. Elle a une écriture de sorcière, je trouve. D'un coup de pied, je fais disparaître le livre sous mon lit. Je m'allonge et pose mes mains sur ma figure.

Je ne me serais même pas souvenue de ce fichu bouquin ni de cette fichue Mary Gordon Howard si je ne venais pas de passer une heure à chercher mon sac à main chéri. Celui qui vient de France, celui que ma mère m'a donné. Elle avait culpabilisé de l'acheter, tant il avait coûté cher. Même si elle l'avait payé de son argent à elle. Même si elle disait toujours qu'une femme DOIT posséder un sac et une paire de chaussures parfaits.

Ce sac est mon trésor. J'en prends soin comme d'un bijou précieux. Je ne le sors que pour les grandes occasions et le range toujours dans son étui en velours, dans

165

la boîte d'origine. Boîte qui reste en permanence au fond de mon armoire. Sauf que cette fois, quand j'ai voulu le sortir, il n'était pas dedans. Par contre, j'ai retrouvé *Le Consensus*, que je cache au même endroit. La dernière fois que je me suis servie du sac, c'était il y a six mois, pour un week-end à Boston avec Lali. Elle n'a pas arrêté de le regarder et de me demander de le lui prêter. J'ai fini par dire oui, même si imaginer Lali avec le sac de ma mère me faisait frémir d'horreur. Elle aurait quand même pu le comprendre, du moins suffisamment pour ne pas demander. Après le voyage, je me rappelle très bien l'avoir rangé à sa place : j'avais décidé de ne plus m'en servir jusqu'à mon départ pour New York. Trop risqué. Mais ce soir, Sebastian m'emmène dîner dans un restaurant français ultrachic de Hartford, *The Brownstone*. Si ça, ce n'est pas une grande occasion, je veux bien me faire bonne sœur.

Sauf que le sac a disparu. C'est tout mon univers qui s'écroule.

Dorrit. Bien sûr ! Déjà qu'elle me piquait mes boucles d'oreilles... elle est passée à la vitesse supérieure.

Je fonce dans sa chambre.

Dorrit a été étrangement calme toute la semaine. Pas une comédie, pas une crise de rage, ce qui en soi est déjà suspect. Je la trouve couchée sur son lit, pendue au téléphone. Sur le mur au-dessus de sa tête, un poster représente un chat suspendu à un arbre. En dessous, on peut lire : « Accroche-toi aux branches ! »

Elle pose une main sur le combiné.

166

– Oui ?

– T'as pas vu mon sac ?

Elle détourne les yeux. C'est bien la preuve qu'elle est coupable.

– Quel sac ? Celui en cuir marron ? Je crois qu'il est dans la cuisine.

– Le sac de maman.

– Non, pas vu, répond-elle d'un air un peu trop innocent. Il n'est pas sous clé dans ton armoire ?

– Plus maintenant.

Elle hausse les épaules et reprend sa conversation téléphonique.

– Tu permets que je fouille ta chambre ? dis-je d'un ton léger.

– Vas-y.

Elle est futée. Si le sac était là, elle m'enverrait balader.

Je cherche dans ses placards, dans ses tiroirs, sous le lit. Rien.

– Tu vois ? fait-elle d'un petit air supérieur.

Mais dans sa demi-seconde de triomphe, ses yeux se posent sur l'énorme panda en peluche qui trône sur son fauteuil à bascule. Le panda que je lui ai paraît-il offert pour sa naissance.

– Oh non, Dorrit, dis-je en secouant la tête. Pas Monsieur Panda.

– Ne le touche pas ! hurle-t-elle.

Elle bondit de son lit et lâche le téléphone. J'attrape Monsieur Panda et sors en courant. Elle me suit.

167

Monsieur Panda est bien lourd, me dis-je en l'emportant dans ma chambre.

– Laisse-le, exige Dorrit.

– Pourquoi ? Il a fait des bêtises ?

– Non !

– Moi je crois que si.

Je tâte le dos de la peluche et trouve une large ouverture, minutieusement refermée à l'aide d'épingles à nourrice.

Missy vient nous rejoindre, les jambes dégoulinantes de mousse.

– Qu'est-ce qui se passe ?

– Il se passe *ça*, dis-je en défaisant les épingles.

– Carrie, *non* ! s'écrie Dorrit au moment où je glisse la main dans l'ouverture.

Tiens, mon bracelet en argent que je ne trouvais plus depuis des mois ! Puis une petite pipe, une pipe à marijuana.

– C'est pas à moi. Je te jure. C'est à ma copine Cheryl. Elle m'a demandé de la cacher pour elle.

– Très intéressant.

Je tends la pipe à Missy.

Et ensuite, ma main se referme sur la forme lisse et compacte du sac de ma mère.

– Aha !

Je le sors d'un coup. Le pose sur le lit. Nous le regardons toutes les trois, effondrées.

Il est foutu. Tout le devant, avec la petite poche très chic où ma mère rangeait son chéquier et ses cartes de crédit, est éclaboussé de rose. On dirait de la peinture. Exactement de la couleur des ongles de Dorrit.

Je suis trop soufflée pour dire un mot.

– Dorrit, comment tu as pu faire ça ? hurle Missy. C'était le sac de maman ! Pourquoi tu l'as bousillé ? Tu ne pourrais pas plutôt détruire les tiens, pour changer ?

– Et pourquoi c'est Carrie qui a droit à toutes les affaires de maman ? braille Dorrit.

– C'est faux.

Je m'étonne de rester si calme et raisonnable.

– Maman lui a laissé ce sac parce que c'était l'aînée.

– Non, pleure Dorrit. Elle le lui a donné parce que c'était sa préférée.

– Dorrit, ce n'est pas vrai...

– Si ! Elle voulait que Carrie soit comme elle. Sauf que maman est morte et que Carrie *est toujours là*.

C'est le genre de hurlement qui vous fait mal à la gorge.

Dorrit sort en courant. Et d'un coup, je fonds en larmes.

Je ne suis pas douée pour pleurer. Il paraît que certaines femmes ont la larme élégante. Dans *Autant en emporte le vent*, par exemple. Mais je n'en ai jamais vu en vrai. Moi, quand je pleure, ce n'est pas beau à voir. Je gonfle, j'ai le nez qui coule, je suffoque.

Entre deux sanglots, je demande à Missy :

– Qu'est-ce qu'elle dirait, maman ?

– Bah, de toute manière, là où elle est elle ne peut plus rien dire.

169

Ah, l'humour noir, il n'y a que ça de vrai. Je ne sais pas ce qu'on ferait sans. J'arrive à rire entre deux hoquets.

– C'est vrai. Après tout, ce n'est qu'un sac, hein ? Il n'y a pas mort d'homme.

– On devrait peindre Monsieur Panda en rose, propose Missy. Histoire de faire les pieds à Dorrit. Elle a laissé un flacon de vernis ouvert sur le lavabo. J'ai failli le renverser tout à l'heure en allant m'épiler...

Je cours à la salle de bains.

– Qu'est-ce que tu fais ? glapit ma sœur en me voyant me mettre à l'ouvrage.

Quand j'ai fini, je tiens le sac en hauteur pour mieux le regarder.

– Classe, commente Missy en hochant la tête d'un air de connaisseur.

Je le tourne dans tous les sens, satisfaite. C'est vrai que c'est classe.

Et là, j'ai une révélation.

– Quand c'est fait exprès, c'est de la mode.

– Dites, j'adore votre sac, ne peut s'empêcher de lâcher la serveuse. (Robe noire en Lycra, brushing choucrouté comme une grosse meringue.) Faites voir ? C'est votre prénom, dessus ? Carrie ?

J'acquiesce modestement.

– Moi, c'est Eileen. J'adorerais avoir un sac personnalisé comme ça.

Elle nous guide jusqu'à une table pour deux, devant la cheminée.

– C'est la plus romantique, chuchote-t-elle en nous tendant les menus. Passez une bonne soirée.

– Comptez sur nous, lui répond Sebastian en faisant claquer sa serviette.

Je lui montre le sac.

– Tu aimes ?

– C'est juste une bourse, quoi.

– Apprends, cher Sebastian, que ceci n'a rien à voir avec une bourse. Une bourse, c'est ce que les gens portaient au Moyen Âge. Pour leur monnaie. Ils la cachaient dans les plis de leurs vêtements pour ne pas se la faire voler. Alors qu'un sac à main, au contraire, c'est fait pour être vu. Et ceci n'est pas n'importe quel sac à main. C'est ma mère qui...

Je m'arrête. J'aurais aimé lui expliquer la provenance de mon sac, mais je vois bien que cela va le faire bâiller. *Ah, les hommes*, me dis-je en ouvrant la carte.

– Mais il est bien porté, je trouve.

– Merci.

Je suis encore un peu agacée.

– Qu'est-ce qui te plairait ?

Je suppose qu'il faut bien se tenir, puisque nous sommes dans un restaurant chic.

– Je ne sais pas encore.

– Garçon ? On peut avoir deux martinis ? Avec une olive, pas de zeste. (Il se penche vers moi.) Ils font les meilleurs martinis du monde.

171

– Je voudrais un Singapore Sling.

– Carrie. Tu ne peux pas demander un Singapore Sling ici.

– Ah bon ? Pourquoi ?

– Parce que dans ce genre d'établissement, on boit des martinis. Et parce que le Singapore Sling, c'est pour les gamins. En parlant de gamins, qu'est-ce que tu as ce soir ?

– Rien.

– Tant mieux. Alors essaie de te comporter normalement.

Je me plonge dans la carte, excédée.

– Les côtelettes d'agneau sont excellentes. La soupe à l'oignon aussi. C'était ce que je préférais, en France. (Il me regarde et sourit.) J'essaie juste de t'aider.

– Merci, dis-je avec une pointe de sarcasme.

Tout de suite après, je m'excuse platement.

Mais qu'est-ce que j'ai ? Pourquoi suis-je d'une humeur de chien ? Je ne suis jamais de mauvais poil avec Sebastian.

Il me prend la main.

– Quoi de neuf ? La semaine a été bonne ?

– L'horreur.

Le garçon arrive avec nos martinis.

– Tchin ! trinque Seb. Aux semaines horribles.

Je prends une petite gorgée et repose mon verre.

– Non mais vraiment, Sebastian. J'ai passé une semaine monstrueuse.

– À cause de moi ?

172

– Non, pas à cause de toi. Enfin, pas directement. C'est juste que Donna LaDonna me déteste...

– Carrie. Si tu ne supportes pas les jalousies, il ne faut pas être avec moi.

– Mais si, je peux faire face...

– Alors c'est réglé.

– Ça fait toujours des histoires, quand tu es avec quelqu'un ?

Il s'adosse à sa chaise pour me regarder, l'air très content de lui.

– En général, oui.

Ah ! Je vois. Sebastian aime les complications. Ça tombe bien, moi aussi. Encore une preuve que nous sommes parfaits l'un pour l'autre. Je note mentalement : *en parler avec La Souris.*

– Bon, soupe à l'oignon et côtelettes d'agneau ? tranche-t-il tout en passant la commande.

– Parfait.

Je lui souris par-dessus mon martini.

Et voilà. C'est ça, le problème : je n'ai pas envie de soupe à l'oignon ni de côtelettes d'agneau. Les oignons, le fromage, je connais par cœur. Les côtelettes, n'en parlons pas. J'aurais voulu goûter quelque chose d'exotique, de sophistiqué. Des escargots, par exemple. Maintenant, c'est trop tard. Pourquoi fais-je toujours ce que veut Sebastian ?

Alors que je reprends mon verre, une femme à crinière rousse, robe rouge, jambes nues, me rentre dedans et renverse mon verre.

173

– Pardon ma belle, me dit-elle d'une voix pâteuse.

Elle recule pour admirer notre petit couple.

– Ah, la jeunesse, l'amour... se moque-t-elle.

Et elle s'éloigne en titubant pendant que j'éponge les dégâts avec ma serviette.

– Qu'est-ce que c'était que *ça* ?

– Une poivrote qui a quelques années de trop, marmonne Sebastian en haussant les épaules.

– Elle ne peut rien à son âge, tu sais.

– Évidemment. Mais passé un certain âge, il n'y a rien de pire qu'une femme qui boit.

– Tu en as beaucoup, des comme ça ?

– Carrie. Tu sais bien que ça ne va pas aux femmes, de picoler.

– Parce que ça va mieux aux hommes ?

– Pourquoi on se dispute comme ça ?

– Tu penses aussi qu'il ne faut pas confier le volant aux femmes, c'est ça ? Et qu'elles sont nulles en sciences ?

– Il y a des exceptions. Regarde ton amie La Souris.

Pardon ?

Notre soupe à l'oignon arrive, fumante et bien gratinée.

– Fais attention, me prévient-il. C'est brûlant. C'était ce que je préférais en France.

Il se répète. Je soupire et souffle sur ma cuillère.

– Je voudrais bien y aller un jour.

– Je t'y emmènerai.

Il a dit ça comme ça, tranquille. Et il continue :

– Cet été, pourquoi pas ?

Il se penche vers moi, de plus en plus enthousiaste.

– On commence par Paris. Ensuite, on prend le train pour Bordeaux. C'est la région des vins. Après, direction le Midi. Cannes, Saint-Tropez...

Je vois d'ici la tour Eiffel. Une villa blanche sur une colline. Des hors-bord. Des bikinis. Les yeux de Sebastian, graves, profonds, plongés dans les miens. « Je t'aime, Carrie. Veux-tu m'épouser ? »

J'espérais passer l'été à New York, mais si Seb veut m'emmener en France, pas de problème.

– Excusez-moi ?

Quoi, encore ? Je lève la tête. De nouveau une femme. Blonde, serre-tête, sourire qui montre les gencives.

– Il faut absolument que je vous demande où vous avez trouvé votre sac !

– Vous permettez ? lui demande Sebastian avec humeur.

Il prend l'objet du délit sur la table et le pose par terre.

– Alors, d'où vient-il ? insiste l'inconnue.

– C'est ma mère qui me l'a donné, dis-je en soupirant.

Elle s'en va et Sebastian renouvelle les boissons. Mais l'ambiance est retombée. Nos côtelettes arrivent et nous les attaquons en silence.

– Oh là là, on dirait un vieux couple.

– Comment ça ? fait-il d'une voix morne.

– Tu sais, ces couples qui mangent sans rien se dire, qui se regardent à peine. C'est mon pire cauchemar. Chaque fois que j'en vois un dans un restau... je veux dire, à quoi bon sortir ? Quand on n'a rien à se dire, autant rester chez soi, non ?

– Sauf si on mange mieux ailleurs.

– Très drôle.

Je pose ma fourchette, m'essuie soigneusement les lèvres, et parcours des yeux le restaurant.

– Sebastian, qu'est-ce qui ne va pas ?

– Mais c'est toi, enfin, qu'est-ce que tu as ?

– Rien.

– Bon, tout va bien, alors.

– Il y a quelque chose qui ne va pas.

– Je mange, vu ? Je ne peux pas manger mes côtelettes tranquille ?

Je me recroqueville, épouvantée. Je me fais toute petite. J'ouvre grand les yeux et me force à ne pas ciller. Surtout, ne pas pleurer. Mais aïe, c'était un sale coup.

– Si, si.

On est carrément en froid, là, non ? Mais comment en est-on arrivés là ?

Je chipote un peu dans mon assiette, puis repose mes couverts.

– Je renonce.

– L'agneau ne te plaît pas.

– Si. J'adore. Mais toi, tu m'en veux. Pour quelque chose.

– Je ne t'en veux pas.

– Tu fais bien semblant, alors.

Là, c'est lui qui pose ses couverts.

– Pourquoi est-ce que les filles font toujours ça ? Pourquoi elles demandent tout le temps « ce qui ne va pas » ?

Peut-être que tout va bien. Peut-être que je veux juste manger peinard.

– Tu as raison, dis-je calmement en me levant.

Il a l'air paniqué pendant une seconde.

– Où tu vas ?

– Aux toilettes.

Je fais pipi, me lave les mains et scrute attentivement mon visage dans la glace. Pourquoi est-ce que je fais ça ? Pourquoi suis-je si lunatique et instable ? C'est peut-être moi qui ai un problème.

Ça y est, ça recommence : j'ai peur.

S'il arrivait quelque chose et que je perde Sebastian, j'en mourrais. S'il changeait d'avis et retournait avec Donna LaDonna, j'en remourrais.

Et pour couronner le tout, demain soir j'ai rencard avec George. La tuile. J'ai voulu décommander, mais mon père a dit non.

– C'est impoli.

– Mais il ne me plaît pas, ai-je riposté en boudant comme une gamine.

– C'est un très gentil garçon. Tu n'as pas de raison de ne pas être gentille avec lui.

– Ce ne serait pas gentil de lui donner de faux espoirs.

– Carrie, m'a dit papa en soupirant. Je voudrais que tu fasses attention. Avec Sebastian.

– Quoi, Sebastian ?

– Tu passes beaucoup de temps avec lui. Et les pères ont un instinct pour ces choses-là. Pour les autres hommes.

177

Du coup, j'en ai voulu aussi à mon père. Mais je n'ai pas eu le courage d'annuler George.

Et si Sebastian apprend que je suis sortie avec George ? Et s'il me quitte à cause de cela ?

Je tuerai mon père. Je ne plaisante pas.

Pourquoi n'ai-je aucun contrôle sur ma vie ?

Je tends le bras pour attraper mon sac quand je me souviens que je ne l'ai pas. Il est sous la table, là où Seb l'a caché. Je respire à fond. Je m'ordonne de me reprendre, de faire un grand sourire, retourner là-bas et continuer comme si tout allait bien.

À mon retour, nos assiettes ont été débarrassées.

– Bien, dis-je avec une bonne humeur jouée.

– Tu veux un dessert ?

– Et toi ?

– C'est moi qui te pose la question. Tu pourrais prendre une décision, pour une fois ?

– D'accord. Je veux bien un dessert.

Pourquoi est-ce si pénible ? À choisir, je préférerais encore un supplice chinois.

– Deux tartes Tatin, dit-il à la serveuse.

Voilà, il recommence. Il commande encore pour moi.

– Sebastian...

– Oui ?

À voir sa tête, il y a de l'orage dans l'air.

– Tu es encore en colère ?

– Écoute, Carrie. J'ai passé un temps fou à m'arranger pour t'emmener dans un très bon restaurant, et toi tu n'arrêtes pas de me faire des reproches.

178

– Hein ?

Je suis désarçonnée.

– J'ai l'impression que quoi que je fasse, ça ne va jamais.

Pendant une seconde, je reste figée d'horreur. Qu'est-ce que j'ai fait ? Il a raison, bien sûr. C'est moi qui suis pénible, et pourquoi ? J'ai tellement peur de le perdre que je fais tout pour le pousser dehors avant qu'il ne me plaque, c'est ça ?

Mais enfin, il m'a proposé de m'emmener en France ! Qu'est-ce que je voudrais de plus ?

– Sebastian ? dis-je d'une toute petite voix.

– Oui ?

– Pardon.

– T'inquiète, me répond-il en me tapotant la main. L'erreur est humaine.

Je m'enfonce dans mon siège en hochant la tête, mais sa bonne humeur est de retour. Il rapproche ma chaise de la sienne et m'embrasse devant tout le monde.

– J'avais envie de faire ça depuis qu'on est arrivés, me glisse-t-il à l'oreille.

– Moi aussi.

Du moins, c'est ce que je croyais. Car au bout de quelques secondes, je me dégage. Je suis encore un peu fâchée. Déstabilisée. Mais je reprends une gorgée de martini et ravale ma hargne, bien loin, jusqu'au bout de mes orteils. Là au moins, j'espère qu'elle ne fera plus d'histoires.

15

Délinquance juvénile

– Wow ! s'exclame George.

– Quoi, « wow » ?

Je viens d'arriver dans la cuisine. George et mon père sont en train de siffler des gin tonics comme des vieux copains.

– Ce sac. J'adore.

– C'est vrai ?

Hum. Depuis mon dîner en dents de scie avec Sebastian – après lequel nous nous sommes embrassés dans sa voiture devant chez moi jusqu'à ce que mon père fasse clignoter la lumière du perron –, j'ai envie de voir George comme de me pendre.

– J'ai une idée, lui dis-je. Au lieu de faire tout ce chemin jusqu'à ton auberge, si on allait au *Brownstone* ? C'est plus près, et c'est très bon.

Je suis vraiment cruelle de l'emmener là où je suis allée avec Sebastian. Mais c'est comme ça : l'amour me rend diabolique.

George, bien sûr, ne se doute de rien. Il est d'une gentillesse à se taper la tête contre les murs.

– Où tu veux, ça me va.

– Amusez-vous bien, dit mon père.

Il peut toujours espérer.

À peine monté en voiture, George se penche pour m'embrasser. Je détourne la tête et son baiser atterrit au coin de mes lèvres.

– Comment va la vie ? me demande-t-il.

– M'en parle pas.

Je suis sur le point de lui raconter mes deux semaines de dingue avec Sebastian, et Donna LaDonna qui me harcèle, et les deux Jen, et la carte horrible dans mon casier, mais je m'abstiens. George n'a pas besoin d'être au courant pour Sebastian. Pas encore.

– J'ai dû emmener une amie chez un médecin pour qu'il lui donne la pilule, et il y avait une fille qui venait de se faire avorter, et...

Il hoche la tête, les yeux sur la route.

– Moi qui ai grandi en ville, je me suis toujours demandé ce que faisaient les gens à la campagne. Il faut croire qu'on arrive toujours à se mettre dans le pétrin, où qu'on soit.

– Ha. Tu as lu *Peyton Place* ?

– Je lis surtout des biographies. Et mes livres de cours, bien sûr.

Je vois. Ça ne fait pas dix minutes que nous sommes ensemble, et je suis déjà hyper mal à l'aise. Je ne vois pas comment je vais venir à bout de cette soirée. Je demande prudemment :

– C'est comme ça qu'on dit ? « En ville » ? On ne dit pas « New York » ou « Manhattan » ?

– Bah oui, admet-il avec un petit rire. Je sais que ça peut paraître prétentieux. Comme si New York était la seule ville au monde. Mais c'est ainsi, les New-Yorkais sont un peu prétentieux. Et ils prennent vraiment Manhattan pour le centre de l'univers. La plupart d'entre eux n'imaginent pas vivre ailleurs. (Il me lance un regard.) C'est horrible ? J'ai l'air d'un crétin ?

– Pas du tout. J'aimerais bien vivre à Manhattan.

J'ai eu envie de dire « en ville », mais je ne voudrais pas avoir l'air de m'y croire déjà.

– Tu y es déjà allée ?

– Pas vraiment. Une fois ou deux, quand j'étais petite. Pour une sortie scolaire. On est allés au planétarium pour regarder les étoiles.

– J'ai passé toute mon enfance au planétarium ! Et au musée d'Histoire naturelle. J'étais incollable sur les dinosaures. Et au zoo de Central Park. Ma famille vit sur la Cinquième Avenue. Quand j'étais petit, j'entendais les lions rugir la nuit depuis la maison. Pas mal, hein ?

– Tu m'étonnes !

Je me pelotonne dans mon siège. Bizarrement, je me sens fébrile. J'ai une prémonition soudaine : un jour, je vivrai à Manhattan. J'entendrai rugir les lions dans Central Park. Je ne sais pas comment j'y arriverai, mais j'y arriverai.

– Ta famille a une maison ? Je croyais que tout le monde vivait en appartement, là-bas.

Question idiote.

– Non, c'est un appartement. Un huit pièces. Il y a des maisons, remarque : des hôtels particuliers, les *townhouses*, et de vieilles maisons traditionnelles, les *brownstones*. Mais en ville, tout le monde appelle son appart « la maison ». Ne me demande pas pourquoi. Encore un petit snobisme, sans doute. (Il me jette un regard en coin.) Tu devrais venir me voir. Tout l'été, ma mère est dans sa villa de Southampton. L'appartement est vide. Il y a quatre chambres, ajoute-t-il rapidement au cas où je me tromperais sur ses intentions.

– Ce serait super.

Et si je pouvais intégrer ce foutu séminaire, ce serait encore mieux.

À moins que j'aille en France avec Sebastian, bien sûr.

– Dis donc. Tu m'as manqué, tu sais ?

– Il ne faut pas, George. Tu ne me connais même pas.

– Assez pour que tu me manques. Assez pour penser à toi, en tout cas. Ça te va, comme ça ?

Je devrais le prévenir que j'ai déjà quelqu'un... mais c'est trop tôt. On se connaît à peine. Je souris sans rien dire.

– Carrie !

Eileen, la serveuse, m'accueille comme une vieille copine. George a l'air impressionné. Et amusé, aussi.

– Tu es connue comme le loup blanc ! dit-il en me prenant le bras pendant qu'Eileen nous emmène à notre table.

J'opine et garde le mystère.

– Qu'est-ce qu'il y a de bon, ici ? me demande-t-il en prenant la carte.

– La soupe à l'oignon est très bien. Les côtelettes, aussi.

Il sourit de toutes ses dents.

– La soupe à l'oignon, c'est typiquement le genre de plats que les Américains croient très français, mais qu'un Français ne commanderait jamais.

Je me renfrogne et me redemande comment je vais survivre jusqu'à la fin du dîner. George commande des escargots et du cassoulet. Exactement ce que j'aurais pris hier soir, si Sebastian m'avait laissé le choix.

– Je veux tout savoir sur toi, me dit-il en me prenant la main sur la table.

Je la retire, mais masque ma réticence en faisant comme si je voulais absolument boire une gorgée de martini. Je ne vais pas lui déballer ma vie comme ça !

– Que veux-tu savoir ?

– Je peux espérer te voir à Brown à la rentrée prochaine ?

Je baisse les yeux.

– Mon père aimerait bien. Mais j'ai toujours voulu vivre à Manhattan.

Et avant d'avoir eu le temps de m'en apercevoir, je lui déballe tout : mon rêve de devenir écrivain, ma tentative d'intégrer le séminaire, la lettre de refus.

Il ne trouve pas cela scandaleux, ni vexant.

– J'ai croisé quelques écrivains dans ma vie. Le rejet, c'est parfaitement normal. Au moins au début. Des tas d'auteurs ne sont même pas publiés avant d'avoir écrit deux ou trois livres.

– Ah bon ?

Mon espoir remonte en flèche.

– Mais bien sûr, confirme-t-il de l'air de celui qui s'y connaît. Dans l'édition, on ne compte plus les histoires de manuscrits rejetés par vingt éditeurs avant que quelqu'un prenne le risque de les publier, et qui sont devenus d'énormes best-sellers.

Comme moi, exactement comme moi. En surface, je suis une fille normale, mais au fond de moi il y a une star. Qui attend juste qu'on lui donne sa chance.

– J'ai une idée, dit-il. Si tu veux, ça me ferait plaisir de lire ce que tu écris. Je pourrais peut-être t'aider.

– Tu ferais ça ?

Je n'en reviens pas. Personne ne m'a jamais proposé son aide. Personne ne m'a même encouragée. J'observe les yeux de George, marron, un peu tombants. Il est adorable. Et puis c'est vrai, je veux l'intégrer, ce séminaire. Je veux vivre « en ville ». Et je veux aller voir George et entendre rugir les lions.

Soudain, j'ai envie que mon avenir commence.

– Ça ne serait pas génial si tu étais écrivain et moi rédacteur en chef au *New York Times* ?

J'ai envie de crier : « *Yesss !* » Il n'y a qu'un petit problème. J'ai déjà un copain. Je ne peux quand même pas manger à tous les râteliers. Il faut que je le dise à George, et tout de suite. Sinon, ce serait de l'abus.

– George. J'ai quelque chose à t'avouer...

Je suis sur le point de révéler mon secret quand Eileen s'approche de la table. Ça a l'air important.

– Carrie ? On vous demande au téléphone.

– Moi ?

Je regarde George, puis Eileen.

– Mais qui peut bien m'appeler ?

– Va voir.

George se lève, et moi aussi.

– Allô ?

Je suis persuadée que c'est Sebastian. Il m'a suivie, il a découvert que j'étais sortie avec un autre, il est furieux. Mais non, c'est Missy.

– Carrie ?

À entendre sa voix terrifiée, j'imagine instantanément qu'il y a un mort dans la famille.

– Il faut que tu viennes tout de suite.

Mes genoux flageolent. J'arrive à croasser :

– Qu'est-ce qu'il y a ?

– C'est Dorrit. Elle est chez les flics. (Missy marque un silence avant de me porter le coup de grâce.) Elle s'est fait *arrêter*.

– Je ne sais pas pour vous, dit l'inconnue en serrant un vieux manteau de fourrure sur ce qui semble être un pyjama de soie, mais moi, c'est fini. Terminé. Je m'en lave les mains.

Mon père, assis à côté d'elle sur une chaise en plastique moulé, opine d'un air morne.

– Il y a trop longtemps que je fais ça, continue la femme en clignant rapidement des yeux. Quatre garçons alors que je voulais une fille. Et puis je l'ai eue. Maintenant, je peux vous dire que je regrette. Quoi qu'on en dise, les filles, c'est bien plus de soucis que les garçons. Vous avez des garçons, monsieur, euh... ?

– Bradshaw, dit froidement mon père. Et non, je n'ai pas de fils.

La femme hoche la tête et lui tapote le genou.

– Mon pauvre monsieur.

Apparemment, c'est la mère de Cheryl, la célèbre copine fumeuse de pétards de Dorrit.

– Enfin, madame... lui répond mon père.

Il se tortille pour lui échapper et ses lunettes lui glissent jusqu'au bout du nez.

– Une préférence pour un sexe par rapport à un autre, surtout exprimée de manière si brutale par le parent, provoque fréquemment un *manque* chez l'enfant, un *manque* inhérent...

– Papa !

J'arrive à la rescousse dans une grande glissade.

Il remonte ses lunettes sur son nez, se lève, ouvre les bras.

– Carrie !

– Mr Bradshaw, dit George.

– George.

– George ?

187

La mère de Cheryl se lève en battant des paupières.

– Je m'appelle Connie.

– Ah.

George hoche la tête, comme s'il y avait une logique dans tout cela. Connie se pend à son bras.

– Je suis la mère de Cheryl. Je vous assure, elle n'a pas mauvais fond...

– Bien sûr que non, dit-il gentiment.

Je rêve ou elle le drague ?

Je prends mon père à part. Je n'arrête pas de revoir la petite pipe à marijuana que j'ai trouvée dans Monsieur Panda.

– C'est une histoire de... ?

Impossible de dire « drogue » tout haut.

– Chewing-gum, m'informe-t-il d'une voix faible.

– De chewing-gum ? Elle s'est fait arrêter pour vol de chewing-gum ?

– Apparemment, elle en est à son troisième délit. Elle s'est déjà fait prendre deux fois, mais la police l'a laissée partir. Cette fois, elle n'a pas eu cette chance.

– Mr Bradshaw ? l'apostrophe un jeune homme en uniforme, au visage luisant. Je suis Chip Marone. C'est moi qui ai procédé à l'arrestation.

Marone ! Le flic de l'étable.

– Puis-je voir ma fille ?

– Nous devons prendre ses empreintes digitales d'abord. Et la photographier.

– Pour un vol de *chewing-gum* ?

C'est sorti tout seul, je n'ai pas pu me retenir.

188

Mon père blêmit.

– Elle aura un casier judiciaire ? Ma fille de treize ans va avoir un casier comme un vulgaire criminel ?

– C'est la loi, dit Marone.

Je donne un coup de coude à mon père.

– Excusez-moi. Nous sommes de très bons amis des Kandisee...

– La ville est petite, répond Marone en se frottant les joues. Beaucoup de gens connaissent les Kandisee...

– Mais Lali fait partie de la famille, ou tout comme. Nous les connaissons depuis toujours. Hein, papa ?

– Attends un peu, Carrie. Tu ne peux pas demander qu'on fasse une exception pour elle. Ce ne serait pas juste.

– Mais...

– On pourrait peut-être les appeler, les Kandisee, propose George. Juste pour que vous voyiez...

– Je vous jure que ma petite Cheryl n'a jamais rien fait de mal, intervient Connie en agrippant le bras de mon père, et en ajoutant un clin d'œil pour Marone.

Clairement, il en a par-dessus la tête de nous tous.

– Je vais voir ce que je peux faire, grommelle-t-il.

Il décroche un téléphone derrière le bureau.

– Bien, dit-il. D'accord. Pas de problème.

Il raccroche et nous fusille du regard.

– Des travaux d'intérêt général ! s'étrangle Dorrit.

– Tu auras déjà de la chance si tu t'en tires à si bon compte, observe mon père.

George, papa, Dorrit et moi sommes rassemblés dans la pièce du fond pour analyser la situation. Marone a bien voulu libérer Dorrit et Cheryl, mais elles doivent passer devant le juge mercredi. Elles seront sûrement condamnées à une peine d'intérêt général.

– J'espère que tu aimes ramasser les ordures, plaisante George en lui donnant un petit coup dans les côtes.

Elle rigole. Ils sont assis dans le canapé. Mon père a dit à Dorrit d'aller se coucher, mais elle a refusé.

– Tu t'es déjà fait arrêter ? demande-t-elle à George.

– Dorrit !

– Ben quoi ?

Elle me regarde comme si j'étais transparente.

– En fait, oui. Mais pour un crime bien pire que le tien. J'ai sauté un tourniquet dans le métro et je me suis retrouvé nez à nez avec un flic.

Elle le contemple avec des yeux noyés d'admiration.

– Et alors, qu'est-ce qui s'est passé ?

– Il a appelé mon père. Et je peux te dire que ça ne l'a pas enchanté. J'ai dû passer tout l'après-midi dans son bureau, à ranger ses trombones et à vider les corbeilles à papier.

– C'est vrai ?

Elle est émerveillée.

– Moralité : il faut toujours payer.

– Tu entends ça, Dorrit ? renchérit mon père.

Il se lève, mais ses épaules sont voûtées et il a l'air soudain épuisé.

– Je vais au lit. Toi aussi, Dorrit.

– Mais...

– Tout de suite, ordonne-t-il d'une voix sourde.

Dorrit lance à George un dernier regard plein de convoitise et monte dans sa chambre.

– Bonne nuit, les enfants, nous dit mon père.

Je lisse distraitement ma jupe.

– Je suis désolée. Ma mère... Dorrit...

– C'est pas grave, me console George en me prenant la main. Je comprends. Il n'y a pas de famille parfaite. Y compris la mienne.

– Ah bon ?

J'essaie de retirer ma main, mais impossible. Je tente une diversion.

– Dorrit t'aime bien, on dirait.

– J'ai un bon contact avec les enfants, me répond-il en se penchant pour m'embrasser. J'ai toujours été comme ça.

– George. (Je détourne la tête.) Je suis... euh... complètement crevée...

Il soupire.

– Compris. J'y vais. Mais on se revoit bientôt, hein ?

– Bien sûr.

Il m'aide à me lever et m'entoure de ses bras. J'enfouis mon visage dans son torse pour éviter ce qui va suivre, inévitablement.

– Carrie ?

Il me caresse les cheveux.

Ce n'est pas désagréable, mais je ne peux pas laisser la situation déraper plus loin.

– Vraiment, j'en peux plus de fatigue.
– D'accord.
Il se recule, me relève la tête et m'effleure les lèvres.
– Je t'appelle demain.

16

Jusqu'où irais-tu ?

– Qu'est-ce qu'il y a, maintenant ? s'impatiente Sebastian.

– Une petite retouche de maquillage.

Il remonte la main le long de mon bras et tente de m'embrasser.

– Tu n'en as pas besoin.

– Arrête ! Pas dans la maison.

– Ça ne te pose pas de problème quand on est chez moi.

– Tu n'as pas deux petites sœurs. Dont une qui...

– Je sais. S'est fait arrêter pour vol. De chewing-gum, dit-il avec dédain. Un sommet de criminalité ! Presque aussi grave que d'allumer des pétards dans les boîtes aux lettres des voisins.

– Et se lancer dans une vie de délinquance.

Sur ce, je lui referme doucement au nez la porte de la salle de bains.

Il frappe.

– Ouiiiii ?

– Dépêche.

– C'est ce que je fais. Je me dépêche, je me magne, je me grouille.

C'est faux. Je gagne du temps.

J'attends un coup de fil de George. Deux semaines ont passé depuis l'arrestation de Dorrit. Fidèle au poste, George m'a rappelée le lendemain, et le jour suivant. J'en ai profité pour lui demander s'il était sérieux quand il m'avait promis de lire une de mes histoires. Il a dit que oui, je la lui ai envoyée, et pas de nouvelles pendant cinq jours. Enfin, hier, il a laissé un message à Dorrit pour dire qu'il m'appellerait aujourd'hui entre six et sept. Zut. S'il avait appelé à six heures, Seb n'aurait pas été là à me tournicoter autour. Il est presque sept heures, maintenant. Sebastian va piquer une crise si je reçois un coup de fil juste avant de partir.

Je dévisse un tube de mascara et me penche en avant pour passer la petite brosse. J'en suis à la deuxième couche, mes cils sont déjà bien allongés. Je suis sur le point de passer la troisième quand le téléphone sonne.

– Téléphone ! crie Missy.

– Téléphone ! braille Dorrit.

– Téléphone ! je hurle en bondissant de la salle de bains comme un pétard allumé.

– Quoi ? fait Sebastian en passant la tête par la porte de ma chambre.

– C'est peut-être le contrôleur judiciaire de Dorrit.

– Elle a un contrôleur judiciaire ? Pour un vol de chewing-gum ?

194

Je ne vais pas m'arrêter pour tout lui expliquer. Pas le temps.

J'attrape le téléphone dans la chambre de mon père juste avant que Dorrit ne me le pique.

– Allô ?

– Carrie ? C'est George.

– Ah, salut ! dis-je, essoufflée, en fermant la porte.

Alors, tu as aimé mon histoire ? Il faut que je sache. Tout de suite.

– Comment vas-tu ? Comment va Dorrit ?

– Bien.

Tu l'as lue ? Tu détestes ? Si tu détestes, je me flingue.

– Elle fait ses travaux d'intérêt général ?

– Oui, George.

Ce mec me tue.

– Qu'est-ce qu'ils lui font faire ?

On s'en fout !

– Ramasser les ordures sur le bord de la route.

– Ah ! Le vieux truc des ordures. Ça marche à tous les coups !

– George. (Un instant d'hésitation.) Tu as lu mon histoire ?

– Oui, Carrie. En effet, je l'ai lue.

– Et ?

Un long silence, pendant lequel je me demande si on peut s'ouvrir les veines avec un rasoir de sécurité.

– Pas de doute, tu es faite pour écrire.

Moi ? Faite pour écrire ? J'ai envie de courir dans toute

195

la pièce, de faire des bonds, de crier à tue-tête : « Je suis écrivain ! Je suis écrivain ! »

– Et tu as du talent.

– Ahhh !

Je retombe sur le lit, en extase.

– Mais...

Je me redresse, agrippée au téléphone, terrifiée.

– Bon, Carrie. Cette histoire de fille qui vit dans un parc de caravanes à Key West, en Floride, et qui travaille dans un fast-food pourri... Tu es déjà allée à Key West ?

– Mais oui, tout à fait, dis-je d'un ton un peu raide. Plusieurs fois, même.

– Tu as habité dans une caravane ? Tu as déjà travaillé dans un fast-food ?

– Non. Mais pourquoi je ne pourrais pas imaginer ?

– Tu as beaucoup d'imagination. Mais tu sais, je connais un peu ces cours d'écriture. Ils cherchent quelque chose qui sente tout de suite l'expérience personnelle, l'authenticité, le vécu.

– Je ne comprends pas très bien, parviens-je à articuler.

– Tu sais combien d'histoires d'enfants qui meurent ils reçoivent tous les jours ? Ça ne sonne pas juste. Il faut que tu écrives sur ce que tu connais.

– Mais je ne connais rien !

– Bien sûr que si. Et si tu n'as pas d'idées, tu en trouveras.

Enfer. Ma joie se dissipe comme une brume matinale.

– Carrie ?

196

C'est Sebastian qui frappe à la porte.

– Je peux te rappeler demain ? dis-je à toute vitesse. Je vais à une fête du club de natation.

– Je t'appellerai, moi. Trouvons une date pour se voir, d'accord ?

– OK.

Je raccroche et je pique du nez, effondrée.

Ma carrière d'écrivain est tuée dans l'œuf. Avant même d'avoir commencé.

– Carrie.

C'est la voix de Sebastian, plus forte et énervée, de l'autre côté de la porte.

– Prête ! dis-je en ouvrant.

– C'était qui ?

– Quelqu'un de Brown.

– Tu vas aller là-bas ?

– Encore faut-il que je sois admise officiellement. Mais oui. Sans doute.

Je me sens comme engluée.

– Et toi, qu'est-ce que tu vas faire comme études ?

Curieux que je ne lui aie jamais posé la question.

– Prendre une année sabbatique. Hier soir, en remplissant mon dossier de candidature pour la fac, j'ai eu une révélation. Je ne veux pas faire ça. Je ne veux pas entrer dans le système. Ça te choque, hein ?

– Non. C'est ta vie.

– D'accord, mais qu'est-ce que ça te fait de sortir avec un gros flemmard ?

– Tu n'es pas flemmard. Tu es intelligent. Très.

197

– Un génie, tu peux le dire.

Puis, après une seconde :

– Il faut vraiment qu'on aille à cette fête ?

– Oui. Lali en fait une tous les ans. Si on n'y va pas, elle va mal le prendre.

– C'est toi qui décides.

Il démarre tellement brutalement que je suis écrasée contre le siège. Je n'ai aucune envie d'aller à cette soirée non plus. *Écris sur ce que tu connais.* C'est tout ce qu'il a trouvé, le George ? Un cliché ? Qu'il aille griller en enfer. Que le monde entier grille en enfer. Pourquoi est-ce que tout est si dur ?

– Si c'était facile, tout le monde le ferait, pérore Peter devant un petit groupe agglutiné autour du canapé.

Il vient d'être admis en avance à Harvard. Tout le monde est très impressionné.

– La bio-ingénierie, c'est l'espoir du futur, poursuit-il.

J'en ai assez entendu. Je m'éclipse et trouve Maggie assise dans un coin avec La Souris. Qui ne ferait pas une autre tête si elle était retenue en otage.

– Franchement, Maggie, est-elle en train de dire. C'est super pour Peter. Et puis c'est bon pour nous tous que quelqu'un de Castlebury aille à Harvard...

– Ça n'a rien à voir avec nous.

– C'est fou que Peter soit pris à Harvard, nous lance Lali en allant à la cuisine. Génial, non ?

– Non, tranche fermement Maggie.

Tout le monde est heureux pour Peter... sauf elle, apparemment.

Je comprends son désarroi. Maggie fait partie de ces millions de jeunes qui n'ont aucune idée de ce qu'ils veulent faire dans la vie – comme Sebastian, il faut croire, et comme Lali. Quand un proche trouve sa voie, leur indécision leur revient en pleine figure.

– Harvard n'est qu'à une demi-heure d'ici, dis-je d'une voix apaisante, pour essayer de la distraire de ce qui l'ennuie vraiment.

Elle reste morose.

– La distance ne change rien. Ce n'est pas n'importe quelle fac. Quand on va à Harvard, on devient un ancien de Harvard. Toute la vie, c'est ce que les gens disent de vous : il est allé à Harvard, *lui*...

C'est peut-être parce que je n'irai jamais à Harvard et que je suis jalouse, mais je déteste tout ce discours élitiste. On ne devrait pas se définir par rapport à l'université qu'on a fréquentée. Pourtant, c'est sans doute le cas.

– Et si Peter devient à vie le type qui est allé à Harvard, continue Maggie, moi je serai toujours la fille qui n'y est pas allée.

J'échange un regard avec La Souris.

– Si ça ne te fait rien, je vais me chercher une bière, dit-elle.

– Qu'est-ce qu'elle en a à faire ? commente Maggie en la regardant s'éloigner. Elle va à Yale, de toute manière. Elle sera la fille qui est allée à Yale. Parfois, je me dis que

Peter et elle devraient se mettre ensemble. Ils seraient parfaits l'un pour l'autre.

Une amertume inattendue perce dans sa voix.

– Elle a quelqu'un, tu te rappelles ?

– Ouais, c'est ça. Un type qui n'habite pas par ici.

Elle agite le bras d'un air dégoûté. Je me rends compte qu'elle est soûle.

– Allons faire un tour.

– Mais il fait froid, dehors !

– Ça nous fera du bien.

En sortant, nous croisons Sebastian et Lali dans la cuisine. Elle l'a mis au travail : il sort des mini-hot dogs du four pour les poser dans un plat.

– On revient tout de suite !

– Oui, oui.

Lali nous jette à peine un regard. Elle dit quelque chose à Seb, qui se met à rire.

L'espace d'un instant, je me sens mal à l'aise. Puis j'essaie de prendre les choses du bon côté. Au moins, mon copain et ma meilleure amie s'entendent bien.

Une fois dehors, Maggie m'agrippe par le bras et chuchote furieusement :

– Jusqu'où irais-tu pour obtenir ce que tu veux ?

– Quoi ?

Il fait un froid de canard. Notre haleine nous enveloppe comme un nuage d'été.

– Si tu voulais quelque chose très, très, très fort et que tu ne savais pas comment l'avoir... ou si tu savais, mais

200

que tu n'étais pas sûre de devoir le faire. Tu irais jusqu'où ?

Pendant une seconde, je me demande si elle fait allusion à Lali et Sebastian. Puis je comprends que c'est de Peter qu'elle parle.

– Allons dans la grange, on aura plus chaud.

Les Kandisee élèvent quelques vaches, principalement pour s'amuser, dans une ancienne grange derrière la maison. Au-dessus, il y a un grenier à foin, où Lali et moi sommes allées nous cacher des centaines de fois pour partager nos plus grands secrets. C'est un lieu tiède et odorant, grâce à la chaleur des vaches. Je m'assois sur une botte de paille.

– Maggie, qu'est-ce qu'il y a ?

Je me demande combien de fois je lui ai posé cette question depuis trois mois. Cela commence à faire beaucoup.

Elle sort un paquet de cigarettes.

– Non. Tu ne peux pas fumer ici. Tu vas mettre le feu.

– Alors allons dehors.

– Il fait froid. Et tu ne peux pas t'accrocher à une cigarette chaque fois que tu te sens mal, Mag. Ça devient une béquille.

– Et alors ?

Elle est plus butée que jamais.

– Qu'est-ce que tu voulais dire tout à l'heure ? En me demandant jusqu'où j'irais ? Tu ne penses quand même pas à Peter ? Ne me dis pas que... Dis donc, tu prends bien ta pilule ?

201

– Bien sûr. (Elle détourne les yeux.) Quand j'y pense.

– Mag ! fais-je en bondissant vers elle. Tu es dingue ?

– Non. Je ne crois pas.

Je me laisse glisser dans le foin en rassemblant mes arguments. Je lève les yeux vers la charpente, que la nature a drapée de toiles d'araignée, comme un énorme décor d'Halloween. Nature et instinct contre moralité et logique. C'est ainsi que mon père exprimerait ce dilemme.

– Mag... je sais que tu as peur de le perdre. Mais ce n'est pas comme ça que tu vas le garder.

– Et pourquoi ? s'entête-t-elle.

– Parce que c'est mal. Tu ne veux quand même pas être la fille qui a fait un enfant dans le dos à un type pour le coincer.

– Des femmes le font tous les jours.

– Ce n'est pas pour ça que c'est bien.

– Ma mère l'a fait. Personne n'est censé le savoir. Mais j'ai compté : ma grande sœur est née six mois après le mariage de mes parents.

– C'était il y a des années. Il n'y avait pas la contraception à l'époque.

– Ce serait peut-être une bonne chose qu'on ne l'ait pas non plus.

– Maggie, qu'est-ce que tu racontes ? Tu ne vas pas faire un bébé à dix-huit ans ! Les bébés, c'est l'enfer. Ça ne fait que manger et remplir des couches. Tu veux changer des couches pendant que tout le monde s'amuse

202

autour de toi ? Et Peter, tu y as pensé ? Tu risques de ruiner sa vie. Pas terrible, hein ?

– Je m'en fous, dit-elle.

Et elle se met à pleurer.

J'approche mon visage tout près du sien.

– Tu n'es quand même pas enceinte ?

– Non ! s'écrie-t-elle.

– Allez, Mag. Tu n'aimes même pas les poupées.

– Je sais...

Elle s'essuie les yeux.

– Et Peter est fou de toi. Il s'en va à Harvard, ça ne veut
pas dire qu'il s'en va tout court.

– Je ne suis pas prise à la fac de Boston, lâche-t-elle soudain. Eh non. J'ai reçu ma lettre de refus hier, en même
temps que Peter recevait son admission.

– Oh, Mag...

– Et bientôt, tout le monde s'en ira. Toi, La Souris,
Walt...

– Tu seras prise ailleurs !

– Et sinon ?

Bonne question. Que je n'ai encore jamais affrontée
en face. Que se passe-t-il si rien ne fonctionne comme
prévu ? Que fait-on, dans ce cas ? On ne peut pas rester
les bras croisés.

– Walt me manque.

– À moi aussi, dis-je en serrant mes genoux contre ma
poitrine. Qu'est-ce qu'il fabrique, d'ailleurs ?

– J'aimerais bien le savoir. Je l'ai à peine croisé depuis
trois semaines. Ça ne lui ressemble pas.

– Non, c'est vrai. (Je repense à son cynisme récent.) Viens, on n'a qu'à l'appeler.

À l'intérieur, la fête bat son plein. Sebastian danse avec Lali, ce qui m'agace légèrement, mais j'ai des soucis plus urgents. Je décroche le téléphone de la maison et compose le numéro de Walt.

– Allô ? répond sa mère.

– Walt est là ?

Je dois parler fort pour couvrir le bruit de la fête.

– Qui est à l'appareil ? demande-t-elle, méfiante.

– C'est Carrie Bradshaw.

– Il est sorti, Carrie.

– Vous savez où ?

– Il m'a dit qu'il allait te retrouver, réplique-t-elle sèchement.

Et elle raccroche.

Bizarre, me dis-je en secouant la tête. De plus en plus bizarre.

Pendant ce temps, Maggie joue les reines de la fête. Debout sur le canapé, elle fait un strip-tease. Tout le monde pousse des cris et applaudit. Sauf Peter, qui fait semblant de trouver ça amusant alors qu'il est mortifié. Je ne peux pas laisser Mag sombrer seule, pas dans l'état où elle est.

J'envoie balader mes chaussures et grimpe à ses côtés sur le canapé.

Oui, je sais bien que personne n'a envie de me voir faire un strip-tease ; mais les gens ont l'habitude que je fasse le clown. Je porte des bas en coton blanc sous une jupe à paillettes à deux balles, achetée dans une friperie. Je commence à tirer sur les orteils. Naturellement, Lali ne met que trois secondes à venir nous rejoindre. Elle passe ses mains sur tout son corps tout en nous donnant des coups de coude. Comme je suis sur un pied, je bascule par-dessus le dossier et tombe derrière le canapé, entraînant Maggie dans ma chute.

Nous nous retrouvons les quatre fers en l'air, écroulées de rire.

– Ça va ? demande Peter en se penchant sur Maggie.

– Très bien, dit-elle en rigolant.

Et c'est vrai qu'elle va bien. Maintenant que Peter s'occupe d'elle, tout va à merveille. Du moins pour l'instant.

– Carrie Bradshaw, tu as une mauvaise influence, me gronde-t-il en l'entraînant avec lui.

– Et toi, tu as un balai où je pense, dis-je entre mes dents en rajustant mes bas.

Je regarde Peter, là-bas, qui verse un whisky à Maggie d'un air tendre et légèrement condescendant.

Et toi, jusqu'où irais-tu pour obtenir ce que tu veux ?

Pile à ce moment, j'ai une idée de génie. Je pourrais écrire dans le journal du lycée. Cela me donnerait quelque chose à envoyer à la New School. Et ce serait – beurk ! – *du vécu.*

Non, rouspète une voix dans ma tête. *Pas* La Muscade. *Ce serait vraiment aller trop loin. En plus, si tu écrivais dans* La Muscade, *cela ferait de toi une hypocrite. Tu détestes La*

Muscade *et tu ne perds pas une occasion de le dire. Y compris à Peter. Qui est le rédacteur en chef.*

Oui, mais est-ce que tu as le choix ? insinue une autre voix. *Tu veux vraiment rester plantée là, à laisser la vie décider pour toi, comme une pauvre nulle ? Si tu n'essaies pas au moins d'écrire dans* La Muscade, *tu ne feras sans doute jamais ce séminaire.*

En me détestant d'être aussi faux-jeton, je me rends au bar, me verse une vodka-cranberry et me glisse aux côtés de Maggie et Peter.

– Coucou, dis-je d'un air dégagé. Alors, mon Peter. Je me disais comme ça que je pourrais bien avoir envie d'écrire dans ton journal, en fait.

Il prend une gorgée de sa boisson et me fait les gros yeux.

– Ce n'est pas *mon* journal.

– Tu vois ce que je veux dire.

– Pas du tout. Et c'est très difficile de communiquer avec une personne incapable d'être précise. C'est ça, l'écriture. Une question de précision.

Et d'« authenticité ». Et d'« écrire sur ce qu'on connaît ». Encore deux choses qui me manquent, apparemment. Je lorgne Peter par en dessous. Si on devient comme ça en entrant à Harvard, il faudrait peut-être penser à l'interdire, cette fac.

– Je suis au courant que ce n'est pas ton journal à proprement parler, Peter, dis-je sur le même ton. Mais c'est toi le rédacteur en chef. Je parlais simplement de ce que je supposais être ton poste. Mais si ce n'est pas toi qui décides...

Il se tourne vers Maggie, qui l'interroge du regard.

– Ce n'est pas ce que j'ai voulu dire. Bon, si tu veux écrire dans le journal, ça me va. Mais il faudra que tu voies avec la prof responsable, Miss Smidgens.

– Aucun problème, dis-je d'une voix mielleuse.

– Oh, c'est super, s'enthousiasme Maggie. J'ai vraiment envie que vous soyez amis.

Peter et moi, nous nous regardons. Aucune chance. Mais on fera comme si, pour lui faire plaisir.

17

Publicité mensongère

– Walt ! dis-je en lui courant après dans le couloir.

Il s'arrête et écarte une mèche de son front. Ses cheveux sont un peu plus longs que d'habitude, et il transpire légèrement.

– T'étais où, samedi soir ? On t'a attendu à la fête de Lali.

– Je n'ai pas pu y aller.

– Pourquoi ? Qu'est-ce que tu as bien pu faire d'autre dans ce bled ?

J'essaie de tourner ma question à la plaisanterie, mais Walt ne marche pas.

– Tu ne vas pas me croire, mais j'ai d'autres amis.

– Ah bon ?

– Il y a une vie en dehors du lycée de Castlebury.

– Allez, dis-je en lui donnant un coup de coude. Je blaguais. Tu nous manques.

– Oui, vous aussi vous me manquez. (Il fait passer ses livres d'un bras à l'autre.) Je bosse le soir à *Burger Délice*, en ce moment. Du coup, je vais devoir passer tout mon temps libre à réviser.

– Oh, dommage...

Nous arrivons devant la salle des profs et je m'arrête.

– Walt, tout va bien ? Tu es sûr ?

– Sûr, pourquoi ?

– Je sais pas.

– À plus, me dit-il.

Pendant qu'il s'éloigne, je réalise qu'il a menti. En tout cas sur les heures sup chez *Burger Délice*. J'y ai emmené Missy et Dorrit deux soirs la semaine dernière, et Walt ne travaillait pas.

Il faut que je trouve ce qu'il a, me dis-je en ouvrant la porte de la salle des profs.

À l'intérieur, je trouve Miss Smidgens, la responsable de *La Muscade*, avec Miss Pizchiek, prof d'éducation ménagère et de dactylo. Elles fument en discutant de la « conseillère couleurs » de la galerie commerciale de Hartford.

– Susie dit que ça lui a changé la vie, raconte Miss Pizchiek. Elle s'est habillée en bleu toute sa vie alors que sa couleur, c'est l'orange.

– Une couleur de citrouille, grommelle Miss Smidgens, ce qui me la rend plutôt sympathique parce que je suis d'accord. Toutes ces histoires d'analyse des couleurs, c'est de l'arnaque. Encore une combine pour extorquer de l'argent aux crédules.

Et en plus, ai-je envie d'ajouter, c'est totalement inutile quand on a la peau grise à force de fumer trois paquets par jour.

– Oh, mais c'est amusant comme tout, réplique Miss Pizchiek sans se laisser abattre. On ira en bande de filles, un samedi matin, et on déjeunera après...

À ce moment-là, elle m'aperçoit à la porte.

– Oui ? fait-elle sèchement.

La salle des profs est strictement interdite aux élèves.

– J'aurais besoin de parler à Miss Smidgens.

Laquelle ne doit vraiment plus en pouvoir de Miss Pizchiek, car au lieu de me virer elle dit :

– Carrie Bradshaw, c'est bien ça ? Entrez, entrez. Et fermez derrière vous.

Je souris en retenant ma respiration. Même si je m'en grille une de temps en temps, me retrouver dans un espace confiné avec ces deux-là qui fument comme des pompiers me donne envie d'agiter la main devant ma figure. Mais ce serait mal élevé. Je tâche donc de respirer par la bouche.

– Je me demandais...

– Je comprends. Vous voulez travailler au journal, dit Miss Smidgens. Ça arrive chaque année. Au bout du premier trimestre, il y a toujours une terminale pour venir se porter volontaire. On veut gonfler son dossier d'activités extrascolaires, c'est bien ça ?

– Non.

J'espère que la fumée ne va pas me donner mal au cœur.

– Pourquoi, alors ?

– Je pense que je pourrais apporter au journal des perspectives nouvelles.

210

Mauvaise réponse, visiblement.

– Ah oui, vraiment ? lâche-t-elle comme si elle avait déjà entendu ça mille fois.

Je refuse de m'aplatir.

– Je crois que j'ai un brin de plume, dis-je timidement.

Miss Smidgens n'est pas convaincue.

– Tout le monde veut écrire. Ce qu'il nous faut, ce sont des maquettistes.

Là, elle essaie carrément de se débarrasser de moi, mais je ne bouge pas. Je reste campée devant elle, à retenir ma respiration jusqu'à ce que les yeux me sortent de la tête. Je dois lui faire un peu peur, car elle bat en retraite.

– Bon, je pense que si vous faisiez de la mise en page, on pourrait vous laisser essayer d'écrire quelque chose. Le comité de rédaction se rassemble trois fois par semaine. Le lundi, le mercredi et le vendredi à quatre heures. Si vous ratez plus d'un comité par semaine, c'est terminé pour vous.

– D'accord, dis-je en hochant vigoureusement la tête.

– Alors à cet après-midi. Seize heures.

Je lui fais un petit signe de la main et me dépêche de sortir.

– Je parie que Peter va larguer Maggie, prédit Lali en se déshabillant.

Elle s'étire, toute nue, avant d'enfiler son maillot. J'ai toujours admiré son absence de pudeur en ce qui concerne son corps. Moi qui me sens toujours vulnérable sans vêtements, je suis obligée de me tortiller dans tous les sens pour garder un peu de dignité chaque fois que je me change.

Je rentre le derrière pour retirer mon slip.

– Mais non. Il l'aime.

– Il la désire, me corrige-t-elle. Sebastian m'a dit que Peter lui posait des questions sur toutes les autres filles avec qui il est sorti. En particulier, Donna LaDonna. Tu trouves que ça ressemble à un garçon fou amoureux, ça ?

Entendre le nom de Donna LaDonna me hérisse toujours le poil. Il y a des semaines qu'elle a lancé sa campagne contre moi. Il n'en reste plus que des regards haineux dans les couloirs, mais je suis sûre que ça bouillonne sous la surface, et que tout peut encore entrer en éruption d'un moment à l'autre. Séduire Peter et semer la zizanie fait peut-être partie de son plan.

Je fronce les sourcils.

– Il t'a dit ça ? C'est marrant, il ne m'en a pas parlé, à moi. Si Peter avait raconté à Seb qu'il s'intéressait à Donna LaDonna, il me l'aurait forcément raconté.

– Peut-être qu'il ne te raconte pas tout, suggère-t-elle tranquillement.

Qu'est-ce qu'elle entend par là, au juste ? Je lui lance un regard sombre. Mais elle n'a pas du tout l'air de sentir qu'elle a pu transgresser une limite entre amies. Penchée en avant, elle se décontracte les bras.

– Tu crois qu'on devrait avertir Maggie ?

– Ce n'est pas moi qui irai le lui répéter, rétorque Lali.

– Il n'a rien fait, quand même ? Si ça se trouve, ce ne sont que des paroles en l'air. D'ailleurs, Peter se vante toujours d'être un grand ami de Donna.

– Sebastian n'est pas sorti avec elle ?

Encore un commentaire étrange. Lali sait bien que si. On dirait qu'elle saute sur toutes les occasions de prononcer son nom. D'ailleurs, elle ajoute :

– Au fait, Aztec Two Step passe au *Shaboo* dans quelques semaines. On pourrait y aller tous les trois, toi, moi et Sebastian. Enfin, on aurait pu y aller juste toutes les deux, mais comme tu passes tout ton temps avec lui, je suppose que tu voudras sûrement l'emmener. En plus, il danse vraiment bien.

– Je sais.

À une époque, j'aurais adoré l'idée d'aller voir notre groupe préféré avec Sebastian, mais maintenant cela me gênerait plutôt. D'un autre côté, comment refuser sans donner l'impression que quelque chose ne va pas ?

– Super, bonne idée.

– Ça va être génial, approuve Lali avec enthousiasme.

– Je vais lui en parler. Cet après-midi.

J'entortille mes cheveux pour les coincer sous mon bonnet de bain.

– Oh, pas la peine, dit-elle comme si ce n'était rien. Je lui demanderai. Quand je le verrai.

Et elle sort à grands pas.

J'ai une vision dérangeante de Lali dansant avec Seb à sa fête.

Je prends place sur le plot à côté du sien.

213

– Ne t'embête pas pour ça. Il vient me chercher à quatre heures. Je le préviendrai.

Elle me regarde et hausse les épaules.

– Comme tu veux.

Au moment où mes pieds quittent le plot, je me rappelle que j'ai réunion de rédaction à quatre heures. Mon corps se raidit et je frappe l'eau comme un bout de bois. Je suis sonnée un instant par la douleur, puis l'habitude reprend le dessus et je me mets à nager.

Oh, non. J'ai oublié de prévenir Seb de cette réunion. Et si je ne suis plus là quand il arrive ? Lali va lui mettre le grappin dessus, pas de doute.

Ensuite, je loupe complètement mon saut de l'ange, le plus facile de mon répertoire.

– Qu'est-ce que tu nous fais, Bradshaw ? m'engueule Nipsie. T'as intérêt à te reprendre d'ici la compète de vendredi.

– Oui oui, dis-je en m'essuyant la figure avec ma serviette.

– Tu passes trop de temps avec ton petit copain, lance-t-il avec mépris. Ça te déconcentre.

Je jette un regard à Lali, qui observe l'échange. Pendant une seconde, je surprends l'ombre d'un sourire, puis plus rien.

– Je croyais qu'on allait à la galerie commerciale de Fox Run, râle Sebastian.

Il détourne la tête, l'air irrité.

– Je suis désolée.

214

Je fais le geste de lui toucher le bras, mais il se recule.

– Arrête. Tu es toute mouillée.

– Je sors de la piscine.

– C'est ce que je vois, grogne-t-il.

– Je n'en ai que pour une heure.

– Mais qu'est-ce que tu vas faire dans ce journal pourri ?

Comment lui expliquer ? Lui dire que j'essaie de me construire un avenir ? Il ne comprendrait pas. Il fait tout ce qu'il peut pour ne pas en avoir.

– Allez, quoi, dis-je d'une voix suppliante.

– Je ne veux pas y aller tout seul.

Lali passe à proximité en faisant claquer sa serviette.

– Moi, je veux bien y aller avec toi, gazouille-t-elle.

– Super. (Il me sourit.) On te retrouve plus tard, d'accord ?

– D'accord.

Ça paraît tout à fait innocent en surface. Alors, pourquoi son « on » me fait-il frémir ?

J'envisage un instant de sécher la réunion pour le suivre.

Je commence même à lui emboîter le pas, mais une fois dehors, je m'arrête. Est-ce que je vais faire ça toute ma vie ? M'engager dans un projet qui me paraît important, puis le jeter aux orties pour un garçon ?

Dans ma tête, j'entends La Souris me faire des reproches : « Faible, Brad. Très faible. »

Je me rends au comité de rédaction.

215

Mon indécision m'a mise un peu en retard. L'équipe est déjà assise autour d'une vaste table, à l'exception de Miss Smidgens qui est à la fenêtre pour s'en griller une discrètement. N'étant pas absorbée par la conversation, elle est la première à me voir entrer.

– Carrie Bradshaw, dit-elle. Vous vous êtes finalement décidée à nous faire l'honneur de votre présence.

Peter lève la tête et nos regards se croisent. *Salopard*, me dis-je en repensant à ce que Lali vient de me raconter sur lui et Donna LaDonna. S'il fait la moindre histoire pour que j'entre à *La Muscade*, je me ferai un plaisir de lui rafraîchir la mémoire.

– Est-ce que tout le monde connaît Carrie ? Carrie Bradshaw ? demande-t-il. Elle est en terminale. Et je crois qu'elle a... euh... décidé de se joindre à nous.

Les autres me regardent sans réagir.

En dehors de Peter, je reconnais trois terminale. Les autres sont des première et des seconde, plus une fille qui a l'air si jeune qu'elle doit être en troisième. L'un dans l'autre, le groupe ne m'a pas l'air très prometteur.

– Reprenons, enchaîne Peter pendant que je m'assois en bout de table. Des idées d'articles ?

La petite jeune, qui a les cheveux noirs et des problèmes de peau, et qui est visiblement du genre « J'y arriverai même si je dois en crever », lève la main.

– On pourrait faire un papier sur la nourriture de la cantine. D'où elle vient, pourquoi elle est si mauvaise.

– On a déjà fait ça, objecte Peter d'un air las. On le fait à chaque numéro. Ça ne change jamais rien.

216

– Oh, mais si, intervient un garçon à l'air fayot avec les lunettes cul-de-bouteille de rigueur. Il y a deux ans, le lycée a accepté qu'il y ait des distributeurs de nourriture saine à la cantine. Au moins comme ça, on peut acheter des graines de tournesol.

Ah ! C'est donc pour ça que nous avons un groupe d'élèves qui grignotent constamment des graines comme une colonie de hamsters.

– Et la gym ? dit une fille aux cheveux tirés en tresse serrée. On pourrait faire du lobbying pour avoir une vidéo de fitness à la place du basket.

– Je ne crois pas que beaucoup de garçons aient envie de faire de l'aérobic en cours de gym, proteste sèchement Peter.

– Et puis c'est un peu idiot de réclamer des choses que les gens peuvent faire chez eux, non ? fait remarquer le fayot. Ce serait comme obliger tout le monde à prendre l'option chimie.

– Et tout est une question de *choix*, pas vrai ? dit la fille de troisième. Puisqu'on en parle, je pense qu'on devrait faire l'article sur le procès en discrimination des pom-pom girls.

– Ah, ça, soupire Peter. Carrie, tu es au courant ?

– Il me semble que quelqu'un a essayé de faire voter une loi anti-discrimination pour les pom-pom girls l'an dernier, et qu'il a été débouté, c'est ça ?

– On ne renoncera pas, insiste la fille. L'équipe des pom-pom girls fait de la discrimination contre les moches. C'est anticonstitutionnel.

217

– Tu es sûre ? demande Peter.

– Je crois qu'il devrait y avoir une loi contre les moches en général, commente le fayot.

Il émet des bruits avec son nez. Une sorte de rire, apparemment.

Peter lui lance un regard mauvais et se tourne vers la fille.

– Gayle. Je croyais qu'on avait fait le tour de la question. Tu ne peux pas utiliser le journal pour servir la cause de ta famille. Nous savons tous que ta sœur veut intégrer l'équipe et que Donna LaDonna l'a refoulée deux fois. Encore, si ce n'était pas ta sœur... mais ça l'est. Alors, ça donnerait l'impression que le journal essaie de forcer les pom-pom girls à l'accepter. C'est contraire à la déontologie du journalisme...

– En quoi ? dis-je, soudain intéressée.

D'autant plus intéressée que Peter semble vouloir protéger Donna LaDonna.

– Est-ce que ce n'est pas tout l'intérêt du journalisme, au contraire, de dénoncer les injustices de ce monde ? Et l'injustice, ça commence chez nous. Ça commence ici, au lycée de Castlebury.

– Elle a raison ! s'exclame le fayot en tapant du poing sur la table.

– D'accord, Carrie, concède Peter, contrarié. Tu prends ce sujet.

– Ah non, pas question, intervient Miss Smidgens. Je sais que Carrie est en terminale, mais en tant que nouveau membre, elle doit faire de la maquette.

218

Je hausse gracieusement les épaules, comme si cela ne me dérangeait pas du tout.

Quelques minutes plus tard, Gayle et moi sommes reléguées dans un coin de la salle. Nous déplaçons des blocs de textes sur un grand papier ligné. Ce boulot est incroyablement fastidieux. Gayle a le sourcil froncé, soit de concentration, soit de colère. Elle est au summum du pire de l'adolescence : vilaine peau, cheveux gras, et un visage qui n'a pas encore rattrapé son nez.

– C'est toujours pareil, hein ? Toujours les filles qui font les boulots subalternes.

– S'ils ne me font pas passer *reporter* l'an prochain, je lance une pétition, dit-elle farouchement entre ses dents.

– Hmm.

J'ai toujours considéré qu'il y avait deux manières d'obtenir ce qu'on veut dans la vie. Soit en forçant les autres à vous le donner, soit en leur donnant envie de vous le donner. À mon avis, la deuxième est généralement la meilleure.

– Je parie que si tu en parlais à Miss Smidgens, elle t'aiderait. Je pense que c'est quelqu'un à qui on peut parler.

– Non, elle, ça va. C'est Peter.

– Ah oui ?

– Il refuse de me donner ma chance.

Justement, Peter se pointe. Il doit avoir les oreilles qui sifflent.

– Carrie. Tu n'es pas obligée de faire ça.

219

– Oh, ça ne fait rien, dis-je, légère comme la brise. J'adooore les travaux manuels.

– C'est vrai ? me demande Gayle quand il est parti.

– Tu rigoles ? J'ai raté le badge de couture aux scouts, c'est te dire.

Elle pouffe de rire.

– Moi pareil. Tu comprends, je veux être la nouvelle Barbara Walters[1] plus tard. Je me demande si elle a dû en passer par là.

– Sûrement. Et sans doute bien pire.

– Tu crois ?

Elle a l'air de trouver cela encourageant.

– Je le sais.

Nous travaillons encore une minute en silence, puis je lui demande :

– C'est quoi, l'histoire entre ta sœur et Donna LaDonna ?

Elle me regarde d'un air soupçonneux.

– Tu la connais, ma sœur ?

– Oui oui, bien sûr.

C'est un petit mensonge. Je ne la connais pas vraiment, mais je vois qui c'est. Ça doit être une première nommée Ramona, qui lui ressemble comme deux gouttes d'eau (en version un peu plus raffinée et moins boutonneuse). Je n'ai jamais fait attention à elle, parce qu'elle est arrivée en cours d'année il y a trois ans et s'est tout de suite fait d'autres amis.

---

1. Célèbre journaliste et présentatrice de télévision.

220

– Elle est très douée en gymnastique. Du moins elle l'était, quand on habitait dans le New Jersey. À treize ans, elle était championne de l'État.

Cela me surprend.

– Alors pourquoi est-ce qu'elle n'est pas dans l'équipe de gymnastique ?

– Elle a grandi. Elle a pris des hanches. Et des seins. Son centre de gravité s'est déplacé.

– Je vois.

– Mais elle fait encore très bien le grand écart, la roue, et tout ce que font les pom-pom girls. Elle a passé les auditions et elle était sûre d'être prise, parce qu'elle est nettement meilleure que les autres. Bien meilleure que Donna LaDonna, qui ne tient pas le grand écart. Eh bien, elle n'a même pas été admise chez les juniors. Elle a réessayé l'an dernier. Et là Donna LaDonna est allée lui dire bien en face qu'elle ne serait jamais prise parce qu'elle n'était pas assez jolie.

J'hallucine.

– Elle est allée lui dire ça ?

Gayle acquiesce.

– Elle a dit, je la cite : « Tu n'es pas assez jolie pour entrer dans l'équipe, alors arrête de perdre ton temps et de nous faire perdre le nôtre. »

– Houlà. Et ta sœur, qu'est-ce qu'elle a fait ?

– Elle l'a dit au proviseur.

Ça doit être typique de Ramona, d'aller tout rapporter aux adultes. Pas étonnant que personne ne l'aime. Mais quand même.

221

– Et qu'est-ce qu'il a dit ?

– Qu'il ne voulait pas se mêler des « affaires de filles ». Ma sœur lui a répondu que c'était de la discrimination pure et simple. De la discrimination contre les filles qui n'ont pas les cheveux en baguettes de tambour, un petit nez en trompette et des nichons parfaits. Il a rigolé.

– C'est un connard. Tout le monde le sait.

– Mais ça n'excuse rien. Alors, ma sœur a tenté de monter ce procès pour discrimination.

– Et toi, tu essaies de médiatiser l'affaire.

– Je voudrais bien. Sauf que Peter ne veut pas. Et que Donna LaDonna refuse de me parler. Je suis en troisième, tu vois. Et elle a fait circuler l'info que si quelqu'un m'adressait la parole, qui que ce soit, il aurait affaire à elle.

– C'est vrai ?

– Et qui veut se fâcher avec Donna LaDonna ? Il faut voir les choses en face, soupire-t-elle. C'est elle qui fait la loi, ici.

– Du moins c'est ce qu'elle croit.

À ce moment, Peter revient.

– J'ai rendez-vous avec Maggie au centre commercial de Fox Run. Tu veux venir ?

– Oui, dis-je en rassemblant mes affaires. Je dois retrouver Seb là-bas.

– Salut, Carrie, me dit Gayle. Ça m'a fait plaisir. Ne t'en fais pas. Je ne viendrai pas te parler si je te croise dans les couloirs.

222

– Ne sois pas bête, Gayle. Tu viens me parler quand tu veux.

– Elle a dû te raconter des tas d'histoires sur Donna LaDonna et sur sa sœur Ramona, me dit Peter en traversant le parking pour rejoindre son monospace jaune rouillé.

– Mmm hmmm...

– Foutaises, tout ça. Ça n'intéresse personne, ces pleurnicheries de gamines.

– C'est ce que tu en penses ? Des pleurnicheries de gamines ?

– Ben oui. C'est bien ce que c'est, non ?

J'ouvre la porte passager, fais tomber un tas de papiers sur le sol et monte.

– C'est marrant. Je t'ai toujours cru plus évolué que ça par rapport aux filles.

– Comment ça ?

Il appuie sur l'accélérateur et tourne la clé dans le contact. Il lui faut quelques tentatives avant de démarrer.

– Je ne t'avais jamais vu comme le genre de type qui ne supporte pas la voix des femmes. Tu sais, ces mecs qui disent à leur copine de la fermer quand elles essaient de leur dire quelque chose.

– Qu'est-ce qui te fait dire que je suis ce genre de type ? Maggie ? Je ne suis pas comme ça, je peux te l'assurer.

– Alors pourquoi tu ne laisses pas Gayle écrire son papier ?

Et j'ajoute tranquillement :

– À moins que ce soit Donna LaDonna, le problème ?

– Elle n'a rien à voir dans l'histoire, dit-il en passant maladroitement les vitesses.

– Tu la connais de près ? Franchement ?

– Pourquoi ?

Je hausse les épaules.

– Il paraît que tu as parlé d'elle à la fête de Lali.

– Et ?

– Et Maggie est une très bonne amie à moi. Et c'est une fille géniale. Je ne veux pas qu'on lui fasse du mal.

– Qui dit qu'elle va avoir mal ?

– Vaut mieux pas. C'est tout.

Nous avançons encore un peu, et il reprend la parole :

– Tu n'es pas obligée.

– De quoi ?

– D'être gentille avec Gayle. C'est une emmerdeuse. Quand tu commences à lui parler, tu ne peux plus t'en dépatouiller.

– Moi, je la trouve sympa.

Je lui lance un regard mauvais en me rappelant qu'il n'a même pas emmené Maggie chez le médecin pour sa pilule.

Apparemment, il pense à la même chose.

– Si tu veux écrire un article, tu peux, me dit-il. D'une certaine manière, j'ai une dette envers toi.

– Pour avoir accompagné Maggie ? Je crois bien que oui.

– C'est pas mieux de faire ça entre filles ?

– Je ne sais pas. Et si elle avait été enceinte ?

Ma voix a quelque chose d'implacable.

– C'est ce que j'essaie d'éviter. Je pense que j'ai du mérite. Je suis très bien avec elle. Et je lui fais prendre la pilule.

Il s'imagine qu'il a droit à une tape dans le dos ?

Pourquoi les garçons ramènent-ils toujours tout à eux ?

– Je pense que Maggie est assez grande pour savoir qu'elle doit la prendre.

– Attends. Je ne voulais pas sous-entendre que...

– Laisse tomber.

Je suis contrariée. Je revois soudain cette fille, au cabinet médical, qui pleurait toutes les larmes de son corps parce qu'elle venait de se faire avorter. Le type qui l'avait mise enceinte n'était pas avec elle, non plus. C'est d'elle que je devrais parler à Peter, mais je ne sais pas par où commencer.

– Enfin, c'était bien de ta part, me concède-t-il. Maggie m'a dit que tu avais été formidable.

– Et ça t'étonne ?

– Je ne sais pas, Carrie, bredouille-t-il. C'est que... je t'ai toujours trouvée un peu... fofolle.

– *Fofolle* ?

– Mais oui, tu sais, toujours en train de faire le clown. Je n'ai jamais compris comment tu faisais pour avoir d'aussi bonnes notes.

– Pourquoi ? Parce que je suis drôle ? Une fille ne peut pas être drôle et intelligente ?

– Je n'ai jamais prétendu que tu n'étais pas intelligente...

– Ou bien c'est parce que je ne vais pas à Harvard ? Maggie n'arrête pas de me répéter que tu es génial. Mais moi, je ne vois rien, là. À moins que tu sois devenu un super-connard en trois jours.

– Hé, ho, on se calme ! Pas besoin de t'énerver comme ça. Pourquoi est-ce que les filles prennent toujours tout à cœur ?

Je reste les bras croisés, sans rien dire. Peter commence à être mal à l'aise, à tortiller des fesses sur son siège.

– Bon, alors, donc. Tu devrais écrire un article. Peut-être un portrait. D'un professeur, je ne sais pas. C'est toujours bien.

Je pose les pieds sur le tableau de bord.

– Je vais y réfléchir.

Je rumine encore quand nous nous garons devant la galerie commerciale. Je suis tellement furax que je ne suis même pas sûre de pouvoir rester amie avec Maggie tant qu'elle sort avec ce crétin.

Je descends de voiture en claquant la porte. C'est très malpoli, mais c'est plus fort que moi.

– On se retrouve à l'intérieur, OK ?

– OK, confirme-t-il d'un air nerveux. On sera à la boutique de cookies.

Je lui fais un signe de tête, puis je marche dans le parking en farfouillant dans mon sac jusqu'à ce que je retrouve une cigarette, que j'allume. Et juste au moment où, à force de fumer, je retrouve un état à peu près normal, la Corvette jaune entre en trombe dans le parking et vient s'arrêter à trois mètres de moi. C'est Sebastian. Et Lali.

Ils sortent de la voiture en gloussant et en rigolant.

Je reçois un coup de poing dans le ventre. Qu'est-ce qu'ils ont fabriqué pendant une heure et demie ?

– Salut Bébé, me dit Seb avec un petit smack sur les lèvres. On a eu un creux, on est allés chez *Burger Délice*.

– Vous avez vu Walt ?

– Non, répond Lali.

Sebastian passe un bras sous le mien, et tend l'autre pour elle. Bras dessus, bras dessous, nous entrons dans le centre commercial.

Ma seule consolation, c'est que Sebastian ne m'a pas menti au sujet de *Burger Délice*. Quand il m'a embrassée, il avait l'haleine parfumée à l'oignon et au poivron. Avec un petit goût de tabac.

18

Ma bande à moi

– Alors, tu en penses quoi ?

J'attends l'avis de La Souris en tambourinant sur la table avec mon stylo.

– T'attaquer à Donna LaDonna dans ton premier papier pour *La Muscade* ? Risqué, Brad. Surtout que tu n'as pas sa version de l'histoire...

– Pas faute d'avoir essayé.

C'est légèrement exagéré. À vrai dire, je n'ai pas fait grand-chose pour décrocher une interview. Tout ce que j'ai fait, c'est passer trois fois devant chez elle en voiture. Les LaDonna habitent en haut d'une colline, dans une grosse maison neuve d'une laideur assez phénoménale : deux colonnes, un mur en brique, un en faux marbre et les autres en bois. Comme si le type qui l'a dessinée n'avait pas pu se décider et avait choisi un peu de tout. Comme Donna avec les garçons, en quelque sorte.

Les deux premières fois, il n'y avait personne. La troisième, j'ai vu Tommy Brewster sortir de la maison, suivi de Donna. Juste avant de monter en voiture, il a essayé de l'embrasser, mais elle l'a repoussé du bout de l'index et lui a ri au nez. Il était encore devant chez elle, vexé à mort, quand une autre voiture est arrivée, une Mercedes bleue. Un grand type très mignon en est sorti, il est passé devant Tommy et a pris Donna par la taille. Ils sont rentrés sans un regard en arrière.

Une chose est sûre, au moins : avec les garçons, Donna LaDonna ne s'ennuie pas.

– Tu pourrais commencer par un sujet moins explosif, poursuit La Souris. Laisse déjà les gens se faire à l'idée que tu participes au journal...

Je pose les pieds sur la table pour me balancer sur ma chaise.

– Mais si ce n'est pas pour parler d'elle, je n'ai rien à dire. Ce qu'il y a de bien avec elle, c'est qu'elle martyrise tout le monde. Tu vois autre chose qui cause autant de souffrance au lycée, toi ?

– Les bandes.

– Les bandes ? Mais on n'a jamais fait partie d'une bande.

– Vu qu'on traîne plus ou moins avec les mêmes depuis dix ans, peut-être que si.

– Je nous ai toujours vus comme le contraire d'une bande.

– Le contraire d'une bande, c'est toujours une bande, non ?

– Mmm. On tient peut-être quelque chose.

Je me renverse au maximum sur ma chaise. Quand j'atteins presque l'horizontale, les pieds glissent et je me casse la figure en faisant tomber quelques livres au passage. Je me prends ma chaise sur la tête. Quand je relève les yeux, Gayle est penchée au-dessus de moi.

Il faudrait vraiment que quelqu'un lui parle du Biactol, à cette petite.

– Carrie ? s'écrie-t-elle. Ça va ?

Elle ramasse les livres en jetant des regards craintifs autour d'elle.

– Relève-toi avant que la bibliothécaire te trouve. Sinon, elle va te virer d'ici.

La Souris se marre ouvertement.

– Je ne comprends pas, dit Gayle en serrant les livres contre elle.

Les larmes lui montent aux yeux. Il faut que je la rassure.

– T'inquiète, chérie, on ne se moque pas de toi. C'est juste qu'on est en terminale. On s'en fout, de se faire virer.

– Elle a qu'à essayer, la bibliothécaire. Elle verra ce qu'on en pense, ajoute La Souris en levant le majeur.

On se regarde en ricanant.

– Ah, bon, murmure Gayle en pinçant nerveusement les lèvres.

Je tire la chaise la plus proche de la mienne.

– Assieds-toi.

– Vraiment ?

– Je te présente Roberta Castells. Aussi appelée Super-Souris. Ou, pour faire court, La Souris.

– Bonjour, la salue timidement Gayle. Je sais qui tu es. Tu es une légende. Il paraît que tu es la fille la plus brillante du lycée. Je rêve de pouvoir faire pareil. Être la plus intelligente. Je sais que je ne serai jamais la plus jolie, de toute manière.

Les deux Jen entrent en flairant l'air comme des chiens de chasse. Elles nous repèrent et s'installent deux tables plus loin.

– Tu vois ces filles ? dis-je en les désignant du menton. Tu les trouves jolies ?

– Les deux Jen ? Elles sont magnifiques.

– Pour l'instant. Elles sont belles *pour l'instant*. Mais dans deux ans...

– ... des vieilles peaux. Elles auront l'air d'avoir quarante ans, lâche La Souris.

La jeune Gayle se couvre la bouche de la main.

– Pourquoi ? Qu'est-ce qu'elles ont ?

– Le lycée, c'est le point culminant de leur vie.

– *Quoi ?*

– C'est la vérité, approuve La Souris. À partir de là, ce sera la dégringolade. Des mioches... des maris infidèles... des jobs sans avenir... Connaître son heure de gloire au lycée, c'est le pire qui puisse arriver. Ensuite, ça va en se dégradant, jusqu'au bout.

– Je n'avais jamais vu les choses comme ça.

Gayle observe les deux Jen comme si c'étaient des extraterrestres.

– Au fait, dis-je. Qu'est-ce que tu détestes le plus au lycée ?

– Euh... la bouffe ?

– Cherche encore. Les histoires de cantine, c'est soûlant. Et tu n'as pas non plus le droit de dire « Donna LaDonna ».

– Alors je dirais... les bandes.

– Les bandes. (Je hoche la tête et regarde La Souris en haussant un sourcil.) Pourquoi ?

– Parce que c'est déstabilisant. On sait quand on ne fait pas partie d'une bande, parce que ses membres ne vous adressent pas la parole. Mais parfois, quand on est dans une bande, c'est carrément *Sa Majesté des mouches*. On passe son temps à se demander si on est celui qui va se faire tuer. (Elle remet la main devant sa bouche.) J'en ai trop dit ?

– Non, non. Continue.

Je prends mon calepin, l'ouvre à une nouvelle page et commence à prendre des notes.

– Tu sais quoi ? Mon article pour *La Muscade* commence à prendre forme, dis-je en sortant une plaque de cookies du four.

Sebastian continue de feuilleter le *Time Magazine*.

– Ça parle de quoi, déjà ?

Je le lui ai déjà dit au moins dix fois.

– Des bandes. J'ai interviewé une douzaine de personnes pour l'instant, et j'ai récolté quelques témoignages très intéressants.

– Mmm.

Visiblement, il s'en balance royalement. Tant pis, je continue.

– Walt trouve que les bandes apportent une protection, mais qu'elles peuvent aussi empêcher d'évoluer. Qu'est-ce que tu en penses ?

– Ce que j'en pense, dit Seb sans lever les yeux de son magazine, c'est que Walt a des problèmes.

– Quel genre de problèmes ?

– Ça t'intéresse vraiment ?

Il me regarde par-dessus ses lunettes de vue façon Ray Ban. Chaque fois qu'il les met, mon cœur fond. Il a une faille. Il n'y voit pas clair. C'est trop, trop mignon.

– Évidemment !

– Alors crois-moi, oublie.

Et il se replonge dans son magazine.

Je retire les biscuits chauds de la plaque et les dépose délicatement dans une assiette. Que je pose devant Seb, avant de m'asseoir face à lui. Il en prend un distraitement et mord dedans.

– Qu'est-ce que tu lis ? dis-je d'un ton détaché.

Il tourne une page.

– Encore la récession. Pas le moment de chercher du boulot, ça c'est sûr. Tant qu'on y est, pas la peine d'aller en fac. De toute manière, on se retrouvera tous coincés à vie chez nos parents.

Je l'attrape par le poignet.

– Qu'est-ce que tu sais sur Walt ?

Il hausse les épaules.

– Je l'ai vu.

233

– Mais *où* ?

– Un endroit que tu ne connais pas, et c'est très bien comme ça.

De quoi il parle ?

– Quel genre d'endroit ?

Il retire ses lunettes.

– Laisse tomber. J'ai envie de bouger. On va se balader à Fox Run ?

– Je n'ai pas envie de bouger. Je veux en savoir plus sur Walt.

– Et moi, je ne veux pas en parler, dit-il en se levant.

C'est exaspérant. J'engloutis d'un coup la moitié d'un cookie.

– Je ne peux pas aller faire du shopping. Je veux travailler à mon papier.

Devant son air perplexe, j'ajoute :

– Pour *La Muscade*.

– Comme tu veux. Moi, je ne vais pas rester là à te regarder écrire.

– Mais j'ai envie que ce soit réussi !

– D'accord. À plus.

J'attrape mon manteau pour lui courir après.

– Attends-moi !

Il me prend par la taille et nous adoptons une démarche loufoque que nous avons inventée un soir à l'*Emerald*. Nous continuons comme ça jusqu'à la voiture.

En sortant de l'allée, je me retourne pour regarder ma maison. Une chape de culpabilité me tombe dessus. J'ai tort de faire ça. Je devrais être au boulot sur mon article.

234

Comment vais-je faire pour devenir écrivain si je n'ai aucune discipline ?

Oui, mais Lali a un nouveau job à la galerie commerciale : elle est vendeuse chez Gap. Si je le laisse sans surveillance, Seb ne manquera pas d'aller la voir, et ils seront encore seuls tous les deux. Sans moi. Je me sens nulle de ne pas avoir confiance, mais il faut dire que ces derniers temps, ils sont de plus en plus copains-copains. Chaque fois que je les vois blaguer ou se taper dans les mains, j'ai un mauvais pressentiment. C'est comme le tic tac d'une horloge, sauf que les tic et les tac s'espacent de plus en plus, jusqu'à ce qu'il n'y ait plus rien... que le silence.

Cynthia Viande est sur l'estrade pour présider l'assemblée. Elle brandit un exemplaire de *La Muscade*.

– Cette semaine, vous pourrez lire un article de Carrie Bradshaw sur les bandes.

Quelques applaudissement tièdes, et tout le monde se lève.

– Ton papier est passé, Brad ! Bien joué ! me félicite La Souris en se dépêchant de me rejoindre.

– Ouh là là, j'ai hâte de lire ça, murmurent ironiquement quelques élèves en passant devant nous.

Seb arrive.

– Contente que ce soit fini ? lance-t-il en faisant un clin d'œil à La Souris.

– Comment ça ? dis-je.

– *La Muscade*, poursuit-il en s'adressant toujours à elle. Elle ne t'a pas rendue dingue à se la jouer grand reporter, avec ses questions ?

La Souris prend un air surpris.

– Non.

Je pique un fard.

– Bon enfin, en tout cas c'est fini, conclut-il avec un immense sourire.

La Souris me lance un regard curieux. Je me contente d'un haussement d'épaules, comme pour dire : *Les garçons... Que veux-tu que je te dise ?*

– Eh ben moi, je l'ai trouvé *super*, ton article, affirme-t-elle en entrant en classe.

– La voilà ! s'écrie Maggie. Notre star !

– Oh, allez, Magou. C'est juste un papier à deux balles pour *La Muscade*.

Mais quand même, cela me fait plaisir. Je m'installe à côté d'elle à la table de pique-nique, dans l'étable. Le sol est gelé et l'air humide est glacé. On en a pour quelques mois de ce temps-là. J'arbore un bonnet tricoté avec une longue queue qui se termine par un pompon. Maggie, elle, affronte l'hiver en faisant comme s'il n'existait pas : elle refuse de mettre un bonnet ou des gants, sauf pour skier. Elle se frotte les mains en partageant une cigarette avec Peter. Lali porte des bottes de chantier, la dernière mode en ce moment.

– Passe-moi une taffe, dit-elle à Maggie.

Ce qui est étrange, car elle fume rarement.

236

– Il est bien, cet article, concède Peter à contrecœur.

– Tout ce que fait Carrie est bien, renchérit Lali en soufflant sa fumée par le nez. Pas vrai ? Elle réussit toujours tout.

Elle fait exprès d'être agressive ? Ou est-ce qu'elle fait juste sa Lali ? Impossible de le savoir. Elle me regarde droit dans les yeux, comme pour me mettre au défi de trouver la réponse.

Je taxe à Maggie une des cigarettes de sa mère. Apparemment, celle-ci a renoncé à arrêter de fumer.

– Mais non, je ne réussis pas tout. Même, je rate souvent, dis-je en essayant d'en rire. J'ai juste un coup de bol de temps en temps.

J'allume ma clope, avale une bouffée, retiens la fumée dans ma bouche et souffle plusieurs ronds parfaits.

– Arrête un peu, me contredit Lali avec une pointe de scepticisme tendu. Tu écris dans *La Muscade*, tu collectionnes les coupes de plongeon et tu as piqué Sebastian à Donna LaDonna. Si ce n'est pas avoir tout ce que tu veux...

Pendant un instant, il y a une sorte de silence choqué.

– Pas sûr, intervient La Souris. Est-ce qu'on obtient un jour tout ce qu'on veut vraiment ?

– Toi, oui, précise Maggie. Toi et Peter.

– Et Lali, dis-je. Et *toi*, Maggie. En plus, je n'ai pas vraiment volé Seb à Donna. Il m'a dit qu'il n'était pas avec elle. Et même s'il l'était... Bah, ce n'est pas ma grande copine non plus. Je ne lui dois rien.

237

– Va lui expliquer ça, ricane Lali en écrasant sa cigarette sous sa botte de chantier.

– Mais on s'en fout, de Donna LaDonna ! clame Maggie
avant de regarder Peter. J'en peux plus, de cette fille.
Qu'on ne me parle plus d'elle, jamais.

– Compris, répond Peter comme à regret.

Il détourne la tête le temps d'allumer une cigarette,
puis se tourne vers moi.

– Alors, tu sais que Smidgens veut que tu continues à
écrire, maintenant ?

– Pas de problème.

– De quoi tu vas parler ? s'enquiert Lali.

Elle prend une cigarette dans le paquet, la regarde et
se la coince derrière l'oreille. Une fois de plus, je me
demande ce qui lui prend.

– Va falloir que je trouve quelque chose.

19

Quand ça change, ça change

– Maggie, ça craint, dis-je entre mes dents.

Les cours viennent de se terminer. La Souris, Maggie et moi sommes planquées dans la Cadillac.

– Bon alors, et Lali ? demande La Souris pour changer de sujet. Vous ne l'avez pas trouvée bizarre ce matin, à l'étable ?

– Elle est jalouse, diagnostique Maggie.

– Exactement ce que je pense.

– Elle est très envieuse, comme fille.

Il faut quand même que je proteste.

– Mais non. Elle est très sûre d'elle, c'est tout. Les gens prennent ça de travers.

– Je sais pas, Brad, dit La Souris. À ta place, je me méfierais.

– Attention, le voilà. Baissez-vous ! s'écrie Maggie.

Nous nous aplatissons dans la voiture. Le nez écrasé contre le siège avant, je grogne :

– C'est mal, ce qu'on est en train de faire.

– C'est toi qui veux être écrivain, non ? argumente Maggie. Tu devrais crever d'envie de savoir.

– Oui, mais pas comme ça. Pourquoi on ne va pas lui demander, tout simplement ?

– Parce qu'il ne nous dirait rien.

– La Souris ? Ton avis ?

– Aucun avis, avoue-t-elle depuis la banquette arrière. Je suis là juste pour vous accompagner.

Elle relève prudemment la tête et regarde par le pare-brise arrière.

– Il est dans la voiture ! Il sort du parking ! Vite, on va le perdre !

« Juste pour nous accompagner. » Mon œil, oui !

Maggie se redresse d'un coup, passe la première et appuie sur le champignon. Elle prend la mauvaise sortie de parking, se retrouve dans un cul-de-sac et monte direct sur le trottoir. Elle tourne brutalement à gauche.

– Ça va pas, non ? s'insurge La Souris en se cramponnant à la banquette avant.

En quelques secondes, nous voilà à deux voitures derrière la poubelle orange de Walt.

– Ne te fais pas trop remarquer, Maggie.

– Oh, il ne risque pas de nous repérer. Il ne remarque jamais rien quand il conduit.

Pauvre Walt. Pourquoi, mais pourquoi ai-je suivi l'idée cinglée de Maggie ? Pour la même raison que je l'ai accompagnée chez le médecin. Je ne sais pas dire non. Ni à elle, ni à Sebastian, ni à Lali non plus.

Parlons-en, de Lali. Elle a acheté ces fichus billets pour le concert d'Aztec Two Step. Tout est organisé, on y va le week-end qui suit les vacances de Noël.

Mais ça, c'est pour dans des semaines. Et enfin, je l'avoue : je meurs d'envie de savoir où s'en va Walt après les cours.

– Je vous parie qu'il a une nouvelle copine, dit Maggie. Une vieille. Comme dans la chanson, *Mrs Robinson*. La mère de quelqu'un, à tous les coups. C'est pour ça qu'il se planque.

– C'est peut-être vrai qu'il révise.

Maggie me lance un regard consterné.

– Attends. Tu sais bien qu'il est brillant. Il n'a jamais eu besoin de réviser. Même quand il dit qu'il bosse, il fait autre chose en même temps. Genre lire un bouquin sur les pots de chambre du XVIIIe siècle.

– Il s'intéresse aux antiquités ? s'étonne La Souris.

– Il est incollable, déclare fièrement Maggie. Quand on était ensemble, on a eu une idée : on irait vivre dans le Vermont, Walt tiendrait une boutique d'antiquaire, et moi j'élèverais des moutons, je filerais la laine et je tricoterais des pulls.

– C'est... charmant, commente La Souris du bout des lèvres.

– Je prévoyais aussi d'avoir un potager. Et d'aller vendre mes légumes au marché. On comptait devenir végétariens.

Et voilà ce qu'il en reste, de tous ces beaux projets, me dis-je tandis que nous filons Walt à travers la ville.

241

Il dépasse la galerie commerciale de Fox Run et continue dans la rue principale. À l'un des deux seuls feux rouges de la ville, il prend à gauche, vers la rivière.

– Je le savais ! triomphe Maggie en tournant le volant. Il a un rendez-vous secret.

– Dans les bois ? dit La Souris. Il n'y a rien là-bas, à part des arbres et des terrains vagues.

Je fais une suggestion :

– Peut-être qu'il a tué quelqu'un. Sans le faire exprès. Et qu'il a enterré le corps, et qu'il retourne vérifier que rien n'est remonté à la surface.

Sur ce, j'allume une cigarette et m'enfonce dans mon siège en me demandant où va nous mener cette expédition.

Le chemin de terre mène droit à la rivière. Mais au lieu de continuer, Walt bifurque encore à gauche et passe sous le pont autoroutier.

– Il va à East Milton ! braille Maggie alors que c'est évident.

– Qu'est-ce qu'il peut y avoir à East Milton ? s'interroge La Souris.

– Un cabinet médical.

– Carrie !

– Il a peut-être un job d'infirmier, dis-je d'un air innocent.

– Carrie, tu vas te taire ? C'est *sérieux*, là.

– Il n'y a pas de mal à être infirmier. Ce sera un métier très chic d'ici dix ans.

– Tous les médecins seront des femmes, et toutes les infirmières seront des infirmiers, confirme La Souris.

– Moi, je ne voudrais pas d'un infirmier, frissonne Maggie. Pas question de me laisser toucher par un type que je ne connais pas.

Ce qui me donne furieusement envie de la taquiner :

– Même pour un coup d'un soir ? Imaginons : tu sors, tu rencontres un type, tu tombes raide dingue de lui, et au bout de deux heures, paf, tu couches avec !

– Je suis raide dingue de Peter, OK ?

– De toute manière, ça ne compte pas, commente La Souris. Si tu le connais depuis deux heures, ce n'est plus un inconnu.

– Oui, mais si c'était vraiment juste pour baiser ?

– Pitié, ne dis pas « baiser », proteste Maggie. Je déteste ce mot. On dit « faire l'amour ».

– Bah, quelle différence entre les deux ? Franchement ?

– Baiser, c'est juste le crac-crac. Faire l'amour, c'est le crac-crac plus tout le reste, déclare La Souris.

– Ne me dis pas que tu n'as pas encore couché avec Sebastian, ajoute Maggie.

– Ben...

Elle se retourne pour regarder La Souris, incrédule. Du coup, la voiture manque quitter la route.

– Tu es encore vierge, finit-elle par constater comme si c'était un crime.

– Je n'aime pas me considérer comme « vierge ». Je préfère me voir comme « sexuellement incomplète ». Vous voyez... Disons que je ne suis pas encore arrivée au bout du chemin.

– Mais pourquoi ? s'impatiente Maggie. Il n'y a même pas de quoi en faire un plat. Ça, c'est ce qu'on croit tant qu'on ne l'a pas fait. Ensuite, on se demande : « Mais bon Dieu, pourquoi j'ai attendu si longtemps ? »

– Chacun son rythme, Maggie, temporise La Souris. Peut-être que Carrie n'est pas prête.

– Tout ce que je dis, moi, c'est que si tu ne te dépêches pas de le faire avec Seb, quelqu'un d'autre s'en chargera.

– Je pense que c'est déjà fait. Dans le passé, en tout cas.

– Et si ça arrive, ça signifiera juste que Sebastian n'était pas le bon pour elle, insiste La Souris.

– Et puis quand même, je ne sors avec lui que depuis deux mois.

– Je sortais avec Peter depuis deux *jours* quand on l'a fait. Bien sûr, la situation était particulière. Peter était amoureux de moi depuis des années...

– Maggie. Puisqu'on parle de lui...

Je veux faire comprendre à La Souris que le moment est venu de déballer la vérité sur Peter. Mais c'est trop tard, elle enchaîne déjà sur autre chose :

– Je pense que « lycée » et « fac » sont deux catégories bien distinctes pour lui. Quand il ira à Harvard, il oubliera Castlebury. C'est obligé. Sinon, il ne peut pas réussir.

– Et pourquoi ? gronde Maggie.

– Mag, dis-je. Elle ne parle pas de toi en particulier. Tout ce qu'elle veut dire, c'est qu'il aura beaucoup de boulot, et qu'il ne sera peut-être plus aussi disponible pour une histoire d'amour. Pas vrai, La Souris ?

– Si, voilà. Nos vies vont se transformer radicalement, tu comprends ? On va tous devoir changer.

– Eh bien moi, je ne changerai pas, s'obstine Maggie. Quoi qu'il arrive, je serai toujours moi-même. Je crois que c'est comme ça qu'on doit se comporter. Si on veut être correct.

Je suis d'accord.

– Quoi qu'il arrive, on devrait se jurer d'être toujours nous-mêmes, en toutes circonstances.

– Parce qu'on a le choix, peut-être ? grommelle La Souris.

– Mais on est *où* ?

Je regarde tout autour de moi.

– Bonne question, marmonne La Souris.

Nous sommes sur une route pleine de trous qui elle-même se trouve au milieu de nulle part.

Des deux côtés, on ne voit que des champs pleins de cailloux, et quelques maisons décrépites. Nous passons devant un garage, une maison jaune portant une enseigne « Sunshine réparation de poupées, Poupées petites et grandes ». Soudain, Walt bifurque dans une petite allée le long d'un grand bâtiment blanc, genre hangar.

245

Il y a une large porte blindée et de petites fenêtres aveugles. L'endroit paraît désert.

– C'est quoi, ici ? demande Maggie en passant lentement devant la bâtisse.

La Souris s'enfonce dans son siège et croise les bras.

– Pas franchement accueillant, en tout cas.

Nous avançons encore un peu, jusqu'à ce que Maggie ait la place de faire demi-tour.

L'avertissement de Sebastian à propos des lieux me revient en tête.

– Un endroit qu'on ne connaît pas, et c'est très bien comme ça.

– Quoi ?

– Rien, dis-je rapidement en échangeant un regard avec La Souris.

Qui tape sur l'épaule de Maggie.

– Je crois qu'on ferait mieux de rentrer. Ça ne va pas te plaire.

– Mais *quoi* ? s'impatiente Maggie. C'est juste un hangar. Et on est ses amies, c'est notre devoir de découvrir ce qu'il trafique.

La Souris hausse les épaules.

– Ou pas.

Maggie ne l'écoute pas. Elle contourne le bâtiment jusqu'à l'arrière, où nous trouvons un parking caché de la rue. Il contient quelques voitures, dont celle de Walt.

Une entrée discrète est flanquée d'enseignes au néon. « Vidéos », « Sex toys » et, au cas où ce ne serait pas assez clair, « Sexe en direct *live* ».

Maggie contemple fixement les néons rouge vif et bleus.

– Je ne comprends pas.

– C'est un sex-shop.

La Souris tente un dernier avertissement.

– Maggie, tu n'as rien à faire ici.

– Et pourquoi ? Tu me crois incapable de faire face ?

– Exactement.

– Même moi, je ne peux pas faire face, dis-je. Et ce n'est même pas mon ex qui est là-dedans.

Elle se gare à côté d'une benne à ordures, prend un paquet de cigarettes et sort.

– Rien à foutre. Si vous voulez venir, tant mieux. Sinon, vous pouvez rester dans la voiture.

Alors ça, c'est nouveau. Je me penche sur la banquette pour la rappeler par la fenêtre.

– Magou, tu ne sais pas ce qu'il y a là-dedans.

– Je ne vais pas tarder à le savoir.

– Tu vas aller parler à Walt ? Qu'est-ce qu'il va penser quand il comprendra que tu l'as suivi ?

Elle s'éloigne. La Souris et moi, on se regarde et on va la chercher.

– Allez, Maggie. Ça ne se fait pas de suivre quelqu'un comme ça. Surtout quand il essaie de garder un secret. Tirons-nous d'ici.

– Non !

– Bon, bon. On va se planquer là, alors. (Je désigne la benne à ordures.) On attend quelques minutes, et si rien ne se passe, on s'en va.

247

Maggie considère encore une fois l'entrée et plisse les yeux.

– D'accord.

Nous allons nous cacher derrière la benne. Un froid glacial nous tombe dessus. Je serre les bras et saute sur place pour me réchauffer.

– Tu vas arrêter ? me souffle Maggie. Voilà quelqu'un.

Je plonge dans un buisson à côté de la benne, reprends mon équilibre et m'accroupis sur mes talons.

Une Mustang au moteur gonflé entre dans le parking en faisant crisser ses pneus. Quand le conducteur ouvre la porte, on entend Black Sabbath à fond. C'est un grand type tout en muscles. Au moment où il regarde prudemment autour de lui, je le reconnais : Randy Sandler. Celui qui était deux années au-dessus de nous, l'ex-*quarterback* de notre équipe de football américain.

– Purée. Randy Sandler vient d'arriver.

– Randy Sandler ? répète La Souris.

Elle vient me rejoindre à quatre pattes avec Maggie.

– C'est ma faute, se plaint Maggie. Si je n'avais pas arrêté de voir Walt, il ne viendrait pas chercher du sexe ici. Il doit avoir le syndrome des couilles bleues.

– Les couilles bleues, c'est un mythe, dis-je entre mes dents. C'est un de ces mensonges que les hommes racontent aux femmes pour qu'elles couchent avec eux.

– Je ne crois pas. Pauvre Walt.

– Chhhht ! fait La Souris.

La porte s'ouvre.

Randy Sandler réapparaît, mais cette fois il n'est pas seul. Walt sort sur ses talons, aveuglé un instant par la lumière du dehors. Randy et lui échangent quelques mots en riant, puis ils montent dans la voiture de Randy. Le moteur démarre en rugissant. Et avant qu'ils fassent marche arrière, Randy se penche. Pour embrasser Walt. Sur la bouche. Au bout d'une bonne minute, leurs têtes se séparent. Walt descend le pare-soleil et se lisse les cheveux dans le miroir.

Il y a un grand silence, rempli seulement par le ronronnement de la voiture. Puis celle-ci s'en va et nous restons accroupies, sans bouger, jusqu'à ce que le bruit du moteur ne soit plus qu'un bourdonnement lointain.

– Bon ! lance Maggie en se levant et en s'époussetant. Au moins, on est fixées.

– Tu sais quoi ? lui dit gentiment La Souris. Tout est bien qui finit bien. Tu es avec Peter, et Walt est avec Randy.

J'insiste lourdement :

– Oui, comme dans la pièce de Shakespeare, *Le Songe d'une nuit d'été*. Chacun finit dans les bras de sa chacune. Ou enfin, de son chacun.

– Mmm, grogne Maggie en rejoignant la voiture.

– Et il faut reconnaître que Randy Sandler est canon. C'était un des plus beaux mecs de l'équipe.

– Ah oui ! dis-je. Tu imagines combien de filles seraient jalouses si elles savaient que Randy est...

– *Pédé ?* crie soudain Maggie. Que Randy et Walt sont pédés ? Et qu'ils le cachent à tout le monde ? (Elle ouvre

249

brutalement la portière.) C'est génial. Non vraiment. Génial. Croire pendant deux ans qu'un type est amoureux de moi, tout ça pour découvrir qu'il n'aime même pas les filles ? Et que quand il était avec moi, il pensait à... *un autre mec !*

– Maggie, calme-toi, dit La Souris.

– Non, je ne vais pas me calmer. Pourquoi je devrais me calmer ?

Maggie démarre, puis coupe le moteur et se prend la tête entre les mains.

– On devait aller vivre dans le Vermont. On devait avoir une boutique d'antiquités. Et vendre nos légumes au marché. Et je l'ai cru. Et pendant tout ce temps, il me mentait.

– Je suis sûre que non, la rassure La Souris. Il n'en était sûrement pas conscient. C'est ensuite, quand vous vous êtes quittés...

– Il t'aimait, Mag. Sincèrement. Tout le monde le sait...

– Et maintenant, *tout le monde* va savoir quelle idiote je suis. Vous imaginez à quel point je me sens bête, là ? Vous pouvez imaginer pire ?

Je la secoue par le bras.

– Maggie. Tu n'avais aucun moyen de savoir. C'est vrai, enfin, la sexualité c'est... complètement personnel, non ?

– Pas quand ça fait mal aux autres.

– Walt n'a jamais voulu te faire de mal. Et en plus, Mag, c'est lui que ça regarde. Pas toi.

250

Oooups ! Qu'est-ce que je viens de dire ? Je n'ai jamais vu Maggie aussi fumasse.

– Ah ouais ? Tu devrais prendre un peu ma place, pour changer.

Et devinez quoi ? Elle fond en larmes.

20

Sur une pente glissante

– Et dire qu'on est censés vivre les plus beaux jours de notre vie, dis-je d'un ton lugubre.

George se force à sourire.

– Mais enfin, Carrie. D'où sors-tu des idées pareilles ? Si on faisait un sondage, la moitié de la population adulte dirait qu'elle a détesté le lycée et qu'elle ne voudrait pas y remettre les pieds.

– Mais je ne veux pas être comme ça.

– Aucun danger. Tu as trop de joie de vivre. Et visiblement, tu pardonnes beaucoup à la nature humaine.

Son intérêt m'encourage à développer mes idées.

– Je crois que j'ai compris, depuis un bon bout de temps, que les gens ne peuvent pas s'empêcher de faire ce qu'ils font. Et qu'en général, ça n'a rien à voir avec nous. Ils font instinctivement ce qui les arrange sur le moment, en se disant qu'ils penseront aux conséquences plus tard, tu vois ?

Il rit mais je comprends soudain, avec un coup au cœur, que c'est précisément ce que je fais moi-même.

Une bourrasque soulève des arbres une fine poussière de neige qui vient nous glacer le visage. Je frissonne.

– Tu as froid ?

George passe un bras autour de mes épaules et m'attire contre lui.

J'acquiesce en aspirant l'air vif. Je contemple la neige, les pins, les mignons chalets, et j'essaie de m'imaginer loin, très loin. En Suisse.

La Souris et moi avons forcé Maggie à passer un pacte : ne jamais raconter ce qu'on a vu à East Milton. Parce que ce sont les oignons de Walt, et que c'est à lui de s'en débrouiller comme il le souhaite. Maggie a promis de n'en parler à personne – même pas à Peter –, mais cela ne l'a pas empêchée de s'effondrer. Elle a séché deux jours de cours, qu'elle a passés au lit. Le troisième jour, quand elle a refait surface à l'assemblée, elle était toute bouffie et portait des lunettes de soleil. Ensuite, elle s'est habillée en noir la semaine entière. La Souris et moi, on s'est démenées comme on a pu. On a veillé à ce que l'une d'entre nous reste avec elle entre les cours. On lui a même apporté son repas à la cantine pour qu'elle n'ait pas à faire la queue. Mais peine perdue, on aurait cru que l'amour de sa vie était mort. Ce qui est légèrement pénible. Parce qu'au fond, ce qui s'est passé, c'est qu'elle est sortie deux ans avec un mec, qu'elle l'a largué, et que tous deux ont trouvé quelqu'un d'autre. Ça a vraiment de l'importance, que le « quelqu'un » en question soit un garçon ou une fille ? Mais Maggie refuse de voir les choses ainsi. Elle continue à dire que c'est sa faute, qu'elle n'était « pas assez femme » pour Walt.

Alors quand George m'a appelée pour me proposer une journée de ski, j'ai sauté sur cette occasion de m'échapper quelques heures.

À l'instant où j'ai vu son visage calme et joyeux, j'ai commencé à lui déballer mes problèmes : Walt et Maggie, mon papier dans *La Muscade* et la réaction bizarre de ma meilleure amie... Tout, absolument tout, sauf un détail : le fait que j'ai déjà un copain. Mais je vais le lui dire aujourd'hui, dès que le bon moment se présentera. En attendant, je suis tellement soulagée de vider mon sac que je ne voudrais pas tout gâcher.

C'est égoïste, je sais. Mais d'un autre côté, George a vraiment l'air de trouver mes histoires passionnantes.

– Tu pourrais te servir de tout ça pour écrire, m'a-t-il conseillé pendant le trajet.

– Impossible. Si j'en raconte un mot dans *La Muscade*, je me fais tailler en pièces.

– Tu rencontres le dilemme de tous les écrivains. L'art contre la protection de son entourage... et des gens qu'on aime.

– C'est vite vu. Hors de question que je fasse du mal à qui que ce soit sous prétexte que j'écris. Je ne pourrais plus me regarder dans une glace.

– Dès qu'on va bouger, tu vas te réchauffer, me dit-il à présent.

– Si j'arrive à bouger.

Je jette un coup d'œil à la piste, par-dessus le garde-corps du télésiège. C'est une large descente bordée de pins. Des skieurs en tenues colorées y évoluent souplement, telles des aiguilles à coudre, en laissant de jolies traces sinueuses derrière eux. Vu d'ici, on ne dirait pas des athlètes exceptionnels. S'ils y arrivent, pourquoi pas moi ?

– Tu as peur ? me demande George.

– Meu non.

Je fais la fière, mais je n'ai skié que trois fois dans ma vie. Dans le jardin de Lali.

– N'oublie pas de lever tes spatules. Tu verras, le siège va te pousser tout seul.

– Oui oui, dis-je en me cramponnant au montant.

Nous sommes presque au sommet, et je viens seulement d'avouer que je n'ai jamais pris une remontée mécanique.

– Surtout n'oublie pas de descendre, s'amuse George. Sinon, il va falloir fermer le télésiège. Ça risque d'énerver les autres skieurs.

– Tu penses, je ne voudrais pas me faire mal voir des rois de la piste.

Les dents serrées, je me prépare au pire. Mais non, deux secondes plus tard je glisse tranquillement le long d'une petite butte et le télésiège n'est plus qu'un souvenir.

– Les doigts dans le nez ! dis-je en me retournant vers George.

255

Et là, patatras, je m'étale par terre. Il m'aide à me relever.

– Pas mal pour une débutante. Tu vas voir, tu vas attraper le coup en un rien de temps. On voit bien que tu es faite pour ça.

Il est vraiment trop chou.

Nous commençons par une piste verte, où j'apprends à maîtriser l'art délicat du chasse-neige et du virage. Après quelques descentes, je suis déjà plus sûre de moi et nous passons à une piste bleue.

– Ça te plaît ? me demande George à la quatrième remontée.

– J'adore ! C'est super !

C'est vrai, je suis sincèrement contente.

– C'est toi qui es super.

Il se penche pour m'embrasser, je lui concède un petit smack. Et instantanément, j'ai l'impression d'être une vraie roulure. Que dirait Sebastian s'il me voyait comme ça ?

– George...

J'ai décidé de lui parler de Seb tout de suite, avant que les choses aillent plus loin, mais il me coupe la parole.

– Depuis que je te connais, j'essaie de trouver à qui tu me fais penser. Mais ça y est, je sais !

C'est intrigant, quand même.

– À qui ?

– À ma grand-tante, déclare-t-il, tout fier.

Je fais semblant d'être outrée.

– Ta grand-tante ? J'ai l'air si vieille que ça ?

– Pas physiquement. Mentalement. Elle est comme toi, pleine d'amour pour la vie. C'est le genre de personnes que tout le monde adore.

Et là, il lâche une bombe.

– Elle est écrivain.

Je m'étrangle.

– Écrivain ? Un authentique écrivain ?

Il confirme.

– Elle a été célèbre, à une époque. Mais elle doit avoir quatre-vingts ans...

– Comment elle s'appelle ?

– Je ne vais pas te le dire, me taquine-t-il. Pas encore. Mais je t'emmènerai la voir un jour.

Je lui donne une tape sur le bras.

– Allez, dis-moi !

– Non. Je veux que ce soit une surprise.

Décidément, George est plein de surprises, aujourd'hui. La preuve : je m'amuse, vraiment.

– J'ai hâte que tu la rencontres. Vous allez vous adorer.

– Moi aussi, j'ai hâte.

J'ai la tête à l'envers, oui ! Un vrai écrivain ! Je n'en ai jamais rencontré – à l'exception de Mary Gordon Howard, bien sûr.

Une fois descendus du télésiège, nous marquons une pause en haut de la piste. Une rouge. Et là, malheur, je regarde vers le bas.

– Il va déjà falloir que je descende de là, dis-je nerveusement, les dents serrées.

257

C'est pentu. Très pentu.

– Tu t'en sortiras très bien. Vas-y doucement, et fais beaucoup de virages.

Au début, je ne me débrouille pas trop mal. Mais en arrivant au premier mur, panique à bord. J'en ai la tête qui tourne. Je fais la grimace.

– Laisse tomber, c'est même pas la peine. Je ne pourrais pas enlever mes skis et descendre à pied ?

– Pour que tout le monde te considère comme une dégonflée ? Allez, ma grande. Courage. Je passe devant. Suis-moi, fais tout comme moi, et tout ira bien.

Et il s'élance. J'en suis à fléchir les genoux en m'imaginant déjà sur un lit d'hôpital quand une jeune femme nous double gracieusement. Je n'ai que le temps d'apercevoir son profil, mais il me dit nettement quelque chose. Ensuite, je prends conscience qu'elle est belle à tomber : longs cheveux blonds et raides, bandeau en peau de lapin, combinaison blanche avec des étoiles argentées sur le côté. D'ailleurs, je ne suis pas la seule à l'avoir remarquée.

– Amelia ! s'écrie George.

La sublime Amelia s'arrête sans effort en dessous de nous, relève ses lunettes et fait un grand sourire. On dirait une pub pour un dentifrice fraîcheur des cimes.

– George !

– Salut !

Et il file la rejoindre. Pour l'aide aux handicapés du ski, je repasserai.

Il glisse jusqu'à elle, lui claque deux bises, échange quelques mots avec elle, puis regarde vers le haut.

– Carrie ! me crie-t-il en agitant les bras. Viens ! Je veux te présenter une amie à moi.

– Enchantée ! dis-je de loin.

– Allez, viens ! insiste George.

– On ne peut pas remonter jusqu'à toi, il faut bien que tu descendes jusqu'à nous, ajoute la dénommée Amelia.

Qui commence à me taper sur les nerfs, à être aussi parfaite. Visiblement, elle fait partie de ces êtres surnaturels qui ont su skier avant de marcher.

Zut. Je n'ai pas le choix. Les genoux crispés, je pousse sur mes bâtons. Fantastique ! Ça marche ! Je fonce droit sur eux. Un seul problème : je ne sais pas m'arrêter. Une seule solution : hurler.

– Attention !!!

Par un miracle de la nature, je ne vais pas m'emplafonner dans Amelia. Je passe juste sur ses skis. En revanche, je m'accroche à son bras et dégringole en l'entraînant dans ma chute.

Pendant quelques secondes, nous restons en tas par terre, presque tête contre tête. Une fois de plus, j'ai l'impression désagréable de la connaître. Une actrice, peut-être ?

Ensuite, nous sommes cernées. Ce que personne ne dit jamais sur les sports d'hiver, c'est que quand on tombe, on est immédiatement secouru par des tas de gens qui skient tous bien mieux que vous. Et qui vous noient sous une avalanche de conseils.

Après quoi les pisteurs arrivent avec une civière.

– Je vais bien. Tout va bien. C'est rien. Je n'ai rien du tout.

Amelia est déjà debout, prête à repartir – c'est vrai, elle s'est juste fait culbuter, elle. Mais pas moi. Moi, je suis pétrifiée rien qu'à imaginer ces murs à descendre.

C'est alors qu'on m'apprend une bonne nouvelle : mon ski est parti se fracasser contre un arbre. Ledit ski étant légèrement fêlé (« Mieux vaut que ce soit ton ski et pas ta tête ! », me répète George en boucle), je suis officiellement dispensée de continuer.

La mauvaise nouvelle, c'est qu'on va m'obliger à descendre en civière. C'est excessif, ridicule et épouvantablement mortifiant. Je lève ma moufle et l'agite faiblement pour faire au revoir à George et Amelia. Qui rabaissent leurs lunettes, plantent leurs bâtons et plongent dans l'abîme.

– Vous aviez déjà skié ? me demande le pisteur en serrant une sangle sur ma poitrine.

– Pas vraiment.

– Vous n'avez rien à faire sur une piste rouge, me dit-il sévèrement. On fait tout pour insister sur la sécurité. Les skieurs ne devraient jamais prendre une piste au-dessus de leur niveau.

– C'est la première cause d'accidents, ajoute son collègue. Vous avez eu de la chance. Ne recommencez pas : vous seriez un danger non seulement pour vous-même, mais pour les autres.

Oh là là, pardoooon !

Voilà, maintenant je me sens plus nulle que nulle.

George, ce bon vieux George, ce fidèle George, m'attend en bas.

– Tu es sûre que ça va ? me demande-t-il en se penchant sur la civière.

– Très bien. J'ai mal à mon amour-propre, mais mon corps est intact. Je crois.

Et apparemment, prêt pour une humiliation de plus.

– Tant mieux, se réjouit George en me prenant le bras. J'ai promis à Amelia qu'on la retrouvait au café pour boire un Irish Coffee. C'est une vieille amie, elle est à Brown avec moi.

En voyant ma tête, il ajoute :

– Pas une rivale. Elle a quelques années d'avance sur nous, tu n'as pas remarqué ?

Nous entrons dans le café en piétinant lourdement dans nos chaussures. L'endroit est chaud, humide et bruyant, rempli de joyeux sportifs qui se racontent leurs exploits sur les pistes. Amelia est installée à côté de la cheminée. Sous sa veste qu'elle a retirée, elle porte un haut moulant argenté. Elle a déjà trouvé le moyen de se recoiffer et de remettre du rouge à lèvres : maintenant, on dirait une pub pour la laque.

– Amelia, je te présente Carrie. Je crains d'avoir un peu raté les présentations, là-haut.

– En effet, répond chaleureusement Amelia en me serrant la main. En tout cas, ce n'est pas ta faute. George n'aurait jamais dû t'entraîner sur cette piste. Méfie-toi, il est dangereux, ce garçon.

261

– Ah oui ? dis-je en m'asseyant.

– Tu te rappelles la sortie en rafting ? demande-t-elle à George.

Se tournant vers moi, elle ajoute :

– Dans le Colorado.

Comme si j'étais censée bien connaître cette fameuse anecdote, moi aussi.

– Tu n'avais même pas peur, proteste George.

– Mais si ! J'étais morte de trouille.

– Là, je sais que tu te fous de moi !

Il lui agite l'index sous le nez, puis me tapote la main.

– Amelia n'a peur de rien.

– Faux. J'ai peur de ne pas être admise à la fac de droit.

De mieux en mieux. Amelia est belle ET intelligente, donc.

– Et toi, Carrie, d'où viens-tu ? me demande-t-elle poliment, histoire de m'inclure dans la conversation.

– De Castlebury. Tu ne connais sûrement pas. C'est un petit bled paumé...

– Oh si, je connais bien ! s'exclame-t-elle avec un sourire de pitié. J'ai grandi là-bas, figure-toi.

D'un coup, j'ai vaguement mal au cœur.

– C'est quoi, ton nom de famille ? s'enquiert-elle avec curiosité.

– Bradshaw, la renseigne George en faisant signe à la serveuse.

Amelia hausse les sourcils. Ça y est, elle me situe.

– Moi, c'est Amelia Kydd. Tu es la copine de mon frère, non ?

– Hein ? souffle George en nous regardant tour à tour.

Je sens le rouge me monter aux joues.

– Sebastian ? dis-je, la gorge serrée.

Je me rappelle bien l'avoir entendu parler d'une grande sœur absolument fantastique, mais je la croyais loin, en fac en Californie.

– Il n'a que ton nom à la bouche.

– Ah bon ?

Je regarde George par en dessous. Ses traits sont totalement neutres, à part deux taches rouge vif sur les joues. Il s'efforce de m'ignorer.

– Alors, dit-il à Amelia. Je veux tout savoir sur ce que tu as fait depuis la dernière fois.

Je transpire à grosses gouttes. Après réflexion, j'aurais préféré me casser une jambe.

Nous rentrons dans un silence presque total.

D'accord, j'aurais dû dire à George que j'avais quelqu'un. J'aurais dû le lui dire dès notre premier dîner. Mais Dorrit s'est fait arrêter et ce n'était plus le moment. J'aurais dû le lui dire au téléphone mais soyons francs, il m'aidait à écrire et je n'ai pas voulu gâcher ça. Et j'allais le lui dire aujourd'hui, mais on est tombés sur Amelia. Qui est, pas de bol, la sœur de Sebastian. Pour ma défense, je pourrais avancer que ce n'est pas entièrement ma faute, puisque George ne m'a jamais posé la question. D'un autre côté, peut-être qu'on n'est pas censé la poser quand quelqu'un accepte de sortir avec vous – et de continuer à vous voir. Peut-être que les rendez-vous, c'est comme les entretiens d'embauche : si on a déjà un engagement ailleurs, c'est un devoir moral de le dire.

Le problème, c'est que les gens ne suivent pas toujours les règles.

Comment je fais, moi, pour lui expliquer tout ça ? Et Sebastian ? Je passe la moitié de mon temps à m'inquiéter qu'il me trompe, alors que celle dont je devrais m'inquiéter, c'est moi.

Je jette un coup d'œil à George. Il est concentré sur la route, le sourcil froncé, comme si sa vie en dépendait.

– George, dis-je d'un ton plaintif. Je suis désolée. Franchement. J'ai toujours voulu te mettre au courant...

– Il se trouve, me coupe-t-il froidement, que moi aussi je vois d'autres femmes.

– D'accord.

– Mais ce que je n'apprécie pas, c'est de me retrouver en situation de passer pour un con.

– Non, tu ne passes pas pour un con. Et je t'aime beaucoup...

– Mais tu préfères Sebastian Kydd. T'en fais pas. Je comprends. Ton histoire avec lui ne va pas durer, tu peux compter là-dessus.

Nous nous garons devant chez moi. Je fais un dernier effort pour recoller les morceaux.

– On ne peut pas être amis, au moins ?

Il regarde droit devant lui.

– Mais bien sûr, Carrie Bradshaw. J'ai une idée, tiens. Tu n'as qu'à m'appeler le jour où ça casse entre Sebastian et toi. Peut-être que j'aurai pitié et que je prendrai ton appel.

Je reste assise un moment, piquée au vif.

– Si tu veux que ça se passe comme ça, d'accord. Mais je n'ai jamais voulu te faire de mal. Et je me suis excusée.

Je suis sur le point de sortir quand il m'attrape par le poignet.

– Pardon, Carrie, me dit-il, soudain contrit. Je ne voulais pas être dur. Mais tu sais au moins pourquoi Sebastian Kydd s'est fait virer de son lycée, j'espère ?

Je me raidis.

– Il a dealé de la drogue ?

– Oh, Carrie, soupire George. Sebastian Kydd n'a même pas les épaules pour être dealer. Il a triché aux examens d'entrée en fac.

D'abord, je ne réponds rien. Ensuite, ma colère monte.

– Merci, George, dis-je en descendant de voiture. Merci bien pour cette super-journée.

Je reste debout devant la maison, à le regarder partir. Bon, eh bien, je crois que pour New York, je peux oublier. Et je ne rencontrerai jamais sa grand-tante écrivain. Je ne saurai même pas qui c'était.

Dorrit me rejoint :

– Où il va ? Pourquoi il n'entre pas ?

– Je pense qu'on ne le verra plus.

J'ai dit cela avec un léger soulagement, à vrai dire. Et je la laisse sur les marches. Très, très déçue.

21

Droit dans le mur

Les juges montrent leurs notes : 4,3. 4,1. 3,9. Une lamentation collective s'élève de la tribune.

Me voilà avant-dernière.

J'attrape une serviette pour me sécher les cheveux. L'entraîneur est à côté, les bras croisés, les yeux fixés sur le tableau des scores.

– Concentration, Bradshaw, grommelle-t-il.

Je vais m'asseoir à côté de Lali sur les gradins.

– Pas de chance, me dit-elle.

Elle, par contre, elle fait des étincelles dans cette compétition. Elle a passé les qualifications et se retrouve favorite pour le deux cents mètres nage libre.

– Tu as encore un essai, ajoute-t-elle pour me remonter le moral.

Je hoche la tête tout en cherchant des yeux Sebastian sur les gradins d'en face. Il est sur la troisième marche, à côté de Walt et Maggie.

– Tu as tes règles ? me demande-t-elle.

C'est peut-être parce qu'on passe tout notre temps

ensemble, mais nos cycles sont souvent synchronisés. J'aimerais bien pouvoir mettre mon échec sur le dos des hormones, mais ce n'est pas le cas. J'ai juste passé trop de temps avec Sebastian, et ça se voit.

– Non, dis-je d'un ton morose. Et toi ?

– La semaine dernière.

Elle repère Sebastian en face et lui fait signe. Il lui rend son salut.

– Seb te regarde, m'annonce-t-elle au moment où je me lève pour mon dernier plongeon. Assure !

Je soupire et grimpe à l'échelle en essayant de me concentrer. Je suis sur le tremplin, les bras le long du corps, les paumes en arrière, quand j'ai une révélation. Dérangeante, mais absolument claire. Je n'ai plus envie de faire ça.

Je fais quatre pas, saute, propulse mon corps tout droit en l'air, mais au lieu de voler, je me rends compte que je tombe. Pendant une fraction de seconde, je me vois dégringoler d'une falaise. Je me demande ce qui se passera quand je toucherai le fond. Je vais me réveiller, ou je serai morte ?

J'entre dans l'eau les genoux pliés, dans une gerbe d'éclaboussures. Monstrueux.

Je suis finie. Je fonce direct au vestiaire, retire mon maillot et entre dans la douche.

J'ai toujours su qu'un jour j'abandonnerais le plongeon. Que je n'avais pas d'avenir là-dedans. Je savais que je n'aurais jamais le niveau pour intégrer une équipe universitaire. Mais ce n'était pas seulement le sport que j'aimais. C'était le chahut dans le car, les interminables parties de backgammon entre les tours de qualification, l'excitation de savoir qu'on va gagner, le moment où cela arrive. Il y a eu aussi des mauvais jours, où je savais que je n'étais bonne à rien. Je me secouais, je me jurais de faire plus d'efforts, de progresser. Mais aujourd'hui, c'est pire qu'un mauvais jour. Je pressens quelque chose d'inévitable. J'ai atteint mes limites.

Rideau.

Je sors de la douche et me drape dans une serviette. J'essuie la buée sur le miroir pour observer mon visage. En apparence, rien de nouveau. Mais je me sens changée.

Cela ne me ressemble pas. Je dégage mes cheveux et replie les pointes en dessous, pour voir de quoi j'aurais l'air avec une coupe courte. Lali, elle, vient de se les faire couper. Elle ébouriffe le dessus et fait gonfler le tout grâce à une bombe de laque qu'elle garde dans son casier. Pourtant, jusqu'à présent, elle n'avait jamais trop pris soin de ses cheveux. Quand j'ai fait un commentaire, elle m'a répondu : « On arrive à un âge où il faut commencer à se demander comment les garçons nous voient. » J'ai pris ça pour une blague.

– Quels garçons ?

– Tous.

Elle m'a regardée de haut en bas et m'a fait un grand sourire. Elle parlait de Sebastian, ou quoi ?

Si j'arrêtais la natation, je pourrais passer plus de temps avec lui.

L'incident au ski avec George date d'il y a deux semaines. Pendant des jours, j'ai été pétrifiée de trouille à l'idée qu'Amelia raconte à son frère qu'elle m'avait vue avec lui. Mais jusqu'à présent, il n'a rien dit. Ce qui peut signifier deux choses : soit elle ne lui en a pas parlé, soit elle lui a raconté et il s'en tape. J'ai quand même essayé d'avoir le fin mot de l'histoire. Je l'ai interrogé mine de rien sur sa sœur, mais tout ce qu'il m'a répondu, c'est : « Elle est super » et « Tu la rencontreras peut-être un de ces jours ».

Ensuite, j'ai tenté de lui demander pourquoi il avait quitté un lycée privé pour venir à Castlebury. Je refusais de croire ce que m'avait dit George. Après tout, pourquoi tricher à cet examen alors qu'il est brillant en maths ? Mais il s'est contenté de me répondre en riant : « J'avais envie de changer d'air. »

J'en ai conclu que George était simplement jaloux.

Puisque tout avait l'air calme de ce côté-là, j'ai fermement décidé de devenir une meilleure petite amie pour Sebastian. Malheureusement, pour l'instant, cela se résume à laisser tomber la plupart de mes activités normales. Comme la natation, par exemple.

Pratiquement un jour sur deux, Seb essaie de me faire sécher l'entraînement en me tentant avec un autre projet.

– Allons à l'aquarium voir les baleines tueuses.

– J'ai natation. Et ensuite, faut que je révise.

– L'aquarium, c'est très instructif.

269

– Ce n'est pas en regardant des baleines tueuses que je vais entrer en fac.

– Qu'est-ce que tu peux être gonflante ! (Gros soupir.)

Il me fait clairement comprendre que si je ne veux pas passer mon temps avec lui, une autre fille le fera.

– Sèche ton entraînement et on ira voir *Urban Cowboy*, m'a-t-il dit un après-midi. On pourra se faire des câlins dans le cinéma.

J'ai accepté pour cette fois – je passais déjà une journée pourrie, et je n'avais aucune envie d'aller barboter dans une piscine glacée –, mais j'ai culpabilisé pendant tout le film. En plus, Sebastian m'a exaspérée : il n'arrêtait pas de mettre ma main dans son jean pour que je le tripote. Sexuellement, il a beaucoup plus d'expérience que moi. Il mentionne souvent en passant diverses « copines » qu'il a eues dans son lycée privé, mais on dirait qu'elles n'ont jamais duré plus de quelques semaines.

– Et qu'est-ce qu'elles sont devenues ? lui ai-je demandé.

– Folles, m'a-t-il répondu.

Comme ça, tranquille. Comme si la folie était un effet secondaire inévitable quand on sort avec lui.

J'ouvre mon casier, et je me fige. Ça y est, moi aussi je deviens folle ? Mon casier est vide.

Je le referme et vérifie le numéro. C'est bien mon casier. Je le rouvre, j'ai dû me tromper. Mais non, il est toujours vide. Je regarde dans ceux de droite et de gauche. Vides aussi. J'enroule ma serviette autour de ma taille et m'assois sur le banc. Où sont passées mes affaires ? Là, j'ai une illumination. Donna LaDonna et les deux Jen.

Je les ai bien vues ricaner au début de la rencontre, assises au bord d'un gradin, mais je n'ai pas fait attention. Enfin si, j'ai fait attention, mais je n'aurais jamais cru qu'elles iraient aussi loin. Surtout qu'apparemment, Donna a un nouveau mec, celui que j'ai vu devant chez elle. Les deux Jen ont été très occupées ces derniers temps à répandre des rumeurs sur lui. Elles ont raconté à tout le monde que c'est un type plus âgé qui va à la fac de Boston, mais qu'il est aussi mannequin, et qu'il a même fait une pub pour Paco Rabanne. Peu après, une page arrachée dans un magazine a fait son apparition, scotchée sur le casier de Donna LaDonna. On y voyait un mec qui tenait un flacon d'after-shave. La photo est restée comme cela quelques jours, jusqu'au moment où Lali en a eu plus que marre. Elle a dessiné une bulle au-dessus de la tête du type, et elle y a gribouillé : « MOI PAUVRE GOGOL. »

Donna a dû croire que cela venait de moi, et maintenant elle se venge.

C'est bon, ça suffit. Je tire la porte qui donne sur la piscine et m'apprête à surgir comme une furie, mais je me rends compte que Lali est en pleine course. Je ne peux quand même pas débarquer au milieu d'une compétition à poil sous une serviette. Zut. Je scrute les gradins. Donna LaDonna et les deux Jen sont parties. Sebastian est

271

absorbé par la course, il lève le poing au moment où Lali touche le mur et décroche la première place. Walt jette des regards à droite et à gauche comme s'il cherchait à s'évader. À côté de lui, Maggie bâille.

Maggie. Il faut que j'arrive jusqu'à Maggie.

Je retraverse le vestiaire et me faufile par la porte qui donne sur le couloir. De là, je rejoins en courant une sortie latérale. Dehors il fait un froid de mammouth et je suis pieds nus, mais au moins, jusqu'ici, personne ne m'a vue. Je fais le tour du bâtiment et rentre par la porte qui donne juste sous les gradins. Je passe à quatre pattes sous les jambes qui pendent et attrape Maggie par le pied. Elle sursaute et regarde tout autour d'elle.

– Mag, dis-je entre mes dents.

Elle m'aperçoit entre les planches.

– Carrie ? Qu'est-ce que tu fais là ? Où sont tes habits ?

– Passe-moi ton manteau.

– Pourquoi ?

– Maggie, s'te plaît. (Je tire sur son manteau pour le faire tomber du banc.) Ne pose pas de questions. Retrouve-moi au vestiaire, je t'expliquerai.

J'enfile le manteau et repars en courant.

– Carrie ? appelle-t-elle quelques minutes plus tard.

Sa voix résonne dans le vestiaire vide.

– Ici.

Je fouille dans le bac à serviettes, dans l'espoir que Donna y a planqué mes fringues. Je trouve un short de gym immonde, une chaussette sale et un bandana jaune. J'abandonne.

– Donna LaDonna m'a piqué mes affaires.

Maggie plisse les paupières.

– Comment tu sais que c'est elle ?

– Mais enfin, Mag, qui d'autre ?

Je serre son manteau autour de moi. J'ai encore froid d'être sortie sans rien sur moi.

Elle se laisse tomber sur le banc.

– Il faut que ça cesse.

– M'en parle pas.

– Non mais, vraiment, Carrie. Il *faut* que ça *cesse*.

– Et que veux-tu que je fasse ?

– Toi, rien. Dis à Sebastian de faire quelque chose. Qu'il l'oblige à arrêter.

– Ce n'est pas vraiment sa faute.

– Bien sûr que si. Je te rappelle qu'il l'a séduite, et qu'ensuite il l'a larguée pour toi.

– Il l'avait prévenue qu'il n'était pas sérieux, qu'il arrivait tout juste et qu'il ne verrait pas qu'elle.

– Tu m'étonnes. Enfin, il a eu ce qu'il voulait.

– Exactement.

Ma haine pour Donna LaDonna me fait l'effet d'un objet physique. Une boule dure, logée dans mon ventre.

– N'empêche qu'il devrait te défendre. Contre elle.

– Et s'il refuse ?

– Alors largue-le.

– Mais je n'ai aucune envie de le larguer.

– Tout ce que je sais, dit-elle farouchement, c'est que Peter me défendrait, lui.

Elle le fait exprès ? Elle essaie de me faire quitter Sebastian ? Il y a une conspiration dont je ne suis pas au courant, ou quoi ?

Je riposte sèchement.

– Se faire défendre par un garçon, non mais, vraiment... c'est tellement dépassé ! Tu ne crois pas qu'on peut se défendre toutes seules ?

– Moi, je veux un mec qui soit là pour moi, s'entête Maggie. C'est comme les amis. Tu supporterais qu'un ami te laisse dans la mouise ?

– Non, dois-je admettre à regret.

– Tu vois.

La porte s'ouvre d'un coup et Lali entre en courant, suivie de ses coéquipières. Elles se tapent dans les mains et se donnent des coups de serviette mouillée.

– Où t'étais passée ? me demande-t-elle en retirant son maillot. J'ai gagné !

– J'en étais sûre, dis-je en claquant sa paume tendue.

– Non mais, sérieusement, tu as disparu. Tu m'en veux pas, hein ? De t'avoir écrabouillée ?

– Mais non, tout va bien.

J'ai vraiment d'autres soucis, là.

– T'aurais pas une paire de chaussures en rab ?

– Moi, je trouve ça à mourir de rire, déclare Lali. J'ai failli en faire pipi dans ma culotte.

– Hu-hu, fais-je, crispée. J'en ris encore.

– Non mais reconnais que c'est marrant, quand même, dit Sebastian.

Je croise les bras. Nous arrivons devant chez moi. En fait, je suis folle de rage. Je bous, je brûle, ça déborde.

– Je ne reconnais rien du tout. Et je ne trouve pas ça drôle DU TOUT.

Je descends en claquant la portière le plus fort possible. Je rentre chez moi en courant. J'imagine Lali et Sebastian assis dans la voiture, scotchés par ma sortie. Ensuite, ils vont se regarder et exploser de rire.

Rire de moi.

Je monte à fond de train dans ma chambre.

– Qu'est-ce qui se passe ? demande Missy en me voyant la dépasser comme une tornade.

– Rien !

– Je croyais que tu allais au bal du lycée.

– J'Y VAIS.

Je claque ma porte.

– Oh là là, souffle Dorrit de l'autre côté.

J'en ai *marre*. C'est FINI. TERMINÉ. J'ouvre mon armoire et commence à jeter des chaussures dans toute la pièce.

Missy frappe à la porte.

– Carrie ? Je peux entrer ?

– Si ça ne te dérange pas de te faire éborgner par une chaussure volante.

– Mais qu'est-ce que tu as ?

– Ce que j'ai ? J'en peux plus que ma meilleure amie me colle en permanence quand je sors avec mon copain. J'en peux plus qu'ils se foutent de moi. Et j'en peux plus

de ces *petites dindes* (là, je hurle carrément, volume maximum) qui me suivent partout et font de ma vie un *enfer* !

Je tape sur un livre avec un escarpin hérité de ma
grand-mère, avec tant de force que le talon aiguille
s'enfonce dans la couverture.

Missy ne se démonte pas. Elle s'assoit en tailleur sur
mon lit et réfléchit en hochant la tête.

– C'est bien que tu en parles. Justement, il y a un
moment que je voulais discuter de ça avec toi. Je pense
que Lali fait tout pour saper ton histoire avec Sebastian.

– Non, tu crois ?

Je tire violemment sur le rideau pour regarder par la
fenêtre. Ils sont toujours là. Assis dans la voiture, morts
de rire.

Mais qu'est-ce que je peux faire ? Si je vais leur parler,
j'expose ma faiblesse. Si je ne dis rien, ils vont continuer.

Missy replie les mains sous son menton.

– Tu sais ce que c'est, le problème ? Maman ne nous a
jamais enseigné les ruses féminines.

– Elle aurait dû ?

– On se retrouve comme des gourdes, totalement
nulles en garçons. On ne sait ni comment les attraper, ni
comment les garder.

– C'est parce que quand papa et maman se sont rencontrés, ils sont tombés amoureux direct et il l'a deman-
dée tout de suite en mariage. Elle n'a rien eu à faire.
Aucun effort de stratégie. Elle n'a pas eu une Lali, elle.
Ni une Donna LaDonna. Ni les deux Jen. Elle a dû croire
que ce serait pareil pour nous. Qu'un type allait se poin-

ter, tomber amoureux de nous, boum, et qu'on n'aurait jamais à s'en faire.

– Tu sais quoi ? dit Missy. Je crois bien qu'avec les hommes, on est maudites.

22

La fièvre du samedi soir

– Alors, ton avis ? me demande timidement La Souris
en plongeant le doigt dans un petit pot de gloss pour s'en
tapoter les lèvres.

– Il est adorable, La Souris. Totalement adorable.

Elle a enfin tenu sa promesse de nous présenter son
mystérieux fiancé de Washington, Danny Chai. Elle l'a
amené au bal. C'est un grand brun à lunettes, plein de
délicatesse. Très bien élevé : il a trouvé un endroit où
poser nos manteaux et est allé nous chercher deux verres
de punch. Et organisé : il a ajouté de la vodka de sa
flasque personnelle. Je n'avais jamais vu La Souris nerveuse, mais elle n'arrête pas de me traîner aux toilettes
pour que je l'aide à vérifier ses cheveux, son décolleté,
son jean, etc.

Je ne peux pas m'empêcher de la chambrer un peu.

– Et c'est adorable que tu mettes du gloss.

– C'est trop ? s'inquiète-t-elle.

– Non. Ça te va très bien. C'est juste que je ne t'avais
jamais vue avec du gloss.

Elle s'observe dans la glace. Elle réfléchit.

– Je devrais peut-être l'enlever. Faudrait pas qu'il pense que j'en fais des tonnes pour lui.

– La Souris, il ne va pas croire que tu en fais des tonnes. Il va juste se dire que tu es toute belle.

– Carrie, murmure-t-elle comme un gosse qui vous confie un secret. Je crois que je tiens vraiment beaucoup à lui. Je pense que ça pourrait être l'homme de ma vie.

Je la serre dans mes bras.

– Mais c'est génial ! Tu mérites quelqu'un de bien.

– Toi aussi, Brad. (Elle a une hésitation.) Et Sebastian ? me demande-t-elle d'un air dégagé.

Je hausse les épaules tout en faisant semblant de chercher quelque chose dans mon sac. Comment lui expliquer ? Je suis folle de Sebastian. Je l'aime d'une force éblouissante, époustouflante, extravagante et probablement malsaine. Et au début, être avec lui, c'était comme me retrouver en plein milieu de mon plus beau rêve... Mais maintenant, c'est surtout épuisant. Je passe sans arrêt de l'euphorie à la déprime. J'ai des doutes sur tout ce que je dis, tout ce que je fais. J'ai même des doutes sur ma santé mentale.

– Brad ?

Je repense à Lali et Sebastian en train de rire, aux deux Jen me volant mes fringues.

– Je ne sais pas. Parfois, je me dis...

– Quoi ? me coupe-t-elle.

Je secoue la tête. Je n'y arrive pas. Je ne peux pas avouer à La Souris que parfois, j'ai l'impression que mon homme préfère ma meilleure amie. C'est trop parano, ça me donne la chair de poule.

– Tu sais quoi ? Je pense que Lali aurait besoin d'un mec, glisse-t-elle. Il n'aurait pas un pote à lui présenter, Sebastian ?

Ça, c'est une solution qui me plaît. Si Lali avait quelqu'un, ça l'occuperait et elle arrêterait de nous coller. Je ne l'ai jamais découragée de venir avec nous, notez bien. Je crois que je culpabilise un peu d'avoir un mec et pas elle. Je ne veux pas qu'elle se sente exclue. Pas question d'être une de ces filles qui oublient les copines dès qu'un mâle apparaît à l'horizon.

– Je vais réfléchir à la question.

Je me sens un peu regonflée. Mais au moment où j'ouvre la porte du gymnase, tout retombe comme un soufflé. Sur fond de disco à plein volume, je vois remuer la tête de Sebastian. Il est entouré de gens qui poussent des cris et tapent dans leurs mains. Il fait encore un numéro de danse, mais avec qui ? J'ai une boule dans la gorge. J'imagine tout de suite que c'est avec Lali, mais non : elle vient me prendre par le bras.

– Je crois qu'il va te falloir un verre.

– J'en ai un, dis-je en indiquant mon punch assaisonné à la vodka.

– Un autre.

Je me dégage pour me rapprocher de la piste.

– Brad ! Il vaut mieux que tu ne voies pas ça.

Lali a l'air paniquée. Je me fraie un chemin jusqu'au centre.

Sebastian danse avec Donna LaDonna.

Instantanément, j'ai envie de me ruer sur lui pour lui jeter mon punch à la figure. Je vois très bien la scène : ma main qui surgit, le liquide sucré et poisseux qui éclabousse sa peau pâle, son air incrédule, ses contorsions quand le punch lui coule dans le cou. Mais Lali m'arrête.

– Non, Brad. Ne lui fais pas ce plaisir.

En se retournant, elle avise La Souris qui chuchote furieusement quelque chose à l'oreille de Danny. Aucun doute, elle lui explique l'horreur de la situation.

– Pardon, lui dit Lali en se glissant entre eux. Tu permets qu'on t'emprunte ton mec ?

Et sans laisser à Danny le temps de protester, elle le prend par le bras, m'attrape par le poignet et nous entraîne sur la piste de danse. On prend Danny en sandwich entre nous deux, on ondule des hanches contre ses jambes, on le vampe, on le fait tourner, il est ballotté dans tous les sens, même que ses lunettes lui tombent du nez, le pauvre. Mais bon, pas le temps de m'apitoyer : je suis trop occupée à ignorer Sebastian et Donna LaDonna.

Nos clowneries attirent l'attention du public. Pendant que Lali et moi accaparons Danny sur la piste, Donna LaDonna se retire sur le bord avec un sourire crispé. Soudain, Sebastian est derrière moi, les mains passées autour de ma taille. Je fais volte-face, approche les lèvres de son oreille, et crache : « Va te faire foutre. »

– Hein ?

281

Il a l'air stupéfait. Puis amusé. Il n'imagine pas une seconde que je puisse être sérieuse.

– Je répète. Va te faire foutre.

Je n'en reviens pas de lui avoir dit ça.

Pendant un moment, je suis grisée par ma colère. Le bourdonnement que j'ai dans la tête noie tous les autres bruits. Puis l'impact de ce que je viens de dire me pique comme un dard. Je suis horrifiée, je ne sais plus où me mettre. Je crois bien que je n'ai jamais sorti ça à personne, sauf peut-être une ou deux fois en passant. Et encore, c'était entre mes dents, jamais en face. Ces mots énormes, horribles, se dressent entre nous comme de gros rochers. Je ne pourrai plus jamais les escalader.

Il est trop tard pour m'excuser. Et d'ailleurs je ne veux pas. Je n'ai pas à le faire. Il dansait avec Donna LaDonna. Devant tout le monde.

C'est inexcusable, non ?

Il prend un air buté, comme un gamin qui vient de se faire choper à faire une bêtise et dont le premier réflexe est de s'écrier : « C'est pas moi. »

– Tu as osé ? dis-je d'une voix plus stridente que je ne le voudrais.

Assez fort pour que la petite troupe qui nous entoure puisse m'entendre.

– T'es complètement folle, dit-il en reculant d'un pas.

Je perçois des vagues de mouvement dans la foule. Des coups de coude, des hochements de tête, des sourires en coin. Je ne bouge plus. Je ne sais pas quoi faire. Si j'avance vers lui, il risque de me repousser. Si je m'en vais, ce sera sans doute la fin de notre histoire.

– Sebastian...

– Quoi ? lance-t-il d'un air mauvais.

– Laisse tomber.

Et avant qu'il puisse ajouter un mot, je dégage.

Tous mes amis viennent m'entourer.

– Qu'est-ce qui s'est passé ?

– Qu'est-ce qu'il a dit ?

– Pourquoi il dansait avec Donna LaDonna ?

– Je vais lui casser la gueule. (Lali.)

– Non. Pas la peine d'en rajouter.

– Tu vas le quitter ? me demande Maggie.

– Tu crois qu'elle a le choix ? riposte Lali.

Je suis sonnée. Je me tourne vers La Souris.

– J'ai eu tort ?

– Pas du tout. C'est lui, le salopard.

– Qu'est-ce que je dois faire ?

Danny s'avance.

– Ne va pas le voir, quoi qu'il arrive. Ignore-le. Laisse-le revenir vers toi. Sinon, tu auras l'air de t'accrocher.

Sacré Danny. Un puits de sagesse. N'empêche, c'est plus fort que moi, je cherche Sebastian des yeux.

Il n'est plus là. Mon cœur s'arrête de battre.

– Je ferais peut-être mieux de rentrer.

Je ne sais même plus où j'habite.

La Souris et Danny se regardent.

– On te raccompagne, me dit-elle fermement.

– Lali ?

– C'est peut-être aussi bien que tu rentres, Brad, confirme-t-elle. Tu as eu une journée pourrie.

Merci.

– Si Sebastian...

– T'en fais pas, je m'en charge.

Et elle se tape du poing dans la main.

Je laisse La Souris et Danny m'entraîner dehors.

La voiture de Seb est toujours garée dans le parking, exactement là où nous l'avons laissée il y a une heure, heureux et amoureux.

Comment est-ce possible ? Comment une histoire de trois mois peut-elle tourner court en moins d'un quart d'heure ? Mais le monde change d'une seconde à l'autre. Il y a des accidents de voiture subits. Et des morts subites. Il paraît que c'est une chance de savoir qu'un proche va mourir, car au moins on a le temps de lui dire au revoir.

Mes genoux me lâchent. Je trébuche sur le trottoir et m'écroule par terre.

– Carrie ! Ça va ?

Je hoche le menton comme une pauvre malheureuse.

– Je ne vais peut-être pas rentrer. Je ferais peut-être mieux de rester, d'aller lui parler...

Ils se regardent encore, comme s'ils avaient déjà développé cette espèce de télépathie qu'on voit chez les vieux couples.

– C'est pas une bonne idée, me dit Danny d'une voix apaisante. Il est sûrement bourré. Et toi aussi, un petit peu. Ça ne sert à rien d'aller parler à un type qui a bu.

Mais comment a fait La Souris pour dénicher cette perle rare ?

– Et pourquoi ?

– Parce que quand un mec est bourré, il ne pense qu'à une chose : gagner. Et ne pas perdre la face.

– Walt, dis-je. Je veux voir Walt.

Pour une fois, Walt est bien de service chez *Burger Délice*.

– Tu es sûre que ça va ? me demande La Souris pour la millième fois.

– Tout va bien, je t'assure !

Je sais qu'elle a envie d'être seule avec Danny. Qui m'accompagne jusqu'à l'entrée. En me disant au revoir, il me regarde dans les yeux avec une compréhension profonde, pleine de compassion. Soudain, j'envie La Souris. On doit vraiment se sentir bien avec un garçon comme Danny. Elle, au moins, elle n'a pas à se demander s'il va draguer sa meilleure amie ou danser avec sa pire ennemie. Je me demande si j'en trouverai un comme ça un jour. Et si oui, si j'aurai assez de jugeote pour vouloir de lui.

– Salut ! me dit Walt en me voyant approcher du comptoir.

Il est presque neuf heures et demie, la fermeture approche. Il fait des rangements, verse les oignons et les poivrons hachés dans un Tupperware.

– J'espère que tu n'es pas venue pour la cuisine.

– Je suis venue pour te voir.

285

Puis je me rends compte que je meurs de faim.

– Remarque, je ne cracherais pas sur un cheeseburger.

Walt regarde la pendule.

– Il faut que je sois parti à...

– Walt, *s'il te plaît.*

Il me regarde de travers, mais déballe un steak haché et le pose sur le gril.

– Et où est ton *petit copain* ? me demande-t-il comme si c'était un gros mot.

– C'est fini.

– Génial, lâche Walt. Ta semaine a été aussi bonne que la mienne, à ce que je vois.

Je prends quelques serviettes en papier dans le distributeur métallique.

– Pourquoi ? Toi aussi, tu as rompu avec quelqu'un ?

Il relève vivement la tête.

– Qu'est-ce que tu insinues ?

– Rien, dis-je, innocente comme l'agneau. Allez, Walt. On était les meilleurs amis du monde, avant. On se disait tout.

– Pas tout, Carrie.

– Beaucoup de choses, en tout cas.

– C'était avant que tu me largues pour Maggie.

Il le dit avec ironie, mais ajoute rapidement :

– Ne le prends pas mal. Pas de souci. Je m'y attendais, quand on a divorcé, à ce que tout le monde prenne parti. C'est Maggie qui a récupéré tous nos amis communs.

Cela me fait rire.

– Tu m'as manqué.

– Mouais. Bon. Toi aussi, un peu.

Il retourne le steak, le recouvre d'une tranche de fromage sous plastique, ouvre un petit pain et pose les deux moitiés à côté.

– Tu veux des oignons et des poivrons ?

– Bien sûr.

Je tripote les flacons de moutarde et de ketchup jusqu'à ce que ma culpabilité prenne le dessus.

– Walt. Il faut que je t'avoue quelque chose. C'est horrible et tu vas vouloir me tuer, mais retiens-toi, d'accord ?

Il soulève le steak haché et le pose sur le pain.

– Laisse-moi deviner. Maggie est enceinte.

– Ah bon ? dis-je, horrifiée.

– Que veux-tu que j'en sache ?

Il fait glisser le cheeseburger sur une assiette en plastique et le pousse vers moi. Je le regarde fixement.

– Walt. Je *sais*.

– Alors elle est bien enceinte, soupire-t-il, résigné, comme si cela avait toujours été une fatalité.

– Je ne te parle pas de Maggie. (Je prends une bouchée.) Je te parle de toi.

Il essuie le comptoir avec un torchon.

– Je peux te certifier que je ne suis pas en cloque.

– Walt.

J'hésite. Je tiens le cheeseburger entre mes mains comme un bouclier. Si je veux avouer, c'est maintenant ou jamais.

– Ne m'en veux pas, je t'en supplie. Mais tu étais trop bizarre. J'ai pensé que tu avais des ennuis. Et puis Sebastian...

– Quoi, Sebastian ? me coupe-t-il d'une voix tendue.

– Il m'a dit qu'il t'avait vu... là-bas... alors La Souris et moi... on t'a espionné.

Voilà. C'est dit. Et je ne vais pas lui raconter que Maggie y était aussi. Enfin si, à un moment donné. Quand il aura digéré l'info.

Walt éclate d'un rire nerveux.

– Et qu'est-ce que vous avez vu ?

Il n'est pas en colère ! De soulagement, je reprends une bouchée de cheeseburger.

– Toi, dis-je la bouche pleine. Avec Randy Sandler.

Il s'immobilise un instant, puis fait tourner son torchon au-dessus de sa tête.

– Génial, vraiment génial, réplique-t-il d'un ton amer. Et combien de personnes sont au courant, à part toi ?

– Personne ! On ne l'a raconté à personne. Tu rigoles ? C'est toi que ça regarde, pas nous !

– Apparemment, si.

Il jette le torchon dans l'évier et disparaît par la porte de derrière.

Je soupire. De pire en pire.

Je prends mon manteau et cours le rejoindre. Dehors, à l'arrière du restau, il essaie de s'allumer une cigarette.

– Walt, pardon. Je suis désolée.

Il secoue la tête, avale la fumée, la retient dans ses poumons et la recrache lentement.

– Fallait bien que ça se sache un jour. (Il reprend une bouffée.) J'espérais juste garder le secret le temps d'arriver en fac et de m'éloigner de mon père.

– Pourquoi ? Qu'est-ce qu'il va te faire ?

– M'enfermer. Ou m'envoyer chez un psy pour me remettre dans le droit chemin. À moins qu'il me mette dans les pattes d'un curé qui va me traiter de brebis égarée. Ce serait drôle, non ?

– Je me sens hyper-mal.

– Pourquoi ? Tu n'es pas gay, toi. (Il souffle une volute de fumée et regarde le ciel.) Enfin, je suppose que ça ne va pas trop l'étonner. Il me traite déjà de pédale et de femmelette. Et, ah oui, il aime aussi m'appeler « la tarlouze » derrière mon dos.

– Ton propre père ?

– Eh oui, Carrie, mon propre père. (Il écrase son mégot.) Qu'il aille se faire foutre, dit-il brusquement. Il ne mérite pas mon respect. Si ça le dérange, c'est son problème, pas le mien. (Il regarde sa montre.) Tu ne retournes pas au bal, je suppose ?

– Peux pas.

– Randy vient me chercher. On va sortir. Tu veux venir ?

Randy arrive au bout de cinq minutes dans sa Mustang surgonflée. Walt et lui se parlent à voix basse, puis Walt me fait signe de monter.

Dix minutes plus tard, je suis coincée dans le minuscule siège arrière, direction le sud, sur la Route 91. Ils ont mis la musique à fond. Je ne me fais pas à l'idée que je suis avec ce gros macho de Randy Sandler, ex-*quarterback* de l'équipe de football du lycée de Castlebury... et qu'il est à présent le petit ami de Walt. Il faut croire que je connais moins bien les gens que je ne le pensais. J'en ai encore beaucoup à apprendre, mais c'est une idée plutôt excitante.

– On va où ?

Je dois crier pour couvrir la musique.

– Provincetown, braille Walt.

– Provincetown ?

– On est obligés de changer d'État pour s'amuser, m'explique Randy. C'est pas tordu, ça ?

Ouh là là. Provincetown, c'est tout au bout du cap Cod, à au moins une heure de route. Grosse bêtise. Je vais avoir des ennuis, moi. Mais je repense à Donna LaDonna, à Sebastian, à tout ce qui ne va pas dans ma vie, et je me dis : *et alors, qu'est-ce que ça peut faire ?* J'essaie toujours de bien me conduire, et qu'est-ce que ça me rapporte ?

Rien.

– Pas de problème ? me crie Randy.

– Aucun problème.

– Alors ce type, Sebastian Kydd, il dansait avec ta pire ennemie, c'est ça ? braille-t-il par-dessus la musique.

– *C'est ça.*

– Et il nous a vus, lui crie Walt. Chez Chuckie.

– Peut-être que lui aussi il est gay, je hurle.

– Je crois que je le connais, crie Ralph avec un signe de tête vers Walt. Grand, blond, l'air d'un connard de pub Ralph Lauren ?

290

– C'est lui !

– Sexy, dis donc ! Mais pas gay. Je l'ai vu louer des films porno. Des gros nichons, ce genre de trucs.

Du porno ? Des nichons ? Mais enfin, qui est Sebastian ?

– Super !

– Oublie ce petit con, me hurle Randy. Tu es sur le point de rencontrer deux cents mecs qui vont *t'adorer*.

23

Équation à deux inconnues

– Carrie ? murmure Missy.

– Debout ! me crie Dorrit dans l'oreille.

Je gémis. Je vois encore des hanches onduler devant mes yeux.

– Carrie ? Tu es en vie ?

– Mng.

– Oh, la tronche ! s'amuse Dorrit quand je repousse les couvertures.

– Pousse-toi.

Je saute de mon lit et cours dégobiller dans les toilettes.

Quand je relève la tête, Missy et Dorrit sont à mes côtés. Dorrit arbore un sourire diabolique et triomphant, on dirait le Bouffon vert dans *Spiderman*.

– Papa est au courant ?

– Que tu es rentrée à trois heures du mat' ? chuchote Missy. Je ne crois pas.

J'avertis tout de suite Dorrit :

– Toi, tu la boucles.

– Sebastian est en bas, me répond-elle d'une voix sucrée.

Meu ?

Il est assis avec mon père dans la salle à manger. Papa est en train de gribouiller une équation au dos d'une enveloppe.

– Supposons x égal à moins y puissance dix. Il est évident que dans ce cas, z devient un irrationnel.

Il pousse l'enveloppe vers Sebastian, qui y jette un coup d'œil poli.

– Bonjour, dis-je avec un petit signe de la main.

– Bonjour, me dit mon père.

À son attitude, je vois qu'il est vaguement tenté de m'interroger sur ma tête de déterrée. Mais heureusement, il s'intéresse encore plus à son équation.

– Vous voyez, Sebastian ? (Il tambourine sur le x avec son stylo.) Tout le danger, dans ce cas, vient de l'inconnue représentée par x.

Je m'éclipse en vitesse vers la cuisine. Je trouve un vieux pot de Nescafé, j'en verse la moitié dans un mug et j'attends que l'eau bouille. Le dicton « L'eau ne bout jamais quand on regarde la casserole » me traverse la tête. Faux : mise en contact avec une source de chaleur suffisante, l'eau finit par bouillir, qu'on la regarde ou pas. Ce qui me paraît s'appliquer parfaitement à la situation. Ou alors, c'est juste ma cervelle qui est au bord de l'ébullition.

J'emporte mon mug dans la salle à manger et m'assois. Mon père a abandonné les maths pour cuisiner Sebastian sur son avenir.

– Et où comptez-vous faire vos études l'an prochain, déjà ? lui demande-t-il d'une voix tendue (un indice que Seb ne l'a pas impressionné avec sa connaissance des irrationnels).

– Nulle part.

Il sourit et me tapote la cuisse d'un air possessif. S'il veut rendre papa dingue, il a tout bon. Je lui presse la main pour le faire arrêter.

– Je pensais prendre une année sabbatique. Voir le monde. Aller dire bonjour à l'Himalaya, ce genre de choses.

Mon père prend un air sceptique, et moi une gorgée de café. Il est encore brûlant, et quelque peu bourbeux.

– Je ne suis pas prêt à me laisser coincer, continue Seb comme si cela suffisait à justifier son manque d'ambition.

– J'imagine que vous avez les moyens, alors.

– Papa !

– Il se trouve que oui. Ma sœur et moi avons hérité de la fortune de notre grand-mère.

– Ah, dit mon père en hochant la tête. Je vois. Vous êtes un jeune homme très privilégié. Je suppose que même si vous vous attirez les pires ennuis, vous retomberez toujours sur vos pieds.

– Ça, je n'en sais rien, monsieur, répond poliment Sebastian. Mais j'ai de la chance, c'est vrai. (Il me regarde et pose une main sur la mienne.) J'ai beaucoup de chance d'avoir rencontré votre fille, en tout cas.

En principe, je devrais sauter de joie. Mais non, j'ai juste envie de retourner vomir. À quoi il joue, là ?

Mon père me regarde comme s'il se demandait où je suis allée pêcher cet énergumène. Je ne réussis à lui renvoyer qu'un sourire maladif.

– Bon, fait Sebastian en claquant les mains. Je me demandais si tu voulais venir faire du patin.

Du *patin* ?

– Dépêche-toi de finir ton café.

Il se lève pour serrer la main de mon père.

– Ravi de vous connaître, Mr Bradshaw.

– Tout le plaisir était pour moi.

Je vois bien que mon père ne sait pas trop quoi penser de lui, car il lui tape sur l'épaule.

Les hommes... quelle espèce bizarre.

Bon. Est-ce à moi d'entamer cette conversation, ou à lui ? Ou bien allons-nous faire comme s'il ne s'était rien passé hier soir ?

– Comment va Donna LaDonna ? Tu crois que tu pourrais lui demander de me rendre mes fringues ?

Mon attaque frontale le prend par surprise. Son patin dérape et pendant un instant, il chancelle.

– Ha. Tu peux parler.

Il reprend son équilibre et nous patinons en silence pendant que je rumine.

C'est ma faute, à moi ? Qu'est-ce que j'ai fait ?

Je tire mon bonnet sur mes oreilles. Un garçon chaussé de patins de hockey nous fonce dessus en riant, la tête tournée vers ses potes derrière lui, complètement indifférent aux dizaines de patineurs qui zigzaguent sur l'étang. Sebastian l'attrape par l'épaule et le repousse avant qu'il me rentre dedans.

– Gaffe ! dit-il.

– Toi, tu fais gaffe, gronde l'autre.

Je vais me réfugier à l'écart. Des barrières ont été installées autour d'une zone dangereuse. De l'eau noire clapote au bord d'un trou.

– C'est toi qui as disparu hier soir, me fait remarquer Sebastian d'un petit air content de lui.

Je lui envoie un regard mi-furieux, mi-incrédule.

– Je t'ai cherchée partout. Lali m'a dit que tu étais partie. Franchement, Carrie, soupire-t-il en secouant la tête. Ça ne se fait pas.

– Parce que ça se fait de danser avec Donna LaDonna ?

– C'était un bal. C'est fait pour ça, les bals. Pour danser.

Il sort un paquet de cigarettes de sa veste en cuir.

– Sans blague. Mais pas pour danser avec la pire ennemie de sa copine. Qui lui a aussi volé ses fringues !

– Carrie, soupire-t-il d'un air patient. Ce n'est pas Donna qui t'a piqué tes affaires.

– Qui veux-tu que ce soit ?

– Lali.

– *Quoi ?*

Il prend une cigarette entre le pouce et l'index pour l'allumer.

– J'ai longuement parlé avec elle après ton départ. Elle voulait te faire une blague.

D'un coup, je me sens nauséeuse. Ou plutôt, ma nausée empire, vu que l'air frais n'a pas beaucoup allégé ma gueule de bois.

– Il ne faut pas lui en vouloir. Elle n'a pas osé te l'avouer, vu ta réaction. Je lui ai dit que je t'en parlerais, mais elle était contre : elle avait peur que tu le prennes mal.

Seb se tait, fume encore un peu et jette son mégot dans le trou d'eau noire. Il grésille comme un pétard mouillé avant de sombrer lentement sous la glace.

– On sait tous les deux à quel point tu es sensible.

– Ah bon, je suis sensible, maintenant ?

– Tu sais bien. C'est normal, avec ce qui est arrivé à ta mère...

– Parce qu'elle t'a aussi parlé de ma mère ?

– Non, se défend-il. Bon, elle en a peut-être parlé en passant une fois ou deux. Et alors ? Tout le monde sait que...

Je crois que je vais vomir. Encore.

Ne mêle pas ma mère à cela. Pas aujourd'hui. Je n'ai pas la force. Sans dire un mot, je ramasse un bout de bois et le jette dans le trou.

– Tu pleures ? me demande-t-il, moitié narquois, moitié gentil.

– Bien sûr que non.

– Mais si ! (On dirait presque que ça l'enchante.) Tu joues les dures à l'extérieur, comme si rien ne t'atteignait, mais au fond ça te touche vraiment. Tu es une romantique. Tu veux qu'on t'aime.

Comme tout le monde, non ?

Je veux répondre, mais quelque chose dans son expression me coupe le sifflet. Un soupçon d'hostilité, mêlé à une compassion presque agressive. Il me propose son amour, ou il me l'envoie à la figure ?

Je vacille. Je suis sûre que je n'oublierai jamais sa tête en cet instant, car je ne comprends rien à ses intentions.

– Mais pourquoi ? Pourquoi est-ce qu'elle m'a pris mes affaires ?

– Parce que tu l'énervais.

– Pourquoi ?

– Aucune idée. Elle m'a dit que vous vous étiez toujours fait des blagues. Elle m'a raconté que tu lui avais donné une pastille de laxatif avant une compète, un jour.

– On avait douze ans !

– Et alors ?

– Et alors...

– Tu vas me quitter, maintenant ? me demande-t-il sans transition.

– Ah d'accord, je vois.

Je tire mon bonnet sur ma figure. C'est pour ça qu'il est venu chez moi ce matin. C'est pour ça qu'il m'a emmenée patiner. Il veut me plaquer, mais comme il n'en a pas le courage, il préfère que je m'en charge. C'est aussi pour ça qu'il a dansé avec Donna LaDonna hier soir. Il va me traiter le plus mal possible, jusqu'à ce que je n'aie plus le choix.

Remarquez, j'y ai bien pensé, ces douze dernières heures.

En dansant avec Walt et Randy en boîte à Province-town, l'idée de « larguer ce fumier » m'a fait l'effet d'un carburant pour fusées. J'étais propulsée dans la strato-sphère, euphorique, insouciante. J'ai dansé de plus en plus fort, galvanisée par l'adversité. Je me demandais bien pourquoi j'aurais eu besoin de Sebastian alors que je pouvais avoir *ça* : ce carnaval de corps en sueur cligno-tant comme des lucioles. *Ça*, au moins, c'était bien.

– Aux chiottes Sebastian ! ai-je braillé en agitant les bras au-dessus de ma tête comme une adoratrice en transe dans une secte.

– Chérie, rien n'arrive par hasard, a commenté Randy en venant se trémousser à côté de moi.

Mais là, je ne sais plus trop. Est-ce que je veux vrai-ment le quitter ? Il va me manquer. Sûr que je vais m'ennuyer sans lui. On ne peut quand même pas oublier ses sentiments du jour au lendemain !

Et peut-être – je dis bien peut-être – que c'est lui qui est terrifié. Il a peut-être la trouille de décevoir les filles, de ne pas être assez bien. Alors, il les pousse dehors avant qu'elles se rendent compte qu'il n'est pas le type extra-ordinaire qu'il prétend être. Quand il m'a dit que j'étais forte en apparence mais qu'au fond je voulais de l'amour... peut-être qu'il ne parlait pas de moi. Peut-être qu'en secret, c'est de lui qu'il parlait.

– Je ne sais pas. Il faut que je décide tout de suite ?

Je relève mon bonnet pour le regarder.

Et apparemment, j'ai dit exactement ce qu'il fallait, parce qu'il se met à rire.

– T'es folle.

– Toi aussi.

– Tu es sûre que tu ne veux pas me larguer ?

– Uniquement parce que tu en étais tellement certain. Je ne suis pas aussi simple, tu sais ?

– Oh ça, je sais.

Il me prend la main et nous repartons sur nos patins.

– J'en ai envie, mais je ne *peux* pas, dis-je tout bas.

– Pourquoi ?

Nous sommes dans sa chambre.

– Tu as peur ? me demande-t-il.

– Un peu. (Je me redresse sur un coude.) Je sais pas.

– Ça ne fait pas toujours mal. Il y a des filles qui adorent dès la première fois.

– Ouais. Comme Maggie.

– Tu vois ? Toutes tes copines le font. Tu ne te sens pas un peu bête d'être la seule à ne pas le faire ?

Non.

– Si.

– Alors pourquoi pas avec moi ?

– Peut-être que ça n'a rien à voir avec toi.

– Bien sûr que si, dit-il en s'asseyant pour remettre ses chaussettes. Sinon, tu le ferais.

– Mais je ne l'ai encore fait avec *personne*.

Je rampe jusqu'à lui sur le lit pour entourer ses épaules de mes bras.

– Ne m'en veux pas. C'est juste que je n'y arrive pas... pour aujourd'hui. Un autre jour, promis.

– C'est ce que tu dis toujours.

– Mais cette fois, c'est vrai.

– OK. Mais ne crois pas que je vais attendre encore longtemps.

Il remonte son jean et je retombe en arrière sur le lit, pliée de rire.

– Qu'est-ce qu'il y a de drôle ?

J'arrive à peine à parler.

– Tu peux toujours regarder une cassette porno ! Pleine de gros nichons !

Il est furax.

– Comment tu es au courant ?

Je me cache la tête sous un oreiller.

– Tu n'as pas encore compris ? Je sais tout !

24

Coming out

– Plus que deux jours, dit Walt en tirant sur le joint. Plus que deux jours de liberté et c'est fini.

– Et les grandes vacances, alors ? demande Maggie.

– Ah, oui. Les longs étés de Maggie. La bronzette au bord de la piscine. Tartinée d'huile bronzante...

– Du décolorant dans les cheveux...

– C'est toi qui en mets, me dit Maggie en roulant sur elle-même.

– C'est vrai, dois-je concéder.

Lali se lève du canapé.

– On s'endort, ici, bande de zombies. Passez-moi une taffe.

– J'ai cru que tu ne demanderais jamais, commente La Souris en lui passant le joint.

– Tu es sûre que tu veux fumer ? dis-je pour la taquiner. La dernière fois, tu as descendu une livre de bacon. Tu te rappelles ?

– Il était cuit ! Bon Dieu, Carrie, pourquoi est-ce qu'il faut toujours que tu inventes ?

– Parce que c'est marrant !

Tous les six – Walt, Maggie, La Souris, Lali, Peter et moi –, nous sommes vautrés dans la vieille salle de jeux au-dessus du garage, chez La Souris. C'est le soir du Nouvel An, et nous nous félicitons d'être trop cool pour aller nous ennuyer à un réveillon. Bon d'accord, on n'a pas l'embarras du choix. Il y a bien un bal pour mémés au Country-club (« mortel », d'après La Souris), une soirée ciné-club à la bibliothèque (« des petits-bourgeois qui se la jouent intello », d'après Walt) et enfin un dîner habillé chez Cynthia Viande. Robe de soirée pour les filles, smoking de location pour les garçons. Il paraît qu'on y boit du mousseux en jouant aux adultes. Mais c'est réservé à la garde rapprochée de Cynthia, si on peut considérer les deux Jen et Donna LaDonna comme des intimes. Aucun d'entre nous n'a réussi à se faire inviter. Sauf Peter, qui a été appelé à la dernière minute parce que Cynthia avait « besoin d'un homme en plus ». Pour lui épargner cet outrage, nous avons décidé de nous retrouver chez La Souris. Pour fumer des pétards, boire des White Russians et oublier qu'on est des *losers*.

– Dis donc, dit Peter à Maggie en tapotant sa bouteille de bière. L'« homme en plus » reveut une mousse.

– L'« homme en plus » peut aller se la chercher, rigole-t-elle. C'est pour ça qu'il est là, non ? Pour faire le boulot en plus ?

– Et la femme en plus ? demande Lali en me passant le joint. Comment ça se fait que personne ne veuille d'une femme en plus ?

– Une femme en plus, c'est une maîtresse.

– Ou la cinquième roue du carrosse, ajoute La Souris.

Je m'étrangle et glisse du pouf sur lequel je suis posée depuis une heure.

– Quelqu'un veut boire quelque chose ? dis-je en la regardant, estomaquée.

Elle hausse les épaules, parfaitement consciente de ce qu'elle vient de balancer.

Si Lali est vexée, elle ne le montre pas.

– Moi oui. Un double.

– Ça marche.

Un sachet de glaçons, des gobelets en plastique et diverses potions alcoolisées sont posés sur une vieille table de bridge. Je commence à préparer deux cocktails, en forçant la dose de vodka pour Lali. C'est légèrement pervers, mais je me sens légèrement perverse avec elle depuis que je sais qu'elle m'a piqué mes fringues. On a fini par en rire ensemble ; depuis, pourtant, il reste une tension muette entre nous. Comme l'ombre d'un nuage par une belle journée d'été. Quand on lève la tête et qu'on se rend compte que l'orage arrive.

– Il revient quand, Sebastian ? demande-t-elle en prenant un air dégagé.

C'est peut-être une réaction à la « cinquième roue du carrosse » de La Souris. À retardement. Elle sait très bien qu'il rentre de vacances demain. Et elle sait aussi que dimanche, nous avons les fameux billets pour le concert d'Aztec Two Step au *Shaboo*. Elle n'a pas arrêté d'en parler. Jusqu'à maintenant.

– Demain, dis-je comme en passant.

Ce qu'elle n'a pas besoin de savoir, c'est à quel point je compte les jours. Je me passe nos retrouvailles en boucle dans la tête. Il se gare devant chez moi dans sa Corvette jaune. Je cours lui sauter au cou, il me prend dans ses bras en m'embrassant passionnément, il me murmure « je t'aime ». Sauf que quand j'imagine la scène, ce n'est pas moi que je vois : c'est Julie Christie dans *Docteur Jivago*. J'ai vingt ans et quelque, je suis brune et je porte une toque en hermine blanche.

– Il est quelle heure ? demande soudain Walt.

– Dix heures et quart.

– Je ne sais pas si je vais tenir jusqu'à minuit, bougonne Maggie.

– Ah si, il le faut, dis-je. Déjà qu'on est des *losers*, on ne va pas être des bonnets de nuit en plus.

– Parle pour toi.

Walt s'empare de la bouteille de vodka et boit une rasade au goulot.

– Walt, c'est dégueu, râle Maggie.

– Tu ne disais pas ça quand on échangeait nos salives.

– Hé, ho !

Ça, c'est Peter. Il a sauté sur ses pieds et boxe en direction de sa tête.

– Descends, p'tit gars, lâche Walt en me regardant.

Il reprend une gorgée de vodka.

– Tu veux un verre ?

– Nan. (Il remet la bouteille sur la table et tape dans

ses mains.) OK, tout le monde, dit-il d'une voix forte. J'ai une annonce à faire.

Oh non. Nous y voilà. Le moment que nous attendions tous. Je jette un coup d'œil à La Souris et à Maggie. La Souris fait de petits mouvements de tête pour l'encourager ; elle lui sourit gentiment, comme on sourit à un gosse de cinq ans qui vous montre son premier dessin de bonhomme. Maggie a mis la main devant sa bouche et nous lance des regards affolés, comme si elle voulait qu'on lui dise quoi faire.

– Tu es admis à l'université de Pennsylvanie, devine Peter.

– Perdu.

Je vais me placer derrière Walt pour regarder Maggie avec insistance, lui faire une grimace et mettre un doigt sur mes lèvres.

– Quoi, qu'est-ce qui se passe ? demande Lali qui m'a vue. Je sais. Tu prends la gérance de *Burger Délice*.

– La peste soit sur toi, lui répond Walt.

Je ne l'ai jamais entendu employer une expression pareille. Il a dû la piquer à Randy.

– C'est bien mieux, comme surprise, poursuit-il en oscillant légèrement de droite à gauche. Je voulais attendre minuit, mais vous serez tous dans les vapes d'ici là.

Il parcourt la pièce des yeux pour être sûr que tout le monde l'écoute bien. Ensuite, il lâche tranquillement sa bombe.

– Pour ceux d'entre vous qui n'avaient pas encore compris, à dater d'aujourd'hui je suis officiellement gay.

Il y a un instant de silence, comme si on se demandait tous comment réagir, qu'on ait été au courant ou pas. Silence brisé par un petit gloussement.

– C'est tout ? éclate Lali. Tu es gay ? C'est ça, ta surprise ?

– Ah ben, je te remercie ! feint-il de s'indigner.

– Félicitations, mec, dit Peter.

Qui traverse la pièce pour aller lui donner une accolade prudente, avec tapes dans le dos.

– Quand est-ce que tu as su ? lui demande-t-il comme si Walt venait de nous annoncer qu'il va être papa.

Je rigole :

– Et toi, Peter, quand est-ce que tu as compris que tu étais hétéro ?

– Oh en fait, Walt, enchaîne Maggie, on s'en doutait depuis longtemps.

En réalité, « on » ne savait rien du tout jusqu'à récemment. Mais heureusement, dix jours après qu'« on » – je veux dire Maggie – a appris la nouvelle, « on » s'est retrouvée très absorbée par la préparation d'un week-end de camping avec Peter. Du coup, elle a totalement oublié l'insulte de Walt contre sa féminité.

Je lève mon gobelet.

– À Walt !

– À Walt !

– Et à nous, dis-je. À l'année mille neuf cent quatre-vingt...

On frappe à la porte.

– Merde !

La Souris attrape l'herbe et le papier et les planque sous les coussins du canapé. Peter cache la vodka derrière un fauteuil. On se passe les doigts dans les cheveux et on époussette les cendres sur nos pulls.

– Entrez, dit La Souris.

C'est son père, Mr Castells. Il a beau ne plus être tout jeune, je suis toujours frappée par son allure. Il paraît que dans le temps, on l'appelait le Cary Grant de Cuba.

– J'espère que vous vous amusez bien, dit-il poliment en entrant.

On sent qu'il n'est pas passé juste pour nous dire bonjour.

– Carrie ? Ton père au téléphone. Il veut te parler tout de suite.

– Si j'ai bien compris, ils ont une vieille voiture qui ne sert jamais, m'explique mon père. Ils n'avaient pas vu qu'elle n'était plus là, jusqu'à mon coup de fil.

Il parle d'une voix blanche, comme son visage. Il est en état de choc. Mort d'inquiétude.

– Papa, je suis sûre que tout va s'arranger.

Je prie pour qu'il ne s'aperçoive pas qu'il a maintenant deux délinquantes juvéniles sur les bras : Dorrit, fugueuse, et moi, défoncée. Sauf qu'en ce moment j'ai la tête claire, à un point effrayant.

– Elles n'ont pas pu aller bien loin. Elles n'ont pas le permis, ni l'une ni l'autre. Cheryl ne doit même pas savoir conduire.

308

– Je ne sais rien de ces gens, si ce n'est que la mère en est à son troisième mari.

Je hoche la tête, les yeux fixés sur la route. Nouvel An ou pas, les rues sont plongées dans le noir et pratiquement désertes. Je me suis mis dans le crâne que cette nouvelle histoire avec Dorrit était ma faute. J'aurais dû faire plus attention à elle. Mais comment aurais-je pu me douter ? Elle a dit qu'elle allait à la bibliothèque pour la séance de ciné-club. Mon père l'a même déposée à quatre heures, et il a attendu qu'elle retrouve sa copine Maura, qu'on connaît depuis des lustres. La mère de Maura devait revenir les chercher à sept heures et reconduire Dorrit chez nous en allant à son réveillon. Mais quand elle est arrivée, Maura lui a dit que Dorrit était partie à la galerie commerciale et que je me chargeais de la ramener. À neuf heures, elle n'était toujours pas rentrée et mon père a commencé à paniquer. Il a essayé d'appeler la mère de Maura, mais pas de réponse jusqu'à dix heures passées. Il a appelé la mère de Cheryl, se doutant bien que Dorrit s'était tirée avec elle. C'est son petit frère qui a décroché, il a dit qu'elle n'était pas là et que ses parents étaient à l'*Emerald*. Alors, papa a appelé là-bas, la mère et le beau-père de Cheryl sont rentrés, et ils ont vu que la voiture était partie. Et maintenant, on va chez eux pour décider quoi faire.

– Papa, je suis désolée.

Il secoue la tête sans rien dire.

– Elle doit être à la galerie commerciale. Ou au golf. Ou au Country-club.

– Ça m'étonnerait. Elle a pris cinquante dollars dans mon tiroir à chaussettes.

Quand nous passons devant l'*Emerald*, je regarde ailleurs, comme si l'endroit ne me disait absolument rien. Nous prenons une rue étroite bordée de maisons déglinguées et nous nous arrêtons devant un pavillon à la peinture écaillée, mais dont le porche vient d'être refait. De la lumière filtre derrière les stores descendus. Pendant que nous observons la maison, un homme sort la tête, l'air pas commode. On dirait qu'il est tout rouge, mais c'est peut-être l'éclairage.

– J'aurais dû m'en douter, dit tristement mon père. Max Kelter.

– C'est qui ?

– Un entrepreneur du coin, me répond papa comme si cela expliquait tout.

Il se gare dans l'allée, derrière une camionnette. Sur le côté de la maison, il y a un vieux garage à deux places. Une des portes est ouverte et l'intérieur est illuminé par une ampoule nue.

– Et... ?

Mon père détache sa ceinture et retire ses lunettes, retardant au maximum la confrontation inévitable.

– Max Kelter est ce qu'on appelle une brute épaisse. Ta mère refusait de traiter avec lui. Elle a eu des mots plusieurs fois avec lui sur des chantiers. Un soir, on l'a trouvé devant chez nous, une barre à mine dans les mains.

Je suis surprise de ne pas m'en souvenir. Ou peut-être que si. Je revois vaguement une scène d'hystérie, mes parents nous disant d'aller nous cacher toutes les trois à la cave.

– Vous avez appelé les flics ?

– Non. Ta mère est sortie lui parler. J'étais terrifié, mais pas elle. Tu sais comment elle était, ajoute-t-il les larmes aux yeux. C'était une petite bonne femme, mais forte comme tout. Personne ne lui marchait sur les pieds.

– Je sais. Et elle n'avait jamais besoin d'élever la voix, dis-je, malheureuse, reprenant le fil de nos souvenirs familiaux.

– Elle avait quelque chose... c'était une vraie *lady*, et les hommes le savaient. Elle lui a dit quelques phrases, et il est reparti la queue entre les jambes.

C'était ça, ma mère. Une Lady avec un grand L. *Une Lady*. Même toute petite, je savais que je n'en serais jamais une. Pas comme maman. J'étais trop garçon manqué, trop turbulente. Je voulais aller partout où mes parents disaient que c'était mal, comme New York. J'ai obligé Missy et Dorrit à brûler leurs poupées Barbie sur un feu de joie. J'ai dit à mes cousins que le père Noël n'existait pas. Je crois que ma mère a toujours su que je ne deviendrais pas une lady, que je ne serais jamais comme elle. Mais cela ne la dérangeait pas.

– Tu penses que Dorrit est au courant ? Pour Max Kelter ? Et pour ce que maman pensait de lui ?

Si oui, cela pourrait en partie expliquer son attitude.

– Papa, je crois qu'elle devrait aller voir un psy.

J'ai déjà fait plusieurs fois cette petite suggestion, mais mon père résiste. Il est d'une génération où l'on croit que les psys, c'est pour les fous. Même dans cette situation pourrie, il ne veut pas en entendre parler.

– Pas maintenant, Carrie, me dit-il.

Et il sort de la voiture comme s'il montait à l'échafaud.

La porte s'ouvre avant que nous ayons frappé. Max Kelter, debout devant l'entrée, nous bloque le passage. Il est assez séduisant, dans un genre malsain qui fait qu'on a un peu honte rien qu'à le regarder.

– Bradshaw ? lance-t-il, narquois. Ouais ! (Il fait les questions et les réponses.) Entrez donc.

J'espère qu'il n'a pas de barre à mine sous la main.

– C'est par là.

Il nous indique le salon avec sa bouteille de bière. Nous entrons à pas prudents, sans savoir à quoi nous attendre. Une énorme télé, flanquée de ses enceintes, prend tout un mur. Il y a une cheminée en brique, des jouets partout sur le tapis blanc à longs poils, deux petits caniches jaunes aux yeux coulants et un long canapé modulable. Vautrée dessus, un gin-tonic dans une main et un sachet de glaçons dans l'autre : la mère de Cheryl, Connie.

– Mon petit bébé, pleurniche-t-elle en nous voyant.

Elle pose son verre et nous tend la main. On n'a pas le choix, il faut bien la serrer.

– Ma petite fille. (Sanglots.) Ce n'est qu'une petite fille.

– Pas si petite que ça, la rembarre Max Kelter.

– Et si c'était un enlèvement ? dit-elle en battant des paupières. Si ça se trouve, elles sont dans un fossé quelque part...

– Mets-la en sourdine, Connie. Elles ont pris la voiture. Elles sont allées se soûler. Quand elle va rentrer, Cheryl va prendre sa raclée, c'est tout.

Papa, pendant ce temps, a poliment réussi à extirper sa main de celle de Connie. Il se tient tout raide, comme pour faire croire qu'il n'est pas là, que ce n'est pas lui.

– Avez-vous appelé la police ?

– Pourquoi vous voulez qu'elle s'en mêle ? répond Kelter. Ça ne ferait que des ennuis. De toute manière, ils ne recherchent pas les personnes disparues avant vingt-quatre heures.

– Mais elles seront peut-être mortes d'ici là ! s'écrie Connie.

Elle pose une main sur son cœur en cherchant sa respiration.

– Et c'est ça, ma récompense pour toute une vie de malheur. Une fille délinquante juvénile et un mari ivrogne.

– Tu veux t'en prendre une ? Je t'ai dit de la boucler.

Papa et moi échangeons des regards horrifiés.

Je regarde ma montre.

– Je pense qu'on devrait les chercher. Il est onze heures moins le quart. Il doit y avoir trois heures qu'elles sont parties...

– Elles pourraient être rendues à Boston, à l'heure qu'il est, s'exclame Connie.

Elle regarde son mari. Qui annonce :

– Je retourne à l'*Emerald*.

Il remarque notre air choqué et nous fait un grand sourire.

– Quoi ? C'est pas ma gosse. Et un certain Jack Daniels m'attend au bar.

Mon père, Connie et moi cherchons Dorrit et Cheryl dans toute la ville. Nous allons voir au Country-club, au golf, et dans plusieurs petits bars que Connie connaît bien. On se demande comment elle peut imaginer qu'on y servirait de l'alcool à des gamines de treize ans, mais passons. Nous cherchons quand même, sans résultat. À deux heures, nous jetons l'éponge.

– Vous l'avez retrouvée ? me demande Missy d'une voix haut perchée à notre retour.

– Non.

– Qu'est-ce qu'on va faire ?

– Qu'est-ce qu'on peut faire ?

– Mais comment ça a pu arriver ?

– Je ne sais pas. Si elle n'est pas là à six heures, on appelle les flics.

Nous restons debout dans un silence terrifié, puis je m'en vais sur la pointe des pieds passer la tête dans la pièce du fond, où mon père s'est retiré pour souffrir seul. Assis dans le canapé, il feuillette lentement le vieil album photos que ma mère a commencé à l'époque de leurs fiançailles.

Je retourne à la cuisine, décidée à prendre des forces pour une longue nuit. Je prends du pain, du fromage et de la mayonnaise dans le frigo pour me préparer un sandwich.

Le téléphone sonne. Une sonnerie stridente, déchirante, comme inéluctable. Je laisse tomber mon pain pour décrocher.

– Carrie ? demande une voix masculine.

– George ?

Je suis d'abord stupéfaite. Puis déçue. Et fâchée. Pourquoi est-ce qu'il appelle maintenant ? Bien après minuit, le soir du Nouvel An ? Il a dû boire un coup de trop.

– George, c'est pas le moment...

Il me coupe.

– Je suis avec quelqu'un qui veut te parler.

– Qui ?

– Bonne année, ricane Dorrit dans le combiné.

25

Mutinerie à Bralcatraz

J'ai évité le téléphone toute la matinée.

Je sais que j'ai une bonne action à faire. Et que plus tôt on fait sa B. A., mieux c'est. On est débarrassé, on n'a plus à y penser. Mais qui agit comme ça dans la vraie vie ? Non, en réalité on reporte à plus tard, on y pense, on repousse, on y repense, jusqu'à ce que le petit caillou dans la chaussure soit devenu une montagne. *Ce n'est qu'un coup de fil à passer*, me dis-je sans cesse. Mais j'ai tant d'autres choses importantes à faire.

Par exemple, ranger le débarras au-dessus du garage. Où je me trouve en ce moment. Vêtue d'une doudoune, de gants poilus et d'une étole en vison. La fourrure était à ma grand-mère. C'est un de ces cache-col affreux qui ont une tête et des petites pattes aux deux bouts. Je rapproche les deux têtes pour les faire parler.

– Bonjour !

– Comment ça va ?

– Pas trop bien. Je me suis fait voler ma queue et mes pattes arrière.

– Bah... De toute manière, ça sert à quoi, une queue ?

J'ai trouvé l'étole en fouillant dans un carton rempli d'affaires à ma grand-mère. À part le vison, c'est un vrai coffre aux trésors, rempli de vieux chapeaux hyper-glamour avec voilette et plumes. J'en coiffe un et tire la voilette sur mon nez. Je m'imagine descendant la Cinquième Avenue. M'arrêtant devant la vitrine de *Tiffany's* avant d'aller déjeuner au *Plaza*.

Le bibi toujours sur la tête, je déplace encore quelques caisses. Je cherche quelque chose, mais je ne sais pas quoi. Je le saurai quand j'aurai trouvé.

Je cherche un signe.

Au moment où je soulève les rabats d'un vieux carton de conserves de maïs Delmonte, une forte odeur de moisi vient frapper mes narines. Des livres de poche. Ma grand-mère se qualifiait elle-même de « grande lectrice » et se vantait de lire cinq livres par semaine. Principalement des romans d'amour et de la mythologie grecque. L'été, quand nous passions le week-end dans sa maison au bord de la mer, je faisais comme elle. Je dévorais ces romans d'amour comme des bonbons, en me disant : *Je pourrai faire ça un jour*. Je retournais les livres pour observer les photos des auteurs, avec leurs brushings extravagants, alanguies sur des divans roses ou assises contre de gros oreillers dans des lits à baldaquin. Ces dames écrivains, je le savais, étaient riches à millions. Et contrairement à leurs héroïnes, elles gagnaient leur vie sans le secours d'un homme. L'idée de devenir comme elles me remplis-sait d'une excitation secrète, quasi sexuelle, mais aussi presque terrifiante : quand une femme était capable de se débrouiller seule, avait-elle encore besoin d'un homme ? Est-ce qu'elle en avait envie, au moins ? Et si elle ne voulait pas d'homme, quel genre de femme pouvait-elle être ? Était-elle encore une femme ? Parce que d'après leurs livres, quand on était une femme, la seule chose qu'on était censée vouloir, c'était un homme.

Je devais avoir dans les huit ans. Peut-être dix. Douze, même. Respirer le parfum de ces vieux livres de poche, c'est comme respirer la petite fille de mon enfance. Depuis, j'ai appris une chose : quoi qu'il arrive, j'aurai toujours envie d'un homme dans ma vie.

Est-ce que cela a quelque chose de pitoyable ?

Je referme le carton et passe à un autre. Et soudain, je trouve. Une boîte rectangulaire blanche, aux coins jaunis. Une boîte à chemise d'homme. Je soulève le couvercle. Je sors un vieux cahier de rédaction, que j'ouvre à la première page. *Les Aventures de Pinky Weatherton*, est-il écrit de ma jeune écriture maladroite.

Cette bonne vieille Pinky ! Je l'ai inventée à l'âge de six ans. Pinky était une espionne dotée de pouvoirs spéciaux. Elle pouvait rétrécir jusqu'à la taille d'un dé à coudre et savait respirer sous l'eau. Pinky se faisait toujours entraîner dans la bonde du lavabo ; elle nageait dans les tuyaux et refaisait surface dans une autre salle de bains.

Je sors soigneusement tout le contenu de la boîte et le dispose par terre. En plus de Pinky, il y a des dessins et des cartes faites maison, des journaux intimes avec leur petit cadenas (je n'ai jamais réussi à écrire plus de quelques pages dans chaque, et pourtant je me reprochais mon manque de discipline : je savais que tout écrivain digne de ce nom est censé tenir un journal). Et tout au fond, mes premières histoires, tapées à deux doigts sur la machine Royale de ma mère. C'est comme un anniversaire-surprise, quand on se trouve soudain dans une pièce remplie de tous ses amis. Mais je décide que c'est aussi le signe ; je ramasse la boîte et l'emporte dans l'escalier. C'est le signe qu'il faut vraiment que j'appelle George.

– Il faut que tu appelles George.

C'est la première chose que mon père m'a dite ce matin.

– Oui oui, papa. Je vais le faire.

Cela m'a mise un peu en colère. Je m'étais juré de ne plus jamais parler à George, après ce qu'il m'avait dit sur Sebastian. Même si je finissais à Brown, ce qui est de plus en plus probable vu que je n'ai rien trouvé de mieux à proposer, je prévoyais de l'éviter. Et pourtant, une fois de plus, il avait trouvé le moyen de s'incruster dans nos vies. Enfin, surtout dans la mienne. Ça n'allait pas du tout. Je ne voulais pas de lui. Je savais que j'étais dans mon tort – il n'avait rien fait de mal –, mais j'étais persuadée qu'il était quand même fautif. S'il ne s'était pas tant occupé de Dorrit au moment de son arrestation, s'il n'avait pas été si gentil, elle n'aurait jamais fait cette fixette sur lui. Ce n'était qu'un de ces béguins puérils et irrationnels que les préadolescentes réservent d'habitude aux chanteurs mignons, mais pourquoi George ? Il est assez beau mec, mais pas *mignon*. Il n'a même pas l'air dangereux.

Ce n'est peut-être pas le danger qu'elle recherche. Plutôt la stabilité ?

Ou alors elle est poussée par l'esprit de compétition. Dorrit va un peu plus loin à chaque infraction : d'abord les vols de boucles d'oreilles et de gloss, puis le sac de ma mère... C'était peut-être logique que George soit sa dernière conquête.

Quand je rentre dans la maison, mon père est exactement dans la même position qu'il y a deux heures : assis au petit bureau où l'on range le courrier, les yeux rivés sur une feuille de papier blanc, un crayon à la main.

– Tu as appelé George ? me demande-t-il en levant la tête.

– J'y vais. Tout de suite.

– Tu lui dois bien un coup de fil. Qu'est-ce qu'on aurait fait s'il n'avait pas été là ? Il faut que je trouve un moyen de le remercier.

Il me vient une pensée atroce : ne devrais-je pas m'offrir en remerciement ? Comme une héroïne des romans de ma grand-mère, forcée par sa famille à épouser un homme qu'elle n'aime pas. Ensuite, il faudra que Sebastian vienne me sauver. Sauf qu'il ne peut pas, car mon père nous a interdit à toutes de quitter la maison sans la surveillance d'un adulte. On n'a même pas le droit de téléphoner sans son autorisation. Je monte dans ma chambre en traînant les pieds. Je déteste mon père, je déteste Dorrit, et par-dessus tout je déteste George.

Je fourre la boîte sous mon lit et je décroche. Peut-être qu'il dort encore. Ou qu'il est sorti. Au moins, je pourrai dire que j'aurai essayé. Il répond à la deuxième sonnerie.

– Alors, tu tiens le coup ? me demande-t-il.

– Ça peut aller.

– Et Dorrit ?

– Enfermée dans sa chambre. (Un silence.) Enfin bref, je voulais te remercier. On ne s'en serait jamais sortis sans toi.

Je fais de mon mieux pour avoir l'air sincère, mais sans grand succès. George n'a pas l'air de remarquer, heureusement.

– Pas de problème, dit-il, très bon esprit. Ce sont des choses qui arrivent. Content d'avoir pu me rendre utile.

– Encore merci.

Mon devoir accompli, je suis sur le point de raccrocher quand je commets une erreur fatale.

– George. Pourquoi elle t'a choisi, toi ?

Il éclate de rire.

– C'est presque insultant, comme question.

– Mais non. Tu es un type bien...

– Ah oui ? fait-il avec intérêt.

– Bien sûr, dis-je en me demandant comment me sortir de ce guêpier. Mais elle n'a que treize ans. Ça paraît un peu extrême de voler une voiture et de faire toute la route jusqu'à Provincetown...

J'entends un déclic qui trahit papa : il a décroché en bas pour écouter.

– Je voulais justement t'en parler, répond George en baissant la voix. Je pourrais passer la semaine prochaine.

– Il faut que je demande à mon père.

Je sais déjà qu'il sera d'accord. Je suis même étonnée qu'il ne se soit pas déjà invité dans la conversation.

Après avoir raccroché, je fonce en bas retrouver papa.

– Tu vas espionner toutes mes conversations ?

– Désolé, Carrie, mais oui. Et je n'espionne pas. Je surveille.

– Génial.

– Et si tu comptais aller retrouver Sebastian ce soir, oublie. Je ne veux pas de ce petit c-o-n dans les parages.

– Mais papa...

– Je regrette, Carrie.

– Mais c'est mon copain !

– C'est comme ça, insiste-t-il sans se laisser apitoyer. Pas de garçon. Donc, pas de Sebastian non plus.

– Mais c'est quoi, ici ? La prison d'Alcatraz ?

Mon père ne répond rien.

Aaarrrgggghhhh !

Ma rage est devenue un monstre unicellulaire préhistorique, un virus de fureur explosive qui paralyse toute pensée rationnelle et me rend aveugle à tout, sauf un but unique...

Je fonce dans la chambre de Dorrit en hurlant :

– Je vais te *tuer* !

Je lui bondis dessus, mais elle l'a senti venir : elle lève les jambes en position de défense. Je sais que quelque part dans le monde, dans les familles idéales, les frangines ne se tapent pas dessus. Chez nous, c'est tout le contraire. Nous nous sommes toujours battues : on s'est donné des coups de pied, tordu les bras, poursuivies avec pelles et râteaux, enfermées dans la voiture ou dehors, fait tomber des arbres, cachées dans les placards, sous les lits, traquées comme des lapins. Je hurle encore que je vais la tuer tout en brandissant un oreiller au-dessus de ma tête pendant qu'elle me donne des coups de pied dans le ventre.

J'essaie de coincer sa tête sous l'oreiller, mais elle se tortille et atterrit par terre. Elle se lève et me saute sur le dos. Je me cabre comme un cheval mais elle tient bon. J'essaie de me mettre debout et nous tombons ensemble. Nous nous retrouvons sur le lit, moi sur elle.

Alors le barrage de nos émotions déborde, et nous éclatons d'un rire hystérique. Un rire plein de larmes.

– C'est pas drôle, dis-je. Tu as foutu ma vie en l'air. Tu mérites la mort.

– Qu'est-ce qui se passe ?

Missy vient d'apparaître à la porte. Dorrit la montre du doigt. Ce n'est pas drôle non plus, mais nous voilà reparties dans un énorme fou rire.

– Arrêtez de rigoler, gronde Missy. Je viens de parler avec papa. Il envisage d'envoyer Dorrit en pension.

Dorrit explose encore de rire.

– Je vais devoir mettre un uniforme ?

Missy fait la tête.

– Il est sérieux, cette fois. Il dit qu'il ne plaisante pas. On est dans le pétrin. Toutes les trois. On n'a même plus le droit d'avoir des amis.

– C'est Bralcatraz, dis-je.

– Ha ! lance Dorrit, dédaigneuse.

Elle descend de son lit et va se regarder dans la glace en tortillant une mèche bleue devant sa figure.

– Il s'en remettra, comme toujours, ajoute-t-elle méchamment.

– Dorrit...

– Je me demande pourquoi c'est lui qui est resté, continue-t-elle. C'est lui qui devrait être mort. Et maman qui devrait être vivante.

Elle nous jette un regard de défi, contente de nous avoir choquées. C'est un sentiment que nous avons toutes déjà éprouvé, sans jamais l'exprimer.

– Et je me fous d'aller en pension. Tout plutôt que rester coincée dans cette famille.

26

Radar Lady

Un coup de klaxon rompt le silence. *Pitié, faites que ce soit La Souris.*

Missy, Dorrit, mon père et moi sommes à table. Nous tentons, sans aucun succès, de faire comme si tout était normal. Mon père va à la fenêtre, tire sur le rideau et jette un coup d'œil dehors.

– C'est Roberta, confirme-t-il.

Je saute sur mes pieds pour attraper mon manteau et mon sac Carrie, qui m'attendent dans l'entrée.

– Pas si vite, dit papa tandis que Dorrit lève les yeux au ciel. Reprenons encore une fois. Tu vas voir *L'Importance d'être constant* au théâtre de Hartford. Tu m'appelleras pendant l'entracte. Tu seras rentrée pour onze heures.

– *Plus ou moins* onze heures, dis-je en enfilant mon manteau.

– Je t'attendrai pour me coucher.

Il regarde Missy et Dorrit. Le nez dans leurs assiettes, elles font semblant de manger. Et de ne pas savoir où je vais en réalité.

– Oui papa.

J'enroule le vison de ma grand-mère autour de mon cou. Pas mon style du tout, mais je me dis que c'est le genre d'ornement que l'on porte au théâtre, et que c'est bon pour mon mensonge.

Je me dépêche de rejoindre la voiture. J'ai l'impression d'avoir une cible collée dans le dos.

J'ai menti. Pas sur toute la ligne, notez bien. La Souris et moi allons bien voir un spectacle. Mais pas au théâtre de Hartford, c'est tout. Nous allons retrouver Lali et Sebastian au concert d'Aztec Two Step. Ce n'est pas vraiment ainsi que j'avais imaginé mes retrouvailles avec Seb, mais aucune importance. Chaque molécule de mon corps palpite d'impatience.

Quand j'ouvre la porte de la Gremlin, une bouffée d'air chaud et sec vient m'envelopper. La Souris m'adresse un sourire triomphant pendant que je boucle ma ceinture. Elle sait que mon père nous observe.

– Pas de problème ? me demande-t-elle.

– Comme sur des roulettes. Il ne se doute de rien.

Une fois à bonne distance de la maison, sur la voie rapide, je me mets à rire, excitée comme une puce. Je vérifie nerveusement mon rouge à lèvres dans le petit miroir du pare-soleil.

– J'en reviens pas qu'on ait réussi, dis-je d'une voix stridente. La Souris, t'es la meilleure.

– Bah. Ça sert à ça, les amis, non ?

Je me renverse dans mon siège avec un sourire de folle.

Quand Sebastian a appelé hier à trois heures et que mon père lui a dit que je n'étais pas disponible, ça a viré à l'émeute chez les Bradshaw. J'ai hurlé, menacé de m'arracher les cheveux, mais rien à faire. Mon père a débranché tous les téléphones et s'est barricadé dans sa chambre. Mes sœurs et moi avons décidé de prendre la voiture en douce, mais papa avait prévu le coup et caché les clés. Nous avons voulu entrer en force dans sa chambre, mais en l'entendant pleurer, nous nous sommes réfugiées dans la pièce du fond, blotties sur le canapé comme trois orphelines terrifiées. Il a fini par venir nous retrouver. Missy a craqué la première, elle a dit : « Pardon papa » et a éclaté en sanglots. Mon père a répondu : « Ce n'est pas votre faute » et « J'aime tellement mes filles », et nous lui avons toutes promis de nous améliorer. Mais pendant ce temps, je n'arrêtais pas de penser à Seb et au moyen de le joindre. L'idée qu'il ne soit qu'à quelques minutes de chez moi et que je ne puisse pas le voir me donnait l'impression d'avoir un rat dans le ventre qui me rongeait les entrailles.

J'ai fini par monter, sortir ma boîte de vieilles histoires et tenter de me calmer en imaginant un avenir meilleur. Je vivrais à New York, j'écrirais des romans et ma vie serait totalement différente. Je visualisais mon avenir comme un joyau profondément enfoui en moi, qu'on ne pourrait pas m'arracher même si je restais enfermée à perpétuité à Bralcatraz.

Mon père est entré tout doucement dans ma chambre.

– Je ne voulais pas être si dur avec toi, m'a-t-il dit.

J'avais une ouverture, là, à condition de rester calme et raisonnable.

– Ça va, papa.

– J'essaie simplement d'être juste. Si je vous laisse sortir, toi et Missy, il faudra que je fasse pareil pour Dorrit. Et si elle refaisait une fugue ?

– Bien sûr, papa.

– Ce n'est pas pour toujours. Juste une semaine ou deux. Jusqu'à ce que j'aie trouvé quoi faire.

– Je comprends.

– Tu vois, Carrie, a-t-il continué en s'asseyant au bord de mon lit. Tout est une question de système. C'est ce qui manque dans cette maison. Si on applique un système de réussite aux actes humains... si on ramène l'être humain à son équation moléculaire de base... après tout, nous ne sommes faits que de molécules et d'électrons. Et les électrons sont gouvernés par des règles strictes. Bien, conclut-il en se levant comme s'il avait vraiment trouvé une solution à nos problèmes. Je savais que je pouvais compter sur toi. Et ça me fait plaisir. Vraiment.

Il m'a embrassée maladroitement et a ajouté ce qu'il dit toujours dans cette situation :

– N'oublie pas : je t'aime, mais pas seulement. Tu es aussi quelqu'un que j'apprécie.

– Moi aussi, ai-je répondu tout en réfléchissant à un plan. Papa ? Je peux passer un coup de fil ?

Et avant qu'il ait pu faire une objection, j'ai placé une explication :

– Il faut que j'appelle La Souris. J'avais rendez-vous avec elle...

Il devait vraiment se sentir mal, car il a cédé.

– T'inquiète, m'a dit La Souris. Je m'occupe de tout.

Ce matin, le calme était revenu. Mon père a accepté de remettre le téléphone en service – en insistant quand même pour répondre personnellement à tous les coups de fil. La Souris a rappelé et lui a parlé pendant que j'écoutais depuis l'autre poste.

– Je sais que Carrie n'a pas le droit de sortir, mais nous avons les billets depuis des mois. Pour le théâtre de Hartford. Et ils ne sont pas remboursables. C'est pour notre cours de littérature. Il n'y a pas d'obligation d'y aller, mais si nous le ratons, cela risque de faire baisser notre moyenne.

Et voilà... La liberté ! Dans la Gremlin brinquebalante, la radio à fond, La Souris et moi chantons à tue-tête sur les B-52. L'audace de notre évasion me fait tourner la tête. Je suis prête à casser la baraque. Je suis invincible.

Ou presque. À mi-chemin, je commence à m'inquiéter. Et si Sebastian est en retard ? Et s'il nous pose un lapin ? Et pourquoi ce besoin d'envisager le pire ? Si on pense à un malheur, peut-on le faire arriver ? S'agit-il d'un pressentiment ?

Mais la Corvette jaune est bien là, dans le chemin de terre qui mène à la salle de concert.

J'entre à grands pas, gonflée à bloc. Il est assis au bar ; j'enregistre vaguement la présence de Lali.

– Salut ! crie-je.

Lali est la première à me repérer. Ses traits sont bizarrement tombants, comme si ses muscles étaient tout mous de déception. Il y a quelque chose qui cloche. Seb commence à se retourner, elle lui chuchote quelque chose à l'oreille.

Il est très bronzé. Une atmosphère de plage s'accroche encore à lui comme du sel sur la peau. Il me fait un signe de tête avec un sourire artificiel. Pas la réaction que j'attendais de l'amour de ma vie après deux semaines de séparation. Peut-être que c'est comme les chiens abandonnés par leur maître, qu'il lui faudra un peu de temps pour se réhabituer à moi.

– Coucou, toi ! dis-je un peu trop fort et un peu trop joyeusement.

Je le prends dans mes bras et sautille sur place.

– Eh bé ! s'exclame-t-il en me faisant une bise. Tout va bien ?

– Évidemment !

– Et Dorrit ? s'enquiert Lali.

– Oh, dis-je en agitant vaguement la main. C'est rien. Tout est arrangé. Je suis hyper-contente d'être là.

Je monte sur le tabouret à côté de lui et commande une bière.

– Où est La Souris ? demande Seb.

La Souris ? Et moi, alors ?

– Aux toilettes. Tu es rentré depuis quand ?

Alors que je le sais très bien, puisqu'il a téléphoné chez moi.

330

– Hier après-midi, répond-il en se grattant le bras.

– Désolée de ne pas avoir pu te parler... mais La Souris t'a appelé pour tout te raconter, hein ? Ce qui s'est passé avec Dorrit ?

Lali et lui échangent un regard.

– En fait... commence-t-il, quand ton père m'a raccroché au nez, j'ai appelé Lali. Elle m'a expliqué qu'il était arrivé quelque chose à Dorrit vendredi soir...

– Alors on est allés à l'*Emerald*, termine Lali.

– Je savais que tu ne pouvais pas sortir, ajoute-t-il rapidement en me tapotant le nez du bout du doigt. Et je n'avais aucune envie de rester encore coincé entre mes parents.

Un caillou pointu me déchire les boyaux et va se poser au creux de mon estomac.

– Et les vacances, c'était comment ?

– Bôf.

Je capte l'expression de Lali par-dessus son épaule. Elle est blême. Se serait-il passé quelque chose hier soir ? Lali et Sebastian... ? *Non.* C'est ma meilleure amie. Et lui, c'est mon copain. C'est normal qu'ils soient amis. *Ne fais pas ta jalouse. Tu montrerais ta faiblesse.*

– Salut tout le monde !

La Souris arrive au bar.

– La Souris ! s'exclame Seb en la serrant affectueusement dans ses bras.

Elle lui donne une tape dans le dos, aussi déroutée que moi par ses effusions. C'est bien la première fois qu'il se montre aussi amical.

J'avale une gorgée de bière. C'est moi, ou il se passe quelque chose de méga-louche ?

Je saute de mon tabouret et regarde Lali.

– Je vais me repoudrer le nez, comme on dit. Tu veux venir ?

Elle hésite, jette un regard à Seb et pose sa bière.

– D'ac.

Une fois dans les toilettes, je la questionne :

– Tu ne trouves pas Sebastian bizarre, ce soir ?

– Je n'ai pas remarqué.

– Enfin, Lali, ça se voit ! Il est tout gêné.

Quand je sors de ma cabine, Lali est devant le lavabo. Elle s'observe dans le miroir terni en s'ébouriffant les cheveux.

Elle refuse de me regarder.

– Ça doit être parce qu'il est parti.

– Tu crois qu'il s'est passé quelque chose ? Pendant ses vacances ? Il a peut-être rencontré quelqu'un.

– Peut-être.

Qu'est-ce que c'est que cette réaction ? La bonne réponse était : « Non. Impossible, voyons ! Il est fou de toi. » Ou quelque chose du même genre.

– Alors comme ça, vous êtes allés à l'*Emerald* hier soir.

– Ben oui.

– Il ne t'a pas parlé d'une autre fille ?

– Non.

Elle tripote une mèche dans sa nuque.

– Vous êtes restés longtemps ?

– Aucune idée. On a bu un verre. Il avait envie de sortir de chez lui. Moi aussi. Alors...

– Ouais, ouais.

Je grille d'en savoir plus. Quels morceaux ils ont écoutés, ce qu'ils ont bu, s'ils ont dansé ou non. J'ai envie de la sonder, d'entrer dans sa tête et d'apprendre en détail tout ce qui s'est passé. Quoique. J'aurais peur de tomber sur quelque chose d'insupportable.

À notre retour, La Souris est en pleine conversation avec Sebastian.

– De quoi vous parlez ?

– De toi, me répond Seb avec un sérieux qui ne lui ressemble pas.

J'émets un rire léger.

– Qu'est-ce que j'ai ?

– C'est dur pour toi, tout ça...

Oh non, pas encore !

– Pas tant que ça.

Je termine ma bière et en commande une autre. Puis je demande un alcool fort.

– Une tournée générale, propose Seb.

L'idée de l'alcool allège l'atmosphère. Nous levons nos verres et trinquons : à la nouvelle année, au prochain été, au futur. Sebastian fume une cigarette, un bras passé autour de mes épaules. La Souris parle à Lali. Je m'appuie contre Seb et lui prends une taffe.

– Il y a quelque chose qui ne va pas ? dis-je.

– Comment ça ?

Il reprend une bouffée et détourne la tête. Je rêve, ou il a une pointe d'agressivité dans la voix ?

– Je sais pas. Tu es un peu étrange ce soir.

– Ah bon ? Je dirais plutôt que c'est toi.

– Moi ?

– Ben ouais.

Il me regarde dans les yeux, comme pour me mettre au défi d'aller plus loin. Je m'incline.

– Tu as peut-être raison. Toutes ces histoires avec Dorrit...

– Mmm.

Il se détourne et écrase son mégot.

– Mais je ne vais pas me laisser abattre. J'ai envie de m'amuser.

Et je l'entraîne sur la piste de danse.

Bientôt, je m'éclate comme une folle. Le groupe arrive et on chante tous en chœur. L'alcool fait son effet magique : soudain, je me fous de tout. Je retire mon étole pour donner à boire au vison. Je fais mon petit effet, les gens sont morts de rire. L'heure tourne sans que je m'en rende compte.

À dix heures et quart, La Souris désigne sa montre.

– Brad, il faut qu'on s'en aille.

– Aucune envie.

– Encore deux morceaux et on y va.

– Bon, si tu y tiens.

J'empoigne ma bière et me fraie un chemin jusqu'à la scène. Le chanteur me remarque et me sourit, amusé. Il est mignon. Très. Il a un visage doux et des cheveux bouclés, comme sur une peinture de la Renaissance. Lali craque pour lui depuis ses quatorze ans. À l'époque, elle contemplait sa photo pendant que nous passions ses disques. À la fin de la chanson, il se baisse pour me demander ce que je veux entendre.

– My Radar Lady !

Le morceau commence. Le chanteur n'arrête pas de me regarder. Ses lèvres bougent au-dessus du micro et la musique m'enveloppe dans un moelleux nuage d'hélium. Il n'y a plus que la musique, le chanteur et ses lèvres douces. Je me sens exactement comme dans la boîte de Provincetown avec Walt et Randy : sauvage et libre. Écouter ne me suffit plus. Il faut que je participe. Il faut... que je chante !

Sur scène. Devant tout le monde.

Et là, miracle : comme si ma pensée pouvait déclencher les événements, le chanteur me tend la main. Je la prends et il me hisse sur la scène. Il me fait une place à côté du micro. Et me voilà en train de chanter à cœur joie. En un rien de temps, la chanson est terminée, le public applaudit en riant. Le chanteur se penche sur le micro et dit :

– C'était...

Je crie :

– Carrie Bradshaw !

Ma voix roule comme un coup de tonnerre.

– On applaudit bien fort... Carrie Bradshaw !

Je fais un petit signe de la main au public, descends de la scène et retraverse la foule d'un pas chancelant, grisée par mon comportement insouciant. *Je vis*, me dis-je.

Je suis... *présente*.

– J'hallucine, me crache Lali quand j'arrive au bar.

Je la regarde, puis je regarde La Souris, puis Sebastian, et reprends mon verre d'une main tremblante.

– Pourquoi ? C'était mauvais ?

À mesure que la bière me descend dans la gorge, je sens mon assurance me quitter.

– Mauvais, c'est pas le mot... hasarde Sebastian.

– Brad, c'était génial ! s'exclame La Souris.

Je regarde Seb d'un air accusateur.

– Je n'étais pas au courant que tu savais chanter, se défend-il encore. Ça m'a surpris, c'est tout.

– Oh, Carrie n'arrête pas de chanter, persifle Lali. Elle chantait déjà dans le spectacle de fin d'année en CE2.

– Faut qu'on y aille, dit La Souris.

– La fête est finie, ajoute Seb.

Il se penche pour m'embrasser brièvement sur la bouche.

– Et vous, vous partez aussi ?

Ils échangent encore un regard mystérieux, après quoi Lali détourne les yeux.

– On va pas tarder.

– Brad, allez, viens. Ton père a assez de soucis comme ça, insiste nerveusement La Souris.

– J'arrive, dis-je en remettant l'étole sur mes épaules. Bon...

– Bon, répète Sebastian. On se voit demain, d'accord ?

– OK.

Je tourne les talons pour suivre La Souris.

Mais une fois dans le parking, je suis soudain submergée par les remords.

– J'ai peut-être eu tort de faire ça.

– Faire quoi ?

– Monter sur scène. Je crois que ça n'a pas plu à Sebastian.

– S'il n'a pas aimé, c'est son problème. Moi, j'ai trouvé ça excellent, affirme La Souris.

Nous montons en voiture et elle met le contact. Nous sommes en train de reculer quand je me frappe le front.

– Arrête-toi.

– Pourquoi ?

Elle écrase le frein. Je descends de voiture.

– Ça ne va pas. Il faut que je m'excuse. Sebastian m'en veut. Je ne peux pas rentrer comme ça.

– Carrie, non ! me crie La Souris, mais trop tard.

J'entre et m'arrête à la porte pour le chercher des yeux. Mon regard passe sur le bar. Je n'y comprends rien : ils ne sont plus là. Comment ont-ils pu partir avant nous ? Je me rapproche de quelques pas, et là je me rends compte que je me suis trompée. Ils sont bien là. Toujours au bar. Mais je ne les ai pas reconnus tout de suite parce qu'ils sont étroitement enlacés. Et qu'ils s'embrassent comme si la fin du monde était pour demain.

Impossible. Je dois avoir des visions. J'ai trop bu.

– Hé !

337

Mes yeux ne m'ont pas trompée : ils sont bien en train de se rouler des pelles. Mais je ne réalise pas encore.

– Hé ! *Hé !*

Leurs yeux pivotent vers moi, et ensuite seulement, comme à regret, leurs bouches se séparent. Un instant, tout est immobile, comme si nous étions des figurines en plastique dans une boule à neige. Ensuite, je sens ma tête remuer de haut en bas. *Eh oui*, dit une voix dans mon crâne. *Tu savais que ça devait arriver. Tu savais que c'était inévitable.*

Je m'entends parler.

– Vous pensiez que je ne m'en rendrais pas compte ?

Je commence à faire demi-tour. Du coin de l'œil, je vois Lali sauter de son tabouret de bar. Ses lèvres forment mon nom, Sebastian la rattrape par le poignet.

Je retraverse la salle et sors. Sans un regard en arrière.

La Gremlin est au point mort devant l'entrée. Je monte et claque la porte.

– Partons.

À mi-chemin de chez moi, je demande à La Souris de s'arrêter. Elle se gare au bord de la route. Je descends pour vomir. Plusieurs fois.

Quand nous arrivons devant chez moi, toutes les lumières du bas sont allumées. J'entre d'un pas ferme et m'arrête à la porte de la pièce du fond. Mon père est sur le canapé, plongé dans un magazine. Il lève la tête, ferme son journal et le pose soigneusement sur la table basse.

– Content que tu sois rentrée, dit-il.

– Moi aussi.

338

Je suis soulagée qu'il ne me gronde pas de ne pas avoir appelé à neuf heures.

– Alors, cette pièce ?

– Bien.

Dans ma tête, je vois un château de cartes ; sur chacune, il est écrit : « Et si... ? » Les cartes commencent à s'effondrer pour former un tas de cendres.

Et si Dorrit n'avait pas fugué ? Si j'avais pu voir Sebastian hier soir ? Si je n'étais pas montée me ridiculiser sur scène ?

Et si j'avais donné à Sebastian ce qu'il voulait ? Si j'avais couché avec lui ?

– Bonne nuit, papa.

– Bonne nuit, Carrie.

27

La fille qui...

Un cercueil. Sauf que ce n'en est pas vraiment un. Plutôt un bateau. Qui s'en va. Il faut que je monte à bord, mais les gens me barrent le passage. Je n'arrive pas à les contourner, et l'un d'entre eux est Mary Gordon Howard. Elle m'attrape par la manche de mon manteau et me tire en arrière. Elle se moque de moi.

– Tu ne t'en remettras jamais. Tu seras marquée à vie. Jamais un homme ne t'aimera...

Non. *Noooooooon.*

Réveillée. Dans le gaz. Me souviens vaguement qu'il s'est passé quelque chose de mal hier soir.

Me rappelle ce que c'est.

C'est pas vrai.

Si, c'est vrai, je le sais.

Me demande quoi faire. Péter un câble, appeler Lali et Sebastian pour leur hurler dessus ? Leur verser sur la tête un seau de sang de cochon comme dans le film *Carrie* ? (Mais où trouver le sang ? En plus, trop dégueu.) Faire comme si de rien n'était ? Faire comme si Seb et moi étions encore ensemble. Comme si l'incident Lali n'était qu'une aberration dans une longue histoire d'amour heureuse.

Cinq minutes s'écoulent. Ai des pensées bizarres. Exemple :

Dans la vie, il n'y a que quatre types de filles.

Celles qui jouent avec le feu.

Celles qui ouvrent la boîte de Pandore.

Celles qui donnent la pomme à Adam (je sais, elle s'appelait Ève, mais attendez, c'est pas fini)...

Et celles qui se font piquer leur copain par leur meilleure amie.

Non. Il ne peut pas la préférer à moi. Pas possible. Sauf que si, bien sûr.

Pourquoi ? Coups de poing dans le lit, tentative de déchirer mon vêtement (un haut de pyjama en flanelle que je ne me rappelle pas avoir enfilé), hurlement dans l'oreiller. Retombage sur le lit, en état de choc. Contemplation du plafond en me posant des questions horribles :

Et si personne ne veut plus jamais coucher avec moi ? Si je suis condamnée à rester vierge à vie ?

Sortage du lit à quatre pattes, descente de l'escalier, attrapage du téléphone.

– T'as une sale mine, me dit Dorrit.

Grrrr.

– Je m'occuperai de toi plus tard.

Remontage dans ma chambre façon écureuil, téléphone en main. Refermage soigneux de la porte. D'une main tremblante, composition du numéro de Lali.

– Lali ?

– Carrie ?

Elle paraît légèrement craintive, mais pas aussi terrifiée que je ne l'espérais. Mauvais signe.

– Pitié, dis-moi qu'hier soir n'est pas arrivé.

– Hum. Bon. C'est arrivé.

– Pourquoi ?

– *Pourquoi ?*

– Comment tu as pu me faire ça ? (Cri déchirant.) Silence. Puis :

– Je ne voulais pas te le dire. (Nouveau silence, pendant lequel je me noie dans des sables mouvants. Décès prochain apparemment inévitable.) Mais c'est moi qui suis avec Seb, maintenant.

Tellement simple. Tellement concret. Tellement indiscutable.

Il doit y avoir une erreur.

– Ça fait un moment qu'on sort ensemble, précise-t-elle.

Je le savais. Je savais qu'il se passait un truc entre eux, mais je ne voulais pas y croire. Je n'y crois toujours pas.

– Combien de temps ?

– Tu tiens vraiment à le savoir ?

– Oui, dis-je, les dents serrées.

– Depuis avant les vacances.

– Quoi ?

– Tout ce que je sais, c'est qu'il a besoin de moi.

– À moi aussi, il m'a dit qu'il avait besoin de moi !

– Il a dû changer d'avis.

– Ou alors, c'est toi qui lui as fait changer d'avis.

– Pense ce que tu veux, répond-elle durement. C'est moi qu'il aime.

– Oh non. Tu as choisi entre lui et moi, c'est tout.

– Qu'est-ce que tu veux dire ?

– Tu ne piges pas ? On n'est plus amies. On ne sera plus jamais amies. Je ne sais même pas comment je peux encore te parler.

Long silence horrible. Enfin :

– Je l'aime, Carrie.

Clic, tonalité. Je m'assois sur mon lit, assommée.

L'assemblée : au-dessus de mes forces. Je monte en douce à l'étable. Vais peut-être y passer toute la journée. Fume clope sur clope. Il fait un foutu temps de chien. Décide de dire « foutu » à la moindre occasion.

Comment ça a pu arriver ? Qu'est-ce qu'elle a de plus que moi ? OK, j'ai déjà répondu à tout ça. Apparemment, je ne suis pas assez bien pour lui. Ou j'ai mérité ce qui m'arrive. Je l'ai piqué à Donna LaDonna, Lali me l'a piqué. On récolte ce qu'on a semé. Et au bout du compte, une autre le piquera à Lali.

Comment ai-je pu être aussi bête ? J'ai toujours su que je ne pourrais jamais le garder. Pas assez intéressante. Ou pas assez sexy. Ou pas assez jolie. Ou pas assez intelligente. Ou peut-être trop intelligente ?

Je me prends la tête entre les mains. Parfois, je faisais l'idiote quand j'étais avec lui. Je disais des choses comme « Ah bon, c'est vrai ? » alors que je savais parfaitement de quoi il parlait. Ça me donnait l'impression de ne plus savoir qui j'étais, ou qui je devais être. Je gloussais nerveusement quand ce n'était pas drôle. Je devenais trop consciente de ma bouche, ou de ma manière de bouger les mains. Je commençais à vivre avec un puits d'angoisse grand ouvert dans ma conscience. Comme un cousin envahissant qui refuse de partir tout en critiquant tout chez vous.

Je devrais être soulagée. J'ai l'impression de rentrer de la guerre.

– Carrie ? murmure prudemment Maggie.

Je lève la tête. Elle est là, avec ses joues roses et ses deux longues tresses. Elle met ses mains gantées de mitaines devant sa bouche.

– Ça va ?

– Non.

Ma voix n'est qu'un souffle.

– La Souris m'a dit, m'annonce-t-elle tout bas.

Je hoche la tête. Bientôt, tout le monde sera au courant. On se moquera de moi derrière mon dos. Je vais devenir la risée du lycée. La fille qui n'a pas su garder son copain. La fille qui ne suffisait pas. La fille qui s'est laissé trahir par sa meilleure amie. La fille qu'on peut écraser sous sa botte. La fille qui *ne compte pas*...

– Qu'est-ce que tu vas faire ? me demande-t-elle, scandalisée.

– Qu'est-ce que je peux faire, à ton avis ?

– Le reconquérir.

– Elle dit qu'il a besoin d'elle.

– Elle ment ! éclate Maggie. C'est une grosse menteuse. Toujours à se vanter. Elle ne parle que d'elle. Elle t'a volé Sebastian par jalousie.

– C'est peut-être vrai qu'il la préfère, dis-je faiblement.

– Pas possible. Et si oui, c'est un connard. Tous les deux, ce sont des salopards. Ils se sont trouvés, tiens. Bon débarras. Il n'était pas assez bien pour toi.

Mais si. Il était tout ce que je voulais. Nous étions faits l'un pour l'autre. Je n'aimerai plus jamais comme je l'ai aimé, lui.

– Il faut que tu fasses quelque chose, insiste Maggie. Venge-toi. Fais sauter son pick-up.

Je relève la tête.

– Oh, Magou. Je suis trop *fatiguée*.

Vais me cacher à la bibliothèque pendant le cours de maths. Lis furieusement le livre d'astrologie. Lali est lion, pas étonnant. Sebastian est scorpion. Ils vont avoir une vie sexuelle explosive.

Tentative de déterminer ce que j'exècre le plus dans cette situation. La honte et la gêne ? La perte simultanée de mon chéri et de ma meilleure amie ? Ou la trahison. Ça doit faire des semaines qu'ils complotent. Qu'ils parlent de moi, du meilleur moyen de se débarrasser de moi. Qu'ils mettent au point des rendez-vous secrets. Qu'ils se demandent comment me le dire. Mais ils ne m'ont rien dit. N'ont pas eu la correction de le faire. M'ont simplement mise devant le fait accompli. Prends ça. Comme si le seul moyen de régler la question était de se faire griller. Ils n'ont pas pensé à ce que cela me ferait. Je n'étais qu'un obstacle. Parce que je ne compte pas pour eux. Je ne suis *personne* pour eux.

Toutes ces années d'amitié. Est-ce que ça n'a été qu'un vaste mensonge ?

Je me rappelle, une fois, en sixième. Lali ne m'a pas invitée à son anniversaire. Je suis arrivée en classe un jour, et elle ne m'adressait plus la parole. Ni personne non plus. Ou presque. Maggie et La Souris me causaient encore, mais pas les autres filles qu'on fréquentait, comme Jen P. Je ne savais plus quoi faire. Maman m'a suggéré d'appeler Lali. Ce que j'ai fait. Sa mère m'a raconté qu'elle n'était pas là, alors que je l'entendais rigoler avec Jen P. en bruit de fond.

– Pourquoi est-ce qu'elles me font ça ? ai-je demandé à ma mère.

– Je ne peux pas te le dire, m'a-t-elle répondu. C'est une chose qui arrive parfois entre filles.

– Mais pourquoi ?

Elle a secoué la tête.

– C'est de la jalousie.

Mais je n'ai pas cru à cette explication. Je pensais que c'était plus instinctif. Comme dans les troupeaux d'animaux sauvages, quand ils abandonnent l'un des leurs derrière eux pour qu'il meure.

C'était effrayant de comprendre qu'on ne pouvait pas survivre sans amies.

– Ne te tracasse pas, m'a conseillé ma mère. Fais comme si tout allait bien. Elle changera d'avis. Tu verras.

Elle avait raison. J'ai suivi son conseil, l'anniversaire de Lali est passé, et ça n'a pas raté : quatre jours après, mystérieusement, nous étions de nouveau amies.

Mais un mois plus tard, quand Lali a reparlé de son anniversaire – elle avait emmené six filles dans un parc d'attractions –, j'ai brûlé de honte à l'idée d'avoir été exclue. J'ai fini par lui demander pourquoi elle ne m'avait pas invitée ; elle m'a regardée d'un air surpris.

– Mais tu étais là, non ?

J'ai secoué la tête.

– Ah bon. Tu avais dû m'énerver, je ne sais plus.

– Cette Lali, c'est une *petite sotte*, a commenté ma mère.

« Petite sotte » étant l'insulte qu'elle réservait aux formes d'humanité les plus basses.

J'ai laissé filer. Je me suis dit que c'était comme ça, les filles. Mais ceci, cette trahison, est-ce normal aussi ?

– Dis donc, me lance La Souris en me trouvant entre les rayonnages. Il n'était pas en maths. Et elle, pas à l'assemblée. Ils doivent se sentir vraiment coupables.

– Ou alors ils sont à l'hôtel. En train de s'envoyer en l'air.

– Tu ne peux pas les laisser t'atteindre, Brad. Tu ne peux pas les laisser gagner. Fais comme si tu t'en fichais.

– Mais je ne m'en fiche pas !

– Je sais. Mais parfois, il faut faire le contraire de ce qu'on attend de toi. Ils veulent te rendre folle. Ils veulent que tu les détestes. Plus tu les détesteras, plus ils seront forts.

– Je voudrais juste savoir *pourquoi*.

– Les lâches ! dit Walt en posant son plateau à côté du mien. Ils n'ont même pas le courage de venir en cours.

Je contemple mon assiette. Le poulet frit ressemble soudain à un gros insecte. La purée, à du mastic gluant. Je repousse le tout.

– Pourquoi il a fait ça ? Donne-moi ton point de vue masculin.

– Ça le change. Et c'est plus facile. C'est toujours plus facile au début. (Il se tait un instant.) Si ça se trouve, ça n'a même rien à voir avec toi.

Alors pourquoi ai-je l'impression que si ?

J'assiste au reste de mes cours. Je suis présente physiquement, mais mentalement, je suis bloquée sur *replay* : la tête de Lali quand je l'ai surprise en train d'embrasser Sebastian, la moue contrariée de Sebastian quand il a vu que j'étais revenue. Il espérait peut-être nous garder toutes les deux sous le coude.

– C'est une petite garce, gronde Maggie.

– Je croyais que tu l'aimais bien, dis-je histoire de la tester.

J'ai besoin de savoir qui est vraiment avec moi ou non.

– Oui, je l'aimais bien. Jusqu'à ce qu'elle t'ait fait ça.

Maggie tourne brutalement le volant et coupe le virage, si bien que nous nous retrouvons du mauvais côté de la route.

– Donc si elle ne l'avait pas fait, tu l'apprécierais encore.

348

– J'en sais rien. Sans doute. Remarque, je ne l'ai jamais adorée non plus. Elle a un petit côté arrogant et prétentieux. Elle veut toujours faire croire que tout ce qu'elle fait est génial.

– T'as raison, dis-je avec amertume.

Les paroles de Lali – « Il a *besoin* de moi » – résonnent encore à mes oreilles. J'ouvre la boîte à gants et prends une cigarette. J'ai la main qui tremble.

– Tu sais ce qui est le plus flippant ? Si elle n'avait pas fait ça, on serait sans doute encore amies.

– Et alors ?

– Et alors c'est bizarre, tu vois ? Tu es amie avec quelqu'un pendant des années, et puis elle te fait un sale coup et c'est terminé. Alors qu'elle n'était pas méchante avant. Ou du moins, c'est ce que tu croyais. On se demande si cette méchanceté a toujours été là, prête à surgir, ou si c'est juste pour cette fois, et si c'est toujours quelqu'un de bien mais à qui on ne peut pas se fier...

– Carrie, me coupe Maggie. Lali a fait ça, point. Ce qui veut dire qu'elle est méchante. Simplement, tu ne t'en étais jamais aperçue. Mais tu l'aurais forcément compris un jour ou l'autre.

Quand la façade en brique de la maison de Sebastian apparaît devant nous, elle ralentit. Lentement, nous passons devant. Le pick-up rouge de Lali est garé derrière la Corvette jaune. Je me recroqueville comme si j'avais pris un coup de poing dans le ventre.

– Qu'est-ce que je te disais ? triomphe Maggie. Bon,

maintenant, tu ne pourrais pas être normale et avouer
que tu la hais ?

Deuxième jour. Me réveille en colère et pas dans mon
assiette. Ai rêvé toute la nuit que j'essayais de mettre
mon poing dans la figure de Sebastian, sans arriver à le
toucher.

Reste au lit jusqu'à la dernière minute. N'en reviens
pas d'avoir encore à surmonter tout ça. Quand est-ce que
ça va finir ?

Ils viendront sûrement en cours aujourd'hui.

Peux pas sécher l'assemblée et les maths deux jours
de suite.

Suis arrivée au lycée. Il me faut une clope avant de les
affronter.

Apparemment, Seb a eu la même idée. Il est là, à
l'étable, assis à la table de pique-nique avec Lali. Et Walt.

– Salut, me dit-il d'un air détaché.

– Te voilà ! s'exclame Walt, mal à l'aise. T'as pas une
clope ?

Regard filtrant de ma part.

– Non, et toi ?

Lali ne m'a pas encore saluée.

– Prends-en une des miennes, dit Seb en me présen-
tant son paquet.

J'accepte une cigarette en faisant la tête. Il ouvre son
briquet, celui qui est décoré d'un cheval cabré, et me
tend la flamme.

– Merci.

J'avale la fumée et recrache immédiatement une bouf-fée.

Qu'est-ce qu'ils font là ? Pendant une seconde, j'ai le vague espoir qu'ils vont s'excuser, que Sebastian va me dire qu'il a fait une erreur, que ce n'est pas ce que je crois. Tu parles. Au contraire, il prend même la main de Lali. Elle me regarde par en dessous et ses lèvres forment un sourire gêné.

C'est un test. Ils veulent voir jusqu'où ils peuvent aller avant que j'explose.

Je détourne les yeux.

– Alors, dit Seb en se tournant vers Walt. Lali m'a raconté que tu avais fait une grande annonce le soir du Nouvel An.

– Oh, ta gueule.

Walt éteint sa cigarette et s'en va. Je lève le bras, jette la mienne par terre et l'écrase du bout du pied.

Il m'attend à l'extérieur.

– Je n'aurai qu'un mot, me dit-il. Vengeance.

28

Le petit oiseau va sortir

Il s'est passé une semaine. Pourtant, mon cœur s'emballe encore chaque fois que je vois Lali. Je suis angoissée en permanence. Comme si ma vie ne tenait plus qu'à un fil. Je fais tout ce que je peux pour éviter ma nouvelle ennemie. Résultat : je suis sans cesse sur mes gardes. Je cherche des yeux sa tête ébouriffée dans les couloirs, je ne suis pas tranquille dans la rue parce que j'ai peur de voir apparaître son pick-up rouge, je me baisse même pour vérifier les chaussures sous les portes des toilettes.

Je pourrais la repérer à un kilomètre dans la foule, tellement je la connais bien : sa démarche, sa manière d'agiter la main quand elle veut avoir le dernier mot, son incisive de travers qui dépasse juste un peu trop.

Malgré toutes mes ruses, nous nous sommes retrouvées deux fois nez à nez. Chaque fois, j'ai retenu ma respiration et nous avons toutes deux tourné la tête pour nous croiser en silence, comme des icebergs.

Je l'observe beaucoup quand elle ne me voit pas. Je préférerais ne pas le faire, mais c'est plus fort que moi.

Sebastian et elle ne déjeunent plus avec nous.

La moitié du temps, ils évitent la cantine ; parfois, en grimpant à l'étable avant le déjeuner, je vois la Corvette jaune s'en aller avec Lali sur le siège passager. Quand ils mangent sur place, c'est avec les deux Jen, Donna LaDonna, Cynthia Viande et Tommy Brewster. C'est peut-être là que Seb a toujours voulu être. Avec moi, il ne pouvait pas. C'est peut-être pour cela qu'il m'a préféré Lali.

Pendant ce temps, Jen P. se comporte bizarrement. L'autre jour, elle est carrément venue nous rejoindre au déjeuner, en gloussant et en faisant comme si nous étions de bonnes copines.

– Qu'est-ce qui s'est passé entre toi et Sebastian ? m'a-t-elle demandé en jouant à fond la solidarité féminine. Je vous trouvais tellement beaux ensemble.

Spectaculaire, une hypocrisie pareille.

Ensuite, elle a demandé à Maggie et Peter s'ils voulaient faire partie du comité d'organisation du bal de fin d'année.

– Je veux bien, a répondu Peter en cherchant des yeux l'approbation de sa dulcinée.

– Pourquoi pas ?

Trop fort, venant de la fille qui déteste les fêtes. La fille qui ne peut même pas descendre de sa voiture pour aller à une soirée.

Parfois, je me demande si je ne vais pas me mettre à haïr *tout le monde*. Les deux seules personnes que je supporte encore sont La Souris et Walt.

353

Walt et moi, on n'épargne personne. On passe tout notre temps libre à l'étable. On bave sur Tommy Brewster, sur la tache de naissance que Jen P. a dans le cou, sur Maggie et Peter en train d'organiser un bal débile. On fait le serment de ne pas y aller – c'est en dessous de nous –, puis on décide plutôt de s'y rendre, mais ensemble. Et habillés en punks.

Le mercredi après-midi, Peter s'arrête à côté de mon casier.

– Hello, me dit-il. Tu viens au comité de rédaction ?

À sa voix, je le soupçonne de vouloir faire comme s'il n'était pas au courant pour Seb et moi.

– Pourquoi ?

Je devine que c'est Maggie qui lui a soufflé de me réinviter.

Il hausse les épaules.

– J'ai pensé que ça pourrait te plaire, c'est tout. Moi, je m'en tape, que tu viennes ou pas.

Et il s'éloigne d'un pas tranquille pendant que je regarde fixement mon casier. Finalement, je le rattrape en courant. Pas de raison qu'il s'en tire si facilement.

– Qu'est-ce que tu penses de Sebastian et Lali ?

– J'en pense que c'est le lycée.

– C'est-à-dire ?

– C'est-à-dire que ça n'a pas d'importance. *C'est le lycée.* Un passage de la vie généralement désagréable, mais relativement court. Dans cinq mois, on se tire d'ici. Dans cinq mois, tout le monde aura oublié ces petites histoires.

Pas tout le monde. Moi, je ne risque pas d'oublier.

Je le suis dans l'escalier jusqu'à la salle de presse. Personne n'a l'air particulièrement surpris de me voir. Miss Smidgens me salue de la tête. Apparemment, elle a laissé tomber ses règles strictes d'assiduité ; la moitié de l'année est déjà passée, ça ne vaut sans doute plus la peine de s'énerver.

La jeune Gayle vient s'installer sur le tabouret à côté du mien.

– Je suis déçue, me déclare-t-elle.

C'est pas vrai ! Même les troisièmes sont au courant pour Seb et moi ? C'est encore pire que ce que je croyais.

– Tu avais dit que tu ferais un article sur les pom-pom girls, poursuit-elle. Tu devais dénoncer Donna LaDonna. Tu devais...

– J'ai dit beaucoup de choses, OK ?

– Pourquoi tu as dit que tu le ferais si tu n'avais aucune intention de...

Je mets un doigt sur sa bouche pour la faire taire.

– Je n'ai pas dit que je ne le ferais pas. Je dis juste que je n'ai pas encore réussi.

– Mais tu vas bien le faire, hein ?

– On verra.

– Mais...

Soudain, son air suppliant m'insupporte. Sans réfléchir, je fais une chose que j'ai toujours rêvé de faire : je prends mes affaires, je me lève et je m'en vais. Comme ça. Sans dire au revoir.

Ça fait un bien fou.

Je dévale l'escalier et sors dans l'air glacial.

355

Et maintenant ?

La bibliothèque. C'est l'un des rares endroits qui n'aient pas été gâtés par Seb et Lali. Elle n'a jamais aimé y aller. Et la seule fois où je m'y suis trouvée avec lui, j'étais bien.

Pourrai-je l'être de nouveau un jour ?

Ça m'étonnerait.

Quelques minutes plus tard, je piétine dans la neige fondue devant l'entrée. Plusieurs personnes me doublent pour entrer. Il y a foule, aujourd'hui.

La gentille bibliothécaire, Miss Detooten, est debout en haut des marches.

– Bonjour, Carrie, me dit-elle. Il y a longtemps que je ne t'avais pas vue.

– Je n'ai pas eu le temps de passer.

– Tu es là pour l'atelier photo ? C'est au premier.

Un atelier photo ? Pourquoi pas ? Je me suis toujours vaguement intéressée à la photo. Je monte voir de quoi il retourne.

La pièce est petite et garnie d'un vingtaine de chaises pliantes. La plupart sont déjà occupées par des gens d'âges variés : ce doit être un de ces stages gratuits que propose la bibliothèque pour attirer du monde. Je prends un siège au fond. Un type au physique pas déplaisant, la trentaine, brun à fine moustache, est debout derrière une table. Il parcourt la salle des yeux et sourit.

– Bonjour tout le monde, commence-t-il. Je m'appelle Todd Upsky. Je suis photographe professionnel et je travaille pour *Le Citoyen de Castlebury*. Je me considère comme photographe d'art mais je fais aussi les mariages. Alors si vous connaissez une jeune fille à marier, envoyez-la-moi !

Il sourit, décontracté comme s'il avait déjà fait cette blague bien des fois, et l'assistance émet un murmure approbateur.

– Ce stage dure douze semaines, poursuit-il. On se retrouvera une fois par semaine. À chaque séance vous prendrez une photo, vous la développerez, et nous débattrons de ce qui fonctionne ou non...

Il s'interrompt pour regarder vers le fond de la salle, l'air agréablement surpris.

Je tourne la tête. Oh non, je le crois pas. C'est Donna LaDonna, en grosse doudoune et cache-oreilles en poil de lapin.

Qu'est-ce qu'elle fait là, encore ?

– Désolée d'être en retard, dit-elle, un peu essoufflée.

– Ce n'est rien, lui répond Todd Upsky avec un énorme sourire. Asseyez-vous où vous voulez. Il y a une place là !

Et il désigne la chaise libre à côté de la mienne.

Noooon !

Je reste en apnée pendant que Donna LaDonna retire son manteau, enlève son cache-oreilles, se lisse les cheveux et glisse une sacoche de matériel photo sous son siège. Soit plusieurs bonnes minutes.

Je suis maudite.

– Bien, reprend Todd Upsky en tapant dans ses mains pour capter l'attention de tous. Qui a un appareil ?

Plusieurs personnes, dont Donna LaDonna, lèvent la main.

– Et qui n'en a pas ?

Je lève la main en me demandant comment sortir de là au plus vite.

– D'accord. Nous allons travailler par équipes. Ceux qui ont un appareil vont se grouper avec ceux qui n'en ont pas. Vous, mademoiselle – il fait un signe de tête à Donna –, mettez-vous donc avec la fille à côté de vous.

La fille ?

– Vous allez sortir faire des photos de nature. Un arbre. Une racine. Tout ce que vous trouvez intéressant ou qui vous tape dans l'œil. Vous avez un quart d'heure.

Donna pivote vers moi, entrouvre les lèvres et sourit.

J'ai l'impression de regarder dans la gueule d'un crocodile.

– Pour info, je ne suis pas plus ravie que toi, dis-je.

Donna lève l'appareil photo.

– Pourquoi tu t'es inscrite à ce stage ?

– Et toi ?

D'ailleurs, je ne suis même pas sûre de vouloir le faire, ce stage. Surtout maintenant.

– Au cas où tu n'aurais pas encore compris, je vais devenir mannequin.

– Je croyais que les mannequins étaient de l'autre côté de l'objectif.

Je ramasse une brindille et la jette le plus fort possible. Elle tournoie mollement et atterrit à cinquante centimètres.

– Les meilleurs mannequins sont ceux qui s'y connaissent en photo. C'est ce que dit ma cousine. Elle habite à New York. C'est une grande publiciste. Je sais que tu te crois toujours supérieure, mais tu n'es pas la seule qui va partir de ce trou. Ma cousine dit que je suis faite pour être mannequin. Je lui ai envoyé des photos, elle va les faire passer à Eileen Ford.

– C'est ça, tu peux toujours rêver. Je te souhaite d'y arriver et de faire la couverture de tous les magazines.

– Mais j'y compte bien.

– Oh, je n'en doute pas, dis-je d'un ton ultra-cynique.

Donna prend en photo un arbuste aux branches dénudées.

– Pourquoi tu dis ça ?

– Pour rien.

Je tends la main pour prendre l'appareil. J'ai vu une souche qui me semblait intéressante. Elle résume assez bien ma vie actuelle : morte, décapitée et légèrement en décomposition.

– Écoute, princesse, réplique-t-elle. Si tu crois que je vais te laisser dire que je ne suis pas assez belle...

– *Quoi* ?

Je suis sidérée que Donna LaDonna ait des doutes sur sa beauté. Il faut croire qu'elle a ses points faibles, tout compte fait.

– Laisse-moi te rappeler que ma vie entière, j'ai dû supporter les pires coups bas de la part de petites pintades dans ton genre.

– Ah oui ?

J'appuie sur le déclencheur et lui rends l'appareil. Elle, des coups bas ? Et ceux dont elle est l'auteur, alors ? Et les gens qu'elle a rendus malheureux comme les pierres ?

– Excuse-moi, mais si je ne m'abuse, la plupart des gens diraient que c'est le contraire.

Oui, quand je suis nerveuse, j'emploie des expressions comme « si je ne m'abuse ». Décidément, je lis trop.

– Excuse-*moi*, mais tu racontes absolument n'importe quoi.

– Et Ramona Marquart ?

– *Qui* ?

– La fille qui voulait devenir pom-pom girl. Celle que tu as rejetée pour délit de mocheté.

Donna a l'air surprise.

– *Elle* ?

– Tu t'es déjà demandé si tu n'avais pas détruit sa vie ?

Sourire narquois.

– C'est bien toi de voir les choses comme ça.

– Comment veux-tu les voir ?

– Je l'ai peut-être sauvée. De la honte de sa vie. À ton avis, qu'est-ce qui serait arrivé si je l'avais laissée entrer sur le terrain ? Les gens sont cruels, au cas où tu n'aurais pas remarqué. Elle aurait été la risée générale. Tous les mecs se seraient déchaînés contre elle. Les garçons ne viennent pas aux matchs pour voir des moches.

– Tu plaisantes, là, hein ?

Je fais comme si je ne la croyais pas, mais au fond, elle n'a pas tort. Tout au fond. Le monde est horrible. Cela dit, plutôt crever que l'avouer.

360

– C'est comme ça que tu comptes vivre toute ta vie ? En te basant sur les goûts des hommes ? C'est pitoyable.

Elle sourit, très sûre d'elle.

– Et alors ? C'est la vérité. Et s'il y a quelqu'un de pitoyable ici, c'est toi. Les filles qui n'arrivent pas à avoir des mecs se répandent toujours sur celles qui en ont. Si toi tu pouvais en avoir, je te garantis qu'on n'aurait pas cette conversation.

– Ah non ?

– Je n'aurai qu'un mot. Sebastian Kydd.

Et elle éclate de rire.

Sur le coup, je serre les dents pour ne pas lui sauter dessus et massacrer sa face de poupée.

Mais ensuite, c'est moi qui ris.

– Il t'a larguée aussi, tu te rappelles ? Il t'a larguée pour moi, dis-je avec un sourire mauvais. Et je crois me rappeler que tu as passé tout l'automne à me gâcher la vie parce que je sortais avec Seb et pas toi.

– Sebastian Kydd ? Tu crois que j'en ai quelque chose à faire de Sebastian Kydd ? D'accord, il est mignon. Et plutôt sexy. Et je l'ai eu. Au-delà de ça, aucun intérêt. Sebastian Kydd n'existe même pas pour moi.

– Mais alors pourquoi tu as...

Elle hausse les épaules.

– Je voulais te gâcher la vie parce que je ne peux pas t'encadrer.

Moi ?

– Eh ben, on est quittes. Parce que toi non plus, je ne peux pas t'encadrer.

– En fait, c'est même pire. Je trouve que tu es une petite snobinarde.

Hein ?

– Tu veux tout savoir ? poursuit-elle. Je te déteste depuis le premier jour de maternelle. Et je ne suis pas la seule.

– En maternelle ?

Là, je suis scotchée.

– Tu portais des babies en cuir verni rouge. Et tu ne te prenais pas pour de la m... Tu te croyais mieux que tout le monde. Parce que tu étais la seule à avoir des chaussures rouges.

Bon. Je me souviens de ces chaussures. Ma mère me les avait achetées spécialement pour la rentrée en maternelle. Je les portais tout le temps, j'ai même essayé de dormir avec. Mais enfin, ce n'étaient que des chaussures. Qui aurait cru qu'une paire de pompes puisse provoquer tant de jalousies ?

– Tu me détestes à cause des chaussures que je portais à quatre ans ?

– Il n'y avait pas que les chaussures. C'était toute ton attitude. Toi et ta parfaite petite famille. Les filles Bradshaw, ajoute-t-elle d'un ton moqueur. Oh, comme elles sont mignonnes ! Et tellement bien élevées !

Si elle savait ! D'un coup, je me sens épuisée. Comment les filles peuvent-elles s'en vouloir comme ça pendant des années ? Les garçons font-ils pareil ?

Je pense à Lali et j'ai un frisson.

Donna me regarde, pousse une petite exclamation de triomphe et regagne la bibliothèque.

Moi, je reste dehors à me demander quoi faire. Rentrer chez moi ? Abandonner ? Mais si je pars, cela voudra dire que Donna LaDonna a gagné. Le stage deviendra son territoire et mon absence signifiera qu'elle m'en a chassée.

Je ne la laisserai pas gagner. Même si je dois me la cogner une heure par semaine.

Je crois que je touche le fond, là.

Je tire sur la lourde porte, monte en traînant les pieds et me rassois à côté d'elle.

Et pendant toute la demi-heure qui suit, tandis que Todd Upsky nous parle de distance focale, nous restons assises côte à côte en silence, chacune faisant comme si l'autre n'existait pas.

Exactement comme avec Lali.

29

La Gorgone

– Pourquoi ne pas écrire là-dessus ? me demande George.

– Non.

Je casse le bout délicat d'une branchette. Je l'examine et roule le bois sec et lisse entre mes doigts avant de le jeter.

– Pourquoi ?

– Parce que.

Je continue d'avancer sur le chemin escarpé qui monte le long de la colline. Derrière moi, j'entends George peiner. J'empoigne le tronc d'un arbrisseau pour me hisser au sommet.

– Ce n'est pas pour raconter ma vie que je veux devenir écrivain. Au contraire, je veux m'en évader, de ma vie.

– Alors il ne faut pas écrire, conclut George, à bout de souffle.

Et voilà, c'est toujours pareil.

– J'en ai marre que tout le monde me dise ce que je

dois faire ou non. Peut-être que je ne veux pas être l'écrivain de tes rêves. Tu as déjà pensé à ça ?

– C'est bon, on se calme.

– Non, je ne vais pas me calmer. Ni t'écouter. Ni toi ni personne. Parce que tu sais quoi ? Tout le monde croit tout savoir, alors que personne ne sait rien du tout. C'est dingue, ça !

– Oh là là, pardon, dit-il d'un air franchement froissé. J'essayais de t'aider, c'est tout.

Je respire un grand coup. À sa place, Sebastian se serait moqué de moi. Son rire m'aurait momentanément exaspérée, mais ensuite j'aurais trouvé ça drôle, moi aussi. Mais George... il est tellement sérieux !

En même temps, il n'a pas tort. Il veut simplement m'aider. Et Sebastian est parti. Il m'a larguée, comme l'avait prédit George.

Je devrais être contente. George, au moins, a la décence de ne pas claironner : « Je te l'avais bien dit. »

– Tu te rappelles quand je t'ai promis de te présenter à ma grand-tante ?

Je suis encore légèrement contrariée.

– Celle qui est écrivain ?

– C'est ça. Tu veux la rencontrer ?

– Oh, George !

C'est malin, maintenant je culpabilise.

– Je vais organiser ça. Pour la semaine prochaine. Je pense que ça te remontera le moral.

Je pourrais me gifler. George est vraiment impeccable. Si seulement je pouvais tomber amoureuse de lui !

Nous traversons Hartford et tournons dans une large voie bordée d'érables. Les maisons, vastes et blanches, sont bâties à distance de la rue. Ce sont presque des châteaux, avec colonnes et fenêtres à petits carreaux. Nous sommes à West Hartford, un vrai repaire de vieilles familles fortunées. J'imagine que dans le coin, les gens ont des jardiniers pour tailler leurs rosiers, des piscines, des courts de tennis en terre battue. Je ne suis pas étonnée que George m'emmène ici : sa famille est très riche. Il n'en parle jamais, mais c'est forcé s'il vit dans un cinq pièces sur la Cinquième Avenue, avec un père qui travaille à Wall Street et une mère qui passe ses étés dans les Hamptons (je ne sais même pas où c'est au juste, mais bref). Nous enfilons une allée en gravier bordée de haies taillées pour aller nous garer devant une somptueuse demeure surmontée d'une coupole.

– Ta grand-tante habite ici ?

– Je t'ai dit qu'elle avait eu du succès, me répond George avec un sourire mystérieux.

Je suis traversée par un fugace accès de panique. C'est une chose d'imaginer que quelqu'un a de l'argent, c'en est une autre d'avoir le nez plongé dedans. Un dallage en grès fait le tour de la maison jusqu'à un jardin d'hiver, rempli de plantes et de meubles en fer forgé à volutes élaborées. George frappe et ouvre, libérant un nuage d'air chaud et humide.

– Bunny ? appelle-t-il.

Une femme rousse d'un certain âge en uniforme gris traverse la pièce.

– Monsieur George ! s'exclame-t-elle avec un accent irlandais. Vous m'avez fait peur !

– Bonjour, Gwyneth. Je vous présente mon amie Carrie Bradshaw. Bunny est là ?

– Elle vous attend.

Nous suivons Gwyneth dans un long couloir. Nous passons devant une salle à manger et une bibliothèque, et pénétrons dans un salon gigantesque. À un bout, il y a une cheminée en marbre surmontée d'une peinture à l'huile, qui représente une jeune femme en robe de tulle rose. Avec de grands yeux bruns autoritaires... des yeux que j'ai déjà vus quelque part. Mais où ?

George s'approche d'une desserte en cuivre et soulève une bouteille de sherry.

– Un verre ? me propose-t-il.

– Tu crois qu'on peut ? dis-je tout bas sans quitter le tableau des yeux.

– Bien sûr. Bunny ne dit jamais non à un petit verre de sherry. Et elle se met très en colère quand on refuse de boire avec elle.

– Alors, euh... cette Bunny, elle n'a pas des grandes oreilles et un petit nez qui remue ?

George me lance une œillade amusée en me tendant un verre en cristal rempli de liquide ambré.

– Pas vraiment, non. J'en connais qui la compareraient plutôt à un dragon.

– Et qui donc ? demande une voix tonitruante.

367

Si je n'avais pas su que Bunny était une femme, je l'aurais prise pour un homme.

– Chère vieille branche ! s'exclame George en allant à sa rencontre.

– Qu'est-ce que c'est que ça ? demande-t-elle en me désignant. Qui m'as-tu ramené cette fois ?

George ne se formalise pas. Il doit être habitué à son humour féroce.

– Carrie, répond-il fièrement. Je te présente ma tante Bunny.

Je hoche faiblement le menton en tendant la main. Incapable d'aligner deux mots, je balbutie :

– Bu... Bu... Bu...

Bunny, c'est Mary Gordon Howard.

Mary Gordon Howard se pose sur le canapé comme une porcelaine précieuse. Physiquement, elle est plus frêle que dans mon souvenir, mais après tout George m'a dit qu'elle avait quatre-vingts ans. En revanche, son allure est aussi terrifiante qu'il y a quatre ans, quand elle m'a agressée à la bibliothèque.

Dites-moi que je vais me réveiller.

Elle a des cheveux épais et blancs, rassemblés dans un ample chignon. Mais ses yeux ont quelque chose d'affaibli : les iris sont d'un brun aqueux, comme si le temps les avait dilués.

Elle prend une petite gorgée de sherry et lèche l'excès sur ses lèvres d'un air rusé.

– Alors, ma chère, George m'apprend que vous voulez devenir écrivain ?

Ça recommence. Je prends mon verre d'une main tremblante.

– Pas *devenir* écrivain. Elle l'est déjà, la corrige George comme s'il était mon heureux propriétaire. J'ai lu quelques-unes de ses histoires. Elle a un potentiel...

– Je vois, soupire MGH.

Aucun doute, elle a déjà entendu ça mille fois. Comme par réflexe, elle se lance dans un sermon.

– Il existe deux sortes de gens qui font les grands écrivains, les grands *artistes*. Ceux des classes supérieures, qui ont accès à la meilleure éducation... *ou* ceux qui ont beaucoup souffert. Les classes moyennes (en disant cela, elle me lance un regard sévère) sont parfois capables de produire un simulacre d'art, mais qui tend à être médiocre ou bassement commercial, sans réelle valeur. Ce n'est que du *divertissement factice*.

Je hoche la tête d'un air hagard. Je revois le visage de ma mère, ses joues creusées jusqu'à l'os, sa tête rétrécie, pas plus grande que celle d'un bébé.

– En fait, euh... nous nous sommes déjà rencontrées, dis-je d'une voix à peine audible. Dans une bibliothèque. À Castlebury.

– Seigneur. J'en donne tant, de ces petites conférences...

– Je vous ai demandé de dédicacer un livre pour ma mère. Elle était mourante.

– Et alors ? Est-elle morte, je veux dire ?

– Oui. Elle est décédée.

– Oh, Carrie, murmure George en se dandinant d'un pied sur l'autre. Comme c'est gentil. De lui avoir fait signer un livre par Bunny.

Soudain, elle se penche en avant. Et avec une intensité effrayante, elle me dit :

– Ah oui. Cela me revient. Vous portiez des rubans jaunes.

– Oui...

Comment peut-elle se souvenir de cela ? Lui aurais-je fait impression, en fin de compte ?

– Et il me semble que je vous avais dit de ne pas devenir écrivain. Je vois que vous n'avez pas suivi mon conseil.

Elle se rengorge en se tapotant les cheveux.

– Je n'oublie jamais un visage.

– Tatie, tu es un génie ! s'exclame George.

Je regarde l'un et l'autre, estomaquée. Puis je comprends : ils se livrent à une sorte de jeu malsain.

– Et pourquoi elle ne serait pas écrivain ? s'esclaffe George.

Il a l'air de trouver hilarant tout ce que dit « Tatie Bunny ».

Mais devinez quoi ? Moi aussi, je sais jouer.

– Elle est trop jolie pour ça, répond la tantine.

– Pardon ?

Je m'étrangle sur mon sherry, qui a un goût de sirop contre la toux.

Ironie des ironies : trop « jolie » pour être écrivain, mais pas assez pour garder mon amoureux, notez.

370

– Pas jolie comme une star de cinéma. Pas ce genre de beauté, continue-t-elle. Mais assez pour croire que votre physique vous mènera à tout dans la vie.

– Et à quoi me servirait-il ?

– À trouver un mari, dit-elle en regardant George.

Ah, je vois ! Elle pense que je cours après son neveu. On se croirait dans un roman de Jane Austen. Trop bizarre.

– Moi, je la trouve très jolie, contre-attaque George.

– Et ensuite, bien sûr, vous voudrez des enfants, ajoute MGH d'un air toxique.

– Tatie Bun, dit George avec un grand sourire, qu'est-ce que tu en sais ?

– Toutes les femmes veulent des enfants. À moins d'être positivement exceptionnelles. Pour ma part, je n'en ai jamais voulu. (Elle tend son verre à George pour qu'il la resserve.) Si vous voulez devenir un très grand écrivain, vous ne pouvez pas avoir d'enfants. Vos enfants doivent être vos *livres* !

Je me demande si elle n'aurait pas un petit coup dans le nez.

Et soudain, c'est plus fort que moi. Les paroles sortent toutes seules.

– Il faut aussi les torcher, les livres ?

Ma voix dégouline d'ironie mauvaise.

Bunny ouvre la bouche. Elle n'a pas l'habitude qu'on attaque son autorité, ça se voit. Elle regarde George, qui hausse les épaules comme si j'étais la plus délicieuse des créatures.

Et la voilà qui se met à rire. Aux éclats.

Elle tapote le canapé à côté d'elle.

– Comment vous appelez-vous, déjà, ma chère ? Carrie Bradshaw ? (Un clin d'œil à George.) Venez vous asseoir. George me dit sans cesse que je deviens une vieille sorcière acariâtre. Un peu d'amusement ne me fera pas de mal.

La Vie de l'écrivain, par Mary Gordon Howard.

J'ouvre la couverture pour lire la dédicace :

À Carrie Bradshaw. N'oubliez pas de « torcher » vos bébés !

Je tourne la page. *Chapitre 1 : De l'importance de tenir un journal.*

Beurk. Je le pose et prends un gros cahier noir à couverture de cuir, un cadeau de George.

– Je te l'avais dit, qu'elle t'adorerait ! s'est-il exclamé dans la voiture au retour.

Il était tellement surexcité par le succès de la visite qu'il a tenu à s'arrêter dans une papeterie pour m'acheter mon journal à moi.

Je pose le livre de Bunny sur le journal et le feuillette au hasard. Je tombe sur le chapitre 4 : *Comment créer des personnages.*

Le public me demande souvent si mes personnages sont inspirés de « personnes réelles ». En effet, la première impulsion de l'amateur est de décrire « quelqu'un qu'il connaît ». Mais le pro-

fessionnel, lui, mesure toute l'impossibilité de la tâche. Le « créateur » doit connaître son personnage bien plus intimement que l'on ne pourrait connaître une « personne réelle ». L'auteur doit être en possession d'un savoir absolu. Il doit savoir comment était habillé le personnage au matin du Noël de ses cinq ans, les cadeaux qu'il a reçus, qui les lui a donnés et comment. Un « personnage » est donc une « personne réelle » qui existe dans une autre dimension ; un univers parallèle, un univers fondé sur la perception de la réalité par l'auteur. Ne décrivez pas les êtres humains que vous connaissez, mais ce que vous connaissez de la nature humaine.

30

On ne fait pas d'omelette sans casser des œufs

Je rédige une nouvelle sur Mary Gordon Howard : ses bonniches versent du poison dans son sherry et elle connaît une mort lente et douloureuse. Six pages. Très mauvais. Je la fourre au fond de mon tiroir.

Je parle beaucoup avec George au téléphone. Je conduis Dorrit chez le psy qu'il lui a trouvé à West Hartford.

J'ai l'impression de ramer sur place.

Dorrit boude mais ne fait plus de bêtises. Pour l'instant.

– Papa dit que tu iras à Brown, me dit-elle un après-midi, pendant que je la ramène d'un de ses rendez-vous.

– Je ne suis pas encore admise.

– Eh ben, t'as intérêt à y arriver. Papa a toujours voulu qu'une de ses filles aille à son ancienne fac. Si tu es prise, je n'aurai plus à m'en faire.

– Et si je ne veux pas y aller ?

– Alors c'est que t'es débile.

– Carrie ! Carrie ! me crie Missy en bondissant de la maison.

Elle agite une grosse enveloppe marron.

– Ça vient de Brown !

– Tu vois ?

Même Dorrit est excitée par la nouvelle.

Je déchire l'enveloppe. Bourrée d'horaires, de plans, de prospectus. Les mains tremblantes, je déplie la lettre.

Chère Miss Bradshaw.
Nous avons le plaisir de vous annoncer...

Oh purée.

– Je vais à Brown !

De joie, je saute en l'air et fais le tour de la voiture en courant. Puis je m'arrête. Ce n'est qu'à trois quarts d'heure d'ici. Ma vie sera exactement la même, sauf que je serai en fac.

Oui, mais à Brown. Ce qui est vraiment super. C'est vrai, c'est important, quand même.

– Brown ! glapit Missy. Papa va être fou de joie.

– Je sais.

Je savoure l'instant. Peut-être que le vent tourne. Peut-être que ma vie prend enfin la bonne direction.

Une fois que papa m'a serrée dans ses bras, m'a donné des tapes dans le dos et m'a dit des choses comme « J'ai toujours su que tu y arriverais, en t'appliquant un peu », je passe aux choses sérieuses.

– Dis donc, papa. Puisque je vais à Brown...

J'hésite : je veux lui présenter la chose sous le meilleur jour possible.

– ... je me demandais si je ne pourrais pas passer l'été à New York.

La question le prend par surprise, mais il est trop ravi par Brown pour l'analyser à fond.

– Avec George ?

– Pas forcément avec George. Il y a ce séminaire d'écriture que j'essaie d'intégrer...

– D'écriture ? Mais maintenant que tu vas à Brown, tu vas devenir une scientifique.

– Papa, je ne suis pas certaine...

– Aucune importance, dit-il avec un geste de la main, comme pour balayer le problème. L'important, c'est que tu ailles à Brown. Pas besoin de planifier ta vie entière tout de suite.

Ensuite, c'est la reprise de la saison de natation. Fini les vacances. Il va falloir revoir Lali. Six semaines, et elle sort toujours avec Sebastian.

Je ne suis pas obligée d'y aller. De fait, je ne suis plus obligée à rien. Je suis admise en fac. Mon père a envoyé un chèque. Je peux sécher des cours, arrêter de nager, aller en classe ivre morte : personne ne peut plus rien contre moi. Je suis prise.

C'est donc peut-être par pure perversité que je me retrouve dans le vestiaire.

Elle est là. Devant nos casiers habituels. Comme si elle revendiquait pour elle seule notre ancien territoire commun. De même qu'elle s'est approprié Sebastian. Je fulmine. De nous deux, c'est elle, la méchante. Elle pourrait au moins avoir la correction d'aller se changer ailleurs.

Soudain, j'ai comme une casquette en béton.

Je laisse tomber mon sac à côté du sien. Elle se raidit. Elle perçoit ma présence comme je perçois la sienne même quand elle est à l'autre bout du couloir. J'ouvre brutalement la porte de mon casier, qui va taper contre la sienne et manque lui écraser le doigt. Elle retire sa main à la dernière seconde. Elle me regarde, étonnée, puis furieuse.

Je hausse les épaules.

Nous nous déshabillons. Mais je ne me tortille pas comme d'habitude pour cacher ma nudité. De toute manière, Lali ne me regarde pas. Elle est occupée à enfiler son maillot et à faire claquer les bretelles sur ses épaules.

Encore quelques secondes et elle ne sera plus là.

– Comment va Sebastian ?

Cette fois, quand elle me regarde, je vois tout ce que j'ai besoin de savoir. Elle ne s'excusera jamais. Elle n'admettra jamais avoir fait quelque chose de mal. Elle ne reconnaîtra jamais qu'elle m'a blessée. Elle ne dira pas que je lui manque, ni même qu'elle se sent mal. Elle va continuer comme ça, comme si de rien n'était, comme si nous étions vaguement copines sans avoir jamais été très intimes.

– Bien.

Et elle s'en va en balançant ses lunettes.

« *Bien.* » Je me rhabille. Ce n'est plus la peine de la voir. Qu'elle garde la natation. Qu'elle garde Seb aussi. Si elle est dépendante de lui au point de massacrer une amitié, je la plains.

En sortant, j'entends du bruit dans le gymnase. Je regarde par le hublot de la porte en bois. Les pom-pom girls sont à l'entraînement.

Je traverse le parquet pour rejoindre les gradins, m'assois au quatrième rang et m'appuie sur mes mains, sans savoir pourquoi je fais cela.

Les membres de l'équipe sont en justaucorps, ou en tee-shirt et leggings, les cheveux tirés en queue-de-cheval. Elles portent des chaussures rétro bicolores. Un air de rock entraînant – quoique légèrement ringard – s'élève d'un magnéto posé dans un coin. Les filles, sur une ligne, agitent leurs pompons, avancent, reculent, tournent à droite, posent une main sur l'épaule de leur voisine et, une par une, tombent en grand écart. Plus ou moins gracieusement.

La chanson se termine. Elles sautent sur leurs pieds en secouant leurs pompons au-dessus de leurs têtes et en criant : « Go, Castlebury ! »

Franchement ? C'est nul.

Le groupe se disperse. Donna LaDonna s'essuie le visage avec le bandeau blanc qu'elle portait autour du front. Elle et une autre pom-pom girl, une dénommée Naomi, viennent s'asseoir deux rangs devant moi sur les gradins, comme si je n'existais pas.

Donna secoue ses cheveux.

– Il faut vraiment que Becky fasse quelque chose pour son odeur corporelle.

Elle parle d'une des plus jeunes.

– On devrait lui offrir une caisse de déo, renchérit Naomi.

– Laisse tomber le déodorant. Pas pour ce genre d'odeur. Plutôt un produit d'hygiène féminine, si tu vois ce que je veux dire.

Elle sourit cruellement et Naomi ricane de cette remarque spirituelle. Élevant la voix, Donna change brutalement de sujet.

– Tu te rends compte que Sebastian Kydd sort encore avec Lali Kandisee ?

– Il paraît qu'il les aime vierges, répond Naomi. Jusqu'à ce qu'elles ne le soient plus ! Dès que c'est fait, il les largue.

– Il fournit un service, en fait. (Donna parle de plus en plus fort, comme si elle ne pouvait plus contenir son amusement.) Je me demande qui sera la prochaine. Pas un canon, en tout cas : elles ont déjà toutes couché. Ce sera forcément une moche. Comme l'autre, là, Ramona. Celle qui a voulu être pom-pom girl trois ans de suite. Il y en a qui sont vraiment bouchées. C'est triste.

Soudain, elle se retourne et, avec une expression de surprise étudiée, s'exclame :

– Carrie Bradshaw !

– On parlait justement de toi. Dis-moi, il est comment, Sebastian ? Je veux dire au lit, bien sûr. C'est vraiment un aussi bon coup que le dit Lali ?

Celle-là, je l'attendais. Depuis le début.

379

– Voyons, Donna, dis-je innocemment. Tu ne sais pas ? Tu ne l'as pas fait avec lui une heure après l'avoir rencontré ? Ou un quart d'heure, peut-être ?

Elle plisse les yeux.

– Carrie. Je croyais que tu me connaissais mieux que ça. Sebastian a trop peu d'expérience pour m'intéresser. Les petits garçons, très peu pour moi.

Je me penche en avant et plonge les yeux dans les siens.

– Je me suis toujours demandé comment c'était d'être toi. (Je parcours le gymnase des yeux et pousse un grand soupir.) Ça doit être... *épuisant*.

Je ramasse mes affaires et saute des gradins. En marchant vers la porte, je l'entends me crier :

– Dans tes rêves, Carrie Bradshaw. Tu aimerais bien pouvoir en faire autant.

C'est ça, oui. Pauvre fille.

Ça ne rate jamais. Pourquoi vais-je toujours me fourrer dans ces situations intenables où je sais que je ne peux pas gagner ? Je ne peux pas m'en empêcher. C'est comme se brûler : je me suis habituée à la sensation, et il faut que je recommence, encore et encore. Juste pour me prouver que je suis encore en vie. Pour me rappeler que je peux encore *ressentir*.

Le psy de Dorrit dit que c'est mieux de ressentir quelque chose, plutôt que rien du tout. Et que Dorrit avait cessé de ressentir. Ça lui faisait trop peur. Puis elle a eu peur d'être insensible. Alors, elle s'est mise à faire des bêtises.

Bien propre, bien net, tout ça. Noue un gros ruban autour de tes problèmes et fais comme si c'était un cadeau.

Dehors, je vois Sebastian se garer à côté de la porte de la piscine.

Je me mets à courir.

Pas pour m'éloigner de lui, comme une personne raisonnable, non. Je cours *vers* lui. Comme une pyromane.

Il ne se doute pas encore de ce qui va lui tomber dessus. Il vérifie sa barbe de trois jours dans le rétroviseur.

J'empoigne mon livre le plus lourd – maths – et le lance vers sa voiture. Il effleure à peine le capot et tombe par terre, les pages ouvertes comme les jambes d'une pom-pom girl en plein grand écart. Le bruit est juste assez fort pour arracher Seb à sa contemplation bienheureuse. Il sursaute et relève la tête en se demandant ce qui se passe. Je cours toujours. Je jette encore un bouquin sur la Corvette. C'est un livre de poche – Hemingway, *Le soleil se lève aussi* –, qui s'en va frapper le pare-brise. Une seconde plus tard, Seb est à côté de sa voiture, les jambes fléchies pour parer l'attaque.

– Qu'est-ce qui te prend ?

– À ton avis ?

J'essaie de lui balancer mon livre de SVT à la figure, mais la couverture lisse manque me glisser des doigts. Je brandis l'ouvrage au-dessus de ma tête en lui fonçant dessus.

Il étend les bras pour protéger sa voiture.

– Fais pas ça, Carrie. On ne touche pas à ma caisse. Tu la rayes, tu meurs.

J'imagine sa voiture éclatant en millions de fragments de plastique et de verre, éparpillés dans le parking comme les débris d'une explosion. Mais le ridicule de sa phrase m'arrête net. Pour un instant seulement. Mon sang me tambourine aux oreilles et je me rue de nouveau sur lui.

– Je me fous de ta bagnole. C'est à *toi* que j'en veux.

Je fais tournoyer mon livre de SVT, mais il me l'arrache des mains avant que j'aie pu porter un coup. Et sans savoir comment, je continue d'avancer. Je le dépasse, je dépasse sa voiture, je titube sur le macadam jusqu'au moment où je me prends les pieds dans la bordure du trottoir et où je m'étale dans l'herbe gelée. Suivie de près par mon livre de SVT, qui atterrit avec un bruit mat à quelques pas de là.

Je ne suis pas fière de moi. Mais je suis allée trop loin : plus question de faire marche arrière.

Je hurle en me remettant péniblement debout.

– Comment tu peux oser me faire ça ?

– Arrête ! *Arrête !* crie-t-il en m'attrapant par les poignets. Tu es *folle*.

– Dis-moi pourquoi !

– Non.

Je me réjouis de voir qu'il sort enfin de ses gonds.

– Tu me le *dois*.

– Je ne te dois rien du tout.

Il repousse mes bras comme s'il ne supportait pas de me toucher. J'essaie de le contourner et de surgir comme un diable pour le frapper par derrière. Je le provoque.

– Qu'est-ce que t'as ? T'as la trouille ?

– Dégage.

– Tu me dois une explication...

– Tu veux vraiment savoir ?

Il s'arrête, se retourne et se plante juste devant moi.

– *Oui.*

– Elle est plus sympa, dit-il simplement.

Plus sympa ? Qu'est-ce que ça veut dire ?

Je plaque les mains sur ma poitrine.

– Mais c'est *moi* qui suis sympa !

Mon nez me picote : le signe que les larmes ne sont pas loin.

Il passe les mains dans ses cheveux.

– Oublie, OK ?

– Je peux pas. Je veux pas. C'est pas juste...

– Elle est plus sympa, c'est tout. Compris ?

Ça y est, je commence à pleurnicher.

– Mais qu'est-ce que ça veut dire ?

– Elle n'a pas... tu sais... l'esprit de compétition. Elle ne se met pas en concurrence avec les autres.

Lali ? Pas l'esprit de compétition ? Elle a une mentalité de championne de boxe poids lourds, oui !

Il secoue la tête et s'obstine.

– Elle est *sympa.*

Sympa ? *Sympa* ? Pourquoi est-ce qu'il n'arrête pas de répéter ça ? Qu'est-ce que ça veut dire, sympa ? Et là...

l'idée arrive enfin jusqu'à mon cerveau. Sympa égale sexe. Elle couche avec lui. Elle va jusqu'au bout. Alors que moi, je n'ai pas voulu.

Je recule d'un pas.

– Je vous souhaite d'être très heureux ensemble. De vous marier et d'avoir une tripotée de marmots. Et j'espère que vous resterez à vie dans ce trou pour y *moisir...* comme des pommes pourries...

– Merci.

Et il s'en va. Cette fois, je ne l'arrête pas. Je lui crie des idioties dans le dos, à base de mots comme « bouffés par les vers », « saloperie » ou encore « dégueulasse ».

C'est crétin, je sais. Mais que voulez-vous que ça me fasse, au point où j'en suis ?

Je prends une feuille blanche et la glisse dans la vieille machine à écrire de ma mère. Au bout de quelques minutes, je commence à taper :

Pour devenir la reine des abeilles, le secret ne réside pas dans la beauté, mais dans la ténacité. La beauté peut aider, mais sans l'énergie nécessaire pour se hisser jusqu'au sommet de la ruche et s'y cramponner, on est condamnée à rester à jamais une belle ouvrière.

Trois heures plus tard, je relis mon œuvre. Pas mal. Il ne me manque plus qu'un nom de plume. Un pseudo indiquant clairement que je ne me laisse pas marcher sur les pieds. D'un autre côté, il doit aussi être plein d'humour, limite absurde. Je rassemble les pages tout en réfléchissant.

Je relis mon titre : « Le petit Castlebury illustré : guide de la flore et de la faune du lycée ». Suivi de : « Chapitre 1 : La Reine des abeilles ». Je prends un stylo à bille et le fais cliqueter longuement. Et enfin, je trouve. Je signe en capitales bien nettes : « Par Pinky Weatherton ».

31

Pinky à l'assaut de Castlebury

– Maggie m'oblige à participer au comité du bal avec elle, me dit Peter entre ses dents. Tu veux bien t'occuper du bouclage ?

– Aucun problème. Amuse-toi bien. Gayle et moi, on se charge de tout.

– Tu ne répètes rien à Smidgens, d'accord ?

– T'inquiète. Tu peux compter sur moi.

Il n'a pas l'air totalement convaincu, mais il n'a pas le choix. Maggie est venue le chercher, elle se tient juste derrière lui.

– Peter ?

– J'arrive.

– Bon, Gayle, dis-je une fois à bonne distance de lui. C'est le moment de passer à l'action.

– Tu n'as pas peur de t'attirer des ennuis ?

– Non. Un écrivain ne connaît pas la peur. Un écrivain doit être un fauve.

– D'après qui ?

– Mary Gordon Howard.

– C'est qui ?

– Aucune importance. Ça ne te plaît pas qu'on se venge de Donna LaDonna ?

– Si. Mais si elle ne se reconnaît pas ?

– Même si elle ne comprend rien, tout le monde le fera pour elle, je te le garantis.

Rapides et efficaces, Gayle et moi supprimons un article de Peter (sur le scandale de la gym obligatoire pour les terminales), et le remplaçons par mon papier sur la Reine des abeilles, *alias* Donna LaDonna. Puis nous allons porter la maquette du numéro de demain à la salle de repro, où quelques joyeux abrutis la transformeront en journal. Peter et Miss Smidgens vont être fous de rage, bien sûr. Mais qu'est-ce qu'ils peuvent faire ? *Me virer ?* Eh non !

Le lendemain matin, je me réveille tôt. Pour la première fois depuis longtemps, j'ai hâte d'aller au lycée. Je cours à la cuisine, où mon père se prépare un œuf au plat.

– Déjà debout ! s'exclame-t-il.

– Ouais !

Je me fais griller un toast que je tartine de beurre.

– Tu as l'air de bonne humeur, avance-t-il prudemment en apportant son œuf à table. Tout va bien ?

– Bien sûr, papa. Pourquoi ça n'irait pas ?

Il cherche par où commencer, tout embarrassé.

– Je ne voulais pas t'en parler, mais Missy m'a touché deux mots de ce qui s'est passé avec, euh... Sebastian, et je ne voudrais pas aggraver les choses, mais il y a des

387

semaines que j'ai envie de te prévenir que... enfin... pour être heureuse, tu ne peux compter que sur toi-même.

Il perce le jaune de son œuf et hoche la tête comme pour approuver sa propre sagesse.

– Je sais, tu te dis que je ne suis que ton vieux père et que je ne comprends pas grand-chose. Mais je suis très observateur. Et j'ai observé ton chagrin, ces derniers temps. Je voulais t'aider : crois-moi, rien ne fait plus mal à un père que de voir son enfant malheureux. Mais je sais aussi que je n'y peux rien. Quand ce genre de choses arrivent, on est tout seul. Je le regrette, mais c'est ainsi. Et si tu peux surmonter ce genre de choses toute seule, cela te rendra plus forte. Savoir que tu as des forces aura un grand impact sur ton développement en tant qu'être humain, et...

– Merci papa, dis-je en l'embrassant sur le sommet du crâne. J'ai pigé.

Je remonte passer en revue mon armoire. J'envisage de mettre quelque chose d'extravagant, par exemple des leggings à rayures et une chemise à carreaux, mais heureusement je me ravise. Pas la peine d'attirer l'attention. J'enfile un col roulé en coton, un jean en velours côtelé et une paire de mocassins.

Dehors, c'est une de ces journées d'avril absurdement chaudes qui vous font croire – à tort – que le printemps est arrivé. Je décide de profiter de ce beau temps pour y aller à pied.

En bus, le trajet fait un peu plus de six kilomètres. Mais je connais tous les raccourcis : en coupant par les petites rues, je peux y être en vingt-cinq minutes. Mon chemin passe devant chez Walt, une jolie maisonnette avec des haies basses. Le jardin est parfaitement entretenu grâce aux efforts de Walt, mais je m'étonne toujours que toute sa famille tienne dans un logement aussi minuscule. Ils sont cinq enfants pour quatre chambres, si bien que Walt a toujours dû partager la sienne avec son petit frère. Qu'il déteste.

En y arrivant, je remarque une anomalie. Une tente de camping verte a été montée au fond du jardin. Un câble électrique orange vif la relie à la maison. Je sais que Walt ne permettrait jamais à personne de camper là : la tente lui ferait l'effet d'une verrue. Pendant que je me rapproche, la tente s'ouvre et Walt en sort, pâle et négligé, en jean et tee-shirt chiffonné. On dirait qu'il a dormi avec. Il se frotte les yeux et observe un merle qui sautille pour chercher des vers.

– Va-t'en ! Pchhht, sale bête ! fait-il en agitant les bras.

Le merle s'envole.

– Walt ?

– Hein ?

Il plisse les paupières. Il a des lunettes mais refuse de les porter, persuadé qu'elles lui abîment encore plus les yeux.

– Carrie ? Qu'est-ce que tu fais là ?

– Et toi, qu'est-ce que tu fais dans cette tente ?

– C'est mon nouveau chez-moi, dit-il, à la fois ironique et sarcastique. Fabuleux, non ?

– Je ne comprends pas.

– Une minute. Faut que j'aille pisser. Je reviens.

Il entre dans la maison et en ressort un moment plus tard avec une tasse de café.

– Je veux bien t'inviter, mais je te promets, c'est pas un palace.

– Qu'est-ce qui se passe ?

Je le suis dans la tente. Elle contient un tapis de sol, un sac de couchage, une grosse couverture militaire, un tas de vêtements et une petite table en plastique, chargée d'une vieille lampe et d'une boîte d'Oreo entamée. Walt farfouille dans les fringues, trouve un paquet de cigarettes et l'agite en l'air.

– L'un des avantages de ne pas vivre dans une maison. Personne ne peut t'empêcher de fumer.

– Ha, dis-je en m'asseyant sur le duvet.

J'allume une clope en essayant de comprendre.

– Alors tu ne vis plus chez toi ?

– Non. J'ai déménagé il y a quelques jours.

– Il ne fait pas un peu froid pour camper ?

– Pas aujourd'hui. (Il s'appuie sur un coude pour jeter sa cendre dans un coin.) Et puis je suis habitué. J'aime la vie à la dure.

– Ah bon ?

Il soupire.

– À ton avis ?

– Mais alors, qu'est-ce que tu fais là ?

Il inspire profondément.

– Mon père. Richard. Il a découvert que j'étais gay. Ah oui, je ne t'ai pas raconté ! poursuit-il en voyant mon air ahuri. Mon frère a lu mon journal intime...

– Toi, tu tiens un journal ?

– Évidemment, Carrie, répond-il avec impatience. Depuis toujours. J'y note surtout des idées d'architecture – des photos de bâtiments qui me plaisent, des dessins –, mais il y a aussi des choses plus personnelles, notamment quelques Polaroid de Randy et moi. Mon crétin de frère a pigé et a tout balancé à mes parents.

– Purée.

Walt écrase sa cigarette et en allume immédiatement une autre.

– Ouais. Ma mère, ça lui est égal, bien sûr : elle a un frère homo, même si personne ne le dit. Ils préfèrent l'appeler le « célibataire endurci ». Mais mon père a pété les plombs. Un connard pareil, on n'imaginerait pas qu'il puisse être religieux, eh ben si. Il croit que l'homosexualité est un péché mortel. Bref, je n'ai plus le droit de mettre les pieds à l'église, ce qui me soulage plutôt. Mais il a aussi décidé que je ne dormirais plus dans la maison : il a peur que je déteigne sur mes frères.

– Walt, mais c'est ridicule !

Il hausse les épaules.

– Ça pourrait être pire. Au moins, j'ai le droit d'utiliser la cuisine et la salle de bains.

– Pourquoi tu ne m'as rien dit ?

– Tu étais un peu absorbée par tes histoires.

– C'est vrai, mais j'ai toujours du temps aussi pour celles des autres.

– Ça ne se voit pas beaucoup.

– Oh, non... J'ai été nulle, comme amie ?

– Pas nulle... Juste préoccupée par tes problèmes.

Je serre mes genoux contre moi et contemple les parois de grosse toile en ruminant.

– Pardon, Walt. Je ne me doutais de rien. Tu peux venir habiter chez moi, jusqu'à ce que ça se calme. Ton père ne va pas t'en vouloir toute ta vie.

– Tu veux parier ? D'après lui, je suis un rejeton du diable. Il m'a renié. Je ne suis plus son fils.

– Tu pourrais partir, t'enfuir...

– Pour aller où ? Et pourquoi faire ? Richard refuse de me payer la fac – en punition de mon homosexualité. Il doit croire que tout ce que je ferais là-bas, c'est me travestir pour aller en boîte. Il faut que j'économise sou par sou. Je pense que je vais vivre sous la tente jusqu'en septembre. Ensuite, j'irai à l'école de design du Rhode Island, celle qui est sur le même campus que Brown. (Il se renverse contre l'oreiller humide.) Ce n'est pas si horrible. En fait, je me plais bien, ici.

– Eh ben, pas moi. Tu vas venir vivre chez moi. Je dormirai dans la chambre de ma sœur, tu pourras prendre la mienne.

– Je ne veux pas la charité, Carrie.

– Mais ta mère...

– Elle ne contredit jamais mon père quand il est dans cet état. Ça ne ferait qu'aggraver les choses.

– Je hais les hétéros.

– Ouais, soupire Walt. Moi aussi.

La situation de Walt m'a tellement choquée que je mets plusieurs minutes à réaliser que l'assemblée ne se passe pas comme d'habitude. L'auditorium est plus calme. En m'asseyant à côté de Tommy Brewster, je remarque qu'il lit *La Muscade*.

– T'as vu ça ? me demande-t-il en me fourrant le journal sous le nez.

Je prends un air détaché.

– Non, quoi ?

– Je croyais que tu écrivais dans ce torchon.

– Je l'ai fait une fois. Il y a des mois.

– Ben tu devrais le lire maintenant.

Je hausse les épaules.

– D'accord.

Et pour bien montrer mon manque d'intérêt, je me lève pour aller chercher un exemplaire sur une pile posée dans un coin de la scène. Quand je me retourne, trois filles de seconde attendent derrière moi.

– On peut en avoir ? me demande l'une d'elles.

– Il paraît que ça parle de Donna LaDonna, souffle une autre. Incroyable, non ? Quelqu'un a osé, tu te rends compte ?

Je leur tends trois exemplaires et regagne mon siège, les ongles enfoncés dans mes paumes pour contrôler mes tremblements. Aïe ! Et si je suis démasquée ? Mais non, ça n'arrivera pas si je reste naturelle. Et si Gayle la boucle.

J'ai une théorie : on peut tout faire sans être soupçonné, du moment qu'on se comporte comme si on n'avait rien fait de mal.

J'ouvre le journal et fais semblant de lire, tout en vérifiant discrètement si Peter est arrivé. La réponse est oui. Lui aussi est plongé dans *La Muscade*. Il a les joues rouge betterave, des pommettes à la mâchoire.

Tommy, apparemment, a fini de lire l'article. Il écume de rage.

– Celui qui a fait ça devrait être viré. (Il cherche le nom de l'auteur en première page.) Et d'abord, c'est qui, Pinky Weatherton ? Jamais entendu parler de lui.

De *lui* ?

– Moi non plus.

Je pince les lèvres comme si je séchais, moi aussi. Je n'en reviens pas que Tommy prenne Pinky Weatherton pour un véritable élève... et pour un garçon, en plus. Mais puisqu'il a soulevé cette possibilité, je n'ai plus qu'à l'encourager.

– Ça doit être un nouveau.

– Le seul nouveau du lycée est Sebastian Kydd. Tu crois que ça pourrait être lui ?

Je croise les bras et regarde le plafond, comme si la réponse était suspendue quelque part là-haut.

– C'est vrai qu'il est sorti avec Donna LaDonna. Elle l'a largué, non ? Il a peut-être voulu se venger...

– Bien vu, enchaîne Tommy en pointant l'index. Je savais qu'il fallait s'en méfier, de ce type. Tu sais qu'il vient du privé ? Il paraît que sa famille est bourrée de fric. Il doit nous prendre de haut, il se croit mieux que nous.

– Mmm.

Je hoche la tête d'un air convaincu.

Tommy frappe du poing dans sa main ouverte.

– On ne va pas se laisser faire. Il faut trouver quelque chose. Lui crever ses pneus. Ou le faire virer.

Soudain, il s'arrête pour se gratter la tête.

– Mais dis donc... tu n'es pas sortie avec lui, toi ? Je croyais avoir entendu...

Je me dépêche de lui couper l'herbe sous le pied avant qu'il comprenne.

– Deux ou trois fois, c'est tout. Mais tu as raison, c'est une vraie planche pourrie.

Pendant tout le cours de maths, je sens les yeux de Peter vrillés sur moi. Sebastian est là aussi, mais depuis l'incident du parking, j'évite soigneusement de croiser son regard. Pourtant, aujourd'hui, je ne peux pas m'empêcher de sourire quand il entre en classe. Il me jette un coup d'œil surpris, puis me rend mon sourire, comme soulagé que je ne lui en veuille plus.

Ha ! S'il savait.

Je pars en courant dès la sonnerie, mais Peter ne me lâche pas.

– Comment ça a pu arriver ?

– Quoi ?

Il roule des yeux comme s'il n'en revenait pas que je joue à ce petit jeu.

– Quoi ? Le papier dans *La Muscade*, évidemment.

– Aucune idée. (Je commence à m'éloigner.) J'ai fait tout ce que tu m'as dit. J'ai apporté la maquette en salle de repro...

– Tu as fait quelque chose, insiste-t-il.

Je pousse un gros soupir.

– Peter. Franchement, je ne vois pas de quoi tu veux parler.

– Eh ben t'as intérêt à réfléchir, et vite. Smidgens veut me voir dans son bureau. Tout de suite. Tu viens avec moi.

Il me prend par le bras, mais je me dégage.

– Tu es sûr ? Tu veux vraiment lui dire que tu ne t'es pas occupé du bouclage ?

– Merde, gronde-t-il en me fusillant du regard. Trouve quelque chose, c'est tout ce que je peux te conseiller.

– Pas de problème.

L'idée d'une scène entre Peter et Miss Smidgens est trop tentante, je ne résiste pas. Je suis une pyromane qui ne peut pas s'empêcher d'aller voir flamber ses incendies.

Miss Smidgens est assise à son bureau, *La Muscade* posé devant elle. Cinq bons centimètres de cendre menacent de tomber de sa cigarette.

– Bonjour, Peter, dit-elle en prenant une bouffée.

Je l'observe, fascinée, en me demandant quand la cendre va tomber. Elle pose la cigarette. Toujours sans casser la cendre. Des volutes de fumées issues de mégots mal éteints s'élèvent du grand cendrier en céramique rempli à ras bord.

Peter prend un siège. Smidgens me fait un signe du menton. Visiblement, ma présence ne l'intéresse pas le moins du monde. Je m'assois quand même.

– Alors, commence-t-elle en rallumant une cigarette. Qui est Pinky Weatherton ?

Peter l'observe fixement, puis tourne brusquement la tête vers moi avec un regard haineux.

– C'est un nouveau, dis-je.

– *Un* ?

– Ou une nouvelle, ajoute Peter. Quelqu'un qui vient d'arriver.

Smidgens n'est pas convaincue.

– Ah bon ? D'arriver d'où ?

– Euh... du Missouri.

– Pourquoi ne puis-je pas le – ou la – trouver sur ma liste d'élèves ?

J'improvise.

– C'est vraiment tout récent. Genre hier. Enfin, pas *hier*. La semaine dernière, quoi.

– Cette personne n'est sans doute pas encore dans le système informatique.

– Je vois, lâche Smidgens en reprenant *La Muscade*. Ce ou cette Pinky Weatherton écrit très bien. J'aimerais qu'il ou elle continue de participer au journal.

– Parfait, répond Peter, déconcerté.

Miss Smidgens lui décoche un sourire malicieux. Elle agite sa cigarette, prête à parler encore, quand soudain la longue colonne de cendre lui tombe dans le décolleté. Elle bondit pour secouer son chemisier. Peter et moi en profitons pour tenter une évasion. Nous sommes à la porte quand elle nous rappelle.

– Attendez.

Lentement, nous nous retournons. Elle plisse les yeux à cause de la fumée et ébauche un sourire maléfique.

– Encore une chose à propos de Pinky. Je veux le rencontrer. Ou la rencontrer. Et dites-lui de se décider sur son sexe.

– Vous avez vu ça ? demande Maggie en laissant tomber *La Muscade* sur la table de la cantine.

– Euh, oui, répond La Souris en touillant sa soupe en sachet. Tout le monde ne parle que de ça.

– Alors pourquoi je n'étais pas au courant ?

Elle regarde Peter d'un air accusateur.

– Parce que tu es très prise par l'organisation du bal ? suggère-t-il.

Il se glisse entre elle et La Souris. Maggie reprend le journal et désigne le gros titre.

– Et qu'est-ce que c'est que ce nom, Pinky Weatherton ?

– C'est peut-être un surnom, dis-je. Comme La Souris.

– Mais La Souris, ce n'est pas le vrai nom de Roberta. Je veux dire, elle ne signerait jamais un article « La Souris ».

Peter lui tapote le crâne.

– Pas besoin de te préoccuper des affaires internes de *La Muscade*. Je contrôle tout.

– Ah bon ? Alors comment tu comptes gérer Donna LaDonna ? Elle doit être folle de rage.

– En fait, intervient La Souris en soufflant sur sa soupe, on dirait plutôt que ça lui plaît.

– C'est vrai ?

Maggie se retourne sur sa chaise pour observer l'autre bout du réfectoire.

La Souris a raison. Donna LaDonna a bien l'air de se réjouir de toute cette attention. Elle trône au centre de sa tablée habituelle. Ses bourdons et ses abeilles ouvrières font bloc autour d'elle, tels des gardes du corps protégeant une star de cinéma de ses fans. Elle prend la pose, sourit en baissant le menton et joue des épaules, comme si tous ses gestes étaient enregistrés par une caméra invisible. Pendant ce temps, Lali et Sebastian sont mystérieusement absents. C'est seulement en me levant pour aller vider mon plateau que je les repère enfin, blottis l'un contre l'autre au bout d'une table vide dans un coin. Victoire !

Je suis sur le point de partir quand je me fais convoquer par Donna LaDonna en personne.

– Carrie !

Sa voix est aussi forte que la sonnerie du lycée. Je me retourne : elle agite les doigts au-dessus de la tête de Tommy Brewster.

Je m'approche prudemment.

– Oui ?

– Tu as vu l'article sur moi dans *La Muscade* ?

Radieuse, et pas gênée une seconde.

– Difficile de le rater !

– C'est fou ! lance-t-elle comme si c'était presque trop de bonheur. Mais comme je l'ai dit à Tommy, et à Jen P., celui ou celle qui a écrit ce papier me connaît vraiment très bien.

– Sans doute, je réponds sans me mouiller.

Elle me regarde en battant des cils. Et soudain, même avec la meilleure volonté du monde, je ne peux plus la détester. J'ai voulu lui faire la peau, et elle a trouvé le moyen de renverser la situation à son avantage.

Bien joué, me dis-je en m'éloignant.

32

Le crapaud transformé en prince

– Tu savais que Walt vivait sous la tente ?

Je suis avec Maggie, et nous avons les bras chargés de confettis.

– Non, me répond-elle comme si j'inventais. Pourquoi ?

– Son père a su qu'il était homo, il ne le laisse plus dormir dans la maison.

Elle secoue la tête.

– Ce Richard, quel abruti. Mais quand même, il n'obligerait jamais Walt à dormir dehors.

Elle se penche vers moi et me chuchote bruyamment :

– Walt fait un cinéma pas possible. Maintenant qu'il est... tu sais.

– *Homo* ?

– Tais-toi, m'intime-t-elle en entrant avec moi dans le gymnase.

Hem. Si je veux devenir une amie parfaite, j'ai encore du boulot.

Après ma conversation sous sa tente avec Walt, j'ai

conclu qu'il avait raison : j'étais tellement obsédée par Sebastian et par la trahison que j'ai à peine remarqué ce qui arrivait à mes amis. D'où ma présence aux côtés de Maggie, pour l'aider à décorer le gymnase en vue du grand bal de fin d'année des terminales. C'est juste pour cette fois, me dis-je. Et puis c'est un moyen de passer du temps avec elle.

– Super ! s'exclame Jen P. qui vient nous rejoindre en courant. Des confettis. Vous avez pris les douze sacs ?

Maggie fait oui de la tête. Mais Jen P. les regarde d'un air critique.

– Ça ne va peut-être pas suffire. Vous pensez qu'il en faut plus ?

Maggie a l'air découragé. Elle n'a jamais été très forte en organisation, et je m'étonne déjà qu'elle ait tenu si longtemps au comité. Je décide de prendre les choses en main.

– Il en faudrait combien ?

– Posez ça là, on verra plus tard, nous ordonne Jen P. en désignant une zone déjà encombrée de serpentins et de papier crépon.

Mais quand nous repartons, elle nous suit.

– Au fait, lance-t-elle à Maggie. Tu as vu l'article dans *La Muscade* ? Celui avec les pronostics sur le roi et la reine du bal ? Pinky Weatherton a raison. Donna LaDonna ne peut pas être reine si elle amène un cavalier de l'extérieur ! Qui voudrait élire un inconnu ? Et bien sûr, Cynthia Viande pense que Tommy et elle sont les favoris. Mais j'ai bien aimé le passage qui parle de moi. Quand ça dit que je ferais un outsider intéressant si je me trouvais un cavalier.

Elle reprend sa respiration, donne un coup de coude à Maggie et continue.

– Mais comme l'écrit Pinky, on ne sait jamais. Peter et toi, vous pourriez bien créer la surprise. C'est vrai, vous sortez ensemble depuis six mois, quand même.

J'ai créé un monstre, me dis-je en posant mes sacs de confettis.

Cette semaine, dans *La Muscade*, Pinky Weatherton pèse les chances de chacun pour l'élection du couple roi. Et on ne parle plus que de ça. Où que j'aille, j'entends quelqu'un citer mon article.

– Il faut prendre en considération tous les couples du lycée. Et vous, vous êtes un exemple d'amour authentique.

Je ne sais même plus ce qui m'a pris de parler d'« amour authentique »... C'était sans doute histoire que Lali et Sebastian ne s'imaginent pas avoir la moindre chance.

Maggie pique un fard.

– Je n'ai jamais voulu être reine du bal. J'en crèverais de honte si je devais me présenter devant tout le monde.

– Ah oui ? Moi, j'adorerais. Chacun son truc, hein ?

Jen P. lui donne une tape sur l'épaule, m'envoie un regard tranchant et s'en va.

Je lorgne discrètement Maggie, qui semble perplexe. J'ai peut-être eu tort d'écrire cet article, finalement.

Un mois a passé depuis les débuts de Pinky Weatherton à *La Muscade*. Depuis, « il » a été très occupé à écrire un article par semaine. « L'alpiniste arriviste », l'histoire d'une fille qui se hisse au sommet de la popularité en sachant se rendre indispensable à tout le monde ; « Le crapaud transformé en prince », qui explique comment un ex-ringard peut devenir un *sex-symbol* en terminale ; et « Le tiercé de Castlebury : qui sera élu roi et reine ? » Pinky a aussi rédigé une autre histoire : « Les voleuses d'hommes et ceux qui les aiment », un récit à peine voilé de l'histoire entre Lali et Sebastian. Il ne l'a pas encore rendue, car il prévoit de la publier dans le dernier numéro avant les grandes vacances.

Entre-temps, j'ai photocopié les cinq articles et les ai envoyés à la New School. George m'a tannée pour que j'appelle afin de m'assurer qu'ils étaient bien arrivés. En principe, je n'aurais jamais fait une chose pareille, mais il dit que le monde est plein de gens qui veulent tous la même chose, et qu'il faut toujours en faire un peu plus si on veut se faire remarquer. J'ai répliqué que je pouvais aussi aller courir toute nue dans les couloirs, s'il voulait. Mais ma blague est tombée à plat. Alors, j'ai appelé.

– Oui, Miss Bradshaw, m'a répondu une voix d'homme grave et sonore à l'autre bout du fil. Nous avons bien reçu vos histoires et nous reviendrons vers vous.

– Mais quand ?

– On vous rappellera.

Et il a raccroché.

Ça ne marchera jamais.

– Qu'est-ce qu'elle est lourde ! s'exclame à présent Maggie, le sourcil froncé.

– Jen P. ? Je croyais que tu l'aimais bien, finalement.

– C'était vrai, au début. Mais elle en fait trop, tu vois ce que je veux dire ? (Elle pousse les sacs de confettis du bout du pied.) Elle n'arrête pas de me coller. Je te jure, Carrie, depuis que Pinky Weatherton a écrit ce papier sur Peter...

Et allez, c'est reparti.

– Le crapaud transformé en prince ? Qu'est-ce qui te fait croire que c'était Peter ?

– Qui d'autre ? Cite-moi un autre mec dans ce lycée qui soit passé de ringard absolu à canon absolu.

– Hmmm, fais-je en me repassant mentalement l'article.

Cela commence généralement en septembre. Quand on est une fille, surtout en terminale, on regarde autour de soi et on se demande : « Aurai-je un cavalier pour le bal ? Et sinon, comment en trouver un ? » C'est là qu'intervient le Prince crapaud.

C'est le type qu'on n'a jamais remarqué. En seconde, c'était un troll avec une voix haut perchée. En première, il était plus grand, et couvert de boutons. Ensuite, il s'est passé quelque chose. Sa voix est devenue grave. Il a remplacé ses lunettes par des lentilles. Un beau jour, on se retrouve à côté de lui en SVT, et on se dit soudain : « Eh, mais il est craquant, en fait ! »

En outre, le Prince crapaud a ses avantages. Comme il n'est pas encore corrompu par le succès avec les filles, il est facile à contenter. Et comme il n'a jamais été sportif, il ne s'est jamais fait hurler dessus par des entraîneurs ni piétiner par l'équipe de football américain. Il est donc aimable et doux. C'est un garçon sur qui on peut compter...

Maggie croise les bras, sans quitter des yeux Jen P. qui nous tourne le dos.

– Depuis cet article sur Peter le Prince crapaud, elle lui court après. Tu devrais voir comment elle le regarde...

– Oh, allez, Maggie. Je suis sûre que c'est faux. De toute manière, Peter ne s'intéresserait jamais à elle. Il déteste les filles dans son genre.

Elle secoue la tête.

– Pas sûr, Carrie. Il a changé.

– Changé ?

– On dirait qu'il pense mériter mieux.

– Mieux que toi, ça n'existe pas, Mag, dis-je doucement. Il le sait bien.

– Lui peut-être, mais pas Jen P.

Et à ce moment précis, comme pour illustrer son propos, Peter se pointe dans le gymnase. Maggie lui fait signe, mais il ne la voit pas. Ce qui s'explique, vu que Jen P. lui fonce dessus en riant et en agitant les bras. Et qu'il l'accueille avec un grand sourire.

– Maggie...

Je me tourne vers elle, mais elle n'est plus là.

Je la retrouve dans le parking, assise dans la Cadillac. En pleurs. Elle a bouclé toutes les portes.

– Maggie !

Je tape au carreau. Elle secoue la tête, allume une cigarette et finit par baisser la fenêtre.

– Oui ?

– Voyons, Maggie. Ils discutaient, c'est tout.

Exactement comme Sebastian et Lali. Ils ne faisaient que discuter, au début. Malaise.

– Laisse-moi entrer.

Elle débloque les portes et je grimpe sur la banquette arrière.

– Chérie, tu fais de la parano.

Mais j'ai peur de me tromper. Serait-ce ma faute ? Si je n'avais pas écrit cet article sur le Prince crapaud…

– Je hais Pinky Weatherton, déclare-t-elle. Si je le trouve, celui-là, je lui dirai ce que je pense. Maintenant, Peter a le melon, il se prend pour un cadeau des dieux.

D'un coup, elle pivote vers moi.

– Tu travailles à *La Muscade*. Tu dois bien savoir qui c'est.

Eh merde.

– Maggie, non. Je te jure.

– Il y a forcément quelqu'un qui le connaît, poursuit-elle d'un air soupçonneux.

Il faut que je trouve quelque chose.

– Je ne sais pas. Ce… ce Pinky Weatherton, il donne ses articles à Gayle, et Gayle…

– C'est qui, Gayle ? C'est peut-être elle, Pinky Weatherton.

Je me plonge dans l'examen de mes cuticules.

– Je ne pense pas, Mag. Elle n'est qu'en troisième.

407

– Il faut que je parle à Peter.

– Bonne idée, dis-je d'une voix apaisante. Je suis sûre qu'il pourra tout expliquer.

– Tu es de son côté, maintenant ?

– Mais non, Maggie, je suis avec toi. Je veux t'aider, c'est tout.

– Alors va le chercher. Retourne au gymnase et trouve-le-moi. Dis-lui que je dois le voir. Maintenant.

– D'accord.

Je saute de la voiture et me dépêche de rentrer. Jen P. retient toujours Peter prisonnier. Elle blablate au sujet de l'importance des ballons à hélium.

Je les interromps pour transmettre le message de Maggie. Il a l'air agacé mais me suit quand même, tout en faisant un petit signe désolé à Jen P. et en lui disant qu'il revient tout de suite. Je le regarde traverser le parking, de plus en plus irrité à chaque pas. Quand il arrive à la voiture, il est tellement en colère qu'il ouvre violemment la portière et la claque derrière lui.

Il est temps que Pinky retourne dans le Missouri.

33

Haut les cœurs !

Ce samedi soir, La Souris vient dîner à la maison. Je sers un coq au vin que j'ai mis la journée à préparer. J'ai découvert depuis peu que cuisiner est un excellent moyen de se changer les idées, tout en ayant le plaisir de réussir quelque chose. C'est très satisfaisant, même si en quelques heures, toutes les preuves sont digérées. Et puis j'essaie de rester plus souvent à la maison pour passer du temps avec Dorrit. Qui, d'après son psy, a besoin de sentir qu'elle fait encore partie d'une famille fonctionnelle. Une fois par semaine, j'ai pris l'habitude de concocter une recette compliquée, tirée du gros livre de cuisine de ma mère.

Mon père, bien sûr, adore La Souris : elle est capable de parler théorèmes presque aussi bien que lui. Après une bonne séance de discussions mathématiques, la conversation tombe sur la fac, sur le fait que La Souris est impatiente d'aller à Yale et moi à Brown. Et puis, je ne sais comment, on bifurque sur les garçons. La Souris parle à mon père de Danny, et le nom de George finit par venir sur le tapis.

– Carrie est courtisée par un garçon très bien, déclare mon père. Mais elle l'a rejeté.

Je soupire.

– Je n'ai pas rejeté George, papa. On se parle tout le temps au téléphone. On est amis.

– De mon temps, les garçons et les filles n'étaient pas « amis ». Quand on était « amis », cela signifiait...

– Je sais ce que ça voulait dire, papa. Mais ça a changé, tout ça. Les garçons et les filles peuvent vraiment être amis, de nos jours.

– C'est qui, George ? s'enquiert La Souris.

Je pousse un gémissement. Chaque fois qu'il appelle, soit environ une fois par semaine, il m'invite à dîner et je décline. « Je ne suis pas prête. » Mais pour tout dire, je crois que je ne serai jamais prête pour George.

– C'est juste un type. Qui est à Brown.

– Un très gentil garçon, précise papa. Exactement le genre de jeune homme qu'un père est heureux de voir sa fille fréquenter.

– Et exactement le genre de mec dont une fille sait qu'elle devrait sortir avec, sauf qu'elle ne peut pas. Parce qu'il ne l'attire pas.

Mon père lève les mains.

– Mais qu'est-ce que c'est que ces histoires d'attraction ? L'amour, c'est tout ce qui compte.

La Souris et moi pouffons de rire. Si seulement George m'attirait, tous mes problèmes seraient résolus. J'aurais même un cavalier pour le bal. Il est encore temps de l'inviter, je sais qu'il viendrait, mais une fois de plus je ne veux pas lui donner de faux espoirs. Ce ne serait pas fair-play.

– Pitié, on peut parler d'autre chose ?

Et là, comme en réponse à ma prière, on tambourine furieusement à la porte.

– C'est Maggie, crie Missy.

– Eh bien, fais-la entrer, propose mon père.

– Elle ne veut pas. Elle a quelque chose à dire à Carrie en privé. Elle dit que c'est une urgence.

La Souris lève les yeux au ciel.

– Qu'est-ce qu'elle a, encore ?

Je pose ma serviette et vais à la porte.

Maggie a le visage bouffi de larmes et les cheveux en pétard comme si elle avait essayé de se les arracher. Elle me fait signe de sortir. J'essaie de la prendre dans mes bras, mais elle recule, tremblante de colère.

– Ça devait arriver. Je le savais.

– Tu savais quoi ?

Ma voix monte dans les aigus, prise de panique.

– Peux pas en parler ici. Pas avec ton père dans les parages. Retrouve-moi à l'*Emerald* dans cinq minutes.

Je me retourne vers la maison.

– Mais... La Souris est là, et...

– Eh ben, amène La Souris. L'*Emerald*. Dans cinq minutes. T'as intérêt à venir.

– C'est quoi, cette fois, son problème ? râle La Souris pendant que nous nous garons à côté de la Cadillac.

Celle-ci est vide, ce qui indique que Maggie est entrée dans le bar toute seule. Rien que ça, c'est inquiétant.

– Aucune idée. Je crois que c'est lié à Peter. Et à cet article dans *La Muscade*. L'histoire du crapaud transformé en prince.

La Souris fait la grimace.

– Ça ne parlait pas forcément de Peter.

– Maggie est persuadée que si.

– Comme d'hab. Elle ramène tout à elle.

– Je sais, mais...

Je suis sur le point de lui révéler la véritable identité de Pinky Weatherton. Mais à cet instant, la porte du bar s'ouvre et Maggie sort la tête.

– Pas trop tôt ! lance-t-elle d'un air sinistre avant de rentrer.

Elle est assise au bar, devant ce qui ressemble à une vodka sans glace. Elle siffle son verre cul sec et redemande la même chose. La Souris commande un scotch, et moi un Singapore Sling, comme toujours. J'ai l'impression que je vais passer un mauvais quart d'heure, alors autant prendre quelque chose de bon.

– Et voilà, annonce Maggie. Elle l'a eu.

– Qui ça, « elle », et « elle » a eu qui ? s'impatiente La Souris.

Je sais que c'est involontaire, mais elle a l'air sarcastique. Un peu.

– Roberta, je te jure que c'est pas le moment, la rembarre Maggie.

La Souris lève les mains et hausse les épaules.

– Je me renseigne, c'est tout.

Maggie reprend une gorgée de vodka.

– Mais j'y pense, c'est un peu ta faute, à toi aussi. C'est toi qui nous as présentés.

– Toi et Peter ? Ça va pas, Maggie ? Tu le connais depuis des années. C'est juste que tu ne l'avais pas remarqué. Et je ne me rappelle pas t'avoir poussée dans ses bras.

Je soutiens La Souris à fond.

– C'est vrai, ça. Personne ne t'a forcée à coucher avec lui.

– Oh, toi, c'est pas parce que tu n'as jamais...

– Je sais, je sais. Je suis vierge, d'accord. Mais c'est pas ma faute. J'aurais sans doute couché avec Seb si Lali ne me l'avait pas piqué.

– Ah bon ? s'intéresse La Souris.

– Bah, oui, pourquoi pas ? Avec qui je vais coucher, maintenant ? (Je parcours le bar des yeux.) Je pourrais prendre un type au hasard et aller faire ça dans le parking...

– Dites, pardon, me coupe Maggie en reposant bruyamment son verre. C'est de moi qu'on parle, là, OK ? C'est moi qui ai un problème. C'est moi qui n'en peux plus. C'est moi qui suis prête à me flinguer...

– Ne fais pas ça, lui conseille La Souris. Trop salissant...

– *Arrête !*

La Souris et moi, on se regarde et on la boucle.

– Bon, reprend Maggie en respirant un bon coup. C'est arrivé. Mon pire cauchemar. Il s'est réalisé.

La Souris regarde au plafond.

– Maggie, dit-elle d'une voix patiente. On ne peut pas t'aider tant que tu ne nous expliques pas ce qui t'arrive.

– Mais tu comprends rien, ou tu le fais exprès ? Peter m'a jetée. Il m'a jetée, et maintenant il va sortir avec Jen P.

Je manque en tomber de mon tabouret.

– Eh ouais, grogne-t-elle. Après la grosse engueulade de mercredi, *tu vois ce que je veux dire* (insiste-t-elle en me regardant), le jour où il a flirté avec Jen P. dans le gymnase... on s'est hurlé dessus, ensuite on a couché ensemble, et j'ai cru que tout était arrangé. Et puis cet après-midi, il m'appelle pour m'annoncer qu'il doit me parler.

– Et alors...

– Et alors il est venu chez moi, et... (ses épaules s'affaissent à ce souvenir)... il... il m'a dit qu'on ne pouvait plus se voir. Il m'a dit que c'était *fini*.

– *Mais pourquoi ?*

– Parce qu'il « s'intéresse » à Jen P. Il veut sortir avec elle.

Merde. C'est bien ma faute. Quelle idiote j'ai été ! Mais je n'aurais jamais cru que les gens prendraient ces articles au sérieux.

– Incroyable, finit par lâcher La Souris.

– Et pourtant.

Maggie commande encore une vodka et la vide d'un coup. Elle commence à avoir la langue pâteuse.

– Il m'a raconté qu'il avait demandé son avis à sa mère – sa mère, c'est pas beau, ça ? – et elle a répondu qu'il

414

était trop jeune pour s'engager sérieusement avec une fille, qu'il devait « explorer ». Vous avez déjà entendu quelqu'un parler comme ça ? En plus, l'idée ne vient pas d'elle, je vous le garantis, moi. Il y a pensé tout seul. Et il utilise sa mère comme excuse !

Je pompe à fond sur ma paille.

– C'est immonde. Le lâche !

– Peter n'est pas vraiment un lâche, nuance La Souris. C'est peut-être un salaud, mais...

– C'est un lâche avec une bonne coupe de cheveux.

– Une coupe qui vient de moi ! s'offusque Maggie. C'est moi qui l'ai envoyé chez le coiffeur. C'est dingue... C'est moi qui l'ai transformé en canon, et maintenant toutes les filles le veulent. C'est moi qui l'ai fait ! Il ne serait rien sans moi. Et c'est comme ça qu'il me remercie ?

– C'est un peu exagéré, non ?

– Enfin, Maggie, tu sais bien. Ce n'est pas ta faute. Peter est un garçon comme les autres. Il faut voir les hommes comme des électrons. Couverts de charges électriques, comme des tentacules qui cherchent en permanence le contact avec...

– Comme leur queue, tu veux dire ? m'assène Maggie avec un regard furieux.

– Leur queue, c'est beaucoup dire, objecte La Souris pour appuyer ma théorie. On ne parle pas vraiment de matière, là. Ce serait plutôt comme une forme d'électricité primitive...

Maggie grince des dents.

– Il l'a invitée au bal.

Je m'effondre sur le bar, rongée de culpabilité. Je devrais lui avouer la vérité. Elle ne me reparlerait sans doute plus jamais, mais...

Un homme s'approche et prend un tabouret à côté d'elle.

– Vous avez l'air bouleversée, dit-il en lui touchant légèrement le bras. Je peux vous offrir un verre ?

Hein ? La Souris et moi échangeons un regard, puis observons Maggie. Qui lève son verre vide.

– Bonne idée, tiens ! La même chose !

– Maggie !

– Quoi ? J'ai soif.

Je m'efforce de lui faire les gros yeux, de faire passer l'idée qu'on ne connaît pas ce type et qu'on ne doit pas le laisser nous payer à boire, mais le message se perd en route.

– Vodka, annonce-t-elle avec un sourire aguicheur. Je suis à la *vodka*.

– Pardon, dit La Souris au bonhomme. On se connaît ?

– Je ne crois pas, répond-il, tout en charme.

Il n'est pas vraiment vieux, mais en tout cas trop vieux pour nous. Vingt-cinq ans, peut-être. Chemise à rayures bleues et blanches, blazer marine à boutons dorés.

– Jackson, se présente-t-il en nous tendant la main.

Que Maggie serre avec effusion.

– Moi, c'est Maggie. Elle, c'est Carrie. Et La Souris. Hips ! Je voulais dire Roberta.

– Tchin ! trinque Jackson. Encore une tournée pour mes amies, ajoute-t-il à l'intention du barman.

Nouveau regard entre La Souris et moi.

– Maggie, dis-je en lui tapant sur l'épaule. Il est temps de rentrer.

Elle me donne un coup de pied dans la cheville.

– Pas tant que j'ai pas fini mon verre. Et pis, je veux parler avec Jackson. (Elle incline la tête sur le côté.) Alors, Jackson, qu'est-ce que tu fais là ?

– Je viens de m'installer à Castlebury. Je suis banquier.

Il m'a l'air plutôt correct. J'entends par là qu'il n'est pas complètement ivre... du moins pas encore.

– Oooooh ! Un banquier ! Ma mère m'a toujours conseillé d'épouser un banquier.

– Ah oui ?

Jackson lui passe une main dans le dos pour l'empêcher de partir en arrière.

– Maggie, dis-je entre mes dents.

Elle met un doigt sur ses lèvres.

– Chhhhht. Je m'amuse. Quoi ? On peut pas s'amuser un peu ?

Elle descend de son tabouret.

– Pipi ! clame-t-elle.

Et elle s'éloigne en titubant.

Au bout d'une minute, Jackson prend congé de nous et disparaît à son tour.

Je me tourne vers La Souris.

– Bon, qu'est-ce qu'on fait ?

– On la jette à l'arrière de sa voiture et tu la reconduis chez elle.

– Bon plan.

Dix minutes plus tard, Maggie n'est toujours pas revenue. Ça commence à devenir louche. Nous allons voir aux toilettes, mais elle n'y est pas. À côté, un petit couloir débouche sur le parking. Nous sortons en courant.

– Sa voiture est encore là, dis-je, soulagée. Elle ne doit pas être loin.

– Elle est peut-être tombée dans les vapes à l'intérieur.

Mais ce serait étonnant, parce que sa voiture paraît curieusement agitée. Elle bouge, et il y a de la buée sur les vitres. Je me mets à crier en tapant sur le pare-brise arrière.

– Maggie ? *Maggie* ?

On essaie les portes. Toutes verrouillées, sauf une.

J'ouvre d'un coup. Maggie est allongée sur la banquette arrière. Et sous Jackson.

– Merde ! s'écrie-t-elle.

La Souris passe la tête à l'intérieur.

– Qu'est-ce que tu fous ? Sors de là ! Sors de la voiture.

Jackson tâtonne derrière sa tête pour chercher la poignée. Il parvient à la débloquer. La porte s'ouvre, et il tombe par terre dans le parking.

Je note avec soulagement qu'il est encore à peu près habillé. Maggie aussi.

La Souris court lui hurler dessus.

– T'es un pervers, ou quoi ?

– Du calme, dit-il en reculant. Ce n'est pas moi qui ai voulu. C'est elle qui...

– On s'en fout ! rugit La Souris. (Elle lui jette sa veste à la figure.) Tu prends ton blazer à la con et tu te tires avant que j'appelle les flics. Et t'as pas intérêt à revenir !

Jackson file en se protégeant avec sa veste.

– Qu'est-ce qui se passe ? demande vaguement Maggie.

Je lui tapote la joue.

– Maggie. Ça va ? Est-ce qu'il a... Il ne t'a pas...

– Agressée ? Mais non, ricane-t-elle. C'est moi qui l'ai agressé. Enfin, j'ai essayé. Mais impossible de lui baisser son pantalon. Et vous savez quoi ? ajoute-t-elle avec un hoquet. *Ça m'a plu. Ça m'a vraiment plu. Beaucoup.*

– Carrie. Tu m'en veux.

– Mais non. Pourquoi je t'en voudrais, Magou ?

– Parce que j'ai eu plus de mecs que toi.

Encore un hoquet, et elle sourit.

– T'inquiète. Je te rattraperai un jour.

– J'espère. Parce que c'est vraiment bon, tu sais ? Et aussi, c'est comme... le pouvoir. Comme si on avait du pouvoir sur ces types.

– Mmm.

– Tu ne dis rien à Peter, d'accord ?

– Non, rien à Peter. Ce sera un petit secret entre nous.

– Et La Souris aussi, hein ? Ce sera son petit secret aussi ?

– Bien sûr...

– Quoique, bredouille-t-elle en levant un doigt. Tu

devrais peut-être raconter ça à Peter. J'ai envie qu'il soit jaloux. Je veux qu'il pense à ce qu'il rate.

Elle a un spasme et met la main devant sa bouche. Je me gare le long de la route. Elle sort à quatre pattes et vomit pendant que je lui tiens les cheveux.

Quand elle remonte en voiture, elle est nettement dégrisée, mais nettement démoralisée aussi.

– J'ai fait une connerie, hein ?

– Non, Mag. On en fait toutes un jour ou l'autre.

– Oh là là. Je suis une traînée. (Elle se cache le visage dans les mains.) J'ai presque couché avec deux hommes.

– Mais non, Maggie, t'es pas une traînée. Le nombre, ça ne compte pas. Ce qui compte, c'est la manière.

– Ça veut dire quoi, ça ?

– Aucune idée. Mais ça sonne bien, non ?

Je me gare sans bruit devant chez elle. Ses parents dorment profondément. Je réussis à la guider jusqu'à sa chambre et à la mettre en chemise de nuit sans me faire repérer. Je la persuade même de boire un verre d'eau avec deux aspirines. Elle grimpe dans son lit et se couche sur le dos, les yeux au plafond. Puis elle se recroqueville en position fœtale.

– Parfois, j'aimerais être encore une petite fille, tu sais ?

Je soupire.

– Oui. Je vois exactement ce que tu veux dire.

J'attends encore un moment qu'elle soit endormie, puis j'éteins et sors en silence de la maison.

34

Transformation

Chère Miss Bradshaw, dit la lettre.

Nous avons le plaisir de vous informer qu'une place s'est libérée pour notre séminaire estival animé par Viktor Greene, lauréat du Prix national du roman. Si vous souhaitez toujours y assister, nous vous prions de nous en informer dans les meilleurs délais, les places étant limitées...

La New School.

Je suis prise ! *Jesuisprisejesuisprisejesuisprise.* Ou du moins, je crois. Est-ce que ça dit expressément que je suis prise ? « Une place s'est libérée... » À la dernière minute ? Il y a eu un désistement ? Serais-je une sorte de deuxième choix ? « Les places étant limitées... » Aha. Ça veut dire que si je ne prends pas la place, elle ira à quelqu'un d'autre. Il y a déjà des dizaines de gens sur liste d'attente, des centaines peut-être...

– Papaaaaaa !

– Quoi ? sursaute-t-il.

– Je dois aller... j'ai reçu une lettre... New York...

– Arrête de sauter comme une puce et reprends tout dans l'ordre.

Je pose une main sur ma poitrine pour calmer mon pauvre cœur.

– J'ai été admise à un séminaire d'écriture. À New York. Et si je ne dis pas oui tout de suite, ils vont donner ma place à quelqu'un d'autre.

– New York ! Mais Brown, alors ?

– Papa, tu ne comprends pas. Tu vois ? C'est écrit là : séminaire estival. Du 22 juin au 19 août. Et Brown, ça ne commence que le troisième lundi de septembre. Il y a tout le temps...

– Je ne sais pas, Carrie.

– Mais papa...

– Je croyais qu'écrire n'était qu'un hobby pour toi.

J'en reste bouche bée.

– Non, c'est quelque chose que je veux vraiment faire.

Je ne peux même pas exprimer à quel point je le veux. J'aurais peur de l'effrayer.

– On va y réfléchir, d'accord ?

– Non !

Il va y réfléchir, et encore y réfléchir, et le temps qu'il ait réfléchi, ce sera trop tard. Je lui agite la lettre sous le nez.

– Il faut que je me décide tout de suite. Sinon...

Il finit par s'asseoir et lire pour de bon.

– Je ne suis pas sûr, dit-il. New York ? L'été ? Ça pourrait être dangereux.

– Des millions de gens habitent là-bas, et ils se portent très bien.

– Hmmm. George est-il au courant ?

Que je suis admise ? Pas encore.

– Évidemment. C'est lui qui m'a encouragée à envoyer mes histoires. Il est à fond pour.

– Bon...

– Papa, s'te plaît.

– Si George est là-bas...

Quel rapport avec George ? On s'en tape, de George ! C'est moi que ça concerne, pas George !

– Il y sera tout l'été. Il fait un stage au *New York Times*.

– Ah oui ?

Mon père a l'air impressionné.

– Alors tu vois, passer l'été à New York, ça se fait beaucoup quand on est à Brown.

Mon père retire ses lunettes et se pince l'arête du nez.

– C'est loin d'ici...

– Deux heures.

– C'est un autre monde... C'est affreux, cette impression de te perdre.

– Papa, de toute manière tu vas me perdre. Tôt ou tard. Mieux vaut s'en débarrasser dès maintenant, non ? Comme ça, tu auras plus de temps pour t'y faire.

Il rit. *Yesss !* C'est gagné.

– Deux mois à New York ne te feraient sûrement pas de mal, dit-il en même temps qu'il réfléchit. La première année à Brown, c'est intense. Et je sais que tu as eu une année difficile. (Il se frotte le nez pour retarder l'inévi-table.) Mes filles... vous comptez tant pour moi...

Et ça ne rate pas : il se met à pleurer.

– Tu me surprends, me dit Donna LaDonna quelques jours plus tard. Tu es bien plus forte que je ne l'aurais cru.

Je ferme un œil pour regarder dans le viseur.

– Mmm. Tourne la tête vers la droite. Et essaie de ne pas avoir l'air si heureuse. Tu es censée détester ta vie.

– Je ne veux pas être moche.

Je soupire et relève la tête.

– Essaie juste de ne pas ressembler à une foutue pom-pom girl, OK ?

Elle accepte à contrecœur. Elle tire son genou vers son menton et me regarde à travers ses cils lourdement char-gés de mascara.

– Super.

Je prends la photo en pensant au « grand secret » de Donna : elle déteste ses cils. Sans mascara, ce ne sont que de courtes piques incolores. Des cils de chien. Sa plus grande terreur : un jour, un homme la verra sans mas-cara et partira en courant. Et en hurlant.

C'est bien triste, tout ça. Je prends encore quelques photos avant de dire : « C'est bon. » Je pose l'appareil et Donna descend de la balustrade.

– Quand est-ce qu'on fait Marilyn ? me demande-t-elle pendant que je la suis dans sa maison.

– On pourrait cet après-midi. Mais à ce moment-là, il faudra faire la punkette demain.

Elle monte l'escalier et se penche par-dessus la rampe.

– Je déteste le style punk. C'est immonde.

J'essaie de rendre cette pespective aussi attrayante que possible.

– On va te rendre androgyne. Genre David Bowie, tu vois ? On te peindra tout le corps en rouge.

– T'es malade.

Elle secoue la tête et court se changer, mais elle n'est pas en colère. C'est au moins une chose que j'ai apprise sur elle : quand elle a l'air fâchée, c'est juste sa manière de vous taquiner.

Repoussant une boîte de céréales entamée, je me hisse sur le comptoir de la cuisine pour l'attendre. La maison de Donna est une vraie macédoine de textures mal assorties : or, marbre, lourdes tentures en soie. Un musée des horreurs. Mais ces derniers jours, je m'y suis faite.

On s'habitue à tout, je suppose, à condition que cela dure assez longtemps.

On s'habitue même à l'idée que sa meilleure amie soit toujours avec votre ex, et qu'ils aillent ensemble au bal des terminales. Mais cela ne veut pas dire qu'il faille leur parler. Ni *en* parler, d'ailleurs. Pas quand on vit avec ça depuis quatre longs mois.

C'est une de ces choses qu'il faut mettre au fond de sa poche avec un mouchoir par-dessus, tout simplement.

Je prends l'appareil, examine la lentille. Je souffle doucement sur une poussière et remets le capuchon.

– Donna ? Je t'attends.

– Ma fermeture est coincée, me crie-t-elle.

Je soupire et repose soigneusement l'appareil sur le comptoir. Il va encore falloir que je la voie en sous-vêtements ? Donna, comme je l'ai découvert, est une de ces filles qui se déshabillent à la moindre occasion. Non, c'est faux. Elle n'a même pas besoin d'une occasion, juste un minimum d'intimité. La première chose qu'elle ait faite – la première chose qu'elle fait toujours après les cours, m'a-t-elle informée en m'emmenant chez elle l'autre jour –, c'est enlever ses vêtements.

– Je trouve le corps humain magnifique, m'a-t-elle dit.

Tout en retirant sa jupe et son pull, qu'elle a jetés sur le canapé.

J'ai essayé de ne pas regarder, mais je n'ai pas résisté.

– Mmm. Surtout quand il ressemble au tien.

– Oh, mais le tien n'est pas mal du tout ! Tu pourrais juste te remplumer un peu. Quelques courbes ne te feraient pas de mal.

– Des seins parfaits, ça ne se trouve pas à la Supérette du coin, tu sais.

– Tu me fais rire. Quand j'étais petite, ma grand-mère me racontait que les bébés s'achetaient chez le marchand.

– Eh ben, elle était loin du compte.

Je monte dans sa chambre en me demandant, une fois de plus, comment nous nous sommes retrouvées amies. Ou du moins copines. Nous ne sommes pas vraiment amies : nous sommes trop différentes. Je ne la comprendrai jamais totalement, et elle ne voit pas l'intérêt de chercher à me comprendre. Mais à part ça, c'est une fille super.

J'ai l'impression que le jour où je suis tombée sur ce stage photo et où on m'a collée avec elle remonte à des millions d'années. J'ai continué à y aller, et elle aussi. Après l'article sur la reine des abeilles, elle a commencé à se radoucir avec moi.

– J'aime bien prendre des photos, m'a-t-elle dit un après-midi. Par contre, le tirage, qu'est-ce que ça me soûle ! Le labo, ça me rend claustro.

– Ça devrait te plaire, pourtant. C'est intime, il y fait noir et c'est un endroit fait exprès pour tirer. Il y a même une lanterne rouge !

À dater de ce moment, Donna a cessé de me détester. Elle ne m'en a pas voulu, au contraire : maintenant, elle me trouve fofolle, drôle et déjantée. Et quand on a dû de nouveau se grouper par deux, elle m'a choisie comme partenaire.

Cette semaine, nous devions trouver un thème et le photographier. Donna et moi avons choisi « la transformation ». Pour être exacte, j'ai trouvé l'idée et Donna l'a trouvée super. Je me suis dit que vu son physique, on pourrait lui faire enfiler des tenues différentes et la transformer en trois femmes différentes. Moi, je prendrais les photos.

– Donna ?

Sa porte est ouverte mais je frappe quand même, par politesse. Penchée en avant, elle se bat avec la fermeture de la robe vintage en soie noire que je lui ai trouvée parmi les vieux vêtements de ma mère. Elle se redresse d'un coup et pose les mains sur ses hanches.

– Enfin, Carrie, pas besoin de frapper ! Tu viens m'aider, oui ?

Pendant un instant, en la voyant dans la robe de maman, j'ai l'impression que le passé et l'avenir se rejoignent, comme deux rivières se déversant dans la mer. Je me sens abandonnée. Une naufragée sur son radeau, sans une île en vue.

– Carrie ? Ça ne va pas ?

Je respire à fond et je me secoue. J'ai une pagaie, maintenant. Il est temps de commencer à ramer vers mon avenir.

Je remonte la fermeture.

– Merci.

Dans la pièce du bas, elle déploie soigneusement son physique de rêve sur le canapé pendant que j'installe le trépied.

– T'es marrante, tu sais ? me dit-elle.

Je souris.

– Ouais, je sais.

– Pas marrante « ha-ha-ha », continue-t-elle en s'appuyant sur ses coudes. Marrante autrement. Tu n'es pas ce qu'on croit.

– Ah bon ?

– Oui, tu vois, je t'avais toujours prise pour une pauvre fille. Un cas désespéré, même. C'est vrai, tu es jolie et tout, mais je ne te voyais jamais t'en servir.

– Peut-être que je préfère me servir de ma cervelle.

– Non, c'est pas ça, réfléchit-elle. Je pensais pouvoir t'écrabouiller, facile. Mais j'ai lu cet article dans *La Muscade*. J'aurais dû mal le prendre, et pourtant j'ai trouvé que ça forçait l'admiration. Je me suis dit : « Cette fille a de la défense. Même contre *moi* ! » Et elles ne courent pas les rues, les filles qui savent faire ça.

Elle relève la tête.

– Pinky Weatherton... c'est bien toi, non ?

J'ouvre la bouche, prête à nier en bloc, mais je la referme aussitôt. Je n'ai plus besoin de faire semblant.

– Bah, oui.

– Ha ! Tu les as bien eus, tous ces pauvres nuls. T'as pas peur de te faire griller ?

– Ça n'a pas d'importance. Je n'ai plus besoin d'écrire dans *La Muscade*.

J'hésite, puis je me lance.

– J'ai été admise à un séminaire d'écriture. Je vais passer tout l'été à New York.

Donna m'a l'air légèrement impressionnée, et aussi légèrement envieuse.

– Tu sais que j'ai une cousine qui vit là-bas ?

– Oui, tu me l'as dit un million de fois.

– C'est une grande publiciste. Elle a tous les hommes à ses pieds. Et elle est très belle.

– C'est bien.

– Non mais vraiment, très très belle. Et elle fait carrière, elle est très forte. Enfin bref (elle se tait un instant pour ajuster la robe), tu devrais l'appeler.

– D'accord...

– Non, sérieusement, insiste Donna. Je vais te donner son numéro. Tu devrais aller la trouver là-bas. Elle te plaira : elle est pire que moi !

En arrivant chez moi, je trouve une surprise.

Un pick-up rouge est garé devant le garage. Je mets une bonne seconde à comprendre que c'est celui de Lali, qu'elle est chez moi et qu'elle m'attend. *C'est peut-être fini entre Seb et elle*, me dis-je, prise d'un fol espoir. Peut-être qu'ils ont cassé et qu'elle est venue s'excuser. Et peut-être ai-je une minuscule chance de revoir Sebastian, d'être de nouveau amie avec Lali...

Mais tout en me garant à côté du pick-up, je fais une grimace. Ça va pas, non ? Je ne pourrai plus jamais sortir avec Sebastian. Il est bousillé, H. S., comme un pull qu'on a adoré mais qui s'est pris une tache indélébile. Et mon amitié avec Lali ? Irréparable, elle aussi. Alors, qu'est-ce qu'elle fait là ?

Je la trouve assise avec Missy sur la terrasse, derrière la maison. Ma sœur, toujours polie, s'échine à faire la conversation. La présence de Lali la sidère sans doute autant que moi.

– Et comment va ta mère ? lui demande-t-elle gauchement.

– Bien. Mon père lui a acheté un chiot, elle est toute contente.

– C'est sympa, continue Missy avec un sourire en carton-pâte.

En me voyant arriver, elle saute sur ses pieds.

– Carrie ! Te voilà ! Ça tombe bien, j'ai piano, faut que je file !

– À la prochaine, lui dit Lali.

Elle regarde ma sœur rentrer dans la maison, jusqu'à être sûre qu'on ne peut plus nous entendre. Puis elle se tourne vers moi.

– Alors ? je demande en croisant les bras.

– Comment tu as pu me faire ça ?

– *Hein* ?

J'hallucine, là. J'attends qu'elle me supplie de la pardonner, et c'est elle qui m'attaque ?

– Et *toi*, comment tu as pu me faire ça ?

Mais à ce moment, je remarque le manuscrit roulé sous son bras et j'ai un gros pincement au cœur. Je sais ce que c'est : mon article sur Seb et elle. Celui que j'ai donné à Gayle il y a des semaines, en lui disant de ne rien en faire pour l'instant. Celui dont j'allais annuler la publication.

– Comment tu as pu écrire ça ?

Je fais un pas vers elle, hésite, puis m'assois prudemment de l'autre côté de la table. Elle joue les dures, mais ses yeux sont pleins de larmes.

– De quoi tu parles ?

– De ça !

Elle jette les feuilles sur la table. Elles s'éparpillent et Lali les ramasse à la hâte.

– N'essaie même pas de mentir, reprend-elle. Tu sais bien que c'est de toi.

– Ah bon ?

Elle s'essuie rapidement le coin des yeux.

– Ne joue pas à ça avec moi. Il y a des choses là-dedans que tu étais la seule à savoir.

Zut et rezut. Maintenant, je me sens vraiment mal. Et coupable, en plus.

Mais c'est toujours elle, la responsable de ce gâchis.

Je me balance sur ma chaise.

– Comment tu l'as eu, d'abord ?

– Par Jen P.

Je vois. Jen a dû aller chercher Peter dans la salle de presse, trouver l'article dans le classeur de Gayle et le piquer.

– Et pourquoi elle te l'a donné ?

– Je la connais depuis longtemps, dit-elle lentement. La loyauté, tu connais ?

C'est pas possible, elle le fait exprès. Et moi, elle ne me connaissait pas depuis longtemps, peut-être ? Apparemment, elle préfère glisser sur cet épisode.

– Je dirais plutôt que les grands esprits se rencontrent. Tu as volé Sebastian, elle a volé Peter. Ça vous fait un point commun.

– Oh, Carrie, soupire-t-elle. Qu'est-ce que tu peux être naïve avec les hommes ! On ne vole pas un mec, sauf s'il le veut bien.

– Tu crois ?

– Et mauvaise, en plus ! ajoute-t-elle en agitant le manuscrit. Comment tu as pu me faire ça ?

– Parce que tu le méritais, peut-être ?

– Et tu es qui, toi, pour dire qui mérite quoi ? Tu te prends pour qui ? Dieu le père ? Tu te crois toujours au-dessus de tout le monde. Tu crois toujours qu'il va t'arriver quelque chose de mieux. Comme si ça (elle montre le jardin), ce n'était pas ta vie. Comme si ce n'était qu'un marchepied pour aller ailleurs, pour trouver mieux...

– Peut-être que ça l'est...

– Et peut-être pas.

Nous nous regardons durement, sans un mot. La haine nous coupe la parole.

Je finis par me secouer.

– Bon, alors. Sebastian l'a vu, cet article ?

La question paraît l'énerver encore plus. Elle détourne la tête, presse ses paupières avec ses doigts. Elle respire un grand coup, comme si elle prenait une décision, puis se penche à travers la table avec une grimace de douleur.

– *Non.*

– Pourquoi ? Ça devrait lui plaire, c'est une bonne pièce pour le dossier « Carrie la vilaine », non ?

Ses traits se durcissent.

– Il ne l'a pas vu et il ne le verra jamais. C'est fini entre nous.

Ma voix sort comme une sorte de couinement.

– Ah bon ? Pourquoi ?

– Parce que je l'ai surpris avec ma petite sœur.

Rassemblant les pages, j'égalise soigneusement le tas jusqu'à obtenir un parallélépipède parfait. Et là, je me mets à rire. Je voudrais bien me retenir, mais impossible. Je me couvre la bouche, mais les spasmes me ressortent par le nez. Je me cache même la tête entre mes genoux, mais peine perdue : je hurle de rire.

– C'est pas drôle ! (Elle va pour se lever, mais se ravise et tape sur la table.) C'est pas drôle !

Je suis toujours pliée en quatre.

– Ouh là là, si ! À mourir de rire.

35

À nous deux, New York

20 juin, écris-je.

J'appuie mes lèvres contre mon poing et regarde par la fenêtre.

Dans le train. Papa, Missy et Dorrit m'ont accompagnée à la gare pour me faire leurs adieux. Je n'ai pas arrêté de dire à mes sœurs que ce n'était pas la peine de venir. Je n'ai pas arrêté de dire que ce n'était rien. Que je ne partais que pour l'été. Mais nous étions tous sur les nerfs. On s'est tous cognés les uns dans les autres au moment où je suis sortie de la maison, façon film muet. À nous voir, on aurait dit qu'on était en 1893 et que je partais pour la Chine.

Et nous nous sommes retrouvés sur le quai, à essayer de trouver quoi se dire.

– Tu as l'adresse ? m'a demandé mon père pour la dix millième fois.

– Oui, papa. Dans mon carnet d'adresses.

435

Juste pour le rassurer, j'ai sorti le carnet de mon sac Carrie et lu à haute voix : « 245, 47ᵉ Rue Est ».

– Et l'argent. Tu as l'argent ?

– Deux cents dollars.

– Seulement pour les urgences. Tu ne vas pas tout dépenser d'un coup, hein ?

– Mais non.

– Et tu appelleras en arrivant ?

– J'essaierai.

Oui, j'essaierai, mais ma phrase a été noyée par le long mugissement du train qui approchait. Le haut-parleur s'est mis à grésiller : « Le train de onze heures trois pour New York et Washington entrera en gare dans environ une minute... »

– Au revoir, au revoir ! (Embrassades générales, tandis que l'énorme locomotive avançait lentement sur les rails en grinçant comme les oiseaux d'Hitchcock.) Au revoir, au revoir ! (Mon père a hissé ma valise sur le marchepied et j'ai rattrapé mon chapeau.) Au revoir, au revoir ! (Le train a démarré avec une secousse, les portes se sont fermées et mon cœur m'est tombé au fond de l'estomac.) Au revoir tout le monde !

Enfin !

J'ai avancé dans le couloir en tanguant comme un marin ivre. *New York !* Je me suis laissée tomber sur une banquette en cuir rouge craquelé et j'ai sorti mon journal.

Hier, j'ai dit au revoir à tous mes amis. Maggie, Walt, La Souris et moi, on s'est retrouvés chez *Burger Délice* pour un dernier hamburger oignons-poivrons. Walt ne travaille plus là-bas. Il a trouvé un boulot de standardiste dans un cabinet d'avocats. Son père a dit que même s'il ne lui pardonnait pas d'être gay, il voulait bien fermer les yeux à condition que Walt réussisse dans la vie. La Souris va retrouver son camp de vacances à Washington. Maggie va passer l'été au bord de la mer, sur une île près de la Floride. Sa sœur et son beau-frère ont loué une maison là-bas, elle doit leur donner un coup de main avec les enfants. Elle se trouvera bien un maître nageur au passage.

Il paraît que Lali va aller à la petite université de Hartford, pour faire des études de compta.

Il me restait une personne à voir.

Je savais que je ferais mieux de lâcher l'affaire.

Mais impossible.

J'étais curieuse. Ou peut-être que j'avais besoin de voir, de mes yeux, que tout était vraiment fini entre nous. Il me fallait la preuve qu'il ne m'aimait pas, et qu'il ne m'avait jamais aimée.

Samedi soir, vers sept heures, je suis passée devant chez lui en voiture. Je ne m'attendais pas à ce qu'il soit là. Dans ma petite tête, j'avais prévu de lui laisser un mot, simple et digne : je partais pour New York et je lui souhaitais un bon été. Je m'étais persuadée que c'était la meilleure chose à faire, que c'était poli, et que j'en sortirais grandie.

Sa voiture était devant chez lui.

J'ai résolu de ne pas frapper à la porte. J'allais laisser le mot sur son pare-brise.

437

Mais j'ai entendu de la musique sortir de la maison. Soudain, il a fallu que je le voie une dernière fois.

J'ai frappé.

Sa voix, légèrement contrariée, est sortie des profondeurs du salon.

– C'est qui ?

J'ai refrappé.

– C'est qui ? (Plus fort, plus irrité.)

– Sebastian ?

Et il est apparu, le regard fixe. J'aimerais pouvoir dire que cela ne me faisait plus rien, que j'ai été déçue en le revoyant. Mais ce serait faux. Il m'attirait exactement comme le premier jour, en cours de maths.

Il a eu l'air surpris.

– Ça va ?

– Je suis venue te dire au revoir.

Il est sorti.

– Ah. Tu vas où ?

– À New York. Je vais faire un séminaire d'écriture. Je t'ai écrit un mot. J'allais le laisser sur ton pare-brise, mais...

Je lui ai tendu la feuille pliée.

Il l'a parcourue rapidement.

– Bonne chance, alors, a-t-il lâché avec un hochement de tête.

Il a froissé le mot et me l'a rendu.

– Qu'est-ce que tu fais, toi ? Cet été, je veux dire.

Soudain j'avais besoin de tout faire pour le retenir, au moins encore un instant.

– Je vais en France.

Et là, il m'a dit avec un grand sourire :

– Tu veux venir ?

J'ai une théorie : quand on pardonne à quelqu'un, il ne peut plus nous faire de mal.

Le train vibre et grince. Nous passons devant des immeubles vides couverts de tags, des panneaux publicitaires qui vantent des dentifrices et de la pommade anti-hémorroïdes, une fille souriante déguisée en sirène qui pointe les mots « Appelle-moi ! » en lettres énormes. Puis le paysage disparaît : on entre dans un tunnel.

– New York City, annonce le contrôleur. Pennsylvania Station.

Je referme mon journal et le glisse dans ma valise. La lumière du wagon clignote puis s'éteint complètement.

Et tel un nouveau-né, c'est dans le noir que je plonge dans mon avenir.

Un escalator qui n'en finit pas. Ensuite, une salle immense, carrelée comme une salle de bains. Des odeurs âcres d'urine et de sueur douceâtre et écœurante. La gare de Pennsylvania. Du monde partout.

Je m'arrête pour rajuster mon chapeau. C'est un des vieux bibis de ma grand-mère, avec une longue plume verte et une petite voilette. Je me suis dit que ce serait parfait. Je voulais faire mon entrée à New York cha-peautée.

Cela faisait partie de mon fantasme.

– Pouvez pas faire attention ?

– Poussez-vous !

– Vous savez où vous allez, au moins ? (Une dame entre deux âges, tailleur noir, l'œil encore plus noir.)

– La sortie ? Les taxis ?

– Par là, me dit-elle en désignant encore un escalator, qui semble s'élever vers le néant.

J'avance en traînant ma valise derrière moi. Un homme se faufile dans la foule et m'approche par derrière. Pantalon rayé, casquette inclinée sur l'œil, lunettes de soleil vertes à monture dorée.

– Alors petite, on a l'air perdue.

– Non non.

– C'est sûr, ça ? J'ai une belle piaule pour toi, tout confort, douches chaudes, belles fringues. Laisse-moi t'aider à porter cette valise, chérie, ça m'a l'air lourd.

– J'ai un endroit où loger. *Merci.*

Il hausse les épaules et s'éloigne d'un pas chaloupé.

– Hé ! *Ho !* me crie quelqu'un. Vous le prenez, ce taxi, oui on non ? J'ai pas toute la journée, moi...

– Oui, merci ! dis-je, essoufflée.

Je m'approche du taxi jaune. Je hisse la valise sur le trottoir, pose mon sac Carrie dessus et me penche par la fenêtre ouverte.

– Combien ? dis-je.

– Pour aller où ?

Je me retourne pour prendre l'adresse dans mon sac. *Hein ?*

– Un instant, monsieur...

– Il y a un problème ?

440

– Non, non...

Je cherche mon sac partout autour de ma valise. Il a dû tomber... Mon cœur bat comme un tambour, je suis écarlate de confusion et de terreur.

Plus de sac.

– Vous allez où ? me redemande sèchement le chauffeur.

– Alors, vous le prenez, ce taxi ? s'impatiente un homme en costard gris.

– Non... je... euh...

Le type me passe devant, monte et claque la portière.

Je me suis fait dépouiller.

Je contemple fixement la gueule ouverte de la gare. Non. Pas question de rentrer. Je ne peux pas.

Mais je n'ai pas d'argent. Je n'ai même plus l'adresse de l'endroit où je dois loger. Je pourrais appeler George, sauf que je n'ai pas son numéro non plus.

Deux hommes passent à côté de moi avec un énorme *ghetto blaster*. Une chanson disco résonne à plein volume : « Macho Man ».

Je reprends ma valise. Une marée de gens m'emporte de l'autre côté de la Septième Avenue et me redépose devant une batterie de cabines téléphoniques.

– Pardon, dis-je à divers passants. Vous auriez dix *cents* ? Pour passer un coup de fil ?

Je fais la manche ! Jamais je n'aurais osé une chose pareille à Castlebury, mais bon. Justement, je ne suis plus à Castlebury, pas vrai ?

De toute manière, je n'ai pas le choix.

– Cinquante *cents* pour le chapeau.

Un type aux yeux rieurs me regarde, amusé.

– Mon chapeau ?

– La plume. C'est *too much*.

– Il était à ma grand-mère...

– Tu m'étonnes. Cinquante *cents*. C'est à prendre ou à laisser.

– Je prends.

Il dépose cinq piécettes dans ma main.

J'insère la première dans la fente.

– Opératrice.

– Vous auriez le numéro d'un certain George Carter ?

– J'ai cinquante George Carter. Quelle adresse ?

– Cinquième Avenue.

– J'ai un William Carter au coin de la Cinquième et de la 72e Rue. Vous voulez le numéro ?

– Oui !

Je me le répète mentalement tout en glissant ma seconde pièce dans la fente.

C'est une femme qui décroche.

– Allô ?

– George Carter habite ici ?

– Monsieur George ? Oui.

Soulagement.

– Puis-je lui parler ?

– Il est sorti.

– Quoi ?

– Il est sorti. Je ne sais pas quand il reviendra. Il ne me le dit jamais.

442

– Mais...

– Voulez-vous laisser un message ?

– Oui. Pouvez-vous lui dire que Carrie Bradshaw a appelé ?

Je raccroche et me couvre le visage d'une main. Et maintenant, qu'est-ce que je fais ? Soudain, je me sens écrasée : épuisée, effrayée, saturée d'adrénaline. Je reprends ma valise et me mets à marcher.

Je réussis à parcourir un bloc d'immeubles, puis je dois m'arrêter. Je m'assois sur ma valise pour me reposer. Génial. Tout ce qu'il me reste, c'est trente *cents*, quelques fringues et mon journal.

Soudain, je me lève, j'ouvre la valise et j'en sors mon journal. Se pourrait-il... Je l'avais sur moi, l'autre jour, chez Donna LaDonna.

Je le feuillette fébrilement, dépasse mes notes sur la Reine des abeilles, le Prince crapaud, Lali et Sebastian... et enfin je retrouve ce que je cherchais. Tout seul sur une page, tracé de l'écriture ronde de Donna LaDonna et entouré trois fois.

Un numéro. Et en dessous, un nom.

Je remorque ma valise jusqu'à une nouvelle série de cabines téléphoniques, au coin de rue suivant. J'ai les mains qui tremblent en poussant ma troisième pièce dans la fente. Je compose le numéro. Ça sonne, ça sonne. Sept fois. Neuf. Dix. À la douzième sonnerie, on décroche.

– Tu dois vraiment avoir envie de me voir, dis donc.

La voie est languide, sensuelle. Comme si sa propriétaire sortait du lit.

443

J'ouvre la bouche sans trop savoir quoi dire.

– *Allô* ? C'est toi, Charlie ? (La voix devient carrément sexy.) Qui ne dit mot...

– Attendez !

Changement de ton à l'autre bout.

– Oui ?

Je respire un grand coup.

– Samantha Jones ?

www.wiz.fr
Logo Wiz : Cédric Gatillon

Composition Nord Compo
Éditions Albin Michel
22, rue Huyghens 75014 Paris

ISBN : 978-2-226-20868-2
ISSN : 1637-0236
N° d'édition : 18845/01. N° d'impression :
Dépôt légal : mai 2010
Loi n° 49-956 du 16 juillet 1949 sur les publications destinées à la jeunesse.
Imprimé au Canada : Marquis.